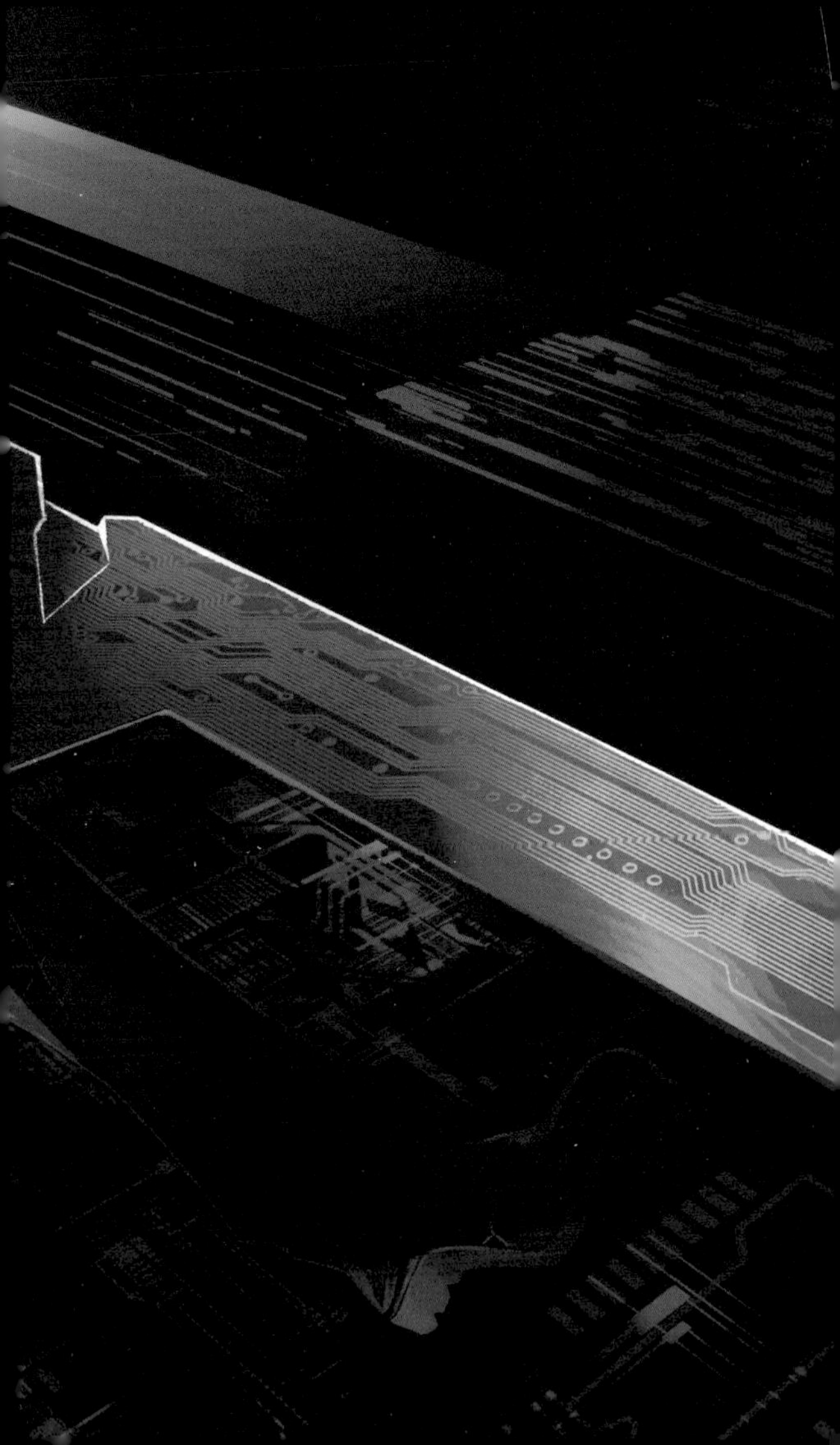

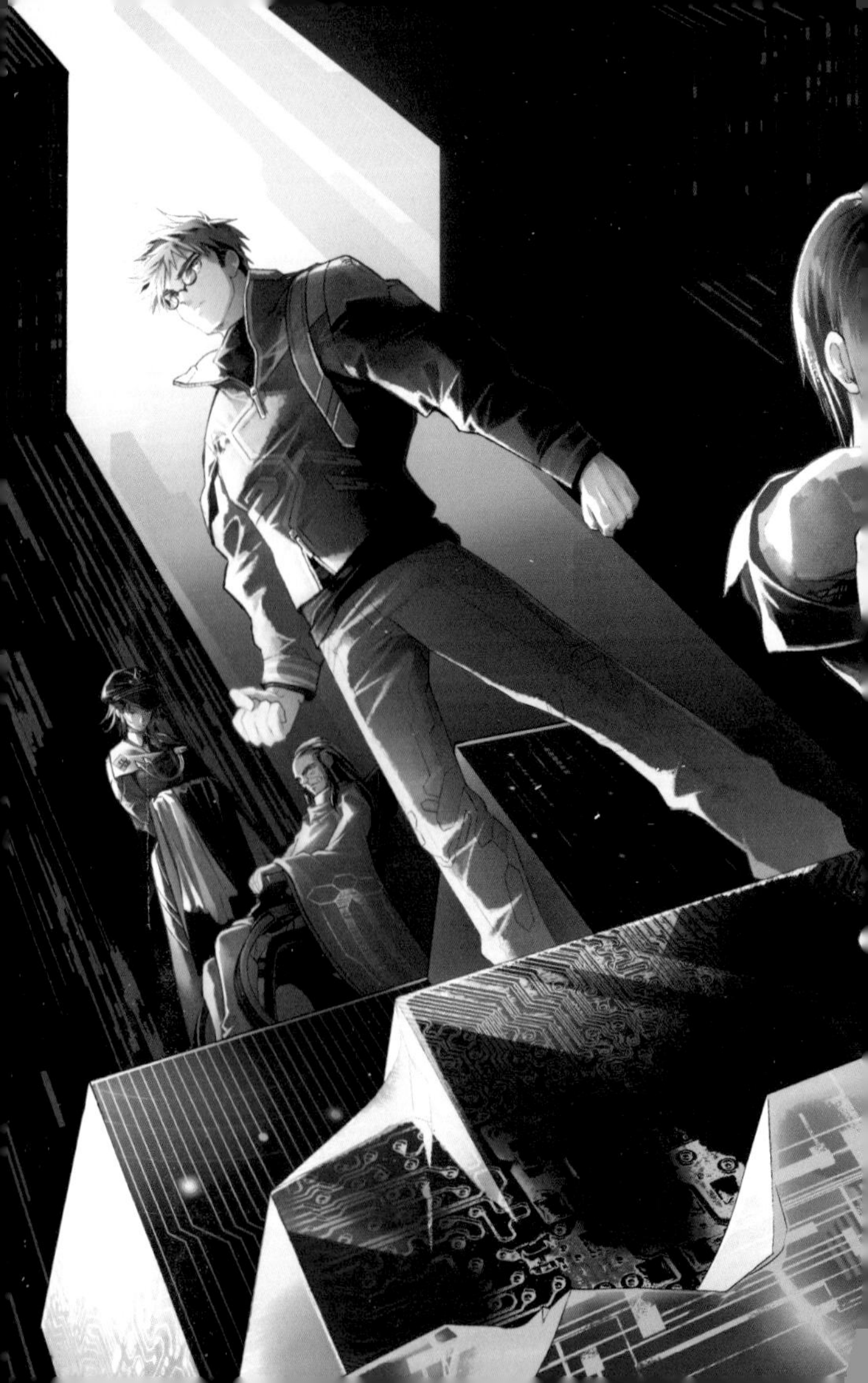

幕間　遺産　～Masterpiece～

古びたテーブルの上に置かれた小さなライトに、明かりが灯《とも》った。

少年は錆《さび》が浮《う》き出《で》たトレイに二人分のスプーンとコップと皿を並べ、部屋の奥を振《ふ》り返《かえ》った。

「月夜《つきよ》、ご飯の準備出来たよ」

分かったー、と応える声に幾《いく》つかの電子音が続く。輸送用フライヤーのコンテナを改装した簡素な居住スペース。操縦室に続く小さな扉《とびら》が軋《きし》んだ音を立てて開き、長い黒髪《くろかみ》を無造作に束ねたつなぎ姿の少女が四《よ》つん這《ば》いの姿勢でのそのそと這《は》い出《だ》してくる。

「あー、疲《つか》れた」立ち上がって体のあちこちをぐるぐる回し、テーブルに視線を向けて「あれ？　肉入りのスープまだ残ってたんだ」

「最後の一パック。明日中にどこかの町にたどり着けなかったら後は本当にパンと水だけ」少年は鍋《なべ》のスープを二つの皿にそれぞれ三分の一ずつ注ぎ「それでどう？　直りそう？」

「だいたい終わり。古くなってたパーツも出来るだけ交換《こうかん》したわ」少女は自分の椅子《いす》に腰掛《こしか》けてコップの水を一息に飲み干し「後は演算機関の再起動と調整だから、そっちはお願いね」りょーかい、と答えて少年が少女の向かいに座る。いただきます、と手を合わせる少年に少女も慌《あわ》てて倣《なら》い、自分のスプーンを取り上げてふと周囲を見回し、

「錬《れん》は？」

「寝《ね》ちゃった。疲れてたみたいだね」

少年が示す視線の先、部屋の隅《すみ》で小さな影《かげ》が身じろぎする。毛布にくるまれて眠《ねむ》るのは六歳くらいの男の子。痩《や》せて骨張った腕《うで》が薄汚《うすよご》れたクッションをかき抱《いだ》き、薄《うす》い唇《くちびる》から時折苦しそうな吐息《といき》が漏《も》れる。

「軍に追いかけ回されて撃《う》たれるなんて初めてだっただろうからね、仕方ないよ」少年は小さな皿をテーブルの脇《わき》に押しのけ、携帯端末《けいたいたんまつ》を取り出して「これからのこともあるし、早くこれを完成させないとね」

立体映像ディスプレイに映し出されるのは、何かのプログラムらしき無数の数式の羅列《られつ》。

「錬専用の、I—ブレインの基礎《きそ》システム……か」少女はテーブルに浮《う》かぶ半透明《とうめい》の画面を見上げて眉間《みけん》にしわを寄せ「ずーっと前に言ってたやつよね？　どこかの研究室で見つけた魔法《まほう》士《し》のデータに合うように作った、って」

「まあ……ね」少年は曖昧《あいまい》な言葉でうなずき「すごく不思議な構造のI—ブレインだったから試《ため》しに作ってみたんだ。普通《ふつう》なら生まれた時に決まってるはずの基礎領域の中身が後付けで書《か》

き換《か》え出来る魔法士。面白半分《おもしろはんぶん》で設計しただけだから使う予定なんか無かったんだけどね」

「それが、なんでかあの子のI－ブレインにぴったりはまっちゃった、と」少女はテーブルに頬杖《ほおづえ》をついて部屋の隅の子供を横目に見つめ「ほんとに……何なんだろ、あの子。父さんが最後に作った魔法士が、なんであんたが昔見たそのデータと同じI－ブレイン持ってるの？」

「や、それは僕に聞かれても」少年はディスプレイを見つめたまま首を左右に振《ふ》り「それに、完全に同じってわけでもないみたいなんだ。前にも言ったけど僕が作った基礎システムは『操作』『合成』『並列《へいれつ》』『創生』の四つで、この子のI－ブレインには合成じゃなくて並列の方が合うみたいで」

「あー、なんか言ってたわね、そんなこと」

少女は、一割も理解出来ていない顔で、うんっ、とのびをする。

かと思えば急にテーブルに突《つ》っ伏《ぶ》し、天板にべったりと頬《ほお》を押し当てて、

「もう、父さん何考えてるのよ。『自分の最後の研究』なんて見つかったら大騒《おおさわ》ぎになるの分かってたはずなのに」

その格好のまま指を頭上に伸《の》ばし、半透明なディスプレイの一つを操作する。映し出されるのは二ヶ月前に病死した双子《ふたご》の父の遺書。数百ページに及《およ》ぶ電子データの遺書は全編がなぜか論文と全く同じ体裁《ていさい》で構成され、邸宅《ていたく》や貯金その他の資産に関することはもちろん、残される双子の身分の保障や自身の研究成果についての所見、果ては息子《むすこ》と娘《むすめ》のそれぞれに対する性格

面での注意や一日の理想的な生活スケジュールまでもが詳細《しょうさい》に記されている。

が、その膨大《ぼうだい》な遺書の中に『自分の最後の研究成果』――輸送コンテナの隅で眠るこの子供に関する記述は一切《いっさい》無い。

双子の弟が父の膨大な研究の中から記録の断片《だんぺん》を発見し、ロシア地方の地下深くに隠《かく》されていた研究施設《しせつ》を発見しなければ、子供は今も生命維持槽《いじそう》の中で眠り続けていただろう。

「私達にも教えられないなら、七瀬《ななせ》のおばさんにこっそり知らせておく、っていう手もあったはずなのよね。おばさんならこの子をいきなり解剖《かいぼう》とか、使い捨てにするとかしないはずだし」

「でも、父さんはそうしなかった」向かいの少年がスープの皿を引き寄せて一さじすくい「本当に、世界中の誰《だれ》にも秘密にしておくつもりだったんだろうね」

もちろん情報を完全に断《た》つことは不可能だから、双子の父の遺産がロシア地方のどこかに埋《う》まっているらしいという話は噂《うわさ》という形で人々の間に密《ひそ》かに流布《るふ》していたし、最も近隣《きんりん》に位置するシティ・モスクワは報奨《ほうしょう》を用意してその情報の真偽《しんぎ》を探《さぐ》っていた。

だが、子供が隠されていた施設は凍土《とうど》の下、「天樹《あまぎ》健三《けんぞう》博士」の人生とは何の接点も無い、記録上は近隣に立ち寄ったことすら無いはずの場所。

侵入《しんにゅう》する者があったとしてもそれは本当に完全な偶然《ぐうぜん》だっただろうし、施設内に設置されたセキュリティシステム――つまり生命維持槽に眠る子供自身の攻撃《こうげき》に対処することは出来なかったたろう。

「ほら、僕らも父さんの研究調べてシステムの停止コード用意してなかったらたぶん錬に攻撃されて死んでたわけだし」少年は空になった皿に、ごちそうさまでした、と手を合わせ「月夜、いらないならもらうよ」

「すとーっぷ！」

少女は弾《はじ》かれたように身を起こし、スープ皿を瞬時《しゅんじ》に両手で抱《かか》えて一気に半分かきこみ、「そういえば、あの場所ってどうしたの？　なんかやたらと広かったし、錬が入ってた培養《ばいよう》槽とかすごい規模の演算機関とか生産プラントとか色々あったけど」

「入り口は蓋《ふた》して隠しといたよ。まあ、モスクワ軍が見つけてもどうにも出来ないと思うけどね。僕も頑張《がんば》ったけど、機密データにはどうしてもアクセス出来なかったし」

「そっかー」少女は部屋の隅で眠る男の子に一瞬《いっしゅん》だけ視線を向け「……あそこには、もう近づかない方がいい、よね？」

「そうだね。少なくともあの子は連れて行かない方が良《い》い」少年は立ち上がり、食器とトレイをコンテナの隅の小さな洗浄機《せんじょう》に運んで「……月夜も、分かってるんじゃないの？　父さんがあの子を作ったのは、たぶん……」

テーブルの上に降りる沈黙《ちんもく》。

「……やめましょ、この話」少女はスープの残りを勢いよくかき込み「それより今は今の話よ。

どうにかモスクワ軍誤魔化《ごまか》して、落ち着いて暮らせる場所見つけないと」

故郷であるシティ・神戸《こうべ》に戻《もど》らないということについては、二人は既《すで》に話し合って決めている。安住の地を捨てて旅に出たのは覚悟《かくご》があってのことだし、「錬」と名付けた子供の問題もある。父がなにを考えていたにせよ、あんな小さな子供をシティに引《ひ》き渡《わた》すことなど考えられない。

携帯端末を手に取り、フライヤーの操縦席に向かう少年。

「ねえ」その背中に少女は顔を向け「これ、まだ持ってる?」

振り返る少年の視線の先で、少女が広げた手のひらを揺《ゆ》らす。

頼《たよ》りないライトの明かりに光るのは、小さな銀色のディスク。

父が二人に残した数々の遺産の中でただ一つ、少女がシティ・神戸から持ち出した物だ。

「僕は、家に置いてきた」少年は静かに首を振り「父さんには悪いけど、そういうつもりは全然無いからね」

そっか、と自分の手のひらを見つめる少女。

数秒。

少女は意を決したようにうなずき、小さなディスクを部屋の隅の処理装置に投げ捨てる。

「いいの?」

「私もそんな気ぜんぜん無いし。今の私で十分よ」少女はなぜだか偉《えら》そうに胸を張り「それにほら。後で気が変わったら真昼《まひる》にもう一回作ってもらえばいいだけだし」

少年が、ええー、と顔をしかめ、それからくすくすと笑う。

少女はどこか得意げな笑み《え》を返し、視線をコンテナの側面に埋《う》め込まれた窓へと向ける。

真の闇《やみ》に包まれた夜の雪原。周囲に張《は》り巡《めぐ》らせた偏光迷彩《へんこうめいさい》の向こうから、時折雪の粒《つぶ》が舞《ま》い落ちて窓に白い綿毛模様を描《えが》く。あらゆる生命が滅《ほろ》び去ってしまったような静寂《せいじゃく》の世界。明日のことなど分からない。未来のことなど何一つ分からないけれど――

コンテナの隅で、苦しげな吐息が漏れる。

少女は足音を忍《しの》ばせて小さな子供に歩み寄り、毛布の裾《すそ》を丁寧《ていねい》に整えた。

第五章　滅びの足音　～Pacifist game～

視界を覆《おお》う吹雪《ふぶき》が、激しさを増した。

錬《れん》は軍用コートの裾《すそ》を強くかき合わせ、一歩、また一歩と永久凍土《とうど》の大地を踏《ふ》みしめた。

シティ連合の駐屯《ちゆうとん》地跡《あと》に廃棄《はいき》されていたコートには空気結晶《けつしよう》の弾丸《だんがん》に貫《つらぬ》かれたらしき小さな穴が幾《いく》つも穿《うが》たれ、本来持っていた「論理回路による防寒」という機能を失って単なる断熱素材の塊《かたまり》へと成り果てている。凍《こご》えた大気はコートの穴から、襟元《えりもと》から、手袋《てぶくろ》と袖《そで》の間のわずかな綻《ほころ》びから容赦《ようしや》なく内側に入り込み、錬の体温を奪《うば》い去《さ》っていく。

『分子運動制御《マクスウェル》』が周囲の熱量をかろうじて操作し、体感温度をほんの少しだけ上昇《じようしよう》させる。

I―ブレインはすでに蓄積疲労《ちくせきひろう》の限界。

こうして活動に必要なぎりぎりの体温を維持《いじ》するだけで、脳内がエラー表示で埋《う》め尽《つ》くされていく。

今がいったいいつなのか、ここがどこなのか分からない。南極衛星から投げ出され、氷の山脈に着陸し、まだ戦場に残っていた賢人会議《けんじんかいぎ》の魔法士《まほうし》から身を潜《ひそ》め、周囲に動く者の気配が絶えたのを確認《かくにん》してから移動を開始した。

それからずっと、こうやって歩いている。

最初は一番近い海岸線を目指していたはずだが、今となってはもう、自分がどの方角に進んでいるのかも分からない。

肩《かた》に担《かつ》いだロープを両手で握《にぎ》りしめ、背後を振《ふ》り返《かえ》る。ロープの先は分厚い防寒素材で作られた密閉式の担架《たんか》に繋《つな》がり、そこには意識を失った白髪《はくはつ》の少年が押し込まれている。

担架の表面に立体映像で浮《う》かぶ数値は、少年がまだ生きていることを伝えている。

その数値が本当に正しいのか、確かめる勇気は錬には無い。

防寒コートと共にこの救助キットを発見できたことは幸運だった。自分よりも大きな少年を背負って吹雪の中を行く体力はすでに残されてはいなかったし、何より少年の体が限界だった。救助キットに含《ふく》まれていた人工呼吸器と補助心臓、その二つがかろうじて少年の命をつなぎ止めている。それもいつまで保つか分からない。少年が受けた傷の幾つかは明らかに緊急《きんきゅう》の外科《げか》手術を必要とする物であり、死はすでに少年の目の前にまで迫《せま》っている。

踏《ふ》み出《だ》した足が唐突《とうとつ》に力をなくし、膝《ひざ》が折れる。

バランスを失った体が、降り積もった雪の上に投げ出される。

衝撃《しょうげき》に呼吸が止まる。熱を帯びたしびれが指先から広がり、四肢《しし》の全体を覆っていく。頬《ほお》に触《ふ》れる雪を温かいと感じる。奇妙《きみょう》な錯覚《さっかく》。あらゆる物が彼方《かなた》に遠ざかり、意識が焦点《しょうてん》を失っていく。

かろうじて残る物は、ロープが食い込んだ手のひらの、激痛。

そのわずかな感覚を道標に、腕《うで》を前に伸《の》ばし、凍土の平原を這《は》い進《すす》む。

右腕《みぎうで》、左腕《ひだりうで》、右腕。次の左腕を前に伸ばそうとしたところで、肘《ひじ》から先が動かないのに気付く。肺にたまった空気が喉《のど》の奥から漏《も》れる。その呼気が熱いのか冷たいのかさえ、もはや分からない。それでももう少しだけ。錬はうつ伏《ぶ》せに倒《たお》れたまま、前に突《つ》き出《だ》した右手の指先で繰《く》り返《かえ》し雪の表面をたぐり、

——頭上に光。

荒《あ》れ狂《くる》っていた吹雪が唐突に絶え、周囲の大気がわずかに暖かみを増す。

右腕の肘で地面を押し、どうにか体を反転させることに成功する。仰向《あおむ》けになって見上げた空を、一面の金属の壁《かべ》が覆《おお》い隠《かく》す。白色の雪中迷彩《めいさい》に覆われた軍用の飛行艦艇《かんてい》。全長数百メートルの巨大《きょだい》な船体が、闇《やみ》空に音も無く静止する。

「本部、目標を発見。確保します」

「ノイズメイカー展開。各部隊、周辺を警戒《けいかい》」

飛行艦艇の側面のハッチから数台のフライヤーが飛び出し、瞬《またた》く間《ま》に地表へと降下する。モスクワ自治軍の兵士達が慌《あわ》ただしく駆《か》け寄《よ》り、錬を置き去りにして後方の、負傷者運搬《うんぱん》用の担架へと飛びつく。

「幻影《イリュージョン》No.17を確認！　これは……負傷しています、重傷です！」

「直ちに搬送《はんそう》急げ！　救命班、緊急手術の用意！」

必死の形相で少年を抱《かか》え上《あ》げる兵士達を、仰向けのまま呆然《ぼうぜん》と見つめる。その視界を遮《さえぎ》って、別な一団が錬のすぐ傍《そば》に歩み寄る。

完全武装の防護服に身を包んだ、ベルリン自治軍の兵士達。

手にした短機関銃《じゅう》の銃口《じゅうこう》が、周囲のあらゆる方向から躊躇《ちゅうちょ》無く突《つ》きつけられる。

「天樹《あまぎ》錬、だな？」先頭の兵士がフルフェイスのマスクの奥からこっちを見下ろし「作戦の報告……は無理か。まず応急手当だ」

無骨な装甲《そうこう》に覆われた手が首筋をつかみ、ノイズメイカーを押し込む。

錬は、それを為《な》す術《すべ》無く見上げた。

＊

巨大な工作機械の生み出す断続的な振動《しんどう》が、剝《む》き出《だ》しのコンクリートの床《ゆか》を震《ふる》わせた。

シティ・ニューデリーにほど近い修理工房《こうぼう》の町。ルジュナの母、サティが暮らす家の一室。

錆《さび》が浮《う》き出《で》たパイプ椅子《いす》の上で足を組み、ヘイズはテーブルに浮かぶ立体映像ディスプレイを睨《にら》んだ。

ワイヤーフレームで描《えが》かれた南極大陸の表面を、無数の光点が群体生物のように蠢《うごめ》く。光点のほとんどはシティ連合の戦力を表す赤色で、その中を賢人会議側の魔法士を表す青色がめまぐるしく飛び回る。今から六時間前、南極上空で雲の一時的な消滅《しょうめつ》が観測された直後からのシミュレーション。青い光点は周囲を塗《ぬ》りつぶす赤い光点の包囲をすり抜《ぬ》け、あるいは局地的に消滅させながら、次々に大陸の外へと離脱《りだつ》していく。

青い光点は海上で幾つかの集団を形成し、互《たが》いに異なる地点から南アメリカ大陸へと上陸する。それぞれの集団は北上しながら合流を繰り返し、アンデス山脈の中腹で一つの塊となったあと再び幾つもの小集団に分裂《ぶんれつ》して互いに別の方角に動き始める。

その足跡《あしあと》が、唐突に絶える。

青い光点が一つ残らず地図上から消失し、後には南極周辺を塗りつぶす赤い光点だけが残される。

「……ダメね」

隣席《りんせき》で同様にディスプレイを睨んでいたクレアが、疲《つか》れ切《き》った様子でテーブルに突《つ》っ伏《ぶ》す。少女は緩慢《かんまん》な動作で自分のうなじに手を回し、垂れ下がった数本の有機コードをまとめて引《ひ》き抜《ぬ》く。

ヘイズの脳内を駆《か》け巡《めぐ》っていた『千里眼』の観測データが消滅する。

クレア自身のI―ブレインだけではなくヘイズの脳とHunterPigeonの演算装置までも用い

た並列《へいれつ》処理による賢人会議の追跡《ついせき》。その三度目の失敗を示すエラーコードがディスプレイに映し出される。

「何なのよ……もう」突っ伏したまま、呻《うめ》くように呟《つぶや》くクレア。「何で見えないわけ？　賢人会議が南極から別の大陸に逃《に》げるところまでは辿《たど》れたんだから、その先も分かるはずでしょ？　普通《ふつう》ならどんな厳重な防壁《ぼうへき》張られたって、『この大陸のこの地方』って目星ぐらいはつくはずなのに……」

『おそらく、クレア様の能力に対抗《たいこう》するための専用の防壁ではないかと』

テーブルに浮かぶディスプレイの中央、横線三本で描かれたマンガ顔が言葉を返す。ヘイズと同じく少女に演算速度を貸していたハリーは両目の角度でいかにも神妙《しんみょう》そうな顔を表現し、『賢人会議は当然、クレア様の「千里眼」による探査を何よりも警戒していたはずです。あるいは、マサチューセッツを幾度《いくど》か襲撃《しゅうげき》した際にクレア様の能力について詳細《しょうさい》データを得たかもしれません。南極側の転送システムを破壊《はかい》して世界中に散ることが彼らの当初からの計画であったなら、当然、相応の準備は済んで』

「分かってるわよ！　そんなこと――」

両手で力任せにテーブルを叩《たた》き、今にも泣き出しそうな顔で跳《は》ね起《お》きるクレア。が、少女はすぐに飾《かざ》り物《もの》の視線を自分の膝に落とし、唇《くちびる》を噛《か》んで、

「ごめん……ハリーに怒鳴《どな》ることじゃ無かった……」

ハリーが困ったように横線の両目を曲げ、ディスプレイごとこっちを振り返る。

ヘイズは指を鳴らそうとして失敗し、椅子に乱暴に体を預けて「あーったくよぉ！」と髪《かみ》をかきむしった。

テーブルに浮かぶ別なディスプレイの幾つかを、指の動きで手元に引き寄せる。ニューデリーのルジュナから秘密裏《ひみつり》に届けられた、今回の一連の事件に関する各国の報告。そこには現在の地球の状況《じょうきょう》――シティと人類の置かれた絶望的な現実が記されている。

南極大陸における作戦は失敗に終わり、大気制御衛星は賢人会議の手に落ちた。衛星内に雲を除去するためのシステムが存在することが、「実際に雲を分解してみせる」というこれ以上無いほど明確な形で証明された。地上側の転送システムは賢人会議によって破壊され、衛星内への突入《とつにゅう》はもはや不可能となった。南極を離脱した魔法士達の行方《ゆくえ》は知れず、各シティは今回の戦闘《せんとう》で被《こうむ》った甚大《じんだい》な損害への対処に追われている。

まとめるなら、こういうことだ。

人類は敗北した。

それも、これ以上無いというほど致命《ちめい》的な局面で、これ以上無いというほど致命的な形で。

「……ヘイズ?」

部屋の外から小さな声。振り返るヘイズの前でドアが開き、チャイナドレス姿の少女が姿を現す。その後ろからは頭に黒猫《くろねこ》を乗せた金髪《きんぱつ》の男の子。二人はおそるおそるという様子で歩み

寄り、手にした立体映像の文書を差し出して、

「ヘイズ……んと、これ」

「目ぇ覚めたか。調子はどうだ？」

横目に文書の正体を確認して内心で嘆息《たんそく》しつつ、どうにか軽い口調で応じる。ファンメイとエドは南極の戦場を離脱した後、ロンドン自治軍の目をかいくぐってこの町にたどり着き、疲労の限界に達して眠《ねむ》り続けていたはずだ。

「え？　えっと、まだちょっとふらふらだけど平気……じゃなくて！」ファンメイは自分を鼓《こ》舞《ぶ》するように首を左右に振《ふ》り「これ、さっき見つけたんだけど！」

そう言って少女が示すのはモスクワ軍の作戦報告書。外交ルートで正式にニューデリーに通達があった物を、ルジュナが送ってくれた写しだ。

南極衛星に突入した幻　影《イリュージョン》No.17と天樹錬の消息。二人は南極大陸の山中を彷徨《さまよ》っているところを発見され、幻　影《イリュージョン》No.17は直ちに手術、天樹錬はベルリン自治軍に引《ひ》き渡《わた》された、と――

「そーだ、錬は連れて行かれた」ヘイズは少女から視線を逸《そ》らして灰色の天井《てんじょう》を睨み「ルジュナもいろいろ介入《かいにゅう》したけどダメだったって話だ。たぶん、あいつの扱《あつか》いは最初からニューデリーとシンガポール以外の四つのシティで全部決めちまってるんだろうな」

「助けに……行かないの？　天樹錬だけじゃない、フィアちゃんだって」

「行けるもんならとっくに行ってらぁ」薄暗《うすぐら》い天井を見上げたまま投げやりに手を振り「けど、今は回せる手が無ぇ。賢人会議はいつシティに対する攻撃《こうげき》始めるかわかんねぇってのに、シティ側には打つ手無し。そっちをどうにかしねぇとマジで人類が滅《ほろ》んじまう」

現状で「世界再生機構」が抱《かか》える戦力は自分とクレア、ファンメイ、エド、後は非戦闘員であるリチャードとペンウッド教室の研究員達。同行してきたフェイ大使と少尉《しょうい》とかいう元神戸《こうべ》自治軍の女兵士を数に入れて良いのかは分からないが、仮に彼らが魔法士に匹敵《ひってき》する戦力であったとしても、世界の問題に対処しつつ同時並行《へいこう》でベルリンに乗り込むような余力はどこにも無い。

『残念ですがヘイズの言うとおりです、ファンメイ様』ハリーが横線三本の両目と口を歪《ゆが》めて困った顔を作り『それに、世界のパワーバランスは今やシティ連合の側に圧倒的《あっとうてき》に不利に傾《かたむ》いています。私達がここでベルリンを攻《せ》めるということは、賢人会議に手を貸しその流れにダメ押しの一撃《いちげき》を加えることを意味します』

ファンメイは無言。隣《となり》のエドが見かねた様子で服の裾を引っ張るが、少女はうつむいたまま顔を上げようとはしない。

ヘイズはその様子を横目にうかがい、どうにか気楽な表情を作り、

「まぁ……あれだ。ベルリンもバカじゃねぇからな。この状況で錬とフィアをどうこうしてわざわざ手駒《てごま》を減らすようなことはしねぇだろ。なら、あいつらには我慢《がまん》して、シティ側の戦力

になっててもらった方が都合が良《い》い。その辺はお前にも分かって……」

言いかけた言葉を途中《とちゅう》で飲み込む。

握りしめた両手を震わせるファンメイの姿に、自分の愚《おろ》かさを悟《さと》る。

少女はほんの数時間前まであの南極の戦場にいたのだ。当然、賢人会議の勝利宣言も聞いた。突如《とつじょ》として出現したあの青空も見た。世界の置かれた状況など分かっている。今が友人一人の身を案じていられる時で無いことくらい知っている。

それでも止まれない。

目の前にある明快な目的に縋《すが》り付《つ》かなければ、現実の重さに耐《た》えられないのだ。

「……例のレポートは読んだか？」何度もためらってから、声を投げる。「ベルリン自治軍から出てるヤツだ。錬が移送されたって報告と一緒《いっしょ》にルジュナが送ってきた」

「読んだ。……天樹錬が衛星の中であのサクラって子に聞いた話でしょ？」ファンメイはうつむいたままうなずき「あの雲はホントは太陽光発電プラントの暴走を防ぐための物で、アリスは一回滅びそうになった世界を助けたんでしたって。……ホント、びっくり。ヘイズもびっくりした？」

少女は力なく笑い、傍《かたわ》らの椅子に崩《くず》れるように座り込む。エドがわずかに表情を歪め、少女の細い腕を両手でつかんで何度も引っ張る。

その姿に耐えられず、視線を逸らす。

目の前には立体映像の報告書。

そこには、歴史の闇に埋《う》もれた世界の真実が克明《こくめい》に記されている。

十三年前のあの日、シティの軍に追われた『最初の魔法士』は、有事の際の要塞《ようさい》として用意されていた南極衛星に逃《に》げ込んだ。軍と戦うために予測演算を行った魔法士は、ほんの十数分後に太陽光発電プラントの暴走が発生し、地球上の全ての生命が死滅《しめつ》するという未来を知った。残された時間は無く、助けを呼ぶ術も無く、魔法士は自分の命と引《ひ》き替《か》えに世界を遮光《しゃこう》性気体の雲で覆い、プラントの機能を停止させることで暴走を食い止めた。

それが真実。

アルフレッド・ウィッテンが南極衛星の中で見つけた、「世界の解」の正体。

「なんなのよ、もう……」

背後で絞《しぼ》り出《だ》すような声。振り返るヘイズの前、クレアがうつむいたまま両手で顔を覆って息を吐《は》く。少女はしゃくり上げるように何度も肩を震わせ、切れ切れに、独り言のようなかすかな声で、

「何が世界の解よ。なんで今になってそんなこと言うの？　今さらそんな話して、あたし達にどうしろっていうのよ……」

それっきり言葉を無くし、動かなくなるクレア。ヘイズはそんな少女とやはり身じろぎ一つしないファンメイの間に視線を彷徨わせ、耐え切れずに天井を見上げて手のひらで両目を覆う。

……マジでどうすりゃ良いんだよ、こんなもん……

天井に淀《よど》んだ闇が頭上から降り積もり、全身を押し潰していくような錯覚。それをはね除《の》けようと力任せに腕を振って身を起こし、ふいに、自分の中にある物の正体に気づく。

期待していたのだ、自分は。

アルフレッド・ウィッテンの遺書に記されていた「真実を知りたいなら南極衛星に向かえ」という言葉。そこに遺《のこ》されているはずの何かに、自分は心のどこかで期待していたのだ。

もちろんそれは、一振りで世界を救う都合の良い魔法の杖《つえ》などでは無いだろう。あるいは、この世界に生きる者達にとって不都合な真実が明かされることになるかもしれない。だがそれでも。それでも、この閉塞《へいそく》した状況を打開し世界を前に進ませる手がかりが、少なくともその欠片《かけら》くらいは見つかるのではないかと……

そんなものは、どこにも無かった。

衛星の中に遺されていたのは、世界を作り変えるためのシステムと、失われた歴史の残骸《ざんがい》と、かつて世界を救った一人の魔法士の亡骸《なきがら》、ただそれだけだった。

……なあ、どうすりゃいい、旦那《だんな》……

部屋に居並ぶ面々の中に、黒衣の騎士《きし》、黒沢祐一《くろさわゆういち》の姿は無い。男は今も意識を失ったまま、寝室《しんしつ》のベッドで簡易型の生命維持装置に繋がれている。

原因は不明。

とにかく、南極の地下施設《しせつ》に突入した祐一はそこで意識を失い、倒れた。

戦場から祐一を助け出したのは、賢人会議の白騎士、あのディーという名の少年だった。ディーは戦場でシティ連合軍と賢人会議の双方《そうほう》と戦闘を続けていたヘイズの目の前に忽然《こつぜん》と出現し、その場に祐一を下ろすと「早く安全な場所へ」と言い残して周囲の魔法士達と共に戦場から姿を消してしまった。

それから六時間、男は今も眠り続けている。

生命維持装置の計器が示すデータは全て「基準値以上」。少なくとも肉体の面において、男には何の損傷も異常も見られない。

リチャードとその部下の研究員達は情報収集作業の合間を縫《ぬ》って男を診察《しんさつ》し、脳の精密検査を行っている。結果はまだ出ていない。いや、本当は既《すで》に出ているのかもしれないが、告げに来る者は誰《だれ》もいないし、ヘイズも自ら確かめに行く勇気が持てない。

恐《おそ》ろしいのだ。

自分の頭に浮かんでいる最悪の予想が、現実の物となるのが。

……勘弁《かんべん》してくれよ旦那。あんた、まだやることあんだろーが……

立ち上がろうと脚《あし》に力を込《こ》め、失敗して椅子の背に倒《たお》れ込む。分からない。立ち上がって、歩き出して、そこからどこに行って何をすれば良いのか。やるべきことは分かっている。シティと賢人会議の戦争を仲裁《ちゅうさい》し、雲の除去システムを稼働《かどう》させるという賢人会議の計画を止め、状況をシンガポールの事件以前の、人類と魔法士の協力体制に向けて世界が動き出していた時点にまで戻《もど》す。だが、どうやって。そんな夢のような方法がどこにある。この絶望的な状況から、どうやったら世界をもう一度立て直すことが出来ると——

「ヘイズ……？」

思考を遮る少女の声。驚《おどろ》いて顔を上げると、ガラス玉のような瞳《ひとみ》と視線がぶつかる。目の前にはひどく不安そうにこっちを見つめるクレア。テーブルの向かいではファンメイとエドが、おびえたような表情で様子をうかがっている。

いったい、自分は今どんな顔をしているのか。

慌てて首を振った瞬間《しゅんかん》、これまで想像すらしたことの無かった思考が頭に浮かぶ。

……こいつら、どうする……？

自分はいい。自分はこれまで「I－ブレインを持たないただの人間」に返しきれないほどの恩を受けてきたから、たとえ人類が滅びるとしても賢人会議の側に乗《の》り換《か》えるつもりなど無い。だが、それは目の前の三人には関係ない。本当に打つ手が無く、破局が目の前にまで迫ったとしたら、この三人には「全てを捨てて生き残る側につく」という選択肢《せんたくし》があっても良いはずだ。

幸いなことにクレアは、賢人会議の幹部であるデュアルNo.33と旧知の仲だ。少女はすでにシティ・マサチューセッツを裏切っているから、魔法士達に拒《こば》まれる心配も無い。ファンメイとエドにしてもロンドンを追われたことはすでに知られているはずだから、帰順を望めば魔法士達は歓迎《かんげい》を持って二人を迎《むか》えてくれるだろう。

だから、本当に最後の最後、全ての道が断《た》たれたその時は、

……何考えてんだよ、オレは……！

とっさに自分で自分の頬をはたく。思いがけなく高い音。びくりと身をすくませるクレアに「悪《わり》い」と呟き、ヘイズは椅子を蹴《け》って立ち上がり、

——テーブルの上に唐突に出現する通信画面。

映し出されるメッセージを前に、その場の全員の顔色が変わった。

＊

軍用ポートを駆《か》け回《まわ》る兵士達の動きが、緊迫《きんぱく》感を増した。

管制塔《かんせいとう》の貴賓《きひん》室から窓越《ご》しにその光景を見下ろし、ルジュナは無言で唇を噛んだ。

無数の整備機械に埋め尽くされた数百メートル四方の巨大なポート、目を凝《こ》らしても全容を把握《はあく》することなど到底《とうてい》出来ないその広大な空間の先に、光点のようなかすかな機影《きえい》が姿を現す。

シティの外部に開かれた発着口の向こうで機影は見る間に大きさを増し、巨大な飛行艦艇を形作る。

全長三百五十メートルの船体が半ば墜落《ついらく》するように発着レーンに滑《すべ》り込み、船尾《せんび》の一部をシティの外に突き出したままの位置で動きを止める。

ゆっくりと右に傾いていく船体を巨大な金属の腕が固定し、ポートの内部へと運ぶ。

表面を覆うチタン装甲には無数の破砕痕《はさいこん》が穿たれ、搭載《とうさい》された荷電粒子砲塔《かでんりゅうしほうとう》のうち正面の数百は融解《ゆうかい》して原形を留《とど》めていない。無残な姿と成り果てた艦《かん》の後方で、五重の巨大な隔壁《かくへき》が順に閉鎖《へいさ》される。待機していた数百台の輸送用フライヤーが発着場に列を成す。巨大な艦の側面に複数のタラップが接続され、負傷兵の運び出しが始まる。

全身を包帯で固定された者、四肢のいずれかを吹《ふ》き飛《と》ばされた者。

痛ましい姿の兵士達が次々に輸送フライヤーに移《うつ》し替《か》えられ、運び去られていく。

軍病院はすでに規定数の倍の患者《かんじゃ》を収容し、機能が飽和《ほうわ》している。野戦用の簡易施設をポート周辺の緑化地域に設営し、軍医はもちろん民間の医師も残らず動員しての緊急対応。それでも、一万を超《こ》える重傷者とそれに倍する軽傷者の全てに十分な治療《ちりょう》を施《ほどこ》すには手が足りない。

賢人会議を食い止めるために南極に軍を送るという自らの決断の、その結果。

それを嚙《か》み締《し》めるルジュナの目の前に、唐突に小さな通信画面が出現する。

『いかがですかな？　そちらの状況は』

陰鬱《いんうつ》な表情で問うリチャードの姿はざらついたノイズにまみれ、スピーカー越しの音声も断続的に途《と》切《ぎ》れる。現在、シティ・ニューデリーの全階層は最高レベルの通信統制下にあり、この執政官《しっせいかん》専用の最重要回線もデータ伝送速度が本来の百万分の一にまで低下している。

「どうにか、全ての艦の収容を終えたところです」ルジュナは傍らの椅子に腰掛《こしか》けて息を吐き
「我が軍の損害は全戦力の三割ほど、と先ほど報告がありました。アフリカ海での戦闘に参加した各国に比べれば幾らか救いのある数字ではありますが、いずれにせよ、大規模な組織行動はしばらく不可能です」

ディスプレイの隅《すみ》に表示された日時は『十月十八日午前四時』。南極大陸における戦闘の終結からおよそ六時間、各国の軍は残存戦力をまとめ、すでにそれぞれのシティへと帰還《きかん》した。このニューデリーでも日付が変わる前後から飛行艦艇の収容作業が始まり、たった今、最後の一隻《せき》が到着《とうちゃく》した。

空軍が保有する九十六隻の艦のうち、このニューデリーまで帰り着いたのは八十七隻。全ての艦が船体内部にまで及《およ》ぶレベルの損傷を被っており、その補修作業のために第一階層から第二十階層までの全ての軍用ポートと民間ポートはもちろん、施設の老朽《ろうきゅう》化によって閉鎖されていたシティ基底部の地下格納庫までもが全力で稼働している。

が、それでも帰還できたのなら幸運。

撃墜《げきつい》された九隻の回収と修復には十年単位の時間を要し、中でも二隻の五百メートル級重装艦については再建は不可能だ。

死者の総数に関する報告は、まだ、これから。

ルジュナは貴賓室の白塗《しろぬ》りの天井を無言で仰《あお》ぎ、ノイズ混じりの通信画面に向き直って、

「それで、そちらは？」

リチャードは腕組《うでぐ》みしたまま束《つか》の間《ま》、目を閉じ、

『一応、試算は完了《かんりょう》しました』箱からタバコを取り出し、火をつけることもせず指先で回しながら『結論から言えば、南極の転送システムの復旧は不可能では無い。中枢《ちゅうすう》部分は騎士の情報解体で原子単位に分解されてしまいましたが、何しろこちらには「北極側の転送システム」がありますからな。位置関係の問題からあれの転送先を南極衛星に変更《へんこう》することは出来ませんが、中枢の装置を丸ごと南極側に移設することはそう難しくは無い。それを元にシステム全体を再構築し、先の戦闘で破壊された外殻《がいかく》部分の論理回路を修復したとして……』

言葉が途切れる。

リチャードは指先のタバコをしばし見つめ、どこか投げやりな所作で元の箱に押し込み、

『そうですな。全てのシティの全面的な協力が得られ、かつ賢人会議側から一切《いっさい》の妨害《ぼうがい》が無いと仮定して——二年もあれば最初の動作テストまではこぎ着けるでしょう』

「そう甘くは無いですね、やはり」

半ば予想されていた答にルジュナは視線を伏《ふ》せる。

当然の話。転送システムが容易《たやす》く修復可能な物であるなら、賢人会議が一度占領《せんりょう》した施設をおとなしく手放すはずが無い。

周囲に浮かぶ立体映像の報告の一つを引き寄せ、もう何度読み返したか分からないその文面に視線を巡《めぐ》らせる。六時間前に南極の前線指揮官からもたらされた報告。全てのシティの自治軍と賢人会議の全戦力を巻き込んだ争奪《そうだつ》戦の最後の局面。兵士達の頭上に広がる青空と「衛星を手中に収めた」という少女の宣言を合図に魔法士達は戦闘を中断し、完全に占領下においていた地下の転送システムさえも放棄《ほうき》して南極大陸から姿を消した。

転送システム内に突入したニューデリー自治軍の兵士達は残敵に遭遇《そうぐう》することも無く施設の最深部に到達《とうたつ》し、そこで、跡形《あとかた》も無く破壊されたシステムの制御中枢を発見した。

おそらくは、騎士の情報解体による攻撃。

本来なら巨大な機械が設置されていたはずの場所には砂状に崩壊《ほうかい》した金属とプラスチックの残骸が積み上がり、球形の部屋の内壁《ないへき》全体に稠密《ちゆうみつ》に刻まれていたはずの論理回路は原形を留めぬほどに破壊し尽《つ》くされていた。

「雲の除去システム」を確実に手中に収めるために指揮官自らが衛星内に飛び、追撃《ついげき》を断つために地上との移動手段を破壊する——確かに理にかなった判断であり、敵がその手を打ってきた時点でシティ側には対抗策が無い。それは間違《まちが》い無《な》い。

だが、その手段を実際に可能とする決断力、自分が永久に地上に帰還出来ないかもしれないというリスクを許容するその精神は。

……天樹真昼《まひる》の魂《たましい》が乗り移った、とでも言うのでしょうか……

「賢人会議のその後の動向については、何か？」

『クレア嬢《じょう》がヘイズと共にトレース計算を行ってくれていますが、芳《かんば》しい報告は』リチャードは諦《あきら》めたように息を吐き『向こうも相応の隠蔽《いんぺい》工作を行っているのでしょう。南極海を渡《わた》って南米大陸に入ったところまでは分かっていますが、そこから先は』

魔法士達はシティの探査の目をすり抜け地球上のどこかに潜伏《せんぷく》し、沈黙《ちんもく》を保ち続けている。

各軍の報告を総合して得られた賢人会議側の損害は全戦力の四割ほど。が、魔法士という戦闘単位の特性を考えれば、一ヶ月後にはこの数字は全戦力の二割かそれ以下にまで回復する。

対して、各シティが被った損害は全軍の三割から、ひどいところで六割以上。

今やシティ側の戦力優位は失われた。全てのシティの戦力を総合すればまだ人類側は魔法士側をやや上回っているが、仮に賢人会議が全戦力を一つのシティに投じれば、被害《ひがい》の少ないニューデリーとシンガポールを除く四つのシティにとって状況は極《きわ》めて難しいものとなる。

『幸い、と言うのも的外れですが、あちら側の損害も小さな物では無い。アフリカ海の島という拠点《きょてん》も失いましたから、再び大規模な組織行動に出るまでには幾らかの猶予《ゆうよ》があるでしょう』

その事実が何の慰《なぐさ》めにもならないことを理解しているのだろう。リチャードの言葉に覇気《はき》は無く、陰鬱な表情が晴れることも無い。賢人会議が回復するまでの「幾らかの猶予」が一週間であろうと一ヶ月であろうと、シティ側に打てる手は無い。失われた兵器と兵員を補充《ほじゅう》して戦力を完全に立て直すにはその短い時間では到底足りず、どこかに存在するであろう賢人会議の新たな拠点を探し出すには装備と人員が足りない。

　そして、万に一つの幸運によって敵の拠点を発見できたとしても、状況は好転しない。

　たとえその戦いでこちらが勝利し、賢人会議の新たな拠点を破壊することが出来たとしても、「南極衛星に存在する雲除去システム」という切り札を握っている魔法士達は自由に拠点を放棄して撤退《てったい》し、地球上の好きな地点に新たな拠点を設定して好きなようにゲリラ的な攻撃を再開することが出来る、と――

「司令部からはすでに部隊の再編計画をいただいています。ともかく、防衛戦力を確保しないことには始まりませんから」

　その考えをルジュナは口にしない。リチャードも正しく把握しているはずだが、あえて触れようとはしない。

　恐ろしいのだ。

　言葉として発してしまえば、それは決して覆《くつがえ》すことの出来ない確定した未来となってしまうのではないかと。

『こちらでも、部下に命じて賢人会議の戦力分析《ぶんせき》を始めたところです』リチャードは背後に映る白衣の研究員達を振り返り『南極での戦闘であちらの主力の全容はどうにか見えましたからな。第一級《カテゴリーA》の魔法士百五十八名、その一人一人の行動パターンが摑《つか》めれば、戦局の操作も可能ではないかと……』

耳障《みみざわ》りなノイズ音。通信画面が唐突に動作を停止し、「回線不調」という立体映像の文字がルジュナの目の前に大写しになる。周囲に浮かぶ画面の幾つかが同様に消え去り、あるいはエラーメッセージで埋め尽くされる。

そのまま十数秒。

膝の上に両手を組んだ姿勢のまま見守るルジュナの前で、ノイズまみれの通信画面が唐突に動作を再開し、

『……なるほど』映像の向こうのリチャードが変わらず陰鬱な表情のまま『待ってはくれんようですな。賢人会議は』

「警備部からの報告では、広報関係のシステムに対する攻撃が継続《けいぞく》しているとのことです。他のシティも状況は同じでしょう」ルジュナは情報部からリアルタイムで届き続けている通信システムのエラーログに目を通し「この回線は存在自体が秘匿《ひとく》された執政官専用のものですが、通信システム全体へのダメージの余波は避《さ》けようがありません。幸い、このレベルの攻撃ならどれほど継続したところで防壁が突破《とっぱ》されるおそれはありませんが」

ニューデリーをはじめとする全てのシティは、南極での戦闘終結の直後から外部との通信のほとんどを物理的に切断。わずかに維持している自治政府専用の機密回線にも通常ではあり得ない密度の、それこそデータ伝送に支障を来《きた》すレベルの防壁を張《は》り巡《めぐ》らせている。理由はもち

ろん賢人会議によるプロパガンダを阻止《そし》するため。市民と末端《まったん》の兵士の混乱を避けるために、隠蔽しなければならない情報は膨大《ぼうだい》を極める。

南極での敗戦の事実。大気制御衛星が賢人会議の側に渡ったという事実。敵味方双方の損害の状況。いつかは明るみに出る情報であっても、自治軍の戦力再編が追いつかず防衛戦もままならない状況での流布《るふ》は阻止しなければならない。

そして、もう一つ。

『例の報告はご覧になりましたかな？』リチャードはいまだに手にしていたタバコの箱を胸ポケットに押し込み『ベルリンが錬君から聞き出したというあれです。衛星の中で賢人会議の代表が錬君に語ったという』

「ご存じでしたか」耳が早いですね、とルジュナは息を吐き「先ほどシティ・ベルリンから正式な情報開示がありました。このニューデリーとシンガポールを含めた全てのシティ宛《あて》に。……事ここに至って、シティ同士で争っていられる段では無いとようやくご理解いただけたようです」

目の前に浮かぶ最も新しいディスプレイに視線を向ける。ベルリンから送られてきたその文書には、衛星内でサクラが錬に明かしたという大気制御衛星暴走事故の真相が記されている。

曰《いわ》く、空を覆う雲は太陽光発電プラントの暴走を防ぐための緊急処置であり、最初の魔法士、アリス・リステルは滅亡《めつぼう》の危機に瀕《ひん》していた地球を救ったのだ、と。

『どうお考えですかな？　これが真実か否《いな》か』

「真実、と考えるのが妥当《だとう》でしょう」ルジュナはディスプレイに視線を落としたまま「これほど大きな話、嘘《うそ》であればすぐに露見《ろけん》してしまいます。シティに対するプロパガンダとして利用するならともかく、あの場で錬君とイルさんを説得するためだけに持ち出せるような物ではありません」

無論、この話を聞いたところで、それで二人が味方になるとはサクラも考えてはいなかっただろう。自分の遺伝子上の母親の最期《さいご》を語った少女の意図が単なる感傷だったかそれ以上の何かだったかは、ルジュナにも判断出来ない。

だが、真実なら、賢人会議がこれを利用しないはずは無い。

要するにこれは、『魔法士が人類に代わってこの地球を支配する大義名分』なのだから。

「ベルリンから提示されたデータは全て破棄《はき》するよう、関連機関に通達しました」周囲に浮かぶ幾つかの指令書を順に通信画面のリチャードに示し「内容に少しでも触れた可能性のある職員には全て記憶封鎖措置《きおくふうさそち》を。他のシティでも同様のはずです」

この情報がシティに対してどの程度の効力を持つか、実のところルジュナにもはっきりと予測出来ているわけでは無い。「I―ブレインを持たない人類は本当ならすでに滅亡しているはずの生物種であり、そんな人類が生存権を主張することには実は何の正当性も無い」という事実が一般《いっぱん》市民と末端の兵士に与《あた》える影響《えいきょう》は小さな物では無いだろうが、そもそも現状の世界は大義がどうのとお題目を掲《かか》げていられるほど悠長《ゆうちょう》な状況では無い。

正義や大義など知ったことか。俺達が生き残るために魔法士を滅ぼせ——そんな市民の声が多数を占《し》めれば、歴史の真実が一つ暴かれたところでどうということは無い、と考えることも可能ではある。

だが、それでもルジュナは危惧《きぐ》する。

この真実は市民から遠ざけるべきだと、ルジュナ自身を含めた全てのシティの指導者が等しく理解している。

今はまだ良い。シティ側がこれまでに被った損害はほとんどが軍事方面に限定された物であり、市民の生活には目に見えるような影響は出ていない。だがこれからは違《ちが》う。非戦闘員への直接的な攻撃による負傷者、死者。生活インフラの破壊による物資の不足。シティに暮らす全ての者が否応《いやおう》なく戦争の渦中《かちゅう》へと叩《たた》き込まれ、死の恐怖《きょうふ》が自分達の喉元《のどもと》にまで迫ったその時に。

もういいのでは無いか、という言葉が人々の間に生まれる。

そろそろ潮時なのでは無いか、人類は魔法士に未来を明《あ》け渡《わた》すべきではないか——そんな諦観《ていかん》、終末論が社会を蝕《むしば》み、人々に残された最後の抵抗《ていこう》の意思を砕《くだ》いてしまう。

国家の土台たる民衆の心が折れる。

そうやって、半ば自然消滅に近い形で滅びるシティを、ルジュナは大戦の末期に幾つも見た。

『黙《だま》っていてはくれんでしょうな、賢人会議《かれら》は』リチャードはしばしうつむいて考えるそぶりを見せ、ふいに眉《まゆ》をひそめて『時に、執政院《しっせい》は？　臨時の会議の途中と聞いていましたが、その後、話し合いは』

「一時閉会です。私は他の執政官の方々に、会議室からの退去を命じられました」ルジュナはどうにか笑《え》みのようなものを形作り「数時間でも休息を取るようにと。今、私に倒れられては困るのだそうです」

それでも自宅に帰る気になれず、ポートの視察に来てしまったのは自分の弱さなのだろうとルジュナは思う。多くの将兵を死地に追いやった責任。それを贖《あがな》う術は無く、選択《せんたく》の余地など無かったのだと分かっていてもこの場を離《はな》れることが出来ない弱さ。

こんな時、兄ならどうしただろう。

アニル・ジュレならばこの重荷を自分が当然背負うべき物として受け止め、平然と振《ふ》る舞《ま》うことが出来たのだろうか。

『閉会……なるほど』リチャードはどこか諦めた様子で『では、シティ・ニューデリーの今後の方針は大筋で定まった、と？』

「二時間後に私が執政院に戻れば、自治政府としてしかるべき決定が下ります」

ルジュナは通信画面から視線を外す。

窓外に広がる軍用ポート、いまだに途切れることの無い負傷者の列をしばし無言で見下ろし、

「もはや選択の余地はありません。ニューデリーはシティ連合に加盟し、他国と共に賢人会議の排除《はいじょ》を開始します」

その決定が国内にどんな反応をもたらすかは、ルジュナにも予想出来ない。ニューデリーは現状でまだ三百人ほどの魔法士戦力を抱えているが、彼らの中には「賢人会議に対して中立の立場を表明し、人類と魔法士の融和《ゆうわ》を探《さぐ》る」という自治政府の方針に賛同してこのシティに留まった者が少なからずいる。加えて、九ヶ月前のマザーコア交換《こうかん》にまつわる事件の際に国家反逆の罪で逮捕《たいほ》された魔法士側の執政官六名は未《いま》だに処分保留のまま軟禁《なんきん》状態にある。彼らがシティを捨てて賢人会議につく可能性は当然高く、場合によってはニューデリー内部でのクーデターの可能性も考慮《こうりょ》しなければならない。

さらに、彼ら魔法士に対する一般市民の感情もこの先大きな問題となる。現状でさえ、すでに一部の市民の間には「魔法士」という存在それ自体に対する悪感情が広まっている。賢人会議が通常人に対する無差別攻撃を開始すれば、当然その感情は市民全体に拡散する。他のシティと同様にこのニューデリーでも、魔法士の排斥《はいせき》を訴《うった》える市民の声を抑《おさ》えることが出来なくなる。

そうなったとき、自治政府はどう動けば良いのか。シティ内に通常人と魔法士の対立を抱えたまま賢人会議の攻撃に抗《こう》することは本当に可能なのか。

「博士には世界再生機構の今後をお願いします」通信画面に視線を戻し、リチャードにそっと頭を下げ「モスクワのケイトさんとはまだ連絡《れんらく》がつきませんし、ベルリンに捕《と》らわれている天樹錬君とフィアさんのことも気がかりです。……もちろん私もできる限りのサポートはしますが、執政官の権限を以てシティ・ニューデリーの力を使うことは難しくなるでしょう。ですから、どうか——」

白衣の男は無言で腕組みしたまま、すぐには言葉を返さない。リチャードはロンドンから逃《のが》れてきた多くの部下やシンガポールのフェイ議員と共に、ルジュナの母、サティが暮らす工房の町に隠《かく》れている。ヘイズ達もロンドンの魔法士を伴《ともな》って数時間前に合流し、世界再生機構に関わる者のうち身動きが取れる全員があの町に集った形になる。

この世界に残された、人類と魔法士の共存を望む貴重な勢力。

歴史の大きなうねりに比べればあまりに小さな力だが、自分達にはその力を以て目の前の現実に立ち向かうほかに術が無い。

『……一つ確認させていただきたい、ルジュナ殿《どの》』

長い時間があって、リチャードはようやく口を開く。

男はタバコを取り出して火をつけ、ゆっくりと静かに煙《けむり》を吐《は》き出《だ》し、

『仮に、ヘイズやクレア君、ファンメイ、エド——彼らが平和への道を諦め賢人会議に下ると決めたら、ルジュナ殿はどうされますか』

「やむを得ないことです」

ルジュナは即答《そくとう》する。

南極での戦いの前に祐一からも投げられた問い。戦局が絶望的なものとなった今でも答は変わっていない。

「この状況で彼らが通常人に味方することには、本来、何の利もありません。筋道で言うなら、共存のための戦いを求める私達の方が道理を外しているのです」

おそらく、この決断は人類に対する背信だ。シティ市民一千万の命を預かる立場にある者なら、彼らが敵に回った瞬間に背中から撃《う》つ覚悟《かくご》が必要なはずだ。

だが、それでも譲《ゆず》れぬ一線がある。

世界を救うために共に戦ってきた仲間に対して、守るべき信義という物がある。

「ですから、リチャード博士もどうか引き留めないで下さい。彼らがそれを望むなら、私達には彼らを送り出す義務があるはずです」

『……ベルリンとモスクワ。まずはそこから始めましょう』

リチャードは一度だけ深く息を吐く。

少し短くなっただけのタバコを灰皿で押しつぶし、

『錬君とフィア君に、シスター・ケイトと幻　影《イリュージョン》No.17と月夜《つきよ》殿。ともかく戦力を結集しないことには始まりませんからな。その後は賢人会議に接触《せっしょく》を。ファンメイの話では、彼らの内部にも戦争回避《かいひ》を望む勢力はあるようです。そこが突破口《とっぱこう》になれば良いのですが』

「お願いします」ルジュナはもう一度頭を下げ「私達に出来ることは少ないですが、座して滅びを待つわけにはいきません。今はただ、為《な》すべき事を為さなければ……」

甲高《かんだか》い通信音が言葉を遮る。軍司令部からの執政官へ直通のホットライン。立体映像のディスプレイが目の前に展開され、最上級の緊急度を表すアイコンが記された文書と映像データが映し出される。

『何か、動きが？』

怪訝《けげん》そうに問うリチャードに、自治軍司令部からの報告を示す。

男の顔から血の気が引くのに、長い時間はかからなかった。

＊

視界を覆っていた立体映像の計測画面が消失し、『調整完了』の文字が目の前に浮かんだ。

再起動したばかりの両手首の関節を交互《こうご》に一回転させ、フェイ・ウィリアムズ・ウォンは無意識に、ほう、と呟いた。

「驚いたな」右手のひらを目の前に掲げて五本の指の全ての関節を順に一つずつ曲げ「リチャード博士の調整も見事だと感心したが、これはまるで別物だ」

大戦中に軍の最高クラスのメンテナンスを常に受けていた当時でさえ、ここまで滑《なめ》らかな動

パナで自分の肩を叩き、
作を実感したことは無い。椅子に座ったまま肩越しに振り返ると、つなぎ姿の老婆《ろうば》が巨大なス

「ま、年の功ってやつさね」周囲を取り囲む無数のディスプレイと雑多な計器類を手早く押しのけ、歩み寄ってフェイの向かいの椅子に腰掛け「とはいえ、あたしに出来ることなんざたかが知れてるのさ。分かってるとは思うけど、あんたの体を構成してる部品は全部一点物の特注品だ。末端の関節やナノモーターは作り直せても中枢部分までは再生できない。例えばの話、あんたが腕の一本でも失《な》くしたら、あたしにもあのリチャードとかいうロンドンの若造にもどうしようもない。そいつは……」

「理解している」うなずき、幾つかの内蔵兵器の起動プロセスを呼び出して動作を確認し「だが我が身《み》を惜《お》しんでいられる状況では無い。今動かなければシティと人類は滅びる。私は天樹真昼の盟友として、その結末を阻止する責務を負っている」

そうかい、と立ちあがり、老婆は背後の機器のステータス表示に向き直る。

フェイはその背中をしばし見つめ、視線を周囲に向けた。

シティ・ニューデリーからほんの百キロほどの山中に隠された、飛行艦艇の修理工房の町。ロンドンを逃れたフェイはリチャード達と共にニューデリー自治軍の輸送艦に拾われ、六時間前にこの場所まで運ばれてきた。今座っているのは町の中央に位置するとある工房の艦艇用ドックの片隅《かたすみ》で、周囲ではペンウッド教室の研究員達がロンドンから運び出した多くの機材の再

設定作業に追われている。

広大なドックの中央には、白銀色に輝《かがや》く全長七十五メートルほどのナイフのような船体。フェイの記憶に間違《まちが》いが無ければ、その形状はシティ・マサチューセッツが保有する雲上航行艦「FA-307」に酷似《こくじ》している。

……操縦者と共に行方不明になった、とは聞いていたが……

電極が刺《さ》さったままの両腕《りょううで》で無意識に腕組みし、正面に視線を戻す。雑多に積まれた機材の山と格闘《かくとう》する老婆の背中を見つめ、わけも無く息を吐く。

正直言って、いまだに実感がわかない。

目の前にいるのは、あのサティ・ジュレ。

シティ・ニューデリー主席執政官ルジュナ・ジュレと前代表アニル・ジュレの実母であり、かつて飛行艦艇の母と呼ばれた伝説の技術者。

「……『ニューデリーの守護神』が未だに存命と知れば、技術部の者達が腰《こし》を抜《ぬ》かすだろうな」

シンガポールで自分の調整を行っていたスタッフの顔を思い出し、ぽつりと呟く。

サティは「よしとくれ」と笑って振り返り、

「あんまり古い話を持ち出すもんじゃないよ。あたしゃとっくに隠居《いんきょ》の身さね。その仰々《ぎょうぎょう》しい肩書《かたが》きを聞くと、どうにも背中がかゆくなっていけない」

手にした巨大なスパナで自分の肩を叩き、首を左右にぐるりと回す。

と、老婆はドックの一番奥に視線を向け、

「ほれ、あんたもこっち来て少し休みなよ」

「……いえ、私はここで」

部屋の隅で拳銃《けんじゅう》の手入れをしていた人影《ひとかげ》が、顔を上げる。

元神戸自治軍少尉、一ノ瀬《いちのせ》日向《ひなた》。

フェイと共にロンドンから逃れてきた女は負傷して包帯が巻かれた右手を器用に操《あやつ》り、床に広げた銃のパーツを一つずつ丁寧《ていねい》に組み上げていく。

その横顔に何か声をかけようかと一瞬《いっしゅん》だけ考えるが、すぐにやめて女を無視することに決める。シンガポールの事件で自分達を苦しめ、真昼の死の切《き》っ掛《か》けを作り、だが最後には真昼を助けようとして片足を失った工作員。彼女に対する思いには複雑な物があり、ペンウッド教室で共に過ごしていた一ヶ月の間にも一度も言葉を交《か》わしたことは無い。

椅子に深く背中を預けて息を吐き、両手首の電極をまとめて引き抜く。

サティは何か言いたげに首を振り、歩み寄ってテーブル代わりに置かれたスチールの箱の向かいに腰掛け、

「ま、あたしが口を挟《はさ》むことじゃあないけどね」呟き、急に真顔になって「で？　あんたはこっからどうする気だい、『魔法士殺し』」

「当面の課題は南極の雲除去システムだ」フェイは両腕の手首と肘の関節を順に一つずつ動かし「あれを停止させ人類の目先の脅威《きょうい》を取り除き、この戦争を講和に持ち込む。その後はシティと賢人会議の関係修復だ。世界の状態を速《すみ》やかにシンガポールの事件以前に戻さなければならない」

そこまで言って、サティの怪訝そうな表情に気づく。

柄《がら》にもなく一つ咳払《せきばら》いし、椅子から少し身を乗り出して、

「不可能に近い解決策だということは理解している。だが選択の余地は無い。人類と魔法士の協力体制を再構築するために、他に打つ手は無い」

機械制御された唇が、通常よりわずかに速い口調で言葉を吐き出す。

と、サティは、ああ、と少しだけ目を大きくし、

「そういうことじゃ無いのさ」すまないね、と呟き、カップに入った湯を一口すすり「あたしが聞きたいのはあんたの立ち位置さね。シティと賢人会議の同盟って策が失敗した今、魔法士はあんたにとっちゃただの敵のはずだ。自分の祖国を滅ぼした連中との和平に、なんでそこまでこだわるんだい？」

とっさに、動きが止まる。

老婆の顔をまじまじと見つめ、椅子の上で姿勢を正して息を吐き、

「私の過去についてもご存じか」

「大戦中の噂《うわさ》さね。魔法士に滅ぼされた北欧《ほくおう》辺りのどこぞのシティの生き残り。そいつがシンガポールに拾われて魔法士専門の暗殺者になった。ま、あの頃《ころ》は出来すぎた話だって笑ってたもんだけど」

金属製のポットがテーブル代わりの箱に触れる硬《かた》い音。

サティは陶器《とうき》のカップをもう一つ取り出して湯を注ぎ、フェイの前に押しやって、

「とにかく、あんたにゃもう魔法士に肩入《かたい》れする理由は無いはずだ。……この状況ならシンガポールも全て不問であんたの帰還を受け入れる。もう一度シティに戻って市民を守るために賢人会議と戦う。そういう選択もあるんじゃないのかい？」

小さなカップから湯気が立ち上り、天井に揺《ゆ》れる小さなライトの周囲に溶《と》ける。

フェイはしばし考え、カップを取り上げて口をつけ、

「笑い話と考えてもらいたいのだがな」ぬるい湯を一息に喉に流し込み「シンガポールの件以来、夢を見るようになった」

ほう、とサティが呟く。

フェイはカップを覗《のぞ》き、中に映る自分の無表情を見下ろし、

「滅び行くシティ・オスロの夢。大戦中に幾度か見た夢だ。燃えさかる街と逃げ惑《にまど》う人々。私は倒壊《とうかい》した建築物に呑《の》まれ、瓦礫《がれき》の下敷《したじ》きとなって動けなくなる。……だが、この頃《ごろ》見る夢は、そこから先の展開がいささか過去の物とは異なる」

かつての夢では、自分はそのまま炎《ほのお》に焼かれて意識を失い、そこで目覚めるのが常だった。

だが、今見る夢では瓦礫に埋もれる役目は東洋人の青年にすげ替《か》わり、自分はいつの間にかそれを遠くから眺《なが》める役目を負わされている。

青年は瓦礫の中から立ち上がり、闇の中をいずこかへと走り出す。幾度も銃で撃たれ、爆発《ばくはつ》に呑まれ、そのたびに倒れながら青年はなおも血まみれの体を引きずって走り続ける。だが、やがてその足も止まり、青年は倒れ伏したまま動かなくなる。流れ出た血が周囲に広がり、闇を赤黒く染めていく。

青年の亡骸の傍らには、泣《な》き崩《くず》れる黒髪《くろかみ》の少女。

その姿を最後に、夢はいつも唐突に終わる。

「私は、私の過去に対して折り合いをつけなければならない」かすかに熱を帯びたカップを手の中で転がし「魔法士を滅ぼすという選択の先に人類の未来は無い。その事を、私は真昼から学んだ。私の感情とは無関係に、この世界には魔法士が必要だ」

サティはしばし無言で目を閉じる。

空になったカップをテーブルに戻し、老婆は腕組みして、

「賢人会議の代表とかいう娘《むすめ》、あんたはどう見る？」

「天樹真昼の教えの賜物《たまもの》か、幾らかはまともになったと感じていた」フェイも同様にカップをテーブルに置き「少なくとも真昼の復讐《ふくしゅう》のために人類殲滅《せんめつ》を選択するような近視眼はとうに卒

業している。かと言って、本気で魔法士だけの世界を築くことが最良の選択と信じたとも考えにくい。となれば」

「組織の中で抑えが利かなくなった、ってのが妥当なところだろうねえ」サティは難しい顔で天井を睨み「シンガポールの事件を受けて、シティの世論は賢人会議をテロリストってことにして滅ぼす方向に完全に傾いた。そんな状況で『賢人会議はあくまでも和平を目指しましょう』なんて話が通るわけが無い。下手したら、あの娘が仲間に背中から刺されちまう」

フェイは視線で同意を示す。サクラが賢人会議のリーダーとして組織を束ねるだけのカリスマを備えていたとしても、メンバー全員の総意を否定することは出来ない。あの状況で魔法士達を思いとどまらせることなど誰にも、仮に自分が少女の立場であったとしても不可能だ。

行動方針をひとたびシティとの全面戦争と定めれば、雲を除去し青空を取《と》り戻《もど》すというのは最良の大義名分。その結果がアフリカ海と南極の戦いへとつながるのも必然。

つまり、一連の展開の全ては、少女個人の意思が介入する余地の無い、抗《あらが》いようの無い世界の流れに則《のっと》っている。

「ここまでの展開に選択の余地は無い。問題はここからだ」古びた椅子の肘《ひじ》掛《か》けを指先で何度か叩き「賢人会議の魔法士が『人類を滅ぼす』という選択のリスクを正しく理解しているとは考えにくい。そこを突破口とすれば、魔法士達の内部に意見の対立を誘《さそ》うことも可能と信じたいが」

「リスク……？」

唐突に、奥の壁の方から声。とっさに顔を向けると、一ノ瀬少尉が、しまった、とでも言うように自分の口を押さえて視線を逸らし、

「申し訳ありません。口を挟むつもりは無かったのですが」

「構わないさ。あんたにも無関係とは言えない話だ」とっさに不快を示そうとするフェイを視線で制してサティが女に向き直り「それで？　何か気になることでもあったかい？」

一ノ瀬少尉は、はい、と数秒口ごもり、

「今の発言に疑問が」意を決した様子で床から立ち上がり「フェイ議員……いえ、フェイ殿がおっしゃった『リスク』という言葉です。世界に青空が戻れば現在は休眠《きゅうみん》している多くの太陽光発電プラントが稼働を再開し、あらゆるエネルギー問題が解消される。たとえI－ブレインを持たない人類が死に絶えたところで、結果として地球が再生されれば魔法士達にとって何の不都合があるとも思えませんが」

「エネルギーと物資、という意味ではな」フェイは椅子から立ち上がって女と向かい合い「だが、人類の営みはそれだけで事足りるほどシンプルな物では無い。魔法士がいくら自分達を人類とは異なる生物種だと主張したところで、連中もまた人類が生み出してきた多くの技術や知見、月並みな言い方をすれば『人類の英知』の上に生活基盤《きばん》を築いていることに違いは無い。それを根こそぎ破壊するということの意味を、おそらく魔法士達の多くは理解していない」

人類が滅亡し世界が青空を取り戻すのは少なくとも魔法士達にとっては最良の結果――というのはひどく安易な考えだ。いかに通常の物理法則を逸脱《いつだつ》した超常《ちょうじょう》の能力を持とうとも魔法士は万能《ばんのう》では無い。彼らの多くは少し前まで軍事以外の知識や経験をほとんど持たず、一人では日々の生活を送ることさえままならなかった兵器の集団なのだ。

たとえばの話、彼らは既存《きそん》の生産プラントから食料を生み出すことは出来ても、その生産プラント自体を一から作り上げることは出来ない。彼らが拠点に利用しているであろう何処《どこ》かの地下建造物や移動に用いるフライヤーにしたところで、すでに在る物を補修することは出来ても全てを完全に何も無い状態から生み出す知識や能力は魔法士達には無い。

シティのデータベースさえ残しておけば必要な知識はそこから得られる、というような甘い話では無い。たとえデータベースからプラントに関する技術資料を取り出し、炎使いが分子レベルで寸分違わぬ物を生み出したとして、それを実際に稼働する状態で安定させるには明文化されない多くの知見が必要になる。

さらに言えば、問題は物資の供給などの目に見える部分には留まらない。たとえば医療《いりょう》。たとえば教育。社会構造の構築、都市計画、娯楽《ごらく》――人間の営みに必要な無数の要素の中で、魔法士のI―ブレインが役立つ状況というのは本当に限られている。

人類の技術や知識は高度に分業化された個々人の経験の有機的な結合の総体として、「歴史」や「社会」という形で有史以来数千年に渡って継承《けいしょう》されてきた物。

シティと人類を滅ぼすということはそれらの全てをリセットし、この地球上に新たな文明を作り直すことを意味する。

たとえ世界に青空が戻ったとしても、それで直ちに大戦以前の地球が蘇《よみがえ》るわけでは無い。人類を滅ぼして生き残った魔法士達の前には、ようやく融《と》け始めたばかりの一面の凍土とあらゆる生物が死に絶えた荒涼《こうりょう》とした世界、そして、老朽化によってもはや崩壊寸前となったシティだけが残されることになる。彼らはその場所で自分達だけの世界、いや、自分達だけの新たな文明を誰の手も借りずに一から作り上げていかなければならない。

「賢人会議にその能力は無い、と？」

「無い」フェイは即答し「天樹真昼があと五年存命であれば、あるいはもう少しマシな社会構築が可能であったかも知れない。が、今の賢人会議は地に足の着いた生活をようやく覚え始めたばかりの戦闘兵器の集団だ。青空を取り戻した世界に自分達だけで放り出されれば、間違い無く文明は崩壊する。……I－ブレインの助けがあれば、滅亡することはあるまいがな」

「……熱に浮かされてるのさ。賢人会議だけじゃない、シティもね」

ぽつりと呟く声。

サティは巨大なスパナで自分の肩を左右交互に叩き、

「戦争っていう熱さ。戦う以外に道は無い、相手を倒さないとこっちがやられるってお互いが信じてる。この熱はとにかく厄介《やっかい》でねえ、いったん罹《かか》っちまったら自分が病気だって気づいても止められない。向こうが熱に浮かされてんのに、こっちだけ素面《しらふ》に戻ったら呑《の》み込まれちまうからね。どっちも相手が素面に戻ってくれないかと思いながら突《つ》っ走《ぱし》って、最後は行くところまで行っちまう。……あの時もそうだった。あんたも知ってるだろ？」

フェイはうなずく。十三年前の大戦。あの時は誰もが熱に浮かされていた。シティはそれぞれの権益を守るためにわずかな資源を奪《うば》い合《あ》い、ようやく熱が冷めたときには人類はその人口のほとんどを失っていた。

「二《に》の舞《まい》は避けたいものだな」椅子の背にかけておいたジャケットを取り上げて袖を通し「ともあれ、今は賢人会議の計画を阻止する方向で動く他ない。その結果がシティの側に大きく有利に傾けば、次はシティの妨害をする。戦争が長引けば少なくともどちらかの陣営《じんえい》には厭戦《えんせん》感情が生じるはず。そうなれば、手の打ちようはある」

「そう願いたいもんさね」

サティは、やれやれ、とでも言いたげに首をぐるりと回す。

弾《はず》みをつけて椅子から飛び降り、一ノ瀬少尉の前に歩み寄って、

「それで、あんたはどうすんだい。ここから先のこと、ちったぁ考えたのかい？」

「は？」無言で考え込む素振《そぶ》りを見せていた女は虚《きょ》を衝かれた様子で眉根《まゆね》を寄せ「ここから先と言われても……私はもはや何をする資格も無い人間ですから」

む、とサティが顔をしかめる。

その姿に、少尉は「申し訳ありません」と視線を伏せ、

「私は祖国も生きる希望もとうに失った身です。本来ならシンガポールで死ぬべきだった人間がおめおめと生き残り、流されるままにここまで来てしまいました。……同胞《どうほう》を救うために為したことが結果的に人類と魔法士の最終戦争の引き金となり、最後の瀬戸際《せとぎわ》で天樹真昼に最も近い場所にいながら彼の死も部下の暴走も止めることが出来なかった。命をもって詫《わ》びよと言われるならともかく、他に今さら出来ることなど」

……この女は……

心の中に一瞬だけ怒《いか》りがこみ上げるが、それはすぐに消えて無くなる。

代わって、憐憫《れんびん》にも似た奇妙な感情が浮《う》かび上《あ》がってくるのを感じる。

女の素性《すじょう》についてはリチャードからの伝聞で知っている。シティ・神戸の軍人として生き、民衆を守るために司令部の命令に背《そむ》き、同胞のためにシンガポール内の政治闘争《とうそう》の駒《こま》に成り下がり、最後には天樹真昼を守るために部下に銃を向け、全てを失った誇《ほこ》り高《たか》い元軍人。

「ならばその命、私がもらおう」

口をついて出るのはそんな言葉。

少尉を正面から見下ろし、一人の軍人に対するのにふさわしい態度で居住まいを正し、

「私が貴官の上官となり命令を下す。世界再生機構の一員として、共にこの戦争に立ち向かえ」

一瞬の沈黙。

少尉は唖然《あぜん》とした表情でフェイを見上げ、すぐに首を左右に振り、

「私は一介《いっかい》の兵士に過ぎません。他の魔法士やあなたのような戦力とはなり得ませんし、ここの研究員の方々のように後方からのサポートを行うことも出来ない。ここから先の戦いに役に立てるとは……」

「それは立ち止まるための方便だ。貴官の能力が必要とされる局面は必ずある。貴官はただ、自分が戦わぬことの言い訳を探しているに過ぎない」

隣に立つサティが、口元だけで笑う。

フェイはそれを横目に無視して一ノ瀬少尉に向き直り、

「私もまた理想に溺《おぼ》れて現実を見失い、世界を戦争へと追いやった人間だ。貴官と同様、本来ならシンガポールで死ぬべきだった身で、こうやって生《い》き恥《はじ》をさらしている。……進むべき道を失っても世界は続く。ならば、生き残った我々はその世界で新たな道を見つけ、何事かを為さねばならない。それが、死んでいった者達に我々が出来る唯一《ゆいいつ》の手向《たむ》けだ」

「私は……」

呟いた少尉が視線を伏せ、黙《だま》り込む。

数秒。少尉は自分の足下《あしもと》を見つめたままためらうように何度も口を開きかけ、

『──皆《みな》、そこにいるな？』

唐突に、頭上のスピーカーから声。

広大なドックに散らばる研究員達の前に幾つもの通信画面が出現し、切羽詰《せっぱつ》まった様子のリチャードを同時に映しだし、

『すまんが手が放せん。すぐに上の会議室に集まってくれ』

それはこの工房の居住スペースの一角、魔法士達が賢人会議の動向をモニターしている部屋。

ただならぬ気配に顔を見合わせる一同の前でリチャードは表情を強張《こわば》らせ、

『賢人会議が行動を開始した。全てのシティに対する同時攻撃だ』

＊

微《かす》かな音が聞こえた気がして、目が覚めた。

沙耶《さや》はベッドの上にのろのろと身を起こし、枕元《まくらもと》のタッチパネルに手を伸ばして立体映像の時計を表示した。

午前四時。すでに明け方が近づいていることに少し驚く。十分な時間眠ったはずなのだが、とてもそんな気がしない。頭の中は粘土《ねんど》か何かを流し込まれたように重く淀んで、どうかすると自分が本当に目覚めているのかさえ分からなくなる。

……どうなったのかな、戦争は……

夕食の後で見た公共放送のニュースは、いつもと変わりの無い物資の支給率のお知らせばかりで軍のことにも賢人会議のことにも一言も触れなかった。昼間に出かけていったイルは沙耶が眠る時間になってもとうとう戻《もど》って来《こ》なかったが、孤児院《こじいん》の他の子供達はシスター・ケイトの「軍の訓練に参加している」という言葉を信じたようだった。寝室に入る前にシスターは、よく眠れる薬だから、と言って小さな白いカプセルをくれた。どういうわけかひどく疲《つか》れていた沙耶は、その薬を飲んでベッドに入った。

それでも眠れなかった。

目を閉じると瞼《まぶた》の裏にかつてシンガポールで見た色々な光景が浮かんで、眠りそうになってもすぐに目が覚めるということを何度も繰り返した。

音を立てないようにベッドから抜《ぬ》け出《だ》し、カーテンの隙間《すきま》から窓の外を覗き見る。壁際《かべぎわ》に立つ自治軍の兵士と目が合いそうになり、慌てて顔を引っ込める。孤児院の周りに五人、正門のところに二人、それからシスターの部屋と月夜さんの部屋の前に一人ずつ。きのうの夜からずっと、ああやって銃を構えて立っている。「ここを守ってくださっているのですよ」とシスターは言っていたが、とてもそんなふうには見えない。兵士たちの居心地《いごこち》悪そうな表情や自分たちに向けられる申し訳なさそうな視線を見れば、あの人たちが単なる警護のためにこの場にいるのでは無いことは子供でもわかる。

何かがおかしくなっている。

理由は、たぶん自分だ。

どういうことなのかは分からない。とにかく自分はイルを見送った後で孤児院の正門の所で軍の人に会い、そこでどうしてだか気を失って、あれ、と思った時には軍の人に連れられて教会の前に立っていた。軍の人の中にはものすごく偉《えら》い人がいたみたいで、シスターはその人と少し話をしていた。頭がぼんやりとしていた自分は、怒《おこ》ったようなシスターの顔をわけも分からずに見上げていた。

それからずっと、この孤児院は兵士に監視《かんし》されている。公共放送のニュースは当《あ》たり障《さわ》りの無い中身ばかりで、戦争に行ったはずのイルは帰ってこない。

何が起こっているのか分からない。分からないのは怖《こわ》い。

お父さんのときみたいに、自分が何も知らないうちに全てが終わって大切なものが無くなってしまうのが、怖い。

……確かめなきゃ……

外の兵士の様子をもう一度うかがい、深呼吸を一つ。隣のベッドで寝《ね》ている子達を起こさないように足音を忍《しの》ばせ、部屋の出口に近寄ってドアを押し開ける。目的は二階のシスターの部屋。入り口の前には別な兵士が立っているはずだけど、裏庭の木から屋根を伝って二階の窓から入るルートをあの人たちは知らないはずだ。

――微かな音。目が覚めたときに聞いたのより少し大きい。

とっさに身をすくませて辺りを見回し、意を決して廊下《ろうか》に進み出る。

耳を澄《す》ましてよく聞いてみれば、音は少しずつ大きさを増しながら不規則なリズムでずっと響《ひび》き続けている。わけのわからない不安。緊張《きんちょう》に体が強張っているせいか、さっきからずっと足下の床が揺れている気がする。

一度だけ深呼吸して心を落ち着け、忍《しの》び足《あし》で突《つ》き当《あ》たりの窓に近寄る。

半分だけ引き開けた窓の隙間から身を乗り出し、反対側にそっと飛び降りる。

素足《すあし》に触れる草の冷たくて尖《とが》った感触《かんしょく》。闇に沈《しず》んだ裏庭の様子に目を凝らし、正面の一番大きな木に駆け寄ってごつごつした幹の表面に足をかける。裏庭の先、礼拝堂の方で誰かが動く気配。たぶん兵士の見回り。沙耶は右腕を大きく頭上に伸ばし、太い枝をつかんで体を勢いよく引き上げ、

——これまでとは比べものにならないほど大きな衝撃音。

噴《ふ》き上《あ》がった光が、目の前のありとあらゆる物を白一色に塗りつぶす。

闇に慣れきっていた両目に鋭《するど》い痛みが走り、沙耶はとっさに片手で視界を覆う。すさまじい振動が巨木《きょぼく》を激しく揺さぶり、バランスを失った体が地面に投げ出される。背中を打つ鈍《にぶ》い痛み。一瞬息が止まりそうになり、激しく咳《せ》き込みながら這《は》いずるように身を起こす。

歯を食いしばってどうにか片目だけを開き、すぐに右手側を見上げて息を呑む。

塀《へい》の向こう、市街地の方角を、まばゆい光が煌々《こうこう》と照らし出す。

踊《おど》るように揺《ゆ》れ動《うご》く幾つもの炎と、その中に時折噴き上がる真っ白な光。光が走るたびに夜間照明の闇が薙《な》ぎ払《はら》われ、第八階層の天蓋《てんがい》、空を覆う金属の構造材や無数のパイプラインの姿が露《あら》わになる。

吹《ふ》き寄せる熱風に体を焼かれるような錯覚。

立ち上がろうとして失敗し、地面を這ったまま転げるようにして巨木の陰《かげ》に逃げ込む。

「……な……」

なに、という言葉が上手《うま》く口に出来ず、自分の歯ががたがたと鳴っていることにようやく気づく。市街地の方からは立て続けに幾つもの音。もうはっきりと分かる。あれは何かが爆発する音。それと銃撃《じゅうげき》の音、荷電粒子砲《ほう》の砲撃《ほうげき》の音。

戦争の音。

これまでで一番近い場所で爆発音が響き、沙耶は今度こそ悲鳴を上げ、

「……大丈夫《だいじょうぶ》よ」

思いがけなく優《やさ》しい声が耳元で囁《ささや》き、柔《やわ》らかい手が口を塞《ふさ》ぐ。見上げた先には長い黒髪を無造作に束ねた女の姿。驚いて悲鳴を呑み込む沙耶の前にしゃがみこみ、天樹月夜はそっと手を外してうなずき、

「落ち着いて。向こうがこんな小さな孤児院いちいち狙《ねら》うとは思えないけど、変に注意を引くとヤバいから」

見た目よりずっと力強い両手が沙耶の体を支え、立ち上がらせる。と、その背後に駆け寄るモスクワ軍の兵士達の姿。驚いて身構える沙耶の前で月夜は先頭の一人を振り返り、

「それで、この孤児院の封鎖命令は？」

「たった今、解除された」一番大きな階級章をつけた兵士は視線だけでうなずき「すぐに子供達の避難《ひなん》を。トルスタヤ少将……失礼、シスター・ケイトは」

「あの子達を起こして回ってるわ。急がないと――」

言いかけた月夜が目を見開き、振り返りざま沙耶の腕をつかんで大きく横に跳躍《ちょうやく》する。一瞬遅《おく》れて轟音《ごうおん》が響き、巨大な何かが直前まで沙耶が立っていた場所に突《つ》き刺《さ》さる。

爆発した建造物から吹き飛ばされたらしき、人間一人分ほどの大きさのコンクリート塊。放物線を描いて飛来したらしき物体は巨木の幹の中央を貫通《かんつう》し、呆然と立《た》ち尽《つ》くす兵士達の直前で停止する。

近いわね、と呟いて頭上を見上げ、月夜が目を見開く。沙耶も後を追って視線を上に向け、すぐに気づいて息を呑む。

先ほどとほぼ同じ大きさの、巨大な岩塊《がんかい》。

それが、孤児院の屋根を直撃《ちょくげき》する角度で、ゆっくりと落下してくる。

月夜が最も近い位置に立つ兵士に飛びつき、手にした大きな銃をもぎ取る。細い指がグリップの表面に浮かぶ立体映像のタッチパネルを叩き、銃口が瞬時《しゅんじ》に頭上の一点で静止する。だが間に合わない。巨大な岩塊の先端《せんたん》が孤児院の二階の屋根、ほんの十数分前まで沙耶が眠っていた、あの子供達の寝室の真上に接触し、

闇を貫いて飛来する閃光《せんこう》。

視界の彼方から水平に走《はし》り抜《ぬ》けた光が巨大な岩塊を呑み込み、跡形も無く消し飛ばす。

呆然と見上げる沙耶の背後で、月夜が、セラ？　と小さく呟く。膨大な熱量がかすめたはずの孤児院の屋根には傷一つ無く、岩塊のわずかな破片《はへん》が小石のように一つ、二つと転がる。透明《とうめい》な正八面体型の結晶体が三つ、闇の中に唐突に出現する。一抱《ひとかか》えほどもある宝石のようなその物体は孤児院を守るようにゆっくりと一巡《ひとめぐ》りした後、上空へと浮《う》き上《あ》がりながら姿を消す。

その向かう先に視線を向け、沙耶は目を見開く。

炎に照らされて輝く、幾つもの透明な正八面結晶体。

その中央に浮かぶ人影が、まっすぐに孤児院を見下ろす。

歳《とし》は沙耶と同じくらいだろうか、長い金髪をポニーテールに結《ゆ》わえた少女の姿をしている。憂《うれ》いに満ちているような、どこか泣いているようなその表情までもがはっきり見えた気がして、

沙耶はとっさに頭上に手を伸ばす。

人影が背を向け、その姿が彼方へと飛び去る。

断続的に続く爆発の音と、噴き上がる光。

沙耶は一度だけ目を閉じ、月夜を振り返った。

*

攻撃は全てのシティで同時に、静寂《せいじゃく》と共に始まった。

最初の一手は軍用ポートとシティ内部を隔《へだ》てる検問システムの小さなエラーから。帰還兵の収容に追われていた警備部隊が異常に気づいたときには、侵入《しんにゅう》者の存在を示す警告表示は各シティの中枢、マザーシステムが存在する階層へと迫りつつあった。

軍司令部はただちに残存兵力をかき集め、階層間バイパス道に部隊を集結させた。が、予想される接敵時刻を過ぎてもいずれの地点からも敵影《てきえい》確認の報告はない。

訝《いぶか》しむ司令部の将校達の下に飛び込む、新たな反応が下層の市街地に出現した、との報告。

同時に、シティの中枢からは遠く離れた居住区画で、最初の火の手が上がった。

街並みを走る白い閃光。夜間照明のわずかな光に照らされた薄闇《うすやみ》の中、その輝きは在りし日の陽光のように市民と自治軍兵士達の網膜《もうまく》を灼《や》いた。通常の炎を伴わない、純粋《じゅんすい》な熱量による攻撃。百メートル四方、千人以上の人々が暮らす集合住家が光に呑まれ、赤熱した無数の瓦礫が上空高くに爆《は》ぜた。

それは、シティ市民の多くが生まれて初めて目の当《ま》たり《あ》にする、魔法士による直接攻撃。

怒号《どごう》と悲鳴が街路を満たすまで、長い時間はかからなかった。

恐怖に引きつった顔、助けを求めるように宙を掻《か》く手。かろうじて攻撃を逃れた人々は先を争うようにして街路を突《つ》き進《すす》んだ。ある者は砕けた腕から血を滴《したた》らせ、ある者は折れた脚を引きずって壁伝いを這い進む。人垣《ひとがき》に押し潰されてもがく者、転んだまま立ち上がることもできずにうずくまる者、あらゆる混乱を呑み込んで人々はただひたすら背後の災厄《さいやく》から逃げ惑う。

そんな群衆の頭上を飛翔《ひしょう》する、いくつもの黒い影《かげ》。

賢人会議の魔法士達は警備部隊の防衛線を次々に飛《と》び越《こ》え、なぎ倒《たお》し、シティの街路を走り抜けた。

それぞれのシティに侵入した魔法士は数名の小部隊、最も多いニューデリーでも十名に満たなかった。魔法士達はいずれも程度の差こそあれ疲弊《ひへい》し、あるいは負傷し、中には歩くこともままならず仲間に運ばれる者すらいた。当然のこと。アフリカ海と南極での戦闘からわずか数時間、賢人会議が被った損害は決して軽微《けいび》では無く、無傷の者とて本来ならI―ブレインの蓄積疲労を無視できる状態では無かったはずだ。

これが強行作戦であることは明白。

だが、そんな無謀《むぼう》とも言うべき攻撃は、シティに対して極めて効果的に作用した。

先の戦闘で自治軍が被った損害は甚大であり、この時点では部隊の再編はおろか正確な損失の把握さえ完了していなかった。最初のアフリカ海での戦いの際にシティに留め置かれた防衛戦力のほとんどは南極での第二次作戦に投入され、無傷でシティに残されたのは本当の予備戦力、新兵を中心に構成された一個師団程度に過ぎなかった。

加えて、市街地を覆う混乱。

逃げ惑う数十万の民衆が生み出す混沌《こんとん》が、防衛戦の困難に拍車《はくしゃ》をかけた。

ほんの数分前まで市民にとって、シティと賢人会議の戦争は世界の外側の話のはずだった。自分達の運命をかけた戦い、I—ブレインを持たない人類が滅びるか否かの瀬戸際と頭では理解していても、大戦の終結以来十三年、本物の戦争に直面したことがある市民はほとんどいなかった。

「死」が、外敵という明確な形を得て自分達の喉元にまで迫った、予期せぬ状況。

そこで冷静に行動することが出来る者などごく少数、いたとしても市民全体に対しては無意味な数に過ぎなかった。

そもそも市民はアフリカ海での戦闘も南極海の戦闘も、つまりシティが現在置かれている状況について何一つ知らされてはいない。政府の公営放送によってもたらされる言論統制された情報から、シティが賢人会議という魔法士のテロ組織と戦い、戦力は今のところシティ側が圧倒的に勝っているらしいという漠然《ばくぜん》とした情報を得ているに過ぎない。

なぜ自分達が攻められるのか。戦況《せんきょう》はこちらが有利では無かったのか。確かにこれまでもシティ内に敵が潜入《せんにゅう》し攻撃が行われることはあった。だが、敵は常に政府や軍の関係施設、あるいは生産プラントだけを狙ってきた。もちろんそんな決まりは無かった。そんな保証はどこにも無かった。だが、なぜ。なぜ今になって突然《とつぜん》、自分達が直接攻撃にさらされるのか。

いったい何が起こったのか。

そんな市民の悲鳴を踏《ふ》み潰《つぶ》して、銃撃と砲火《ほうか》の響きはシティの鉛色《なまりいろ》の空高くに響《ひび》き渡《わた》った。

とどまるところを知らないかと見えた魔法士達の進撃《しんげき》は、しかし長くは続かなかった。自治軍の司令部とて無能ではない。マザーシステム方面への攻撃をダミーと確信した指揮官達は直ちに戦力を下層の市街地に再展開し、新たな防衛作戦を全ての部隊に通達した。

市民を可能な限り交戦想定地域から遠ざけ、ノイズメイカーを中心に据《す》えた防衛ラインを構築。ここまでの敵の移動経路から、標的が市民の生活インフラの心臓、食料生成プラントやエネルギー循環《じゅんかん》施設が集約された工業地域であることは容易に推定された。混乱から立ち直った兵士達は迅速《じんそく》に行動を再開し、魔法士達に対して効果的な打撃《だげき》を加え始めた。

もともと統制さえとれれば対応不可能な攻撃ではない。襲撃者はごく少数で、単純な戦力比で言えば自治軍側がいくらか勝っている。魔法士達は少しずつ進撃の速度を失い、程《ほど》なく、ポート方面への撤退を開始した。

無謀な攻撃に比して引《ひ》き際《ぎわ》が潔《いさぎよ》すぎることを訝しむ余裕《よゆう》は自治軍にはなかった。違和感《いわかん》に気づいたごく少数の者達も、目の前の追撃戦と市民の救護に忙殺《ほうさつ》された。各国の新兵はよく戦った。ほんの数週間前にシミュレーターの模擬《もぎ》訓練を終えたばかりの若者達は勇敢《ゆうかん》に敵に立ち向かい、撃墜や捕獲《ほかく》にこそ失敗したものの、魔法士達の幾人かに少なからぬ手傷を負わせることに成功した。

最初の攻撃から実に一時間と三十七分。全てのシティが敵の撃退《げきたい》に成功したとの報告に、各国の指導者達は安堵《あんど》の息を吐いた。

一般市民向けの通常回線がウイルスの侵入を受け、膨大な映像データがシティの全域にばらまかれていることが判明したのは、少し後のことだった。

＊

立体映像ディスプレイの画面にノイズが走り、南極上空と思《おぼ》しき光景が映し出された。

祐一はベッドから身を起こして縁《ふち》に腰掛け、不鮮明《ふせんめい》な映像を食い入るように見つめた。

一面を鉛色の雲に覆われた空の一点に突如として光が出現し、周囲の雲を押しのけて闇の中に広大な穴を穿つ。降り注ぐ陽光が地表を覆う闇を払《はら》い、眼下の氷の大地を照らし出す。ゆったりと渦《うず》を描いて巡る雲に取り囲まれて、急速に広がる青空。

その中心、小さな点のように見える金属質の白い球体が、光を照り返して一際《ひときわ》明るく煌《きら》めく。

直径二百メートルの人工の建造物——大気制御衛星はその全身から数千の砲塔と数多《あまた》の兵器を針山のごとく突き出し、威嚇《いかく》するように雲の向こうから地上を見下ろしている。映像が瞬時に拡大し、衛星の表面の一点に焦点が定まる。水平に突《つ》き出《で》た砲身の上、黒い外套《がいとう》をまとった人影がディスプレイに大写しになる。

長い黒髪を飾《かざ》り羽根のように束ねた、黒いドレス姿の少女。

一切の感情をのぞかせない黒い瞳が、地上を静かに見下ろす。

映像は再び広角に切《き》り替《か》わり、大気制御衛星の全体を映し出す。同時に、無音の映像の中に衝撃波《しょうげきは》を表す空気の揺らぎ。数千の砲塔の一つから放たれた光が遙《はる》か眼下、南極大陸の地表を直撃する。巻き起こる爆発と、噴き上がるおびただしい量の氷塊《ひょうかい》。衛星はそれをあざ笑うように雲の中に姿を消し、青空の消失した地上は再び闇に閉ざされ、

「——起きていたかね」

部屋の入り口の方で声。

とっさに顔を上げ、扉《とびら》のそばに白衣の男の姿を認め、

「少し前に目覚めたところだ」そこでようやく気づいてスチールむき出しの狭《せま》い部屋を見回し

「ここは、サティ殿の家か？」

自分が簡素な病人着を着ていることを今更《いまさら》ながらに認識《にんしき》する。思考ははっきりしているが、

記憶の幾つかが欠落していて状況が正しく把握出来ない。

「そうだ。ヘイズのやつが祐一殿を運び込んだ」白衣の男、リチャードはうなずき「賢人会議の二重《デュアル》No.33に押しつけられたと言っていたが、そのあたりの記憶は？」

言われて思い出す。自分は転送装置の起動を止めるために南極の地下施設に突入し、そこでディーと交戦状態に入った。戦いの最中に正体不明の頭痛に襲《おそ》われ、おそらくは敵地深くで意識を失い、

「あいつに救われた、ということか」呟き、ディスプレイの映像に視線を向けて「……賢人会議の手に渡ったようだな、南極衛星は」

南極の空を映していた映像はいつの間にかどこかの部屋らしき場所に切り替わり、黒い外套をまとった賢人会議の魔法士達が姿を現す。フードを目深《まぶか》にかぶって顔を隠した魔法士達が次々に立ち上がり、自分達が衛星を手中に収めたこと、そこに雲を除去するためのシステムが存在しすでに稼働準備状態にあることを淡々《たんたん》と告げる。

「残念ながら、な」リチャードはベッドの向かいの椅子に腰掛け「その映像は一時間ほど前から世界中のありとあらゆる場所で繰り返し流されとる。無論、全てのシティの内部でもだ。賢人会議が世界に青空を取り戻す準備を整えたことを告げ、旧人類に対してこの世界の明け渡しを要求する内容。ご丁寧に、雲除去システムの能力を証明するのに必要な種々の資料のおまけ付きだ」

「自治政府は何をしていた？」祐一は、シティの内部でも、というリチャードの言葉に眉をひそめ「南極での戦闘に敗北した以上、敵側からのプロパガンダは想定出来たはずだ。市民の混乱を避けるためにも情報の封鎖は」

「しとったよ。そして、賢人会議の動きはその先を行った」白衣の男は手元の端末《たんまつ》を操作して小さなディスプレイを目の前に呼び出し「実に的確な判断だ。彼らはアフリカ海と南極での戦闘結果から自分達と人類の現時点での戦力状況を見切り、残存戦力をかき集めて全てのシティに対して同時に攻撃を仕掛《しか》けた。マザーシステムへの襲撃を陽動に市街地に対する無差別攻撃を仕掛け、それさえも隠《かく》れ蓑《みの》にして通信ネットワークにウイルスを送り込んだ。……無論、市民に対する示威《じい》行為《こうい》も目的の一つだろうがな」

差し出される映像――炎に包まれる居住区の姿に、無意識に奥歯《おくば》を噛み締める。

リチャードは視線を天井に向けたまま白衣のポケットを探り、潰《つぶ》れて小さくなったタバコの箱を取り出して、

「幾つかのシティではすでにウイルスへの対処に成功。映像の配信は停止しとる。他のシティでも時間の問題だろう。……だが手遅《ておく》れだ。シティ・ニューデリー内だけでも推定で七百万の市民がこの映像を目撃《もくげき》し、おそらくその多くがデータを保存した。映像と添付《てんぷ》資料には一切プロテクトがかけられとらんから、放送を目にしなかった他の市民にもいずれ情報は拡散する。一部の市民の間では映像の真偽《しんぎ》を検証する動きが始まっとる。上手いことに、この資料には賢

人会議が作成した懇切《こんせつ》丁寧な解説がおまけとして付属しとる。少し情報制御理論をかじった者が読めば結論はすぐに出る。そうなれば」

ディスプレイの映像が再び変化し、これまでの映像とは異なる幾つかのデータが表示される。半透明な資料の向こうから魔法士の一人が歩み寄り、そのデータこそが自分達の正当性を示す証拠《しょうこ》であることを告げる。

祐一はその内容に素早《すばや》く視線を走らせ、漏れそうになった驚愕《きょうがく》の声をかろうじて呑み込み、

「衛星暴走事故の真相、だと……？」

「南極衛星の中で発見された物だそうだ」リチャードは空の箱を何度か逆さに振ってから諦めた様子で握《にぎ》り潰《つぶ》し「衛星に突入した錬君と幻　影《イリュージョン》No.17に賢人会議の代表が語った内容と同じだそうだが、こちらは詳細なデータのおまけ付き。ニューデリーの技術部が検証を行ったが、疑問を差《さ》し挟《はさ》む余地は無いそうだ。……おそらく本当に、あの事故は太陽光発電プラントの暴走から地球と人類を守るために引き起こされた物なのだろう」

「市民の反応は？」

「目立った物は無い。この件についてはな」リチャードは目を閉じて息を吐き「彼らにとってはこんな過去の話より、市街地が直接攻撃にさらされたことの方がよほど重要だ。幸い死者は少ないらしいが、負傷者はおそらく数万単位。ニューデリーでは市民が説明を求めて軍司令部と執政院に詰《つ》めかける騒《さわ》ぎになっとるが、他のシティでも同様だろう」

短いノイズを挟んでディスプレイが切り替わり、再び最初の、南極上空の映像が始まる。

数秒の沈黙。

無言でディスプレイを見つめる祐一の前でリチャードが「さて」と立ち上がり、

「ともかくこの状況では身動きの取りようが無い。祐一殿もしばらく体を休めてくれ。ルジュナ殿の話では、六つのシティの代表による緊急の会議が開かれる。そこで何らかの方針が定まることを期待しよう」

そう言い置いて部屋を後にしようとする白衣の男。

祐一はディスプレイに視線を向けたまま、その背中に声を投げる。

「博士」

「……何か？」

リチャードが足を止める気配。

祐一は男の方を見ないまま、自分の首の後ろに手を伸ばし、

「俺は、どうなった？」

指先に触れる硬い感触は、間違い無く埋《う》め込み型のノイズメイカーの物。

大きさからしてI―ブレインの機能そのものを停止させるタイプの最上級品。その証拠に、目覚めてから何度も起動を試みているにもかかわらず、脳内時計を呼び出すことはおろかエラーメッセージを確認することすら出来ない。

「……それは外さんでくれ、祐一殿」リチャードの声にどこか沈痛《ちんつう》な響きが混ざり「主治医としての忠告、いや、頼《たの》みだ。私も文献《ぶんけん》ですら症例《しょうれい》を見たことがほとんど無いからな。残念ながらI－ブレインを強制停止させて細胞壊死《さいぼうえし》の速度を低下させる以外に対処法が思いつかん」

立体映像の小さなカルテが、目の前に差し出される。

『黒沢祐一』の脳に関する、詳細な検査記録。

そこに、答は全て書かれていた。

「説明は、必要かね？」

男の言葉を、どこか遠いことのように聞き流す。

立体映像のカルテを、食い入るように見つめる。

……これが、そうなのか……

戦場で戦い続けた後天性魔法士にいずれ訪《おとず》れる運命。

マザーコアとなった妻の最期は見た。

かつての戦友の末路も知っている。

だから、自分にもいつかこの日が来ることは、分かっていた。

だが。

「……もって三ヶ月。現在のI－ブレインの状態から推算した数値だ」リチャードはポケットから吸いさしのタバコを取り出して火をつけ「祐一殿には言うまでもないだろうが、それは最も望ましい仮定を重ねた結果の値《あたい》だ。その日が来るのは二ヶ月後かもしれんし、一ヶ月後かもしれん。ことによると明日かも知れん。……だが、三ヶ月より長くなることは絶対に無い」

……なぜだ……

なぜ今なのかと、その言葉だけが頭の中を駆け巡る。いずれ終わりが来るのは知っていた。いつか自分の力が尽きる日が来ることは覚悟していた。だがなぜ今なのか。世界が混迷《こんめい》を極め、人類と魔法士が最終戦争へと転がり落ち、皆が自分の剣《けん》を必要としているこの瞬間に、なぜ『その時』がやってくるのか。

「……博士、俺はまだ戦えるか？」

「馬鹿なことを言わんでくれ」リチャードは疲れたように息を吐き「それこそ説明の必要などあるまい。ノイズメイカーを外してI－ブレインが再起動すれば、その瞬間から脳細胞の壊死が加速する。致命的な損傷だ。おそらく、剣を振るうことはおろか立ち上がることさえ――」

鈍い音が男の言葉を遮る。

少し遅れて、それが、自分の拳《こぶし》が壁を殴《なぐ》りつけた音だと気づく。

ゆっくりと背後に視線を巡らせ、枕元に立てかけられた騎士剣を発見する。黒い鞘《さや》に収められた長大な真紅《しんく》の刀身。伸ばした指先が柄《つか》に触れる寸前で止まり、拳の形となって力なくベッドを叩く。

「……このことはヘイズや子供達には秘密に。祐一殿は蓄積疲労の限界でしばらく戦えない、

とだけ説明しておく」リチャードの言葉と共に半透明のカルテが消失し「たとえ騎士として剣を取らずとも、祐一殿の経験と判断は我々にとって欠くことの出来ない物だ。どうか、早まった真似《まね》だけはせんで欲《ほ》しい」

すぐに食事を用意する、という呟きを残して足音が遠ざかる。

祐一は最後まで振り返らず、錆《さ》びた金属の壁をただ見つめ続けた。

＊

肉を切《き》り裂《さ》き骨を断《た》ち割《わ》る鈍い感触が、手のひらに跳《は》ね返《かえ》る。

斬《き》り飛ばした兵士の腕が鮮血《せんけつ》と共に宙を舞《ま》い、逃げ惑う市民の頭上に降り注ぐ。

悲鳴と怒号、怨嗟《えんさ》と嘆《なげ》き。むせかえる血臭は吹き寄せる熱風にあおられ、空気の焦《こ》げる臭《にお》いと混ざり合って市街地の空へと立ち上る。降り注ぐ瓦礫、折り重なる無数の死体。踏《ふ》み込む足にぬるりとした血だまりの感触。跳《は》ねた血しぶきが軍服の裾《ぬ》を濡らすより速く、駆《か》け抜《ぬ》けた目の前には驚愕に引きつった兵士の顔。

炎に照らされて煌めく騎士剣の刃《やいば》。

鋭利《えいり》な切っ先は容易く肉を貫き、肋骨《ろっこつ》を砕いて心臓を突《つ》き通《とお》す。

鈍い感触が手のひらに跳ね返る。引き抜いた傷口から鮮血が噴《ふ》き出《だ》すより速く翔《と》ぶ。降り立ち、剣を振る。ちぎれ飛んだ首が宙を舞い、市民の頭上に降り注ぐ。

それを、何百回と繰り返す。

目の前の敵が消え去るまで、防衛線が崩壊するまで、何度も、何度も繰り返す。

化け物め、と叫《さけ》ぶ兵士の口に右手の騎士剣を突《つ》き立《た》て、隣の兵士の胸を左手の騎士剣で貫く。血しぶきが噴き出すより速く別な敵の前に降り立ち、剣を振り下ろす。白一色の軍服には返り血の一滴《てき》、煤《すす》の一粒《つぶ》さえも許さない。その代わりに、別な物が纏《まと》わり付《つ》くのを感じる。

人々の嘆き、怒号、悲痛な叫び。

それらが黒い澱《おり》となって手足と首に絡《から》みつき、全身を締《し》め上《あ》げていくのを肌《はだ》に感じる。次第《しだい》に重さを増していく体を動かし、また一人敵を斬り倒す。両の騎士剣で肉と骨を断ち割り、心臓を突き通す。倒れ伏す兵士の亡骸を踏《ふ》み越《こ》え、別な兵士の前に降り立つ。呪詛《じゅそ》の叫びを上げる兵士の首に刃を突き立て、無慈悲《むじひ》に振《ふ》り抜《ぬ》く。

それを、ただ繰り返す。

何度も、何度も、果てしなく繰り返す——


良くやってくれた、というのが、報告を聞き終えたサクラの第一声だった。

コンクリートむき出しの埃《ほこり》っぽい部屋の中央、テーブルの上に立体映像で映し出された少女の姿はノイズで不鮮明にちらつき、朗々とした声にも時折金属質の異音が混ざった。

『こちらの損失は手術を要する重傷者が四三五名、その中で生命維持槽《そう》による長期間の療養《りようよう》が必要な者が二八七名。軽傷者はほぼ全員、蓄積疲労でＩ－ブレインの起動が不可能な者が八割以上。……想定通りとはいえ、惨憺《さんたん》たる有様《ありさま》だな』

「だが、一人の死者も出してはおらん」自嘲《じちよう》するように呟くサクラに隻眼《せきがん》の騎士、グウェン・ウォンが応え「シティに与えた損害と得られた戦果を考えれば、完全な勝利と言っても過言ではない」

テーブルを取り囲む他のディスプレイから口々に賛同の声が上がる。賢人会議の中でも指揮官クラスの魔法士達のうち、比較的《ひかくてき》軽傷な者が全部で十五人。その多くは通信回線の向こうからこの遠隔《えんかく》会議に参加しており、この部屋に実際に存在しているのはディーとグウェン、それにソニアという炎使いの女性の三名だ。

『貴方《あなた》達に感謝を。全ては皆の協力と献身《けんしん》の賜物だ』サクラは同胞に深く一礼し『シティ市民に対する情報の流布も無事に成功したと聞いている。強行軍ではあったが、今後の自治政府の動きを封《ふう》じるのに良い楔《くさび》となるだろう。……例の資料については？』

「南極での戦闘記録と共に全てのシティにばらまいておいた」答えて、グウェンはしばし逡《しゅん》巡《じゅん》し「……確認するが、事実なのだな？」

全員の視線がディスプレイの少女に集中する。隻眼の騎士が問うているのはもちろんシティに対する攻撃の直前に南極衛星からもたらされたデータ、『衛星暴走事故の真相』についてだ。

世界を覆う雲が世界を守るために生み出されたという途方《とほう》もないその話が本当か——視線で問う一同を前にサクラは無言で立ち上がり、

『最初の魔法士アリス・リステルはこの地で生涯《しょうがい》を終え、未来に希望を託《たく》した。旧《ふる》い人類によって滅びようとしていた世界を命を賭《と》して守り、道を繋いだ。これはその証《あかし》だ』

黒い手袋に包まれた少女の指が、背後を示す。

陽光が降り注ぎ草木が生《お》い茂《しげ》る、衛星内部の庭園。

その中央、生命維持槽に浮かぶ、少女によく似た女性の姿に魔法士達がどよめく。

「彼女が……」

『我が母、アリスはここにいる。生物としてはすでに死を迎えたが、そのI—ブレインは雲の制御システムとして今もこの世界を包んでいる』サクラは羊水に煌めく女性の姿をしばし見上げ『事故発生当時の詳細資料はすでにそちらに送った通りだ。正しく解析《かいせき》すれば疑念を挟む余地は無い』

少女の言葉にグウェンは無言で目を閉じ、他の者もそれぞれにうなずく。南極からもたらされたデータ——衛星暴走事故発生当時の詳細な記録についてはもちろんこの場の全員が解析を終えており、サクラの言葉の正しさを理解している。

だから、グウェンの言葉は確認。

自分達は本当にこの世界に対する権利を主張して良いのかという、最後の確認だ。

「たぶん、シティの市民もこの意味を理解している頃だわ」ソニアがディーの隣で椅子から心持ち身を乗り出し「自治政府は隠蔽を謀《はか》るでしょうけど、データは市民に広く流布した。少しでも情報制御理論を知っている人なら、これが否定しようのない事実だと理解するのに時間はかからないはずよ」

『我らの正当性をシティに示す武器だ。有効に活用して欲しい』サクラはディスプレイの向こうで椅子に腰を下ろし『それで、そちらの新拠点《しんきよてん》の状況は？　何か不都合は無いだろうか』

『順調、とは言いがたいが、作戦遂行《すいこう》に不足は無い』答えるのはカスパルという名の人形使い。

『エネルギー供給ラインも生活物資の生産ラインも無事に稼働している。あの「島」での暮らしとはもちろん比較《ひかく》にならないが、それは仕方ない。次の行動までの生活には十分だ』

南極を離脱した賢人会議の面々は当初の作戦計画通り小部隊に別れ、複数の拠点に分散して潜伏している。六つのシティの周囲に六つずつ、全部で三十六。アフリカ海からの脱出《だつしゆつ》に用いた可搬《かはん》型の転送システムは一部の拠点にしか設置されていない上に動作が安定せず、遠距離《えんきより》の拠点間の移動手段は軍から鹵獲《ろかく》した輸送用フライヤーや小型の飛行艦艇に頼《たよ》るほかない。今後、各シティ周辺の拠点はそれぞれの方面軍として独立に活動していくことになる。

ディーがいるのはヨーロッパ、旧世紀にはアイルランドという名の国が存在した地域の地下軍事施設跡で、ロンドンからはおよそ六百キロの距離《きより》に位置している。

廃棄されて久しい施設跡はどうにか百人ほどが収容可能な広さで、ロンドン周辺に用意した拠点の中では最も大きい。最下層には近隣《きんりん》の別な施設から移設した地熱発電プラントと生産プラントが設置され、老朽化が著《いちじる》しい箇所《かしょ》については今も補修作業が続いている。

ここはそんな施設の中央、会議室として割り当てられた一室。

四方をむき出しのコンクリートに囲まれたテーブル一つきりのこの部屋が、賢人会議ロンドン方面作戦軍の今後の指揮中枢となる。

『苦労をかける』青年の言葉にサクラは一瞬、視線を伏せ『こちらはシステムの全体をほぼ掌握《しょうあく》した。予想通り、この雲除去システムは地球を覆う雲全体を一つの論理回路として内部の情報構造にアクセスする機能を有している。その機能を利用し、こうして「雲」を経由する通信網《もう》が可能なのも想定通りだが……』

耳障りなノイズを残して、少女の姿が唐突に仮想の視界から消失する。

数十秒。サクラは消えた時と全く同じ姿勢のまま再び姿を現し、

『すまない。見ての通り、この回線はひどく不安定だ。この通信をどれだけ続けることが出来るか分からないし、次に通信可能になるのがいつかも不明だ。残念ながら、今後はこうして連絡を取り合うことは難しいだろう』

『仕方有りません。それもまた想定の範囲《はんい》内です』長い赤髪の少女、元ロンドン自治軍少佐の人形使い、サラ・マイヤーが応え『こちらのことは心配なく。作戦計画通り、メンバー全員の回復を待ちつつシティに対する牽制《けんせい》を継続します』

テーブルの上のディスプレイには、自分たちの今後の行動計画が表示されている。シティ連合による総攻撃の数日前に作成された計画書。賢人会議はこれから負傷者の回復を待ちつつ、身動きの取れるメンバーで人類に対する攻撃を継続する。

と言っても、攻撃目標はシティ本体では無い。今日の攻撃で市街地に直接の被害が出たことで、それぞれのシティは警戒を強めているはず。いかに現時点でシティとの戦力比がこちらに有利に傾いているとはいえ、敵の守りの最も強固な部分に敢《あ》えて攻《せ》め入《い》る余裕は今の賢人会議には無い。

だから、攻撃目標は二つ。一つはシティ間の通信網。地下深くに埋設《まいせつ》されている大戦前のネット回線やシティ間を行き来する輸送艦、フライヤー。あらゆる経路を切断することで各シティを孤立《こりつ》させ、人類が一丸となって反攻《はんこう》作戦に打って出るその芽を摘《つ》む。

もう一つは、シティの周辺に点在する、シティの市民権を得られなかった者達が暮らす小規模な町。

現在の地球上に残った二億の人類のうち、シティに暮らす者はおよそ六千万。残る一億四千万はシティが生み出す余剰《よじょう》のエネルギーに寄生することでかろうじて日々の糧《かて》を得ている。シティの堅牢《けんろう》な防壁に守られることも無く無防備に暮らすこの一億四千万に標的を定める。

もちろん最終的な雲除去システムの起動のために人類全体の人口を減らすのが目的だが、意味はそれだけでは無い。賢人会議が人類全体に対する攻撃意思を明確にすれば、シティはそういった外部の人類をも守らざるを得ない。防衛部隊を展開すればそれだけ自治軍は損耗《そんもう》する。在野の民衆をシティ内に収容すればそれだけ生産システムに負荷《ふか》がかかる。

そうやってシティを内部から疲弊させ、来たるべき総攻撃の準備を整える。

六つのシティのうち、アフリカ海と南極での損害が比較的少ないシンガポールとニューデリーは後に回し、世界樹を有し国力の高いロンドンも除外。最初の攻撃目標はマサチューセッツ、モスクワ、ベルリンのいずれかとすることで賢人会議の方針はすでに定まっている。

『よろしく頼む』サクラはもう一度、深く頭を下げ『言うまでも無いことだが、警戒を怠《おこた》りなく、油断無く事にあたって欲しい。今もっとも恐れるべきは我ら自身の慢心《まんしん》だ。戦いはまだ道半ば。ここからが正念場だということを皆によく伝えて欲しい』

光で構成された吹雪のようなノイズが、少女の周囲にまとわりつく。

サクラは何かを探すように一同を見回し、息を吐いて、

『それと、子供達に「何も心配は要《い》らない」と。私がいなくとも訓練を怠らず、規則正しく生活するように。食事は好《す》き嫌《きら》いをしないように。それと――』

一際大きなノイズ音。何かを言いかけた格好のまま少女の姿が消失し、同時にテーブルを囲んでいた全ての通信画面がブラックアウトする。

簡素な会議室に降りる沈黙。

グウェンとソニアが慣れた手つきで椅子の脇《わき》から有機コードを引き出し、自分のうなじに押

し当てる。

複数の拠点間での通信を確保するために、賢人会議は現在二つの異なる回線を運用している。一つは先ほどまで用いていた雲と衛星を介《かい》した方式。そしてもう一つがこの『I－ブレインを介して情報の海の内部で直接データを受《う》け渡《わた》す方式』。真昼が生前に開発したこの方式は電波や音波などを目標とする既存のあらゆる探知網にかかることがなく、存在を知られない限りはクレアの『千里眼』に知覚される恐れもない。

欠点は回線の維持に第一級《カテゴリーA》の魔法士レベルの演算速度が必要で、I－ブレインに対する負荷も到底無視できる物では無いこと。

再び明かりが灯《とも》った通信画面の向こうで、先ほどまでと同じ面々が先ほどまでよりいくらか神妙な顔で互いを見つめる。

「……これで、戻る道は無くなったな」グウェンが灰色の天井を見上げて息を吐き「あっけないものだな。戦争を始める、というのは」

『本当に』

通信画面の一つに映る金髪の少女、元ベルリン自治軍の騎士ロッテが自分の足をじっと見つめる。先立って行われたマサチューセッツへの潜入作戦で負傷した少女は、右足を固定具で覆ったままアフリカ海と南極の戦いに参加した。

『もっと早くこうしていれば、それだけたくさんの仲間を助けることが出来たかもしれないわね。……シティとの協力のためにあんなにがんばったのが全部無駄《むだ》になったのは、ちょっと虚《むな》しいけど』
『忘れよう。その道を断ったのはシティと人類の側だ』と言葉を返すのは人形使い、カスパル
『そもそも、マザーシステムなんて物が生まれた瞬間から、人類と俺達魔法士との関係はこういう形以外にあり得なかったはずだ。それを食い止めようとした真昼が死んだ今、世界はあるべき姿に流れていくしか無い。魔法士《こっち》が滅びるか人類《あっち》が滅びるか、道は最初から二つに一つだ』
『真昼さんがここにいたら、悲しむでしょうね』ぽつりと、ロッテが呟く。
『仕方の無いことです。申し訳ないとは思いますが、許しは請《こ》いません』応えるのは赤髪の人形使い、サラ『言うまでも無いことですが、これは聖戦ではありません。シティは旧世紀の物語に出てくるような暴虐《ぼうぎゃく》な悪の帝国《ていこく》では無いし、多くの市民にもおそらく罪は無い。それを承知で私たちは生き残りをかけた戦いを始めた。立ち止まるつもりなどありませんが、真昼が私たちを責めるというのであれば甘んじて受けましょう』
『個人的に、その意見には異論があるがな』人形使い、カスパルが不満そうに眉根を寄せ『無知は罪だ。シティの市民はマザーシステムが俺たちの脳を核《かく》として動いていることを知った後も、何ら行動を起こすこと無く平和な日常を享受《きょうじゅ》し続けた。もちろん、中には何かをしようとした奴《やつ》もいたかもしれんが、少なくとも市民のほとんどは実際にマザーシステムを運営して

いる自治政府の中枢の連中と同罪だ。何を遠慮《えんりょ》する必要がある』

『では、カスパルさんはこの戦いが正義だと？』

『問答無用で殴りかかってきた相手を殴られた分だけ殴り返すのが正義ではない、というのは俺には難しい話だな、サラ・マイヤー』青年は椅子から少し腰を浮かし『では、シティの連中を許せと？　人類が魔法士の脳を刻んでマザーシステムにするのは仕方の無いことだと受け入れろと？』

『論理として理解出来る、と言いたいだけです』サラは憮然《ぶぜん》とした様子で『もちろん同情するつもりも納得《なっとく》するつもりもありませんし、シティと人類には滅んでもらいます。けれど、人類には人類なりの事情があり、それなりに筋の通った選択をしたのだと理解しておくことには意味があると思いますが』

　カスパルがさらに何か言《い》い募《つの》ろうと身を乗り出す。

　と、グウェンが「落ち着け」と二人を手で制し、

「個人の思想について議論しても始まらんし、そもそも議論の必要など無い。人類を滅ぼし魔法士の世界を作る、その一点において、我ら全員の意思は一致《いっち》しているはずだ」

　言い争っていた二人の人形使いが、我に返った様子で椅子に腰を下ろす。

　グウェンは腕組みして息を吐き、

「ディー、君からも一言頼む。各人の心情がどうであろうと道は既に定まった。ここから先の

戦いにはこれまで以上に我々一人一人の強い信念が求められる。そのことを……」

言いかけた言葉が止まる。他の魔法士達も、それぞれに視線をこっちに向ける。

狭い会議室に降りる沈黙。

数十秒。ディーはようやく話の矛先《ほこさき》が自分に向けられていることに気づき、

「す、すいません。……えっと、みんなの心構え、の話でしたっけ？」

「そうだが」グウェンがいささか困惑《こんわく》した様子で眉間《みけん》にしわを寄せ「何か気がかりが？　サクラとの通信の間も心ここにあらずだったが」

「すいません……それは……」

『仕方無いだろう』と人形使いカスパルが割って入り『アフリカ海から南極、シティへの攻撃。ディーは全て最前線の激戦区で休息無しに戦い続きだ。普通ならとっくに倒れててもおかしくない。本当ならこんな会議は無視して部屋で寝ているべきだ』

『そういうわけにはいきません。サクラがしばらく衛星から出られない以上、現在の賢人会議の実質的な代表はディーです』そう言って人形使いの少女、サラは心配そうにこっちを見つめ『けど、確かにディーには休息が必要です。このまま倒れられでもしたら、私達みんなセラちゃんに叱《しか》られてしまいますよ』

ぼんやりと見つめるディーの前で、魔法士達がそろってうなずく。

「じゃあ、今日の会議はこれでお開きに！」

戸惑《とまど》うディーの隣の席で、ソニアが軽く両手を叩く。ディーと同じくヨーロッパ方面に配備された炎使いは妙齢《みょうれい》の女性らしい艶《あで》やかな笑みで一同を見回し、

「問題もあるけど、今は作戦の成功を祝いましょう。とにかく、サクラの無事が確認できたのが何よりの収穫《しゅうかく》だわ。南極で見たあの青空がサクラの生み出したものということもはっきりしたし、これでようやく『世界から雲を払う』という私たちの大義名分が現実になったんだから」

『というわけだ』カスパルがディスプレイの向こうで敬礼の真似をし『色々と決めとかないといけないことはあるが、そいつは俺たちに任せてディーは少し休んでくれ』

「え……」

でも、という言葉を遮るように、ソニアが立ち上がって手を引く。周囲の仲間達に視線で促《うなが》され、ディーは会議室の外へと進み出る。

気をつけてね、と手を振るソニアにうなずき、自室へ続く長い道を歩き出す。構造材むき出しで所々で壁の崩れた長い廊下をゆっくりと歩き、会議室からずいぶん離れたところで立ち止まる。

途端《とたん》に、喉の奥からこみ上げる不快感。

目の前のトイレに駆《か》け込み、洗面台に顔を突《つ》っ込んで胃の中の物を残らず吐き出す。

いくら吐いても不快感は収まらず、透明な胃液も出なくなってやっと止まる。両手で水をす

くって口をゆすぎ、鏡に映る自分の顔に気づいて力なく笑う。

「……情けないな」

覚悟はとうに決めた。セラが生きる世界を作るため、戦うことから逃げないと。どれほど多くの血を流し、どれほど多くの死体を踏み越えようとも、最後まで決して立ち止まること無く戦《たたか》い抜《ぬ》くと。自分はその誓《ちか》いを守った。メルボルン跡地のあの戦場からニューデリー、北極、シンガポール。自分はためらうことなく剣を振るい、何千という数の兵士を斬り倒してきた。

それでも、今日は殺しすぎた。

自分が命を奪《うば》った人々の顔、その一人一人を思い返していると、視界に映るあらゆるものが赤く爛《ただ》れて腐《くさ》った泥《どろ》のように崩れていく気がする。

足が震えて立っていられなくなり、所々でひび割れたタイルの上に座り込む。力のこもらない指でポケットの携帯《けいたい》端末に触れ、立体映像の資料を目の前に呼び出す。

映し出されるのはほんの数時間前、シティ・モスクワでの作戦記録。

それを横目に見つめ、手のひらで顔を覆って息を吐く。

……セラ……

アフリカ海から南極へと続いた戦いの最後の局面、ダメ押しの一撃として行われた各シティへの潜入攻撃にディーはもちろん参加した。担当は残存戦力が最も強大なニューデリー。作戦は成功し、自分は仲間達と共にこの新たな拠点に帰還した。作戦指揮官の一人でもある自分は会議室でこの資料を読み、そこで初めてセラが自ら志願してモスクワへの攻撃部隊に参加していたことを知った。

少女はベルリンの近くにある自分の拠点に帰還し、そのまま自室に閉じこもって出てこなくなってしまった、と同じ拠点に配属された子供が教えてくれた。

手元には、セラの部屋に直接つながる通信回線の番号。

そのわずか六桁《けた》の数字を押すことが、ディーには出来なかった。

……ぼくは……

自分は良い。世界最強の騎士としてシティと戦い、I―ブレインを持たない人々を滅ぼす。その道に痛みはあっても、後悔《こうかい》やためらいはもはや無い。だけど、セラは違う。あの子は今も平和な世界を望んでいる。魔法士と人類が良き隣人《りんじん》として世界を覆う脅威に立ち向かおうとしていた、失われてしまった夢物語をまだ心の真ん中に抱《かか》え込んでいる。

それが、ディーには苦しくてたまらない。

自分が何をしようとも、少女の願いを叶《かな》える術はどこにも無い。

賽《さい》はすでに空の遙《はる》か遠《とお》く、あの雲の上の衛星へと投げられた。賢人会議とシティ、魔法士と人類の生き残りをかけた全面戦争。二億人の人類が残らず滅びるか二千人の魔法士が残らず人類に隷属《れいぞく》するか、どちらかの結末を迎えるまで絶対に終わらない戦い。止める術は無い。引き返す道も無い。敗北すれば自分もあの子もシティに捕らわれ脳を切り刻まれ殺される。だけど、たとえ勝利したとしてもその先にあの子の幸せは無い。

自分は、それでもセラが生きる道を選んだ。

そのことに迷いは無い。

だけど、今、どんな顔をしてあの子と話せば良いのか分からない。

「……戻らなきゃ」

鉛《なまり》のような体を引きずって立ち上がり、闇の通路を歩き出す。緩《ゆる》い勾配《こうばい》の長い坂道を下り、突き当たりの三叉路《さんさろ》を幾度か左右に曲がる。おそらく機密保持のためにわざと複雑な構造で建造されたのだろう、アリの巣のように張り巡らされた地下施設の通路は随所《ずいしょ》で奇妙に迂回《うかい》し、すぐに自分の居場所を見失いそうになる。

……ん……？

何度目かの角を曲がったところで。足を止める。

通路の左手には、錆《さ》び付《つ》いたスチールの扉。

隙間から漏れるわずかな物音に誘われ、ディーはそっと中を覗《のぞ》き込む。

闇に閉ざされた室内。蓄積疲労の限界に近いI―ブレインでは視界を補正することもままならず、ディーは何度も瞬《まばた》きして目を凝らす。記憶に間違いが無ければこの先は地下施設で最も広いホール。この拠点にいる百人全員を一度に収容可能なその空間は、作戦前のブリーフィングや訓練に使われる予定になっている。

もう一度、先ほどより幾らか大きな音。

今度は分かった。これは、鈴《すず》を鳴らす音だ。

続いて聞こえるのはゆっくりとした足音。一歩、また一歩と踏みしめるような靴音《くつおと》が一人、また一人と連なってコンクリートの壁に残響《ざんきょう》する。

規則正しい鈴の音と、かすかな人のざわめき。

ディーは闇の中にいっそう強く目を凝らし、

ようやく、その正体に気付いた。

儀典《ぎてん》正装をまとった仲間達の背中が、視界に淡《あわ》く浮かび上がった。

数十、いや百近く、おそらくはこの施設にいる魔法士のほぼ全て。黒一色の正装に身を包んだ魔法士達はホールの奥に向かって整然と列を成し、ある者は片手を胸に当て、ある者は両手を胸の前に組んだまま微動《びどう》だにせず正面を見つめている。

彼らの見つめる先には、祭壇《さいだん》のように置かれた大きなスチールのテーブル。

そこには、金属のプレートらしき物が幾つも積み上げられている。

魔法士達は順にテーブルの前に進み出ると、中央に敷《し》かれた白い布の上に手にしたプレートを捧《ささ》げる。ある者は一つ、ある者は二つ、ある者は両手に余るほど。プレートを一つも持たない者は代わりに小さな発光素子を幾つかテーブルに載《の》せる。傍らに立つ進行役らしき者がそのたびに手にした鈴を一つ鳴らす。厳《おごそ》かな足音。うずたかく積み上げられた無数のプレートの上に、さらに一つ、また一つと新たなプレートが置かれ、

「……ディー？」

静謐《せいひつ》を破る声。

一番後列に立つ炎使いの青年が、こっちを見つめて目を丸くする。

百人近い魔法士が一斉《いっせい》に振り返る。ディーは扉を閉めようとして失敗し、おそるおそる中に足を踏《ふ》み入《い》れる。

「すいません。覗《のぞ》き見《み》するつもりは……」

「構いませんよ」頭を下げようとするディーを駆け寄った人形使いの青年が制し「よろしければ、ディーも共に祈《いの》ってはもらえませんか」

魔法士達の列がざわめきながら左右に分かれ、部屋の奥に通じる道を空ける。

発光素子の淡い光に照らされたスチールテーブルの祭壇。

促されるままその前に進み出て、金属プレートの正体をようやく理解する。

「認識票……ですか？」

「私達の仲間です」一番近い位置に立つ炎使いの少女が答え、プレートの山から一つをつまみ上げ「これは私の。ベルリンの研究室で一緒に生み出されて、ここには来られなかった友人です。……本当はこの百倍はあったのですけどね、シティを脱出するときに持ち出せたのはこの

一枚だけでした」

「これは僕の。……ロンドンの、第七研究室です」

と、反対側から投げられる声。

歩み寄った騎士の少年が発光素子の幾つかを手のひらにすくい取り、

「本当はみんなの分を持ち出すつもりだったんですが上手くいかなくて……これは代わりです」発光素子を一つ一つ順にテーブルに戻し「同じ実験室の培養槽《ばいよう》で、同じ頃に生まれた仲間です。アベル、ブランド、セレネ……ちゃんとした名前なんか貰《もら》え無かったから。お互いを呼ぶのに勝手に名前を付けました。いつも冗談《じょうだん》ばっかり言って面白《おもしろ》い奴らでしたけど、最初の出撃《しゅつげき》で全員撃墜されて、僕以外は誰も帰れませんでした」

手のひらに載せた小さな発光素子をじっと見つめ、友達でした、と呟く。

ホールに集《つど》う魔法士達が、見も知らないその仲間を悼《いた》むように揃《そろ》って頭を垂れる。

「シティを恨《うら》んでいたとか、敵討《かたきう》ちがしたかったとか、そういうことでは無いんです」

呆然と立ち尽くすディーに、背後からまた別な声。

進み出た人形使いの女性が別な認識票を一つテーブルの祭壇に置き、

「真昼さんが言ってたシティとの同盟っていう話だって賛成してました。……本当ですよ？　無駄に争わずみんなが手を取り合っていけるならそれが何よりだと心から思っていた、そのつもりでした。それはここにいる誰もが同じです」

くすんだ金属のプレートが、澄んだ音を立てる。

女性は右手を胸に当てて束の間目を閉じ、ディーに向き直って、

「でも、南極での戦いが終わってここに戻ってきたときに、誰からともなくこの認識票の話になったんです。彼らに一言報告しなければ、って。……それまで誰も、私自身もそんな話はしたことが無かったのに」

魔法士達の視線が、残らずディーに集中する。

わけもなく半歩後ずさり、自分が発言を求められているのだと気付いて、

「……一矢《いっし》報《むく》いた、っていうことなんでしょうか」震えそうになるのを堪《こら》えて祭壇に向き直り、女性と同様に右手を胸に当て「ぼくらはシティの軍に勝った。もう二度と支配されない。大丈夫だって……そういう報告なんでしょうか」

「自分でも、よく分かりません」と、先ほどの騎士の少年が穏《おだ》やかな表情で首を振り「本当に、分からないことばかりです。今自分がやっていることが正しいのか。シティを倒して人類を滅ぼすのが正解なのか。どこかに別の道があるのか、無いのか。僕には何も分からなくて、今でも迷っています」

でも、と少年がディーの隣に並ぶ。

祭壇の前で居住まいを正し、祈るように目を閉じて、

「でも、今、とても晴れやかな気持ちです」

ありがとうございます、と少年が頭を下げる。周囲の他の魔法士達がそれに倣《なら》い、すぐにその動きがホールに集った全員に伝搬《でんぱん》する。

水面を風が撫《な》でるような、緩やかな動き。

それを見つめ、ディーは叫びそうになる衝動《しょうどう》を必死に抑え込む。

……無理だ……

最後尾《さいこうび》に加わってしばらく周囲の者と一緒に礼を捧げ、気づかれないように後ずさって扉をくぐる。去り際にホールを振り返り、途切れることなく続く葬送《そうそう》の列を遠くに見つめる。

セラの顔が頭に浮かぶ。セラを慕《した》う小さな子供達の姿が頭に浮かぶ。

彼らの意を汲《く》む者はここにはいない。

戦いを望まぬ者の居場所など、今の賢人会議にはどこにも無い。

こうならないために真昼がどれほど心を砕いていたか、今ならディーにも分かる。魔法士達の心底にくすぶっている怒りの炎を鎮《しず》め、人類との融和へと意識を向けさせる――それがどれほど困難な作業だったか、ディーにもようやく理解出来る。

こんなにも容易く、瓦解《がかい》する。

戦争へと一歩踏み出してしまえば、後は崖《がけ》を転がり落ちるのと同じだ。

ここまでは、それでも誤魔化《ごまか》すことが出来た。賢人会議の敵は相応の戦力と殺意を備えたシティの自治軍の兵士であり、戦いを望まない者であっても目の前の敵から自身を守るためには選択の余地が無かった。だがここからは違う。地球上からI―ブレインを持たない人類を根絶するため、賢人会議の攻撃目標はシティ内、あるいはシティの外に住む無抵抗《むていこう》の人々へと移っていく。

それはつまり、自分達が銃もナイフも持たず泣《な》き叫《さけ》ぶばかりのただの人間を殺すということ。

あの子供達に、そんなことが可能なのか。

仮に、「そんなことは出来ない」とあの子達が戦いを放棄したら、いや、それどころか人々を守ろうとして仲間の前に立ちふさがったら、自分はいったいどうすればいいのか。

……やめよう……

ようやく自室にたどり着き、明かりもつけずにベッドに倒れこむ。そのまま眠ってしまおうと毛布を引き寄せ、机の通信端末に緊急の着信記録があるのにようやく気付く。

無視してしまおうかと少し考え、思い直して立体映像の通信画面を呼び出す。

回線の向こうに現れるのは、自分より少し年下くらいの東洋人の少女。

少し考え、それが賢人会議の中でも比較的新しいメンバーで、シンガポール出身の人形使いであることを思い出す。

『……よかった、つながった』少女はなぜか青ざめた顔で小さく呟き『ディーさん、今お一人ですか？　そこには他に誰もいませんか？』

唐突に妙《みょう》なことを尋《たず》ねる少女に、ともかくうなずく。

画面の向こうの少女は自分の周囲を見回してからぎこちない手つきで手元の端末を操作し、

『今から映像記録を送ります。絶対に、他の誰にも見られないように閲覧《えつらん》して、終わったらデータを削除《さくじょ》してください』

「ちょ……ちょっと待ってください！」

ただならぬ気配にうなずきそうになり、我に返って声を上げる。

『何も聞かずに、とにかく受け取ってください』少女は怯《おび》えるように一層声を潜め『……私、今日のシティへの攻撃に参加しました。モスクワ。セラちゃんと同じ部隊です』

え？　という言葉を寸前で呑み込む。

ひどく不吉《ふきつ》な予感。

少女は血の気の引いた顔でうなずき、

『作戦中の記録です。……まだ誰にも見せていません』

＊

通信端末の呼び出し音で、我に返った。

セラは暗い部屋の隅で目を開け、ベッドの上でのろのろと身を起こした。

疲れ切った頭で脳内時計を呼び出し、時刻を確認する。モスクワでの作戦を終えてこの場所に帰還してからおよそ二時間。自室に閉じこもって横になっていたが、眠ってはいなかった。目を閉じると頭の中に昨日からの長い戦いの光景が幾つも繰り返し浮かんで、どうしても眠ることが出来なかった。

だから、ベッドの上で布団《ふとん》にくるまったまま息を潜めていた。

そうして、時々目を開けて、枕元の壁に走る細かなひび割れを見つめていた。

……もう一度呼び出し音。今度は何度も繰り返し。

眠っているふりをしようとベッドに横になった途端、強制割込《わりこ》みで一方的に回線が開かれる。

『セラ、起きてる？』

驚いた拍子《ひょうし》に振《ふ》り回《まわ》した腕がベッド脇のテーブルにぶつかり、上に置かれていたコップを弾《はじ》き飛《と》ばしてしまう。とっさに情報制御を呼び出すが間に合わない。強化プラスチックのコップは壁に跳ねて甲高い音を立て、そのまま転がってドアのところで止まる。

諦めてベッドから下り、重力を書《か》き換《か》えてコップを手元に引き寄せる。

テーブルのタッチパネルを操作し、部屋の明かりをつけて机に向かう。

『……ごめん。寝てた？』

通信画面に映るディーに「大丈夫です」と答え、椅子に座って肩から毛布をかぶる。ともかく通信回線用の有機コードを取り出してうなじに押し当て、回線維持の負荷をI―ブレインに半分引き受ける。他には小さなクローゼットがあるだけの狭い部屋。ドアの向こうの通路からは物音一つなく、ディスプレイ越しに少年と向かい合っていると息が詰まりそうになる。

『えっと……セラが休んでる間にサクラと通信がつながったよ』ディーはどこか落ち着かない様子で椅子に腰掛け『衛星の機能は完全に掌握出来たって。参加できる人だけで会議やって、こっちの状況も報告したんだ』

「そう……ですか」

本当は知っている。幹部は全員会議室に集まるようにという連絡を、自分はベッドの中でちゃんと聞いていた。その後の会議の様子も、数値データの形で盗《ぬす》み見《み》ていた。みんなが作戦の成功を祝っていた。

敵方とはいえ多くの命が失われたことを、悼む者はいなかった。

『まあ、最後は回線が切れちゃって、次に話が出来るのはいつか分からないんだけどね』

ディーはぎこちなく笑い、テーブルから使っていないコップを取り上げて水差しの水を注ぐ。なみなみと注いだ水を一息に飲み干し、銀髪《ぎんぱつ》の少年は深く息を吐いて、

『聞いたよ。モスクワへの攻撃に参加したって』

体がすくむ。

逃《に》げ出《だ》したくなる衝動をこらえて、どうにかうなずく。

『そう……』ディーは何かを考えるように目を伏せ『自分から志願したって、本当？』

「本当、です」うなずき、足が震えているのを悟られないように両手で膝を強く押さえ「南極

での戦いでみんな疲れてて、他に動けそうな人がいなくて。わたしはまだ元気だったし、シティには航空戦力がたくさん残ってそうだったし……」

全部嘘だ。あのとき、モスクワへの攻撃部隊に選ばれるのは自分では無く、本当は自分を慕うあの子供達の誰かのはずだった。賢人会議の作戦決定に必要なあらゆる資料は組織の全員に対して公開されている。各メンバーの能力と疲労状況から算出された解析結果を見れば、シティとの戦いを望まないあの子達の誰かが出撃を命じられることは明らかだった。

作戦目的は報道センターの制圧による情報の流布と、市街地の民間人への無差別攻撃。

それをあの子達が行うことに、耐えられなかった。

自分なら上手くやれると思った。自分の手だけを汚《よご》さず、目の前で仲間が繰《く》り広《ひろ》げる虐殺《ぎゃくさつ》を見ているだけのその行為がどれほど醜《みにく》いことか分かっていても、子供達が無抵抗の市民を殺すよりはマシだと思った。そうしてモスクワに赴《おもむ》いた自分は、その通りのことをした。自分では誰一人《だれひとり》殺さず、撃墜した何百という数の空中戦車に撤退の機会を与えながら、その傍らで何万人もの市民がなすすべなく逃げ惑うのをただ黙って見ていた。

「大丈夫です。わたしはどこもケガしなかったですし、作戦も上手くいったです。頭はまだちょっと疲れてるですけど、少し休めば……」

言い募るセラの前で、ディーがため息を吐く。

脳内に唐突に出現する、映像記録のデータ。

それを見た瞬間、血の気が引く。

「……ディーくん、これ……」

不鮮明な画像に映し出された、どこかの教会と孤児院らしき建物。

降り注ぐ巨大な岩塊におびえる女の子と、その岩塊を打《う》ち抜《ぬ》く光の槍《やり》。

『一緒に作戦に参加した子がね、見てたんだ』少年は椅子に座ってうつむいたまま『セラが瓦礫に押し潰されそうになった孤児院を守るのを』

とっさに椅子から立ち上がる。

立ち上がってしまってから、自分の失敗に気づく。

『何かの見間違《みまちが》いかも知れないって、その子は言ってた』ディーは静かに首を振り、独り言のように『別な目標を狙った攻撃が、結果的にモスクワ市民を助ける形になっただけかも知れないって。だけどセラには変な噂もあって、でも自分はセラが好きだしいつも感謝してて、どうしたら良いか分からないから誰にも言わずに後は全部ぼくに任せるって』

そうだ、その可能性もあった。単なる失敗、偶然《ぐうぜん》の結果だということにして、誤魔化してしまえば良かった。

だけど、もう出来ない。

真実は少年の考えている通りなのだと、たった今、自分が態度で証明してしまった。

「ディーくん……わたし……」

その後が続かない。何を言えば良いのか分からない。本当は無視しようと思った。周りには自分と一緒に攻撃に参加している仲間もいて、誰に見られているか分からなかった。だけど、あの孤児院の庭から空を見上げる女の子の姿に気づいて、その子が自分より少し小さいくらいだと気づいた瞬間に、Ｄ３が命令していないのに勝手に動いてしまった。

そこでやっと、女の子の隣に立っているのが良く見知った人物——月夜だと気づいた。

それがどういう意味を持つかはすぐに分かった。

幸い、この画像には彼女の姿は映っていない。これを記録した人もそこまでのことは分からなかったのだろう。でなければ大問題になる。真昼の双子《ふたご》の姉、天樹月夜が賢人会議に敵対してモスクワに与《くみ》していることはみんなが知っている。自分と月夜に面識があることももちろん多くの人が知っている。その人達はきっと、自分が月夜を助けようとしたと考える。

自分の周りには以前から、シティとの和平を望む子供達がたくさん集まっている。そのことを知っている人もいるかも知れない。自分が戦場で人を殺さないように戦っていることに気づいている人もいるかも知れない。いや、きっといる。全部を一つの線でつないで考えようとする人は、必ず出てくる。

人類を滅ぼして魔法士だけの世界を作ることに反対する裏切り者。

そう考えた誰かが自分の処断を求めたとしたら、そして、ディーがそれを知ったら、

『——セラ』

思いがけなく優しい声。

とっさに我に返り、目の前の顔を見下ろして息を呑む。

『みんなに相談して、セラにはしばらく攻撃には出ないで生活面の仕事に集中してもらおうと思うんだ』淡々とした、淀みの無い口調『この新しい拠点は前の島とは違うからね。生活のこととか、みんな色々困ってると思うんだ。食べる物もプラントから出てきたままのレーションばっかりだと疲れてくるし、だから、ね？』

穏やかに告げる少年の顔を、セラは為す術無くただ見つめた。

ディーは笑っていた。

今にも泣きそうな、苦しそうな、何かに押し潰されそうな顔で、少年は優しく微笑《ほほえ》んでいた。

『それで、良いよね？』

「わ、わたし……」

『じゃあ、よろしくね』少年は微笑んだまま椅子から立ち上がり『これは勘違《かんちが》いだって説明しておくよ。他の目標を狙った攻撃がたまたま当たっただけだって。……セラも気にしないで、データは消去してね。今は大変なときだから、みんな心配の種は早く消しておきたいんだよ』

ゆっくりとした口調でそう言い置いて、通信を切ろうとする。

「ま、待って！」セラはその背中に必死に声を振《ふ》り絞《しぼ》り「待って下さい……です。どうして何も言わないんですか？　わたし、本当は」

『セラが出撃しない分はぼくが穴埋《あなう》めするから大丈夫』少年の声が強引《ごういん》に言葉を遮り『セラは何も心配しないで、色々片付くのを待ってて』

スピーカーから流れる、かすかなノイズ音。

ディーはタッチパネルにのばしかけた手を止め、うつむいたまま、

『ずっと前にセラ言ったよね。ぼくが人を殺すことを許さない。ぼくのことが嫌《きら》いだ、って』

呼吸が止まる。

何も言うことが出来ず、目を見開くセラの前でディーは一瞬だけ顔を上げ、

『あの言葉、ちゃんと覚えてるよ』

蠟細工《ろうざいく》のような笑顔《えがお》が、通信画面の向こうに消える。

体のありとあらゆる場所が力を失い、セラはベッドの上に倒れ込む。

「……ディーくん……」

いつもこうだ。ディーはいつも一人で全てを抱え込み、一人で戦いに赴いてしまう。戦場でたくさんの人を傷つけ、殺し、そのたびに罪の重さに苦しみながら、それでも大丈夫だよと笑ってまた次の戦いに向かってしまう。

自分はそれを安全な場所から見ているだけ。

誰の命も奪わず、手を汚さず、少年一人が血にまみれていく姿を見ていることしか出来ない。

夢は戻らない。みんなが手を取り合う未来はもう二度と帰らない。自分はまだその夢に捕ら

われ、あの人は必死で先に進もうとしている。本当は自分が一番傷ついて、一番苦しんで、今でも誰かの命を奪うことを恐れているはずなのに、二重《デュアル》No.33はセレスティ・E・クラインが幸せに生きていける世界を作るために今日も剣を振るい、血を流して戦い続けてくれている。

だから、言えない。

そんな世界は要らない、たくさんの人を踏みつけにして命を奪って手に入れた幸せな未来など欲しくないなどと、そんな勝手なことをあの人に言えるはずが無い。

時々考える。ディーは自分と会わない方が幸せだったのでは無いか、と。自分がいなければディーはシティを敵に回すことも無く、お姉さんと別れ別れになることも無く、人を殺すことが出来ない欠陥《けっかん》品の騎士としてマサチューセッツに留まり続けていただろう。その結果はもちろん明るい物では無かっただろう。少年は政府に不要品と判断され、不遇《ふぐう》の日々を過ごし続けただろう。

だけど、たとえそうなったとしても、たとえマザーコアとして処分され、短い一生を終えることになったとしても。

それでも、今よりは幸せだったのではないか。

今のディーはまるで、生きながら地獄《じごく》を歩く、殉教者《じゅんきょうしゃ》だ。

「おかあさん……祐一さん……わたしは……」

覚えている、とディーは言った。あなたが人を殺すことを許さないと告げたあの日の言葉を、自分にとっての誓いの言葉を忘れてはいないと少年は言った。あれはきっと「分かっている」という意味だ。自分が頑《かたく》なに人を殺さず、この手を血で汚さないよう守り続けている意味を知っているということだ。

——お前は、この先何があっても決して人を殺すな。

それは、かつてメルボルン跡地の戦場で聞かされた言葉。

少年が初めて覚悟を決めて戦場に立ったあの日、帰りを待つ自分に黒衣の騎士が語った言葉だった。

お前がディーを許さず、ディーが人を殺すことを仕方ないと認めなければ、ディーは帰ってこられると。お前がその手を血で汚さず、「ディーの帰るべき場所」であり続ければ、ディーは兵器では無く人間として生きられると。

自分は今日まで、その誓いを守り通してきた。

だけど、それは本当に正しかったのだろうか。

少年を許し、この手を血に染め、少年と肩を並べて共に戦場を駆《か》ける——そんな道も、あったのでは無いだろうか。

「……ごめんなさい……ごめんなさい……です……」

ベッドに横たわったまま、何度も何度も口の中で繰り返す。本当はディーの前で言いたい。ディーを正面から抱《だ》きしめて、ごめんなさいもう良いんです、と言いたい。だけど、言えば全てが無駄になる。ディーがわたしのためにしてくれたこと、わたしのために傷ついて戦ってくれたこと、その全てが、無意味で、無価値で、本当は要らないものだったことになる。

涙《なみだ》があふれる。喉の奥から叫《さけ》び声《ごえ》が漏れ、どんなに押さえつけても止められなくなる。声が誰にも聞こえないように布団を頭から被る。暗い部屋の片隅、薄汚《うすよご》れたコンクリートの壁に体を押し当てて、セラはベッドのシーツを強く握りしめたまま子供のように泣きじゃくり、

――ドアの外から、複数の足音。

反射的に身をすくませ、おそるおそる顔を上げる。

一瞬ディーがここまで来たのかと考えるが、すぐにそうでは無いことに気付く。通路の向こうから近づいて来る質量はいずれもセラより小さな、子供のもの。全部で六つの人型の質量体はI―ブレインの認識の中をゆっくりと移動し、ドアの前でそろって動きを止める。

「……お姉ちゃん……いる？」

どこか怯えたような、男の子の声。

シーツで顔を拭《ぬぐ》って立ち上がり、少し迷ってからドアに歩み寄る。

「エリンちゃん、ですか？　それにカルル君とユーリ君と……」

質量分布の微《び》細《さい》な形状から、来客の正体を認識する。子供ばかりが六人。いずれも、シティとの戦いを避けることは出来ないのかと、セラに相談を持ちかけていた子供達だ。

服の袖でもう一度顔を拭い、ドアのロックを解除する。

人目をはばかるように部屋に滑り込んでくる子供達。

どの子も先の戦闘で負傷して体のあちこちに包帯を巻かれ、うち一人は再生を終えたばかりの右足を保護材で固定されて、機械式の杖で体を支えている。

「お姉ちゃん……！」

一番手前に立つ人形使いの女の子が、青ざめた顔で飛びついてくる。とっさに受け止めて重力制御で体を支えると、女の子は腕の中でわぁっと声を上げ、

「お姉ちゃん、助けて！　わたし……わたし……！」

「え、えっと……」

ともかくドアを閉じてロックし、女の子を抱き留《だと》めたまま床に座り込む。

肩を震わせて泣き続ける女の子の頭を撫で、視線で周囲の子供に助けを求める。

「エリン、また戦いに行くんだ」

応えて進み出るのは、炎使いの男の子。

短い栗毛《くりげ》の男の子はセラの隣にしゃがみ込んで女の子の背中を何度も撫で、

「シティの周りの町を攻撃して、人を出来るだけたくさん殺してこいって。……たぶん来週、ケガが治ったら出撃だって」

息を呑む。

それは、女の子が攻撃部隊のメンバーに選ばれたということ。

これまでのような軍相手の戦いではなく、シティへの攻撃ですらなく、「人類」に対する無差別な殺戮《さつりく》を命じられたということ。

「わたし、もういや……」女の子は切れ切れに声を絞り出し「お姉ちゃん……なんで？　なんでこうなっちゃったの？　わたし、みんなで仲良く、楽しくしたかったのに……。シティの人ともいつかきっと仲良くできるって……なのに、なんで……」

「エリンだけじゃない、ぼくらもいやだよ」傍らの男の子が女の子の背中を見つめたまま「戦うのは恐《こわ》いし、自分が怪我《けが》するのも、誰かをケガさせるのもいやだ。同じ事を言ってる子は他にもいる。……でもみんな我慢してる。戦争だから仕方ないって。言ってもどうせ誰にも聞いてもらえないって……だから……」

それ以上言葉が続かなくなった様子で、男の子が黙り込む。

周囲の他の子供達からも、すすり泣く声。

それを呆然と見上げ、セラは全身の力が抜《ぬ》け落《お》ちるのを感じる。

……わたしは……

決して人を殺さないように。誰かの命を奪うことが無いように——自分がそうやって自分とディーの二人だけの世界を守っている間に、この子達は戦場で血を流し、罪の重さに怯えている。そんな子供達が自分に助けを求めている。自分の裏切りに気付くこともなく、子供達は自分を「お姉ちゃん」と呼んで慕ってくれている。

考えなければならない。

自分は、どうすれば良いのか。

何を選び、何を切り捨てることが、最も良い答なのか。

「……わかったです」

女の子の顔を覗き込み、うなずく。

泣《な》き濡《ぬ》れた顔を上げる女の子と傍らの男の子をまとめて両腕に抱きしめ、

「わたしが何とかするです。……大丈夫、きっと大丈夫です」

＊

照明の絶えた会議室を、沈黙が包んだ。

隻眼の騎士、グウェン・ウォンはテーブルの上の闇に浮かぶ立体映像ディスプレイを見つめ、独り言のように呟いた。

「……面倒《めんどう》なことになった」

再生終了《しゅうりょう》を表すコードと共に映像が一旦《いったん》停止し、すぐに最初に巻《ま》き戻《もど》る。

ディーの部屋の通信記録から発見された映像。

シティ・モスクワで行われた戦闘の最中、味方の攻撃から孤児院を守るセラの姿がそこには映し出されている。

巨大な岩塊を打ち抜く光の槍と、それを庭から見上げるモスクワ市民と思しき少女。詳細な映像解析がもたらした周辺状況の再現データは、その少女の隣にもう一人、賢人会議にとって無視できない女性が存在していた可能性を示唆《しさ》している。

今は亡《な》き参謀《さんぼう》、天樹真昼の双子の姉、天樹月夜。

『……本物、なのか？　本当に？　シティの工作って可能性は……』

周囲を漂《ただよ》う通信画面の一つから声が飛ぶ。厳重な隠蔽を施した回線の向こう、個々のディスプレイには発信元を示す数値だけが表示され、スピーカーから流れる音声もノイズにまみれている。

『ああ、くそっ』青年の声はすぐに自分の言葉を否定し『わかってる。こいつは本物だ。どこも改変されてないオリジナルの映像記録だ。それはわかる。……だが、こいつは……』

他の幾つかの画面から、ため息とも独り言ともつかないかすかな音声が漏れ聞こえる。

世界各地に散っている前線指揮官役の魔法士達、その中でも賢人会議に早い段階から加わっている、つまりセレスティ・E・クラインという少女をよく知るメンバーが全部で六名。

それ以外の大多数の同胞に、万に一つもこの情報を漏らすわけにはいかない。

「実は、一時間ほど前にディーから内密の相談を受けた」グウェンはテーブルの上の映像を消去し「セラを出撃メンバーから外し、組織の生活環境《かんきよう》改善に専念させたいと。無論、この映像に関する話は一切無しで、だ」

それは、と別なディスプレイで誰かが小さく呟き、

『セラちゃんがこれ以上失敗しないように、ということでしょうか？』少し口ごもり『セラちゃんには以前から噂がありました。戦場で敵を殺さないように戦っているとか、今の賢人会議の方針に反対する子供を集めて何かを企《たくら》んでいるとか。……真実が何であれ、この映像はそんな噂の証拠になります。だから……』

慎重《しんちょう》な言葉にグウェンは深く息を吐く。口に出さずともこの場の全員が理解している。ディーが「前線から遠ざける」という結論を出したということは、つまりセラは本当にシティの市民を助けてしまったのだということ。

そして、このままではいずれ、確実にまた同じ間違いを犯《おか》すとディーが考えているということ。

『セラを呼んで直接話を聞くのは？　あるいはディーを』

『馬鹿な事を』誰かが発した言葉を別な誰かが否定し『本人は否定するに決まっているし、ディーは自分一人で片《かた》をつけて隠し通すつもりだ。これ以上話をこじれさせてどうする』

通信画面の薄《うす》明かりに照らされたテーブルの上に降りる沈黙。

『……あの』何かを恐れるような声。『もしかして、本当にもしかしてですけど……セラちゃんがシティ側と内通している可能性はありませんか？　真昼さんのお姉さんとはメルボルンで

一緒に戦ったってずいぶん前に聞いた事が……』

『言って良いことと悪いことの区別もつかないか？』グウェンが何か言うより早く温度の低い声が割って入り『どうやら連戦が響いたらしい。脳のメンテが必要なようだな』

『私だって考えたくはありません！』通信画面の向こうで椅子を蹴倒《けたお》す音『だけど、今は万に一つ、億に一つのリスクも排除しなければならないときです。セラちゃんのことは信じてますけど、状況証拠が揃いすぎてる。最悪の最悪は考えておかないと』

スピーカーから流れる声が次第に熱を帯びる。

六名の魔法士が、通信画面の向こうで口々に自分の考えを主張し始める。

『ともかくサクラに報告だ。俺たちだけで判断するには話が大きすぎる』

『その通りです。まして問題はセラちゃんのこと。今すぐにでも南極衛星と通信を』

『不可能なのは知っているだろう！　雲内部のネットワークは不安定で、次にいつサクラと通信が可能かは分からない』

『それより、この映像を記録したやつだ。誰かはわかっているんだろう。そいつに話を聞けば』

『バカか！　そいつはあの場に天樹月夜がいたことに気づいてないんだぞ！　問題を大きくしてどうする！』

『じゃあ、やっぱりセラちゃんの記憶を走査して』

『本人が拒否《きょひ》したらどうします。無理矢理拘束《こうそく》してスキャナーにかけるんですか？』

『論外だ。騒動《そうどう》が起これば他のメンバーにもこの話が知られてしまう。組織内に不安が広がるのはマズい』

『けど、それじゃあどうすれば！』

「――ディーの提案を受け入れる」

全てを遮る、巌《いわお》のような声。

瞬時に静まりかえる部屋の中央、テーブルを取り囲む真っ暗な通信画面を見回してグウェンは息を吐き、

「生活担当という名目でセラを前線から外す。出撃予定を全て他の者に割り振《わふ》るよう、ただちに調整を」

『……いいんですか？』おそるおそる、といった様子で誰かの声が応え『セラがシティに内通している可能性、もちろん僕は信じていませんけどゼロではないんですよ。それを不問にするというのは』

「無論、内密に調査は行う」グウェンは椅子に深く体を預け「だが何より重要なのは、来たるべき決戦に備えて組織の全員が一丸となることだ。シンガポールでの真昼の死から我々は大きく方針を転換《てんかん》した。そのことに戸惑っているメンバーも組織の中にはいる。セラに対する疑念を追及することはそういう者たちの動揺《どうよう》につながる。……今は、彼女に組織内での受け皿とな

ってもらうのが得策だ」

『ですが、いつまでも、というわけにはいきませんよ』また別な誰かが即座《そくざ》に言葉を返し『最終的なシティへの総攻撃の際には、セラちゃんにももちろん出撃してもらうことになります。そこで同じ事が起こったら？　人の命は奪えないって、セラちゃんが作戦を妨害したら？』

「そのときは――」

数秒の沈黙。

グウェンは天井の闇を見上げ、呟いた。

「そのときは、我々も覚悟を決めねばならんのだろうな」

第六章　反転攻勢　〜 World of warfare 〜

薄闇《うすやみ》に包まれた市街地の静寂《せいじゃく》を、無数の足音が塗《ぬ》り潰《つぶ》した。

賢人会議《けんじんかいぎ》による襲撃《しゅうげき》から一夜が明けたその朝、百万を超《こ》える市民の群れは誰《だれ》に先導されることも無く各々《おのおの》の家を発《た》ち、シティの政治中枢《ちゅうすう》を目指してそれぞれに行進を開始した。

頭上にプラカードを掲《かか》げたその表情には覇気《はき》が無く、時折上がる政府の秘密主義を糾弾《きゅうだん》する声も弱々しい。幽鬼《ゆうき》のようにおぼつかない足取りで進む彼らの周囲には魔法士《まほうし》の攻撃《こうげき》によって破壊《はかい》された建築物の残骸《ざんがい》が至る所に散乱し、中にはまだ煙《けむり》を立ち上らせている場所もある。

ロンドン、マサチューセッツ、モスクワ、ベルリン、シンガポール、ニューデリー。いずれのシティでも状況《じょうきょう》は変わらない。全ての階層の主だった通りは人波に埋《う》め尽《つ》くされ、無数の体温が生み出す熱気と相反する静けさとが合わさって異様な空気を作り出している。

男がいる。女がいる。年端《としは》もいかぬ子供がいて、車椅子《くるまいす》に座った老人がいる。乳飲《ちの》み子《ご》を抱《だ》いた母親がいて、我が子の遺影《いえい》を抱いた老婆《ろうば》がいる。その誰もが瞳《ひとみ》の奥底に恐怖《きょうふ》をにじませ、他者を憚《はばか》るように周囲の瓦礫《がれき》に視線を巡《めぐ》らせては重苦しい息を吐《は》く。

怒《いか》りも、憎悪《ぞうお》も、そこには無い。

あるのはただ、四肢《しし》に纏《まと》わり付《つ》くような粘性《ねんせい》を帯びた不安と絶望。

それこそが、賢人会議がこの街にもたらした、最大の「戦果」だった。

ここまでの劇的な反応を、おそらく攻撃を行った魔法士達自身でさえも想像していなかったに違《ちが》いない。彼らの作戦がシティの市民に与《あた》えた衝撃《しょうげき》は、それほどに甚大《じんだい》な物だった。もはやこの地球上に安住の地など無い。今この瞬間《しゅんかん》にも、死は自分達の頭上に降り注ぐかも知れない――その現実を目の前に突《つ》きつけられて、平静でいられる者などここにはいなかった。

市民を無知蒙昧《むちもうまい》と責めるのは酷《こく》だろう。彼らとて世界が平和で無いことは知っていたし、シティが魔法士達の組織と戦争状態にあることも知っていた。だが、事態の推移が早すぎた。ほんの三日前、シティ連合がアフリカ海で賢人会議の拠点《きょてん》に対する攻撃を開始するその瞬間まで、戦局は人類の側に圧倒的《あっとうてき》に有利であり自分達が敵の逆襲《ぎゃくしゅう》に晒《さら》される可能性など無きに等しいという彼らの認識《にんしき》は確かに正しかったのだ。

日常を失い、もはや他に縋《すが》る物を持たない市民の群れは、一握《ひとにぎ》りの安堵《あんど》を求めてひたすらに自分達の指導者を目指す。

その頭上を行くステルス迷彩《めいさい》のフライヤーの一団に気付く者はいない。

数百、数千、いや、それ以上。立体映像によって眼下の市民から姿を隠《かく》したおびただしい数の軍用フライヤーが、群衆が向かうのとは逆の方角へゆっくりと移動していく。シティ・マサチューセッツの建国記念公会堂、シティ・ロンドンの大時計塔《とう》――数個師団規模のフライヤーの編隊が、無人の政治中枢を取り囲む人々の頭上を飛《と》び越《こ》えてそれぞれのシティで最大の会議施設《しせつ》へと吸い込まれていく。

定刻、午前七時。

会議の開催《かいさい》を告げる鐘《かね》の音は、市民の誰にも届かぬ場所でひっそりと打ち鳴らされた。

＊

――どうか、全ての人々にとって幸せな未来を。

それが、アニル・ジュレが残した最後の言葉。

ルジュナ・ジュレにニューデリーを託《たく》し、マザーコアとして死んだ兄の遺言《ゆいごん》。

自分はその遺志に従い、今日まで最高指導者としてシティを導いてきた。世界でただ一つ、通常人と魔法士が手を取り合う街。マザーコアという犠牲《ぎせい》無しには立ち行かないこの世界にあって、人々がその犠牲を忘れずより良《よ》い道を考え続ける場所。その気高い理想を守るため、自分は持てる力の限りを尽《つ》くしてきた。

けれど、世界はそれを許さない。

人類と魔法士は互《たが》いを互いの敵とし、滅《ほろ》ぼし合う道を突《つ》き進《すす》んでいる。

理想の炎《ほのお》は消えてはいない。全ての人々が手を取り合い幸せになる道を諦《あきら》めることなどあり得ない。だが、自分はシティの指導者だ。理想のために賢人会議との戦いを放棄《ほうき》し、市民に座して死ねと命じることは出来ない。

選択《せんたく》の余地は無い。

他のシティと手を結び、賢人会議を人類の敵と断じて殲滅《せんめつ》する——それ以外に、ニューデリーが選ぶべき道は無い。

その選択はニューデリーに残った多くの魔法士を人類の敵とし、シティを二つに割るかもしれない。自分が兄とともにこれまで歩んできた道の全てを否定することになるかもしれない。

だが、賢人会議が人類全ての殲滅をうたい、シティに対する攻撃を続ける現状で、中立と和平を訴《うった》えることは緩慢《かんまん》な滅びを受け入れることと完全に同義だ。

投げ出すことは出来ない。逃《に》げ出《だ》すことも出来ない。

この街を、一千万の市民を、自分は力の及《およ》ぶ限り守《まも》り抜《ぬ》かなければならない。

兄が生きていたらどうしただろうかと、この頃《ごろ》よく考える。将棋指し《チェスプレイヤー》と呼ばれたあの人なら、こんな状況でも起死回生の一手を考えることが出来たのだろうか。あるいは「手詰《てづ》まりですね」と笑って、現実的な最善手を迷い無く指すことが出来たのだろうか。自分にはどちらも出来ない。執政院《しっせいいん》の代表として自ら決定を下し、議会の採決を取り、軍司令部にしかるべき指示を出してこの場に座った今でも、自分はまだ迷っている。

この先ずっと、この戦いの決着がついた後も死ぬまで迷い続ける。

それでも、為《な》すべきことを為す。

それが、託された者の責務だから。


立体映像で描《えが》き出《だ》された仮想の円卓《えんたく》が、闇《やみ》の中央で淡《あわ》い燐光《りんこう》を放った。

ルジュナは完全な円形のテーブルを取り囲む六つの椅子《いす》のうち、唯一《ゆいいつ》実在している目の前の一つに腰掛《こしか》けた。

計ったようなタイミングで残る五つの椅子に光が集積し、それぞれ異なる五つの人型を描き出す。ロンドン、ベルリン、モスクワ、マサチューセッツ、そしてシンガポール。半透明《とうめい》の姿で出現した五つのシティの代表者はその顔に疲労《ひろう》の色をわずかも見せることなく、凛《りん》とした佇《たたず》まいでそれぞれの席に着く。

ルジュナ自身を含《ふく》めて、全部で六人。

現存する全てのシティの代表者が一堂に会する中、ルジュナの正面に座る矮軀《わいく》の老人、ベルリン自治政府代表ホルガー・ハルトマン首相《しゅしょう》がおもむろに口を開く。

「確認《かくにん》するまでも無いことじゃが、形式ではあるからの」世間話のような軽い口調で呟《つぶや》き「ニューデリーのシティ連合参加に賛同する方は、挙手を」

各国の代表者全員が、ほぼ同時に右手を掲げる。

「満場一致《まんじょういっち》じゃな」最後にホルガー首相自身がそれに倣《なら》い「シティ憲章第十二条の規定に則《のっと》り、ニューデリーの連合加盟を承認《しょうにん》する。……歓迎《かんげい》するぞ、ルジュナ・ジュレ主席執政官殿《しっせいかんどの》」

その言葉に応えるように頭上の数カ所で照明の光が点《とも》り、全方位から自分を取り囲むおびただしい数の人の姿が視界全体に広がる。シティ・ニューデリー第一階層中央塔、大会議場。直径三百メートルの半球型の外周には上下二十五段、総数三万五千の参加者席が等間隔《とうかんかく》に敷《し》き詰《つ》められ、ルジュナはその中央に浮遊《ふゆう》する小さな台座の上で仮想の円卓の前に座り、立体映像で描《えが》かれた他国の代表と向かい合っている。

かつてマザーシステムの是非《ぜひ》を巡ってニューデリーを二分する議論が行われ、ルジュナ自身も今は亡《な》き兄と多くの言葉を交《か》わした、その場所。

異なるのは、あの時は無作為《むさくい》に選ばれた市民が座っていた参加者席が、今はニューデリー自治政府と軍の関係者三万五千人によって埋め尽くされていることだ。

「感謝いたします」ルジュナは円卓を囲む面々に一礼し「世界を取り巻く状況は悪化の一途《いっと》を辿《たど》り、すでに取り返しの付かない局面です。残念ですが、我がシティも賢人会議に対する中立という従来の立場を固持できる状況では無いと判断しました」

膝《ひざ》の上に小さな立体映像ディスプレイが出現し、軍司令部からの緊急《きんきゅう》通信を映し出す。賢人会議の人類殲滅宣言の後もニューデリー自治軍に留まり続けていた魔法士三百名。その約三分の二にあたる二百八名が待機命令を無視して密《ひそ》かに移動を開始した、との報告に一度だけ強く唇《くちびる》を嚙《か》み締《し》める。

警備部隊が示す緊急逮捕《たいほ》の命令書に手のひらを押し当て、許可を与える。

どうにか呼吸を整えて、各国の代表に向き直る。

「賢明《けんめい》な判断に感謝する」

ルジュナから見て右側の席で初老の男がうなずく。

今の動きから何かを悟《さと》ったのだろう。モスクワ代表、セルゲイ・ミハイロヴィチ・ヤゾフ元《げん》帥《すい》は巌《いわお》のような顔で一つうなずき、

「時間が惜《お》しい。始めるとしよう」

それぞれの表情で同意を示す各国代表の背後に無数の光が生じ、手のひらほどの大きさの立体映像ディスプレイを形作る。膨大《ぼうだい》な数の画面が仮想の円卓を載せた円形の台座を直径数十メートルの半球形に取り囲み、その一つ一つに通信用のコンソールを展開する。

映し出されるのは、ニューデリーを除いた五つのシティの自治政府と軍の関係者、合わせて十七万。

上は大臣や将官から下は小部門の現場指揮者に至るまで、シティの主だった者全てを映し出した通信画面が前後左右上下の見渡《みわた》す限りを数十層にわたって覆《おお》い隠《かく》し、半透明な光の球殻《きゅうかく》を形成する。

現存する六つのシティ全てを接続して行われるこの会議は、シティ建国以来今日まで一度も

使われたことの無い最高機密の回線を経由して実施《じっし》されている。百年前のシティ体制確立よりもさらに昔、かつてそれぞれのシティの周囲にインドやイギリス、ドイツといった名前の国が存在していた頃《ころ》にとある国が国家レベルでの盗聴《とうちょう》を目的として世界中に張《は》り巡《めぐ》らせた極秘《ごくひ》の専用回線。地下千五百メートルに埋設《まいせつ》されたわずか数本のケーブルによって結ばれた他のいかなるネットワークとも干渉《かんしょう》しない完全独立のシステムを介《かい》して、各国の代表者はこうして仮想の会議場に集っている。

このニューデリーと同様に他のシティでも、全ての関係者はそれぞれのシティに用意された特設の会議場に集められ、そこから秘匿《ひとく》回線を介してこの会議に参加している。六つのシティに設定された六つの会議場はこの会議の間だけシティの通常のネットワークから隔離《かくり》され、地球上の他のいかなるシステムとも干渉しない独自の系となる。この会談の間に取《と》り交《か》わされたあらゆるデータは古典的な記録媒体《ばいたい》の形で会議場から運び出され、それぞれのシティが用意した専用の独立施設で引き続き保管、解析《かいせき》が行われることになる。

存在自体が歴史の闇に忘れ去られた、十三年前の大戦でさえついに利用されることの無かった秘匿回線。賢人会議の目が届かぬ場所で人類の今後の方針を定めるために用意された、考え得る限り最高のセキュリティ。

その体制をさらに強固な物とするため、この場に集《つど》う関係者のおよそ三割は各国の情報部によって占《し》められ、万に一つも敵の侵入《しんにゅう》を許すことの無いよう監視《かんし》の目を光らせ続けている。

「これより、第一回となる賢人会議対策会議を開催します」マサチューセッツ代表、ウェイン・リンドバーグ上院議長が学者然とした態度で円卓の一同と外周を取り巻く通信画面に一礼し「関係者の皆様《みなさま》、互いに過去の遺恨《いこん》もあり外交上の問題もありましょうが、この場においては全て棚上《たなあ》げとしましょう。我々の目の前にあるのは、紛《まぎ》れもなく人類存亡の危機なのですから」

情報制御《せいぎょ》理論の高名な研究者であり、ファクトリーシステムの生みの親としても知られる男が右手を掲げると、円卓の上に一枚の立体映像ディスプレイが出現する。他のシティの代表が次々に右手を掲げ、ルジュナもそれに倣う。

円卓の中央に展開される、全部で六枚のディスプレイ。

そこには、これまで各シティが秘匿してきた国内の被害《ひがい》状況や生産と消費のバランス、エネルギー収支の推移といった国家機密が一つ残らず開示されている。

シティ連合が賢人会議との戦いに勝利しシティにとっての最大の敵が再び他のシティとなった際に、この情報の存在は互いにとって致命《ちめい》的な武器となる——そのことはルジュナ自身を含めた全てのシティの指導者が正しく認識している。だが、状況がそんな不確実な未来を憂《うれ》いていられる段に無いことも、円卓を囲む六人が等しく理解している。

ここは全てのシティの全ての関係者が参加する、賢人会議への対応策を話し合うための初の公式会議。その目的の第一は各国の内情を互いに詳《つまび》らかにし、人類全体が置かれた状況を正確に定量化すること。

　それが出来なければシティと人類に未来は無いという一点において、この場の六人の思考は完全に一致《いっち》している。

「まずは、二日前の攻撃による各国の被害状況じゃな」ベルリンのホルガー首相が手にした杖《つえ》で床《ゆか》を突き「各々、自国の状況からある程度の推定は出来ていることと思うが、これが解答じゃ。六つのシティを合算して死者三千、負傷者五十二万。この十年の間にシティ内で発生した過去の事件と比較《ひかく》しても桁外《けたはず》れの、戦後最大の被害規模と言えるじゃろう」

　しわがれた声で告げる老人の言葉に背後に浮《う》かぶ通信画面が反応し、仮想の円卓の中央に幾《いく》つかの記録映像が描き出される。シティ・ベルリンで撮影《さつえい》されたと思《おぼ》しき賢人会議による襲撃の様子。次々に倒壊《とうかい》していく高層建築と逃《に》げ惑《まど》う市民の姿に、外周の参加者席のあちこちからため息のような声が漏《も》れる。

「問題は、その被害者の殆《ほとん》どが無抵抗《むていこう》の一般《いっぱん》市民だということだ」モスクワのセルゲイ・ミハイロヴィチ・ヤゾフ元帥が巌のような顔で息を吐き「我がモスクワはもちろん、方々《かたがた》のシティにおいても民間人にこれほどの犠牲を出した例は過去に無いと記憶《きおく》している。ニューデリーであれシンガポールであれ、賢人会議が関わった過去の事件での犠牲者のほとんどは軍人。市民の死者は最小限に食い止められていたはずだ」

「ですが、最悪の事態は避《さ》けられました」応じるのは金髪《きんぱつ》の女性、ロンドン自治政府代表サリー・ブラウニング首相「むしろ、被害規模に対して死者数が極端《きょくたん》に少ないことを神と警備部隊の兵士に感謝すべきです。最終的に市民を救ったのは、魔法士の攻撃に晒されながら怯《ひる》むことなく市民の避難《ひなん》を指揮した彼らの覚悟《かくご》なのですから」

「だが、市民はそうは理解せぬだろう」左手に座る禿頭《とくとう》の男、シンガポール代表リン・リー首相が一同を見回し「賢人会議の例の放送によって現在のシティの置かれた状況は残らず明るみに出た。アフリカ海と南極での敗北も、雲除去システムがすでに動き出したことも全てだ。その上で自分達が直接攻撃に晒されたとなれば、市民の不安は頂点に達する。シンガポール《こちら》ではすでに説明を求める者達が議事堂と軍司令部を取り囲み収拾がつかない状況だが……その点は何処《どこ》も同じようだな」

言葉に応えて、周囲に幾つもの巨大《きょだい》なディスプレイが出現する。

映し出される各国の、現在の市街地の空撮《くうさつ》映像。

そこでは、おびただしい数の人の群れがあらゆる街路を埋め尽くしている。

ロンドン、ベルリン、モスクワ……いずれのシティでも状況は変わらない。おそらくは数百万に達する数の市民は手にした立体映像のプラカードを掲げてそれぞれの街の政治中枢を目指し、あるいはすでにたどり着いて議事堂や軍司令部を取り囲んでいる。

一部の者は険しい形相で声を張り上げ政府の秘密主義を糾弾しているが、それは集団の規模からすればほんのわずかに過ぎない。いずれのシティでも多くの市民の顔には覇気が無く、幽鬼のようなおぼつかない足取りでただただ無言で行進を続けている。

若者、老人、子供、あらゆる種類の者が秩序《ちつじょ》無く入り交じり、負傷して手足に包帯を巻いている者も多くいる。歩き続ける人々の周囲には魔法士の攻撃によって破壊された建築物の残骸が至る所に散乱し、中にはまだ煙を立ち上らせている場所もある。

六つのシティの映像の中で、今のところ最も混乱の度合いが小さいのは、このニュトデリー。

それはおそらく、今は亡き兄の力。『市民一人一人が世界の今後を考えるべし』というアニル・ジュレの遺志の賜物《たまもの》。

だが、その力をもってしても市民の全てを止めるには足りない。執政院を取り囲む市民の数は、映像の向こうで今も増え続けている。

「あの放送は致命的であったの。ある意味で市街地の被害よりも遙《はる》かに質が悪い」ホルガー首相が手にした杖の先で仮想のディスプレイを突き「市民は賢人会議の言う『人類殲滅』が誇大《こだい》妄想《もうそう》でも恫喝《どうかつ》でもなく、自分達の喉元《のどもと》に現実に突きつけられた滅亡《めつぼう》の危機であることを初めて知った。同時に、自分達を守るはずの自治軍がその脅威《きょうい》に対して有効な対策を持たないことにも気づいておる。……その結果がパニックや暴動なら鎮圧《ちんあつ》も出来ようが、市民一人一人の感情までは制御し切れぬ。シティ全体の生産性の低下と自殺者の増加、どちらも避けようがあるまい」

「元より永久に隠し通せる話でもありません。ここで論じても詮無《せんな》いことでしょう」マサチューセッツのウェイン上院議長が立ち上がり「話を進めるとしましょう。賢人会議の戦力分析《ぶんせき》についてけは、みなさまに提供いただいた資料を元に我が軍で解析を進めました。その成果ですが——」

　帯状の巨大なディスプレイが円卓の周囲三六〇度に広がり、六人のシティ代表が乗る円形の台座を取り囲む。

「まずこれをご覧いただきます。アフリカ海と南極での戦闘《せんとう》分析を元に作成した、賢人会議の魔法士全員の詳細《しょうさい》なリストです」

　モザイク状に画面を埋《う》めるのは、魔法士二二八五名の顔と名前の一覧。

男の手の動きに合わせて画像が順に拡大し、魔法士一人一人の全身像と共にかつての所属シティや主立った戦果、Ｉ－ブレインの能力といった詳細情報が表示されると、会議場外周の参加者席と各国代表の背後に浮かぶ無数の通信画面の双方《そうほう》からかすかなどよめきが起こる。

「それぞれの魔法士の能力は通常の騎士《きし》、炎使い、人形使い、およびそれらに属さない特殊《とくしゅ》タイプの四分類とし、特殊タイプのデータには詳細な解析資料を付加しています。また、能力の強度については通常戦力との比較から、一個大隊以上の戦力に相当する者を第一級《カテゴリーA》一五八名、それ以下で中隊規模の戦力を有する者を第二級《カテゴリーB》六七五名、それに満たない者を第三級《カテゴリーC》一四五二名と区分する。ここまでは従来通りです」

　映し出された魔法士の一覧に能力の種別を示すマークが上書きされ、能力の強さに応じて背景が赤、黄、青の三色に塗《ぬ》り分けられる。その中には当然、ルジュナが良く見知った顔が幾つもある。かつてニューデリー自治軍に属していた、兄の友人であった魔法士達。言葉を交わした者は幾人もいる。食事を共にしたことがある者も中にはいる。

　戦後十三年にわたってシティを支えてきた、自分と兄の同志達。

　そんなルジュナの思考をよそに、マサチューセッツの指導者である男は赤色の画像の幾つかを指で示し、

「ですが賢人会議の一部、創設メンバーや各国の元トップエースの能力は、第一級《カテゴリーA》としても通常の規格を大きく逸脱《いつだつ》しています。ですので、これを特例とし新たに「特級《カテゴリーS》」の区分を設け、最重要の攻撃対象に設定します。あわせて先の第一級から第三級までの区分にこの特級を加えた四区分に従って賢人会議の全員にS-1からC-1452までのコードを付与《ふよ》し、全シティでの共通の識別符号《ふごう》とします」

　第一級《カテゴリーA》の赤色に塗られた画像のおよそ二割、全部で三十枚の背景が黒色に塗《ぬ》り替《か》えられる。そこに当然のように含まれるサクラとディー、セラの三人の姿にルジュナは一瞬《いっしゅん》だけ視線を留める。

「三日前のアフリカ海と南極での戦闘、各シティ内での市街地に対する攻撃、およびここ半年の間に各地で発生した襲撃の記録から、賢人会議は第一級《カテゴリーA》の魔法士を単騎《たんき》から数名チームの独立戦闘単位とし、第二級《カテゴリーB》以下の魔法士については十名以上の小隊編成として各個に部隊長を配

置していることが分かっています。部隊編成は作戦に応じてある程度変化しますが、部隊長は常に固定。さらに、それらの部隊長を統括《とうかつ》する前線指揮官についても特定が完了《かんりょう》しています」

円卓を取り巻く二二八五枚の画像データの幾つかに、部隊長を表す小さな星と指揮官を表す大きな星が次々に付記されていく。同時に、第一級《カテゴリーA》の魔法士一五八名の中でチームを組む率が高い者同士が線で結ばれる。

モスクワのセルゲイ元帥が一瞥《いちべつ》して、ふむ、と腕組《うでぐ》みし、

「第二級《カテゴリーB》以下であっても実戦経験の豊富な後天性魔法士を指揮官に配し、逆に第一級《カテゴリーA》であっても経験の不足している者は単騎ではなく経験のある者とチームで行動する……。単純だが理に適《かな》った戦力配置だ」

「まさしく。ですが、我々も手をこまねいているばかりではありません」

こちらを、というウェイン上院議長の言葉に応えて円卓を取り巻くディスプレイが変化し、魔法士達の画像全体のおよそ九割、ほぼ全員の上に日数単位の数値が表示される。

短い者で一週間程度、長い者で一ヶ月以上。

「まずは、先の戦闘で肉体的な負傷を与えることに成功した目標の一覧です」いかにも学者らしい細い指が幾つかの特に大きな値《あたい》を示し「これらの数値は完治に必要とされる時間を日数単位で示した物です。第二級《カテゴリーB》以下についての詳細は省略しますが、特筆すべきは第一級《カテゴリーA》のうち八十二名と特級《カテゴリーS》の六名に全治三週間以上の重傷を負わせている点です。この値は賢人会議がシ

ティに匹敵《ひってき》する水準の医療《いりょう》体制を保持していると仮定したものですから、実際の治癒《ちゆ》にはこれ以上の時間を要すると考えられます。次に……」

負傷度を示す値が消滅《しょうめつ》し、今度は二二八五名の魔法士全員の上にそれぞれパーセントで表された数値が表示される。

最大で九十八・七パーセントから、最も少ない者でも七十八・二パーセント。

ウェイン議長の手が映し出された膨大な数値の羅列《られつ》を順に示し、

「戦闘解析を元に作成した、魔法士二二八五名全員のＩ－ブレインの蓄積《ちくせき》疲労度です。推定誤差は上下に二パーセント。出撃《しゅつげき》時以外は常に休息して疲労回復を図《はか》っているという最悪の想定に基《もと》づく計算ですが、同時に、賢人会議が保有しているＩ－ブレインのメンテナンス設備が我々の研究部が保有する物に比べて数レベル下の性能であることもはっきりしています。そして――」

疲労度を表す数値それぞれの隣《となり》に、今度は秒単位の時間が表示される。よく見れば数値は先に示された疲労度と連動する形で少しずつ変化し、示された時間はわずかずつではあるが長くなり続けている。

「それぞれの魔法士が現時点で出撃してきた場合の、想定される最大戦闘可能時間です。敵一人一人の疲労度にＩ－ブレインの特性、シティに所属していた者については当時の調整記録を加味して計算しています」

議長が指を回す仕草をすると、魔法士達のリストの下に複数の別なディスプレイが新たに出現する。会議の冒頭《ぼうとう》でも示された、先日のシティ襲撃の映像。その中に映る複数の魔法士の姿が画像解析によって鮮明《せんめい》に拡大され、リストの顔写真と照合される。

「敵の拠点については残念ながらまったく情報が得られていませんが、魔法士達の遠距離《えんきょり》の移動手段が自治軍から鹵獲《ろかく》したフライヤー等に限定されることから考えれば、賢人会議は各シティを攻撃可能な位置にそれぞれ一つないし複数の拠点を設け、それぞれのシティに対する方面軍として運用していると考えられます。先日の襲撃の際に各シティに出現した魔法士は、それぞれの方面軍に所属する可能性が高い。その人員構成を起点にシミュレーションを行うことで、敵が作戦行動を開始した場合の部隊編成、各人の戦術レベルでの動きをかなりの精度で推定することが可能となります」

「この短時間でよくぞこれほどの成果を」ロンドンのサリー首相が深く頭を下げ「感謝します、ウェイン上院議長。それで、運用開始の目処《めど》は？」

「既《すで》にシステムの構築は完了。試験稼働《かどう》を終了《しゅうりょう》したところです」マサチューセッツの代表者である男は円卓の中央に手を伸《の》ばして幾つかの別なディスプレイを出現させ「結果はこちらに。先日の南極での戦闘を想定したシミュレーションですが、賢人会議の各部隊の動きをほぼ正確に再現することに成功しました。今後の予測についてはこちらを。目先の一週間、敵がいずれかのシティに牽制《けんせい》攻撃を仕掛《しか》けてきたと仮定した場合の部隊編成と具体的な行動予測です」

　それぞれのシティの代表とそれを取り巻く二十万の参加者が、示された演算結果をしばし無言で見つめる。

　サリー首相が深く息を吐き、

「『敵を知り己《おのれ》を知れば』。残念ながら百戦危《あや》うからずとはまいりませんが、我々はようやく賢人会議と相対するのに必要な知識を得ました」円卓の一同に視線を巡らせ、その視線をウェイン上院議長に向けて「問題はここからです。彼らが再び大規模な組織行動を開始するまでに、残された時間は？」

「敵の主力である第一級《カテゴリーA》以上の魔法士の多くは総じて蓄積疲労八十パーセント以上、戦闘可能時間に換算《かんさん》して最大で百二十分ほど。これは賢人会議側にとって無視できない数値であると考えます」議長は自分の席に腰《こし》を落として膝の上に両手を組み「さらに敵主力の半数以上が肉体的にも重大な損傷を被《こうむ》っていることを考えれば、直近の行動再開は考えにくい。敵の戦力が十分な水準にまで回復し、シティへの本格的な侵攻《しんこう》が開始されるとすれば、それは——」

　円卓の中央に浮かぶディスプレイに、一つの日付が大写しになる。

　西暦《せいれき》二一九九年十一月二十一日。今からおよそ一ヶ月後。

「……絶望的な数字では無い、と理解すべきなのだろうな」シンガポールのリン・リー首相が眉間《みけん》に深いしわを寄せ「が、猶予《ゆうよ》がある、とも言いがたい。時は我々ではなく魔法士達の味方だ。敵とこちらの戦力の回復手段を考えれば、彼我《ひが》の戦力比は常に敵の有利に変化し続けている。可能ならば今この瞬間にも、何らかの行動を起こさねばならない」

各国の代表が賛同の意を示し、ルジュナも視線でうなずく。シティにとっての『戦力回復』が兵器の生産や兵員の訓練補充《ほじゅう》であるのに対して、賢人会議のそれは魔法士個々人の医学的な治療《ちりょう》とI－ブレインの疲労回復に過ぎない。どちらが容易《たやす》いかは言うまでも無く、戦力バランスの天秤《てんびん》は片時も止まること無く賢人会議の側に有利に傾《かたむ》き続けている。

「戦力の再編については準備が整いつつある」モスクワのセルゲイ元帥が幾つかのデータを円卓上に出現させ「六つのシティの自治軍を統合し、このシティ連合会議を最高指揮権者とする連合軍を新たに設立する。命令系統の構築は各国の司令部の共同作業によって九割ほど完了。一両日中には共同作戦を実行可能な状態にまでこぎ着けると報告を受けているが」

「問題は作戦方針です」ルジュナは周囲を取り巻く魔法士達の画像に視線を巡らせ「本来であれば賢人会議の現在の拠点を捜索《そうさく》し攻撃する、というのが正道ですが、この状況では優先度の高い目標とは言えないでしょう。南極衛星という切り札を握《にぎ》っている事実とわずか二千人という数を考えれば、彼らはいくらでも拠点を放棄し移動することが出来る。下手をすれば徒《いたずら》にこちらの戦力を損耗《そんもう》し、状況を悪化させることにもなりかねません」

「癌《がん》はあの衛星ですわね」ロンドンのサリー首相が椅子の肘《ひじ》掛けに頬杖《ほおづえ》をつき「何とかあれに干渉する手段を確立しない限り、こちらがどんな手を講じようとも決定打にはなり得ません。全戦力をもって破壊、と言いたいところですが、外部からの物理的な攻撃であれの防衛システムに対抗《たいこう》できないのは皆《みな》さまもご承知の通り。……賢人会議によって破壊された転送システムの復旧は不可能とのことですが」

「我が軍の研究部から提示した資料の通りです」ルジュナはそれがリチャードによって作成された物であることは伏《ふ》せたまま「北極衛星の転送システムを流用した場合で最速で二年、完全にゼロからの再建であればその数倍。いずれも現実的な数字とは言えません」

「では、北極衛星から南極衛星にアクセスすることは？」マサチューセッツのウェイン上院議長が口元に手を当てて考える素振《そぶ》りを見せ「『雲』の内部に形成されている論理回路は、南極と北極の双方の衛星に情報的に接続されているはずです。賢人会議が雲の除去システムの実在を示すために開示したデータを元にすれば、雲の内部構造についてある程度の知識を得られる。それを元に情報の海の内部に経路を構築すれば、衛星内のシステムに侵入することも不可能では無いはずです」

「残念ですが」サリー首相は頬杖をついたまま首を振《ふ》り、円卓の中央に幾つかのディスプレイを出現させ「我がシティの研究部が昨日行った実験の記録です。結果はご覧の通り。『雲』の情報構造を取り巻く防壁《ぼうへき》は強固を極《きわ》め、南極衛星という明確な目標点を定めたとしても経路の確立は不可能とのことです」

　仮想の円卓の中央に出現するディスプレイを見上げ、各国の代表がそれぞれに息を吐く。

　そこに示されるのは絶望的な結果。

仮に人類が現時点で所持する全ての演算装置を直結し、理論上の最高速度を維持《いじ》できるよう調整を施《ほどこ》した上で計算を行ったとしても、南極衛星にまで到達《とうたつ》するには到底《とうてい》足りない。

……では、どうすれば……

物理的な意味でも情報的な意味でも、南極衛星にアクセスする手段はシティには存在しない。だが、あの衛星をどうにかできない限り、遅《おそ》かれ早《はや》かれ人類の敗北は避けようが無い。ならば、やはり転送システムを再建する以外に手段は無いのか。二年、三年、あるいは十年。どれだけ時間と戦力を費《つい》やそうともあの地下施設を蘇《よみがえ》らせ、再び空に通じるゲートを開く以外に自分達に残された手段は——

「待たれよ」

思考を遮《さえぎ》る声。

見上げた先、ベルリンのホルガー首相は落ちくぼんだ瞼《まぶた》の縁《ふち》から実験結果を示すディスプレイを凝視《ぎょうし》し、

「では、北極衛星は少なくともあの『雲』にアクセスするための入り口としては機能した。……そう理解して良いかの？」

「その点については間違《まちが》い無《な》く」サリー首相は怪訝《けげん》そうに眉《まゆ》をひそめ「ですが、その先に道をつなげることは不可能です。たとえ賢人会議の魔法士全てを捕《と》らえてI—ブレインを直結し、演算装置として用いたとしても」

なるほど、という短い呟き。

矮躯の老人は杖を支えに椅子から立ち上がり、椅子の背もたれに手を置いて体を預け、

「では、もう少し工夫《くふう》を凝《こ》らしては？」

「工夫？」と怪訝そうにロンドンのサリー首相。

ホルガー首相は、左様、とうなずき、手にした杖の先を目の前に掲げ、

「実は、一つ『駒《こま》』を手に入れておる」杖の先で円卓の上を示して幾つかのディスプレイを出現させ「かつて神戸《こうべ》の七瀬《ななせ》司令と共に作り上げた大切な駒じゃ。鳥かごを抜《ぬ》け出《だ》し行方《ゆくえ》知れずとなっておったが、先日ようやく手元《もと》に戻ってきおった」

映し出される姿に、内心で息を呑《の》む。

金色の髪《かみ》にエメラルドグリーンの瞳の、ルジュナもよく知る少女。

かろうじて平静を装《よそお》う隣で、モスクワのセルゲイ元帥が訳知り顔でうなずき、

「天使計画の完成体か」

「いかにも。捕獲《ほかく》に際してはセルゲイ殿にも尽力《じんりょく》いただいた」ホルガー首相はうなずき「これを核《かく》として南極への攻撃を行う。確実な作戦とは言えぬが、北極衛星という足がかりがあれば勝算も生まれよう」

「お待ちいただけますでしょうか、ホルガー首相」サリー首相は穏《おだ》やかな声にわずかな苛立《いらだ》ちをにじませ「その魔法士がどのような物かは私も存じていますが、『核として攻撃を行う』と

は？　同調能力者の演算速度がどれほど膨大であろうと、あの『雲』に対抗するには到底足りないのは今お話しした通り。それを……」

「承知しておる」ホルガー首相は杖の先端《せんたん》で仮想の円卓の中央を強く突き「じゃが、こうすればどうかの」

立体映像で描かれた球体が円卓の上に浮かび、現在の地球の姿を形作る。

表面に大きな赤い光点で示される、現存する六つのシティ。

その間を光の線が走り、全てのシティをそれぞれに結び合わせる。

地表面をなぞるように映し出される、膨大な量のデータ。

それを読み進めるうちに、ルジュナは全身から血の気が引くのを感じる。

「これは……」ウェイン上院議長が自席から腰を浮かし「正気ですか、ホルガー首相」

「無論じゃとも」矮軀の老人はわずかも表情を動かすことなく円卓の一同を見渡し「この娘《むすめ》――『天使』は本来、マザーコアとして最適化された魔法士じゃ。その特性を利用して六つのシティ全てのマザーシステムを仮想的に一つの演算装置に統合し、一種の暴走状態に置くことで爆発《ばくはつ》的な演算速度を得る。その演算速度をもって『雲』に同調支配を仕掛け、制御下に置く。残念ながら『雲』のごく一部を支配するのが限界との試算じゃが、南極衛星にまで通信経路を確立しシステムに侵入することは可能との結論じゃ」

「危険は考慮《こうりょ》されぬのか、ホルガー翁《おう》」モスクワのセルゲイ元帥が眉間に深いしわを寄せ「このデータが示す通りならば、演算を行う間、全てのマザーシステムは本来の機能を休止しシティは完全に麻痺《まひ》することになる。加えて、通信経路の確立によってマザーコアは南極衛星側からの攻撃に対して完全に無防備となる。そのことは」

　そうだ、とルジュナはうなずく。たとえわずか数時間であってもマザーシステムの全機能喪《そう》失《しつ》とコアの擬似《ぎじ》的な暴走がシティのハードウェア面に及ぼす悪影響《あくえいきょう》は到底無視できる物では無いし、それ以前にマザーコアに対する過負荷《かふか》は確実にシティの寿命《じゅみょう》を縮める。それに、雲の内部という不安定な情報空間に通信経路を確立するためには、経路内に通信防壁を張り巡らせることは出来ない。経路を逆に辿って賢人会議が南極衛星からマザーコアにハッキングを仕掛ければ、シティの機能は敵側に完全に乗っ取られることになる。

　本来であれば、あり得ない策。

　だが――

「言われるまでも無いこと」ホルガー首相は円卓を取り巻く各国の代表に視線を巡らせ「見ての通り、これはこの上なく危険な策、通常であれば一笑《いっしょう》に付されてしかるべき物じゃ。……じゃが、我らは切り札を残らず敵に握られ、なんら有効な対策もなくただ座して死を待つばかりという有様《ありさま》。ならば、このような無謀《むぼう》な作戦にも賛同が得られるのではないかと思うての」

「もし、我々が反対すれば？」とウェイン上院議長。

「計画は中止となる。これは全てのシティの全面的な協力無しには実行不可能な策であるからの」ホルガー首相は緩慢な動作で椅子に腰を下ろし「じゃが、反対する以上は相応の対案を示してもらわねば困る。……このまま行けば人類は確実に滅びる。たとえ無謀であろうと、我らは最も勝算の高い道に今すぐ動き出さねばならぬ。それとも、市民に指をくわえて状況を見守り、黙《だま》って滅びよと命じるつもりかの？」

小さな立体映像ディスプレイが唐突《とうとつ》にルジュナの目の前に出現する。残る四人の国家代表と会議場を取り巻く三万五千の参加者席、周囲に浮かぶ十七万の通信画面の関係者達——その全ての前に、同様のディスプレイが浮《う》かび上《あ》がる。

作戦案の可否を問う、投票用のコンソール。

「本来であれば全てのシティの全ての市民に是非を問うべきであるが、万に一つも情報が賢人会議側に漏洩《ろうえい》すれば全てが水泡《すいほう》に帰す。故《ゆえ》に、この場に集う各国の関係者諸氏に問う」

会議場の外周を取り巻く三万五千のニューデリーからの参加者と、通信画面で映し出された十七万の各国関係者、双方が静まりかえる。

その全てをゆっくりと見渡し、ホルガー首相は手にした杖で強く床をつき、

「このような危険な策に頼《たよ》ること無く穏便《おんびん》に状況を注視し、より確実性の高い手段を誰かが考えつくのをゆるりと待つ——それで世界が救えると考える者は否決を選択するが良かろう。じゃが、滅びは既に目の前にまで迫《せま》っておる。敵の戦力が整わぬこの瞬間、この好機を逃《のが》せば反《はん》撃《げき》の機会は二度と訪《おとず》れぬ。それを理解する者は賛同を願う」

皺《しわ》だらけの右手が、頭上に高々と掲げられる。

ホルガー首相は杖の先端で遙か頭上、会議場の天井《てんじょう》の先にある空の彼方《かなた》を示し、

「かの衛星に一撃《いちげき》を食らわせ、人類の歴史を未来につなぐ。そのために、どうか皆の力を貸してもらいたい」


——閉会を告げるサイレンと共に、仮想の円卓が消失した。

溶《と》けるように消え去って行く立体映像の各国代表と十七万の通信画面を見送り、ルジュナは広大な会議場に残されたニューデリーの関係者三万五千人を見回した。

手元に小さな立体映像ディスプレイが出現し、警備部からの報告を伝える。シティ外への逃《とう》亡《ぼう》を企《くわだ》てた魔法士二〇八名、その全ての捕縛《ほばく》に成功したとの知らせに束《つか》の間《ま》、目を閉じる。

残る九十二名の魔法士についてはノイズメイカーの着用及び監獄《かんごく》への収監《しゅうかん》に同意。

かつてのマザーコア交換《こうかん》を巡る事件の際に国家反逆の罪に問われた六名の執政官を含めて、これで、ニューデリーに籍《せき》を置く全ての魔法士が政府の管理下に置かれたことになる。

「決定は下りました」円形の台座の上に一つだけ残された椅子から立ち上がり「関係者の皆様はただちに必要な準備を。軍はこの計画が決して賢人会議側に知られることの無いよう、厳戒《げんかい》態勢での警備を願います」

「お待ち下さい、閣下！」

天井のスピーカーから反論の声。

外周席の正面、参謀《さんぼう》本部の統括者である男が立ち上がり、

「本当にお分かりですか？　全てのマザーコアを暴走させ、衛星に対する攻撃手段とする。それはつまりこのニューデリーのコアを……アニル閣下を——！」

「アニル・ジュレならば、いかなる手段を用いても未来に道をつなげと命じたでしょう」

かつて兄の子飼いの部下であった男を壇上《だんじょう》遠くから見下ろし、静かに告げる。

そのまま視線をゆっくりと会議場全体に巡らせ、

「作戦計画に否決を投じられた方も、どうかこの場で心を一つにして下さい。人類の置かれた状況は厳しく、選び取ることが出来る道も限られています。より良い策を待つ時間はありません。ホルガー首相が言われた通り、今すぐに動き出さなければ私たちに未来は無い物と心得て下さい」

自分自身に言い聞かせるように、高らかに告げる。

そう。もはやこの世界に選択の余地など無い。

その中で、ほんのわずかでも良い道を選び取っていくのが自分の役目であるならば。

「現時刻より作戦を開始します。……皆様、持てる力の限りを尽くして下さい。このシティ・ニューデリーと、人類の未来のために」

今はただ、為すべきことを為す。

それが、託された者の責務だから。

＊

円形の会議場を取り巻く参加者席が、慌《あわ》ただしく動き始めた。

シティ・ベルリン自治政府首相、ホルガー・ハルトマンは杖を支えに椅子に腰を下ろし、深く息を吐いた。

……どうにか、まとまったのう。

ロンドンから逃亡したペンウッド教室とやらの行方、世界再生機構を名乗る組織とニューデリーの関わり。そう言った些事《さじ》について各国代表から一切《いっさい》の発言が無かったのは幸いだった。

皆、わきまえている。それらは全て賢人会議の問題が片付いた後に改めて論ずるべき物であること。目の前にあるのが紛れもない人類存亡の危機であることを。

この期に及んで腹の探《さぐ》り合《あ》いをするつもりは、ホルガーにも無い。

事態はすでに、そんな遊びを許さない領域にまで踏《ふ》み込んでしまっている。

「何をお考えですか閣下――！」

周囲に居並ぶ軍の高官をかき分け、白衣の男が血相を変えて駆《か》け寄《よ》ってくる。ベルリン自治軍研究開発部門の最高責任者である壮年《そうねん》の男はホルガーの前で髪を振《ふ》り乱《みだ》し、

「再三にわたりご説明申し上げたはずです！　シミュレーションが成功したのはあくまでも衛星との通信経路確保まで！　雲除去システムに侵入した後の作戦は地上からの遠隔《えんかく》操作では不可能だと！」

「騒《さわ》ぐでない。度量が知れるぞ」

わざとらしく耳の穴を指でかき、ホルガーは会議場の天井を見上げる。男の言うとおり、各国の代表に示した作戦は不十分なもの。確かに衛星内のシステムに至る手段は確立したが、そこから先のことについては実はやってみなければわからない部分が大きい。

そもそも、雲の内部を経由する不安定なハッキングでは伝送可能なデータ量に限界がある。さらに、システムの内部構造が不明な現状では侵入後の計画をあらかじめ定め、プログラムを最適化することもできない。

故に、今回の計画、システムに侵入した後の攻撃に関しては『雲』に対する同調支配を行う魔法士自身が自らの思考と判断で臨機応変に行うより他に成功の道は無い。

つまりは、そういうこと。

天使計画の完成体、実験体四番《フィア》。

彼女の心からの協力無しには、この作戦の成立は億に一つもあり得ない。

……よもや、あの娘が再び我がシティ存亡の鍵《かぎ》となろうとはの……

ディスプレイに映し出される少女の姿を見上げ、唐突にかつてのシティ・神戸総司令、七瀬静江《しずえ》のことを思い出す。七瀬司令はあの実験体四番《フィア》を実の娘のごとく愛していた。その愛は最終的に神戸を崩壊《ほうかい》に導き、貴重な実験サンプルを失ったこのベルリンも一時はマザーコア喪失の危機にさらされた。

「あの世で会えば、殴《なぐ》られる程度では済まぬの。これは」

呟く声に、男が、は？　と怪訝そうな声を上げる。

ホルガーは、気にするでない、と手を振り、

「お主の懸念《けねん》はわかっておる。じゃが、不要な思案じゃ。作戦決行に備えて遅滞《ちたい》なく準備を進めよ。……それとな」

床に突いた杖と肘掛けに置いた手で体重を支え、ゆっくりと椅子から立ち上がり、

「研究部に伝えてくれんかの。一時間後に向かう故、実験体四番を連れて来るようにと」

白衣の男が首をかしげ、すぐに理解した様子で目を見開く。周囲の将校達も、言葉を忘れて互いの顔を見合わせる。

ホルガーはそんな部下をぐるりと一瞥し、傍《かたわ》らの車椅子にゆっくりと腰を下ろし、

「儂《わし》が説得しよう。……なに、心配には及ばぬ。ゆるりと構えておれ」

＊

重苦しい沈黙《ちんもく》が、錆《さ》びた建材むき出しの室内に降りた。

ルジュナからもたらされた会議の報告を前に、ファンメイはしばし言葉を失った。

「……なに、これ……」

かろうじてそれだけ絞《しぼ》り出《だ》し、崩《くず》れるように椅子に座り込む。傍らのエドが青ざめた顔で床にへたり込み、黒猫《くろねこ》姿の小龍《シャオロン》を抱きかかえたまま動かなくなる。

隣席《りんせき》に座るヘイズとクレアは、無言。

二人は立体映像の報告書を睨《にら》みつけ、苛立ちを紛らわすようにそれぞれに何度も指を鳴らし、あるいはテーブルの縁を指先で繰《く》り返《かえ》し叩《たた》いている。

「一時間前に、シティ連合が出した結論だそうだ」向かいに座るリチャードが張《は》り詰《つ》めた表情でテーブルの上に両手を組み「ニューデリーはこの案に合意した。すでに政府と自治軍の全てが準備に動き出しとる。作戦開始は七日後、十月二十七日の早朝。賢人会議に対処の時間を与えぬよう、最速で事を運ぶ算段だ」

押し殺した声で告げる男の隣で、壮年の男とヘイズより幾らか年上くらいの女がそれぞれにテーブルの上のディスプレイを見つめる。元シティ・シンガポール議員フェイ・ウィリアムズ・ウォンと、元シティ・神戸自治軍工作員一ノ瀬日向少尉《いちのせひなたしょうい》。リチャードと共にロンドンを追われてきた二人はいずれも押し黙ったまま、何かを考えるように時折目を閉じている。

「……ま、シティのぼんくら共にしちゃ頑張《がんば》った方さね」

と、部屋の入り口から声。

つなぎ服姿の老婆――サティは手にした巨大なスパナで自分の肩《かた》を叩き、空いた椅子に勢いよく腰を落として息を吐き、

「全部のマザーシステムを統合して一つの演算装置に変えて、雲の中に強引《ごういん》に通信経路を作る。確かに、今シティが手を打てるとしたらそれしか無い。ベルリンにも、ちったぁ頭の回る連中が残ってたみたいだね」

「感心してる場合じゃないのおばあちゃん！」ファンメイはテーブルを力任せに叩いて立ち上がり「すぐに止めに行かなきゃ！　こんなの、成功しても失敗してもフィアちゃんが！」

失敗すればそれぞれのシティのマザーコアは無防備な状態で情報の側からの攻撃にさらされ、最悪の場合は完全に機能を失うことになる。だがその場合、一番最初に攻撃を受けるのは全ての演算を統合するフィアということになる。仮に成功した場合でも同様。六つのマザーシステムの膨大な演算と衛星側からの反撃、その全ての負荷《ふか》はやはりフィアに集中する。

いずれにしても、少女は極めて危険な立場にさらされることになる。

「おばあちゃん、フライヤーか何かすぐに貸して！　エドはすぐに準備して、作戦、そう！　先生なにか作戦考えなきゃ！　あーもう！　ヘイズもクレアさんもぼーっとしてないで、早く立って――！」

一同を見渡し、勢い込んでまくし立てる。

が、動く者はいない。

テーブルを囲む面々が重苦しい表情で黙《だま》り込む中、サティが腕組みして首を左右に回し、

「これは、困ったねぇ」

「困った、って……」ファンメイは一瞬呆然《ぼうぜん》と目を見開き、我に返って何度もテーブルを叩き
「みんな何してるの！　何で動かないの！　今すぐフィアちゃん助けに行かないといけないのに、ねぇ、みんなってばぁ！」

それでも誰一人《だれひとり》動こうとしない面々を、ファンメイは何度も見回す。

頭に浮かぶ、恐《おそ》ろしい考え。

それを振《ふ》り払《はら》うようにファンメイは「もういい！」と叫《さけ》び、椅子を蹴《け》りざまエドの腕《うで》の中の小龍をひっつかんで部屋の出口へと駆《か》け出《だ》し、

——視界の端《はし》で動く影《かげ》。

扉《とびら》を塞《ふさ》ぐように割り込んだスーツ姿の男が、とっさに突《つ》き出《だ》した右手を正面から受け止める。

(攻撃感知、危険)

万力のように右手を締《し》めつける男の握力《あくりょく》に、I—ブレインが反応する。全身の筋肉の組成が瞬時《しゅんじ》に書き換《か》わり、右手を押し込む力を引き上げる。五倍、十倍、十五倍。踏《ふ》みしめた強化コンクリートの床がひび割れ、乾《かわ》いた音と共に欠片《かけら》が飛び散る。

だがそれでも足りない。

男のすさまじい力に抗《あらが》いきれず、膝がくの字に曲がる。

肩に飛び乗った小龍が威嚇《いかく》するように全身の毛を逆立て、背中から幾本もの黒い触手《しょくしゅ》が飛び出す。が、それより早く駆《か》けよるもう一つの影。いつの間にか死角に回り込んでいた一ノ瀬少尉がこっちの背に取り付き、手にした小さな塊《かたまり》をうなじに押し当てる。

（ノイズ検知。演算速度低下）

肉体を構成する黒の水の形状を維持できるぎりぎりの演算速度を残し、I―ブレインが全ての機能を停止する。黒猫姿の小龍が肩から滑《すべ》り落《お》ち、床に横たわって動かなくなる。

「フェイ殿……」

咎《とが》める、というよりどこか沈痛《ちんつう》な響《ひび》きを帯びたリチャードの声。

「君たちには出来まい。これは私にふさわしい役目だ」スーツ姿の男、フェイはファンメイを片手で床に押さえつけたまま「世界の天秤は賢人会議の側に傾き過ぎた。強制的な揺《ゆ》り戻しが必要だ。そのための一手としてこれ以上の策は無い。それを妨害《ぼうがい》するということは人類をこのまま滅ぼすことだと理解しているか李芳美《リ・ファンメイ》」

「この……！」床に押しつけられたまま精一杯《せいいっぱい》首をひねって男を睨み「じゃあフィアちゃんは？　一番危ないところにいて、もし何かあったら！」

「私の関知するところでは無い。必要なら貴官が守れ。だが、そのために連合の作戦を妨害することは許容しない」

頭を押さえつけていた手が、ようやく離《はな》れる。

フェイはスーツのほこりを払《はら》って襟元《えりもと》を整え、

「成功すれば良し。失敗したとしても、南極衛星と雲除去システムに関する詳細データが得られれば次の作戦への足がかりとなる。要はマザーシステムさえ守り切ることが出来れば良い。我々のすべきことはそのサポートと、予想される賢人会議からの直接攻撃に対する防衛だ。……そうだな？　リチャード博士」

起き上がって咳《せ》き込むファンメイの視線の先で、リチャードがひどく居心地悪《いごこちわる》そうな表情でうなずく。

白衣の男は椅子から立ち上がり、一同を見回して、

「すぐにルジュナ殿に連絡《れんらく》を。世界再生機構はシティ連合に協力し、今回のベルリンの計画を全面的にサポートする。異論のある者は？」

声を上げる者は誰一人としていない。

青ざめた顔のエドが動かない小龍に駆け寄り、小さな体を抱《だ》き上《あ》げた。

＊

微《かす》かな足音が、扉の向こうから聞こえた。

フィアはとっさに椅子から立ち上がり、白一色に塗り込められた部屋の中央で身構えた。

周囲には膨大な数の実験機器と立体映像のモニターが並び、数名の研究員がせわしなくタッチパネルを操作している。自治軍の兵士に捕らわれベルリンに連れてこられてから数日、毎日この実験室と独房《どくぼう》の間を行き来している。

首の後ろには、黒い大型のノイズメイカー。

お仕着せの被験《ひけん》体用の白い服はひどく無機質で、かつてこのシティで生み出された頃のことを否応《いやおう》なしに思い出させる。

自分にいったい何が起こったのか、外で何が起こっているのか。二つの部屋を決められた通路で往復するだけの生活では情報は何一つ得られない。ここに来るまでの世界の情勢と研究員達の慌ただしい動きからシティと賢人会議の本格的な戦いが始まったのだろうということは推測できても、それ以上のことは分からない。

ただ、はっきりしていることが一つ。

自分が、錬《れん》を働かせるための人質《ひとじち》として捕らわれたのだということ。

今もどこかで意に沿わぬ役目を負わされているのだろう少年のことを思うと、胸が潰《つぶ》れそうになる。

……私、どうしたら……

扉の向こうから足音。よく聞くと、数名分の足音には車椅子のものと思しきタイヤの音が混ざっている。

研究員達が手を止め、扉に向かって敬礼する。

ゆっくりと左右に開かれる扉。

数名の兵士に守られて進み出る車椅子の老人の姿に、わけもなく身をすくませる。

上質なスーツを着込んで膝の上に杖を載せた矮軀の老人。車椅子に座っているせいもあって、その視線はフィアよりもさらに下にある。老人は背後の兵士を手で制して一人だけで前に進み出ると、落ちくぼんだ目でフィアの頭からつま先までをじっくりと検分する。

数秒。

視線に射すくめられて動けずにいるフィアの前で老人は、ふむ、とうなずき、

「皆、この部屋より下がってくれんかの。記録装置も全て止めるよう」

兵士と研究員達は一瞬怪訝な表情をするが、すぐに敬礼して部屋を後にする。最後の一人が退出すると同時に幾つもの電子音が聞こえ、部屋のあちこちに設置されているカメラとセンサー類が機能を停止する。

最後に、扉がロックされる乾いた音。

老人が車椅子からフィアを見上げ、しわがれた声で「久しいの」と呟く。

「お主は覚えておらんじゃろうが、儂は過去に何度かお主と会っておる。培養槽《ばいようそう》で生み出されたばかりの、まだ目覚めぬお主とじゃ。……自我《じが》が芽生えた後は、その役目は七瀬司令に譲《ゆず》っ

たがの」

「あの……おじいさんは……」

「ホルガー・ハルトマン。かれこれ十年ほど、このシティ・ベルリンの首相を務めておる」

それはつまり、自分を生み出しマザーコアにしようとした張本人ということ。

とっさに後ずさるフィアの前で矮軀の老人は穏やかに笑い、

「何も取って食おうというわけでは無い。少し落ち着かんか」

手の動きで椅子を示し、座るよう促《うなが》す。

おそるおそる腰掛けると、老人は「さて」と息を吐き、

「まず、説明が必要じゃな」車椅子の肘掛けに埋《う》め込まれたタッチパネルを操作して幾つかのディスプレイを呼び出し「これが現在の地球の有様じゃ。お主がこのベルリンに捕らわれてから五日の間に、実に、実に様々なことが起こった」

映し出される映像を前に、フィアはしばし言葉を失う。

賢人会議の本拠地《ほんきょち》を攻撃した連合軍は反撃により半壊《はんかい》。軍は南極での戦いにも敗北し、南極衛星は魔法士達の手に落ちた。その後の各シティへの攻撃によって人類の状況は全ての市民の知るところとなり、各地で情勢への不安が広まっている……

「じゃあ錬さんは――！」

「南極衛星から落ち延びたところを我が軍が回収した。今は傷の手当も済み、静養しておる」

老人はそう言って顔をしかめ「丁重《ていちょう》に扱《あつか》うよう指示しておったが、回収に当たった情報部の者がいささか手荒《てあら》い扱いをしたようでの。南極の状況をいち早くつかもうと逸《はや》った故であろうが、責任者にはいずれ日を改めて、しかるべき処置を下すつもりじゃ」

許されよ、と老人が頭を下げる。

その姿にとっさにうなずきそうになり、すぐに恐ろしい考えが頭に浮かぶ。

「……私たちは、どうなるんですか？」

老人が、む？　と顔を上げる。

フィアはその視線から逃《に》げるように椅子の上で身を引き、

「南極衛星の作戦は失敗したんですよね？　転送システムが破壊されたなら、もう錬さんがいても衛星に飛ぶことは出来ない。だから錬さんはもう要《い》らなくて、人質の私も要らなくて……」

シティが用済みになった魔法士二人を大人しく解放してくれるはずが無い。良くても実験体として飼い殺し、悪ければデータ収集のために生きたまま切り刻まれる運命が待っている。

目の前が暗くなり、足が震《ふる》えそうになる。

が、老人は「そう先走るでない」と穏やかに手を振り、

「少しは頭を使うことじゃ。処分するつもりならわざわざこうして話などしに来るはずがなかろう」車椅子に座ったまま杖を取り、先端で目の前の空間を示して「頼《たの》みたいことがある。今

度はあの小僧《こぞう》では無く、お主にじゃ」

　無数のディスプレイが杖の先端を中心に展開し、老人とフィア、二人を幾重《いくえ》にも取り囲む。

　そこに映し出される膨大なデータをフィアは呆然と見上げ、

「これ……」

「シティ連合の次なる作戦。その概要《がいよう》じゃ」老人はポイントとなるのであろう幾つかの資料を杖で順に示し「六つのシティ全てのマザーコアの都市制御機能を停止させ、一種の暴走状態に置くことで爆発的な演算速度を獲得《かくとく》する。その能力をもって南極衛星に対してハッキングを仕掛け、雲除去システムを破壊する」

「半暴走状態のマザーコアを制御しその演算機能を統合するために、同調能力者のI―ブレインを用いる……」示される資料を読み上げ、すぐにそれが自分のことを表しているのだと気付き「私が、このシステムの中枢？」

「左様」老人はうなずき「これほどの膨大な情報、他に制御する術も無い。お主にはマザーシステムの力を用いて雲の内部に通信回線を構築し、情報の側から衛星内に侵入する役目を担《にな》ってもらう」

　淡々《たんたん》と告げる老人の顔を、フィアは呆然と見詰める。

　首を何度も左右に振って頭に渦巻《うずま》く混乱を振り払い、息を吐いて、

「ま……待ってください」ともかくそう口にし、もう一度迷ってから「どうしてそんなお話を

私に？　制御中枢に使いたいなら私を眠《ねむ》らせるか、マザーコアと同じように脳に手術をすれば良いんじゃ……」

「そう出来れば話は早かったのじゃがな」老人の顔から穏やかな空気が消え「残念ながら自我を失った機械では未知の世界となる雲や衛星の情報構造の内部で的確な行動を取ることが出来ん。かといって、研究員達が外部から操作しようにもこちらのシステムが不安定すぎる。作戦中の具体的な行動は、制御中枢となる同調能力者の意思に委ねるより他に無い。それが、この計画の肝要《かんよう》じゃ」

杖の先端が、ゆっくりと床に下りる。

老人は車椅子の上で深く頭を下げ、

「故に、儂はお主に頼む。天使計画実験体『四番《フィア》』。この世界に生きる二億の人類とそれを支える六つのシティのため、どうか力を貸してはくれんか」

頭の中が、真っ白になった。

平伏《ひれふ》した姿勢のまま微動《びどう》だにしない老人を見下ろし、フィアは息をすることも忘れてただ目を見開いた。

……この人は、何を……

狂《くる》っているのかも知れない、という言葉がまず浮かんだ。避けようのない人類の危機を前にして、一国の指導者という責任の重さに耐《た》えかねておかしくなったのかも知れないという思考。だって、そうでも無ければ説明が付かない。なぜそんなことを自分に頼むのか。こうして頭を下げればどうにかなると、なぜ思ったのか。

……だって、これは……

資料を見れば分かる。これは無謀な計画だ。失敗はもちろん仮に成功したところで、中枢で膨大な情報を操《あやつ》ることになる自分は無事で済まない。脳の軽い損傷で済めばまだ良い方で、生きて戻れる保証などどこにも無い。

そんな無謀な計画に協力して欲しいと、目の前の老人は言う。

人質を盾《たて》に脅《おど》すでも無く、対価を示すでも無く、ただ頭を下げて頼むと言う。

「どうして……私が協力すると思うんですか？」

自分はシティ・ベルリンの天使計画の完成体。シティを動かすための電池として生み出された魔法士が幾人かの善意と偶然《ぐうぜん》によって命を長らえ、平穏《へいおん》な日々を得ることを許された。それが今、こうして再びシティに捕らわれ、愛する少年を望まぬ戦いへと駆《か》り立《た》てるための人質として利用されている。

そんな相手の協力が得られると、なぜ思うのか。

この人達にとって自分は、どこまでも便利に扱える道具に過ぎないのか。

「私はあなた達の人形じゃありません！　私は、私は――！」

「知っておる。それに、容易く協力が得られると思うてもおらん」

静かな答。

とっさに言葉を呑《の》み込むフィアの前で老人は顔を上げ、

「じゃが、いかに無謀であろうと儂らにはお主に縋るより他に手が無い。脅しや対価で従わせることは出来るかもしれんが、それでは心からの協力は得られぬ。儂に出来ることはただ懇願《こんがん》することだけ。故にこうして頭を下げる。ただ、それだけじゃ」

そう言って、老人は車椅子から立ち上がる。

床に突いた杖を支えに、おぼつかない足取りで一歩踏《ふ》み出《だ》し、

「それにな、お主の協力を得ることは難しいが不可能では無いと、儂は考える。現に、お主は即座《そくざ》に拒否《きょひ》せなんだ。その代わりに『なぜ自分が協力すると思うのか』と問うた。ならば説得の余地はある。そう信じて、儂はただ言葉を交わすのみじゃ」

引きずるような足音。

老人は歩み寄って少し高い位置からフィアを見下ろし、

「神戸でのこと、お主の心にも引っかかっておるのではないか？」

息を呑む。

顔を上げるフィアの前で、老人はうなずき、

「責を負え、などという話では無い。そのようなこと、命じられる者などどこにもおるまい。

じゃが、お主はあの日の事を忘れて自分一人の幸福を歩める人間では無いと儂は見る。多くの者が死に自分が生き残った。その帳尻《ちょうじり》をどこかで合わせねばならぬと、お主は感じておるのではないか？」

呼吸が止まりそうになる。

それでも流されてはいけない、騙《だま》されてはいけないとフィアは気力を振《ふ》り絞《しぼ》り、精一杯の敵意を込めて老人を睨《にら》み付《つ》け「命を賭《か》けろ、人類のために犠牲になれなんて、どうしてそんな大変なことを簡単に口に出来るんですか？」

「どうして、そんなに簡単に言えるんですか？　この計画のことだけじゃない、マザーシステムの事だってそうです。シティを動かしてるのが生《い》け贄《にえ》になった魔法士だって分かった後も、シティの人たちは自分達の暮らしの心配ばっかりで、マザーコアにされた人の事なんて少しも考えなかった！　そんな人たちのために、どうして私達が命を賭けないといけないんですか？」

自分でも思ってもみなかった言葉が次々に口をついて出る。分かっている。シティに住む人々が悪いのでは無く、この世界はそうする以外にどうしようも無い状況なのだと、そのことは考えた。何度も何度も、気が遠くなるほど考えた。

それでも、言わなければならない。

自分と共に生み出された多くの実験体のために、世界のあちこちで切り刻まれた罪も無い子供達のために、目の前のこの老人に言葉をぶつけてやらなければならない。

「シティの人達も賢人会議と同じです。魔法士と人類は別の生き物だと思ってる。自分と違うものだから好きなようにして良いと思ってる！　だから、だから私だって――！」

そこで言葉が途切《とぎ》れる。

目の前に突き出されるのは、しわだらけで節くれ立った老人の手。

ホルガー首相はフィアの前で手のひらを上に向けて広げ、深く息を吐く。

「何を……」

「すまんが、少し静かにしてくれんかの」虚《きょ》を衝かれて言葉を失うフィアを前に、老人は目を閉じて幾度《いくど》か深呼吸し「久方ぶりであるからの。上手《うま》くいくか……」

照明に照らされた指が、強張《こわば》ったように震える。

手のひらの上で少しずつ形を為していく、小さな物体。

その正体に気づいた瞬間、フィアは目を見開く。

「そんな……」呟き、目の前の老人を呆然と見つめ「じゃあ、おじいさんは」

「儂の秘密じゃ。七瀬司令亡き今、知る者は世界のどこにも残っておらぬ」

老人が右手を握りしめ、再び手を開く。

空っぽになった手のひらをしばし見つめ、老人は独り言のように、

「儂はの、賢人会議の主張がさほどに間違《まちが》っているとは思わん。人類の存在がもはやこの世界には不要と言うのなら、確かにその通りであろう。魔法士に道を譲るために人類全員が今すぐ

首をくるべきと言うのであれば、その通りかもしれん。……じゃがの、それでも人々は生きておる。この世界に生きる通常人──二億という数は、容易く切り捨てて良い物では無い」

老人が顔を上げる。

落ちくぼんだまぶたの奥、鋭《するど》い双眸《そうぼう》がフィアを見つめ、

「お主から見ればシティの市民という連中は、さぞかし太平楽な、恵《めぐ》まれた者と見えるじゃろう。じゃがの、彼らとて何も望んでこんな時代に生まれてきたわけではない。ほんの百年、時が違えば皆それなりに幸福な人生を過ごし、いずれは子を成し、未来に何の憂いも無く生涯《しょうがい》を終えておったじゃろう。そうならなんだは彼らの責か？　儂はそうは思わん」

しわだらけの手が、杖を傍らの机に立てかけ、

「この世界で生きることは苦しい。たとえシティに守られていようとも、明日をも知れぬ日々の中で、皆不安にさいなまれておる。じゃが、それでも皆、生きることから逃げてはおらん。未来にほんの少しでも道をつなげるため、それぞれに生きあがいておる。である以上、儂もこの役目を降りるわけにはいかん」

そう言って、老人はその場に膝をつく。

冷たい床の上に正座する姿勢になり、老人は、堪《こた》えるの、と小さく呟き、

「愚《おろ》かであろうと、見苦しかろうと、今を生きる者はその今を生き続けるしかない──かのアニル・ジュレの言葉にならい、儂もまた、己に為せることを為そう」

呟いて、矮軀の老人が頭を垂れる。

シティ・ベルリンの指導者はフィアの足下《あしもと》に跪《ひざまず》き、硬《かた》く冷たい床に額をこすりつけ、

「これは卑怯《ひきょう》な行いじゃ。彼らを救ったところでお主には何の益も無かろう。それを承知で頼む。……どうか、人類のために命をかけてくれんか」

*

闇からの目覚めは、唐突だった。

イルは硬いベッドの上に跳《は》ね起《お》き、全身に走る鈍《にぶ》い痛みに顔をしかめた。

淡い照明に照らされた薄暗《うすぐら》い病室。周囲には幾つもの機材と治療道具の載《の》った作業台が並び、右腕《みぎうで》には点滴《てんてき》のチューブが貼《は》り付《つ》けられている。

「——あ！」

枕元《まくらもと》から声。

ベッド脇《わき》の椅子に腰掛けてうたた寝《ね》していた子供が目を丸くして椅子から飛び降り、

「みんなー！　起きたよ！　イル起きたよ——！」

ほどなく病室の外から足音が響き、見知った幾つもの顔が飛び込んでくる。シスター、月夜《つきよ》、それに孤児《こじ》院の子供達。扉の外からは見覚えのある顔の兵士が代わる代わる病室の中を覗《のぞ》き込

み、それぞれに手を叩き、あるいはうなずき合っている。

「なんや……騒がしいな」

怪我《けが》のせいかあるいは長く眠りすぎたのか、視界がどこかおぼつかない。

目頭《めがしら》を強く押さえて首を何度か左右に動かし、見覚えの無い病室を見回して、

「なあ、ここどこや?」

「モスクワ第七階層のポート前広場。軍が臨時で設営した野戦病院の中です」枕元に歩み寄ったシスターが答え「あなたは錬君と共に南極を彷徨《さまよ》っているところを軍の救助部隊に発見されたのです。覚えていますか?」

瞬時に記憶の線がつながる。

とっさにベッドから飛び降りようとして、腹部の痛みに呻《うめ》きを漏らす。

「ちょっと!　何やってんのよあんた!」月夜が血相を変えて駆け寄り、手を伸ばして背中を支え「生命維持槽に入ってたから表面の傷はふさがってるけど、中まで完全に治りきったわけじゃ無いんだからね!　無茶すんじゃないわよ!」

「……すまんな」深呼吸してどうにか痛みを抑《おさ》え込み「南極で見つかった、いうことはおれは衛星から落ちたんか」

「そのようですね。残念ですが」

シスターがうなずき、立体映像の資料をベッドの上に示す。

南極での戦いから三日、自分が眠っている間の世界の動き。

読み進めるうちに、心の中に怒りが膨《ふく》れあがり、

「衛星はあの女が占拠《せんきょ》して雲除去システムの試運転も完了。おまけに報道機関もやられて市民全員に戦況《せんきょう》が暴露《ばくろ》されました……て、なんやこれ！　やられたい放題やないか！」

その全てが、自分が南極衛星でサクラに敗北した結果。

とっさに叫び出しそうになり、右手で髪をかきむしってどうにかその衝動《しょうどう》を抑《おさ》え、

「そしたら孤児院は？　これまでの色々が軍にばれた、て」

資料によれば自分達と世界再生機構の関わりや、これまでの勝手な行動が軍に露見《ろけん》した、とある。天樹《あまぎ》錬が南極衛星の作戦に参加していた理由にようやく納得《なっとく》するが、それなら孤児院はどうなったのか。まさか、シスター達は国家反逆の罪で捕らえられ、自分と共にこの場所に押し込められているのか。

視線でそう問うと、月夜が首を左右に振り、

「いちおう軍の監視付きで生活はさせてもらってたのよ。だけど、市街地への攻撃のあおり食って建物半分吹《ふ》っ飛《と》んじゃってね」変わり果てた教会の姿を立体映像で示し「ちょっとの修理じゃ使い物にならないから、今はこの近くの仮設宿舎に避難してる。あんただって、自分の部屋に寝《ね》かせてたのをみんなで運んできたのよ」

「そら……えらい手間かけたな」呟き、病室に居並ぶ子供達を見回し「お前らはみんな大丈《だいじょう》

夫《ぶ》やな？　ケガとかしてへんな？」

孤児院に暮らしていた全員、一人も欠けること無くこの場に集まっているのを確認し、安堵の息を吐き、

「――貴様、もう一度言ってみろ！」

開け放たれた扉の外から、声。

子供達がびくりと身をすくませ、月夜がうんざりした様子で顔をしかめる。

「幻　影《イリユージヨン》No.17が目覚めたという報告は受けている。通してもらおう」

「何の権限があって命令している！　昨日も言ったとおり、俺たちはそんな指示は受けていない！」

「監査《かんさ》部の決定だ。貴官ら警備部の関知するところではない」

自治軍の兵士らしき二人の声に、幾つもの怒号《どごう》が混ざる。

イルはぽかんと口を開け、しばらくしてようやく我に返り、

「な、なんやあれ」

「陸軍監査部と警備部のにらみ合い。昨日からずーっとやってるわ」月夜が苛立ちを紛らわすように金属フレームのベッドの縁を何度も手のひらで叩き「あんたの事をよく知らない連中が『幻　影《イリユージヨン》No.17は賢人会議と共謀《きようぼう》してわざと負けたんじゃないか』って勘《かん》ぐってね。その辺はっきりさせるために あんたを査問にかけるって言ってんのよ」

「はーー？」あまりのことに言葉を失い「な、なんやそれ。なんでそんなことに」

「あなたの説明が無ければ収まらない方がいるということです」シスターは深く息を吐き「もちろん、衛星内で何が起こったかについてはベルリンが錬君の記憶を走査して正確なところが判明しています。ですが、それだけでは人は納得しない。当事者であるあなたが、自分の口で直接話をするべきだと……」

言葉が止まる。

シスターは沈痛な面持《おもも》ちで首を左右に振り、

「いえ、それも建前。要するに彼らは不安なのです。世界のこの状況にあって、まだ自治軍の中枢に魔法士が居座《いすわ》っているという現実が。……上手くいっている時にはそれでも良かった。けれど、ひとたび作戦が失敗すれば疑心暗鬼《ぎしんあんき》が噴《ふ》き出《だ》す。幻影《イリュージョン》No.17もまた、いつかは裏切るのではないか。いかに英雄《えいゆう》と呼ばれようと、彼も所詮《しょせん》は魔法士に過ぎないのではないか。そういった口には出さない人々の不安が、代償《だいしょう》を必要としているのです」

子供達の幾人かが、耐えかねたように泣き出す。

月夜が唇を引き結び、拳《こぶし》で病室の壁《かべ》を叩く。

「ーーとにかくそこをどけ！　幻影《イリュージョン》No.17を連れて行かぬことには、この場は収まらぬのだ！」

「彼は俺たち全員の恩人で、しかも怪我人《けがにん》だぞ！　それを軍事法廷《ほうてい》に引きずり出そうなどと、貴様はそれでも誇《ほこ》り高《たか》きモスクワ自治軍の軍人か！　恥《はじ》を知れ！」

「我らとて望んでこのような任についているのではない！　幻　影《イリユージョン》No.17はこのモスクワの英雄だ！　そんなことは貴官に教授されるまでもなく、我ら全員が承知している！」

子供達が手のひらで両耳を押さえ、床に座り込む。

扉の向こうの怒号が激しさを増す。

けたたましい足音が幾つも重なって響き、殴《なぐ》り合《あ》いらしき鈍い音がそこに幾度も混ざり、

「――双方、静まれ」


巌のような声。

廊下《ろうか》の外の喧噪《けんそう》が、瞬時に静まりかえる。

規則正しく淀《よど》みの無い足音。扉の向こうに姿を現す人物に、シスターが驚《おどろ》いた様子で居住まいを正し、

「閣下……」

シティ・モスクワ最高指導者、セルゲイ・ミハイロヴィチ・ヤゾフ元帥。

飾《かざ》りの無い軍服をまとった初老の男は、ほこりまみれになった周囲の兵士を見回し、

「監査部への命令は先ほど私の権限で撤回《てつかい》させた」最も近くに立つ兵士の肩を叩いて軍服のほ

こりを軽く払ってやり「出所のヨシフ議員には後ほど司令部で話があると伝えてある。……皆、ご苦労だった。下がって良い」

警備部と監査部、双方の兵士が右手を掲げて最敬礼し、病室の前から退いていく。

セルゲイ元帥は護衛の兵士数名と共に病室に入ると、周囲の子供達の中で最も年上の女の子の前に片膝《かたひざ》をつき、

「騒がせたな。もう大丈夫だ」巌のような手で小さな頭をなで「すまんが、お前達のシスターと大切な話がある。少し、部屋の外で待っていてくれるか？」

護衛の兵士が子供達の背中を押し、外に出るよう促す。公営放送などで男の顔を知っている子供達は、少しだけ不安そうにシスターを見上げてから言われるままに部屋の外へと進む。

兵士が病室の外から扉を閉ざし、あとにはイルと月夜、シスター、そしてセルゲイ元帥の四人だけが残される。

「すまぬな。私の監督不行届《かんとくふゆきとどき》だ」男はベッドのそばに歩み寄ってイルを見下ろし「何かと忙《いそが》しい身でな、報告を受けるのが遅《おく》れた。……この件に関わった者全てに議員の座を退いてもらう。それで良いか？」

「は？　い、いえ！　別にそこまでせんでも！」

慌てて手を振り、そこでシスターと月夜の強張った表情に気づく。自分達の危うい立場——これまでの独断での行動が全て露見していることを改めて思い出す。

と、セルゲイは懐《ふところ》から小さな素子を取り出し、

「傷の癒《い》えぬ身であることは承知しているが、時は待ってはくれぬ」最高機密、と記されたディスプレイを幾つもベッドの上に展開し「シティ連合は次の作戦を開始した。これが計画の概要だ」

細かなデータが幾つも記されたディスプレイを、首を傾《かし》げつつ読み進める。

と、背後から覗き込んでいたシスターが真っ先に「これは……」と息を呑み、

「お気は確かですか、閣下」

「無論だとも」セルゲイはうなずき「全てのマザーシステムを統合し、大砲《たいほう》として南極衛星に打ち込む。これ以上無いほど単純明快な策だ」

その言葉に、ようやく目の前に示された資料の意味を理解する。

唖然《あぜん》となるイルの隣で月夜が肩を震わせ、

「教えてもらっても、良いですか」押し殺したような声を絞り出し「この、中枢で暴走状態のマザーコアを制御する魔法士、って……」

「最重要機密だ。詳細は明かせん」セルゲイはディスプレイを見つめ「だが資料を見ての通り、この作戦は中枢となる魔法士が自らの意思で協力することで初めて成立する。脅迫《きょうはく》や薬物によって従わされたわけでは無い。その点は保証しよう」

月夜はその言葉には応えず、無言で顔を伏せる。

その隣で、シスターが男に向かって一歩踏み出し、

「お待ち下さい、閣下」少し口ごもり、意を決した様子で「なぜ、この計画を私達に？　先日の一件以来、私達は危険分子と見なされ軍の監視下に置かれています。それを」

「世界再生機構とやらの事ならば、手続きは済んでいる」セルゲイは静かに遮り「あの天樹錬という少年の記憶を走査したことでより詳細な情報が得られた旨《むね》、ベルリンから報告を受けている。お前が以前からロンドンのリチャード博士やニューデリーのルジュナ執政官と結託《けったく》して動いていたこと、それがお前なりにこの世界の未来を憂いての行動であること、全て承知している」

ベッドの上で、息を呑む。

呆然と見上げるイルの前、セルゲイはこの場の三人に順に視線を巡らせ、

「本来ならたとえ善意の行動であろうとも見過ごすことは出来ぬが、今は非常時であり、そもそも一介《いっかい》の民間人であるシスター・ケイトに軍法を厳密に適用することは出来ぬ。そこで、妥《だ》協《きょう》案を採ることとなった」

男の手の上に、命令書と思しき別なディスプレイが出現する。

それを見つめるシスターの顔色が変わり、

「閣下、これは」

「軍に復帰しろ。それで全てを不問とする」セルゲイは懐から取り出した階級章を強引にシス

ターの手に握らせ「階級は中将。参謀本部の顧問《こもん》として全軍の戦術行動を統括してもらう。言っておくが私の独断では無い。司令部全員の総意だ」

シスターは無言で、手のひらに光る階級章を見つめる。

セルゲイはうなずき、視線をイルに移して、

「作戦開始は七日後の早朝。実験訓練生 幻影《イリュージョン》No.17には防衛部隊としてベルリンに向かい、計画の中枢となる魔法士の警護にあたってもらう」

包帯が巻かれた肩に手を置き、思いがけなく穏やかなまなざしを向け、

「それまでに急ぎ傷を癒やせ、栄えあるモスクワ自治軍の英雄よ」

＊

シティ・ベルリン第二十階層、マザーシステム内部。数百の端末《たんまつ》と巨大なディスプレイによって簡易な作戦中枢へと改装されたマザーコア制御区画は、無数の報告と電子音が飛び交《とか》う戦場と化していた。

天樹錬は背中に突きつけられた銃《じゅう》に促されるまま、中央の広い通路を進んだ。

両手には手錠《てじょう》、首にはノイズメイカー。せめてもの抵抗《ていこう》に何度かわざと立ち止まり、そのたびに背後から突《つ》き飛《と》ばされる。周囲には完全武装の兵士が十数名。いずれも全身に緊迫感《きんぱく》をみ

なぎらせ、反撃などできるはずもない錬に片時も外すことなく銃口《じゆうこう》を向け続ける。

自分に何が起こっているのか、なぜこんな場所に連れてこられたのかわからない。南極から帰投し、軍の査問を受けた後はずっと、独房よりいくらかまし程度の部屋に閉じ込められていた。日に三度の簡素な食事と医師による治療。世界の状況については一切情報が得られないまおそらく十日ほどが過ぎた今日、突然《とつぜん》ここに連れてこられた。

周囲の兵士やオペレーターの様子から、ただならぬ事態が起こっていることだけはわかる。

だが、それは何だ。

そもそも、マザーシステムの内部に作戦室を設け兵士を出入りさせるなど、正気の沙汰《さた》とは思えない。

「閣下、連れて参りました」

幾つも扉をくぐり、広大な空間を抜《ぬ》けた先、重厚《じゆうこう》な金属を幾重にも重ねた隔壁《かくへき》の前で兵士が通信素子に声を投げる。重苦しい響きと共に隔壁が上下左右に順に開き、奥に隠された空間が露《あら》わになる。

——息をのむ。

今の状況の何もかもを忘れ、目の前の兵士に体当たりして駆け出す。

背後で隔壁が閉ざされ、周囲の闇が濃《こ》さを増す。兵士達がついてこないことを訝《いぶか》しむ余裕《よゆう》も無く、通路をひた走る。隔壁を抜けた先は球形の広大な空間。曲面の内壁《ないへき》のいたるところに設置された無数の機器が放つ明かりが、壁面《へきめん》に稠密《ちゅうみつ》に刻まれた論理回路を照らし出す。直径百メートル近い空間には作業通路が一つだけ渡され、錬はその上にいる。

空間の中央に固定されているのは薄桃色《うすももいろ》の羊水に満たされた生命維持槽。そこに浮かぶ人影《ひとかげ》が、すなわちこのシティ・ベルリンのマザーコア。

そして、もう一つ。

マザーコアの数十メートル下、作業通路の中央に固定された一回り小さな生命維持槽に浮かぶ、少女の姿。

「フィア！」

表面のガラスを手のひらで叩く。

『錬さん――？』

生命維持槽の側面のスピーカーから、驚いたような少女の声。

フィアは簡素な貫頭衣《かんとうい》を羊水に揺らめかせ、今にも泣き出しそうな顔で生命維持槽のガラスの内側からこちらの手のひらに自分の手のひらを合わせる。

「大丈夫？　ひどいことされてない？」

『私は大丈夫です。錬さんこそ、ひどいケガをしたって聞いて……』

「僕は平気。この……」

この通り、と言いかけて両手の手錠とノイズメイカーのことを思い出し、曖昧《あいまい》に笑う。

と――

「そのあたりで、よいかの？」

作業通路の奥から響く、しわがれた声。

振《ふ》り返《かえ》る錬の前、通路の奥の闇から、車椅子に座った老人がゆっくりと進み出る。

「……誰？」

「そういえば、こうして会うのは初めてか」老人は独り言のように呟き「シティ・ベルリン首相、ホルガー・ハルトマン。つまりは、お主らを捕らえた張本人よ」

反射的に飛《と》び退《の》きそうになり、寸前で踏みとどまって生命維持槽をかばう位置に立つ。

「よい心がけじゃ。若者はそうでなくてはいかん」老人は何が嬉《うれ》しいのか深くうなずき「しかし、もう少し頭を使う事じゃ。取って食おうというのであれば、そもそもこの場所に立ち入らせるはずがなかろう」

枯《か》れ枝《えだ》のような老人の手が、錬の足下に何かを放り捨てる。

慌てて拾い上げ、目を見開く。

両手の手錠と首に埋め込まれたノイズメイカーの、解除キー。

「……何のつもり？」

「取って食うつもりは無いと言うたであろう」老人は車椅子の肘掛けに埋め込まれたタッチパネルを叩き「時間も無いゆえ、本題に入らせてもらう。まずはこれを見よ」

闇の中に、無数の立体映像ディスプレイが浮かび上がる。

何かの作戦の計画書。

反射的に視線を走らせ、すぐに血の気が引くのを感じて、

「マザーシステムを暴走させて、遠隔で衛星をハッキングする……システムの中枢は……天使計画の完成体……？」

とっさに背後の少女を振り返り、すぐに老人に向き直って、

「何これ！　ふざけないでよ、こんな計画誰が――！」

「予想通りの答ではあるが、ここはその話をする場では無い」老人は手にした杖でディスプレイをまとめて消し去り「なにしろ、本人の承諾《しょうだく》はすでに得ておるからの」

「……え？」

思考が止まる。

おそるおそる生命維持槽を振り返り、少女のエメラルドグリーンの瞳をまっすぐに見つめようとして失敗し、

「嘘《うそ》、だよね……フィア……本当は」

『本当です』少女は羊水の中でうなずき『おじいさん……ホルガー首相の計画に協力するって自分で決めました。マザーシステムの力を借りて情報の海からあの衛星に飛んで、システムを壊《こわ》す。賢人会議を、サクラさんを止めるにはこれしかありません』

決意に満ちたフィアの声。

信じられないほど強いまなざしがまっすぐに錬を見下ろし、

『他のシティの準備も終わって、もうすぐ作戦が始まります。……衛星にハッキングを仕掛ければすぐに私の場所は賢人会議に知られて、ここは一番の標的になります』

薄闇の中、フィアは金色の髪を幻《まぼろし》のように揺らめかせ、

『だから錬さん、私を守ってください。錬さんがここにいてくれれば、私もきっと頑張れるから』

「……何をしたの？」

それ以上は少女を見ていられなくて、傍らの老人に向き直る。

殺意と怒りと憎悪と、ありとあらゆる負の感情を込めて矮軀の老人を睨み付け、

「答えて——！　フィアに何したの？　この子が自分からこんなことするはずが無いんだ！　あんた、いったいどんな汚《きたな》い手を使って——！」

「人聞きの悪いことを言うでない」老人は自分に向けられた悪意の全てを眉一つ動かさずに受け止め「事実をありのままに話し、誠意を持って懇願した。それだけのことよ」

ふざけるな、と喉《のど》まで出かかった言葉が形を失う。自分よりも小さな老人の静かな眼差《まなざ》しに耐えられず、逃げるように背後の生命維持槽を振り返る。

円筒《えんとう》ガラスの奥で、少女が強くうなずく。

そんな馬鹿な、という思考。

ぎこちなく向き直る錬に、老人は車椅子の上で息を吐き、

「さて、ここからはお主の話じゃ。此度《こたび》の計画、お主の戦力も勘定《かんじょう》に入っておるからの」

呟いた老人の指がタッチパネルを叩くと、生命維持槽のスピーカーに灯《とも》っていた光が緑から赤に切《き》り替《か》わる。

「これで、こちらの会話は娘には聞こえぬ。……聞かれては、お主も答えにくいであろう」

呟いた老人の瞳が、落ちくぼんだ眼窩《がんか》の奥から錬を見上げ、

「逆に儂から問う。今すぐ娘を連れて逃げてよい、と言ったらお主はどうする」

「え……？」

何を言われたのか分からない。

「な……なにそれ、どういう……」

「言葉通りの意味じゃ。その娘を生命維持槽から連れ出し、いずこなりとも行くがよい。軍に後は追わせぬ。賢人会議に下るというのであれば敵として戦う外無いが、世界の行く末に一切関わること無く隠れ暮らすというのであれば捨て置く。他のシティの代表者達も儂が説得する。シティ・ベルリン自治政府の代表として確約する——そう言ったなら、お主はどうする」

「そ、そんなの——！」

決まってる、と答えることができない。もちろんフィアを連れて逃げる、あの子をこんな危

険な目にあわせるなんて許せない——その言葉をどうしても口にすることができない。

自分たちがいなくなればもちろん今回の作戦は成立しない。そして、人類にはこれ以上に有効な策を生み出すことはおそらく出来ない。反抗《はんこう》の手立てを失った人類は少しずつ戦力を削《そ》がれていき、遠からず敗北する。シティは消滅し、古い人類は殺し尽くされる。運良く追っ手を逃れることができたとしても、最終的に雲除去システムが起動すればI—ブレインを持たない者は遮光《しゃこう》性気体と共に一人残らず分解される。

ここで逃げれば、人類は滅びる。

自分たちの選択が、たくさんの人を殺す。

……なんで、なんでこんな……

生命維持槽から心配そうに見下ろす少女と、車椅子から無表情に見上げる老人。その間で何度も視線をさまよわせ、耐えきれなくなってその場に膝をつく。喉の奥から漏れる呻き声を抑えることができない。まただ。また、これだ。大勢の命と一人の命。見も知らない誰かの命と、目の前の大切な人の命。かつて神戸で突きつけられた世界の天秤。だが、今度はあの時とは違う。少女は世界のためにすすんで自分の身を投げ出し、少女のために世界を滅ぼそうとしたあの人はもういない。

「お主がその娘のことを真《まこと》に思うなら、答は最初から決まっていよう」

車椅子のモーターのかすかな駆動《くどう》音。

シティ・ベルリンの最高権力者である老人は、うずくまった錬の側に近寄って上から顔を寄せ、

「娘を連れてこの場を逃れ、その先は？　争いから逃れ、世界から逃れ、多くの人がただ無為《むい》に死んでいく様を一人安全な場所から見続けて、その娘が正気でいられると？」

「あんたに言われることじゃない――！」老人を突き飛ばすようにして立ち上がり「許さない、絶対に許さない卑怯者！　なにが説得だ。あんたは利用したんだ！　神戸を出てからずっとフィアは苦しんでた。自分のせいでたくさん人が死んだ。みんなが不幸になったって。あの子は何も悪くないのに、ただ生きたかっただけなのに、そのことでずっと自分を責めて、あんたはそれを――！」

「さよう。卑怯な老人、卑怯な大人であるゆえ、あの娘の心根を利用させてもらった。好きに恨《うら》み、好きに呪《のろ》うが良い。儂の首一つで人類の安寧《あんねい》が買えるなら安いものよ」

老人は表情をほんのわずかも動かすこと無く錬を見上げ、

「お主にはこの場で娘のサポートを行い、同時にコアルームを守る最後の防衛線の役目を果たしてもらう。暴走が始まればこちらの動きはすぐに賢人会議に露見し、ここには魔法士達が殺《さっ》到《とう》してくる。完了までおよそ七時間、その間に娘がどれほどの負荷を負うかはお主の働き次第《しだい》じゃ。システムを無傷で守り通し作戦が迅速《じんそく》に終了すれば、娘が無事に済む可能性も高くなろう」

老人の指が、車椅子の肘掛けに埋め込まれたタッチパネルに触《ふ》れる。

少女が浮かぶ生命維持槽のスピーカーに再び緑の光が灯り、

「成功すればお主らは人類の救い主。無論、無下《むげ》な扱いなどせぬ。お主らの安寧は儂が保証する。望むなら国賓《こくひん》としてこのベルリンに迎《むか》え入《い》れよう。……どうかの？　この娘と共に、人類に力を貸してはくれぬか」

車椅子の老人が、深く頭を下げる。

振り返った先には、決意に満ちた少女のエメラルドグリーンの瞳。

……錬は目を閉じ、うなずいた。

うなずくことしか出来なかった。

＊

淡い光をまぶたに感じて目が覚めた。

サクラは柔《やわ》らかな芝生《しばふ》の上に身を起こし、傍らに立つ円筒ガラスの生命維持槽に背中を預けた。

南極点の上空二万メートルに浮かぶこの場所では、一年のほとんどの期間を通して日が沈《しず》むことは無い。透明な天蓋《てんがい》の向こうに透《す》けて見えるのは常に一面の淡い青。だから、少し気を抜くとすぐに時間の感覚を見失ってしまう。

脳内時計が示す時刻は、『西暦二一九九年十月二十七日、午前二時』

羊水に浮かぶ母の亡骸《なきがら》を肩越《ご》しに見上げ、おはよう、と声をかける。

衛星の中央に位置するこのドームには、色とりどりの花が揺れる幾つもの花壇《かだん》が幾何学模様《きかがくもよう》に敷き詰められている。この花は全て戦後にこの衛星にたどり着いた父、アルフレッド・ウィッテンが母の墓前に手向《たむ》けた物。張り巡らされた細い通路を小さなロボットが定期的に行き交《いか》い、花の一つ一つに丁寧《ていねい》に水を注いでいく。

他には動く物の無い、静謐《せいひつ》の世界。

立ち上がってスカートの埃《ほこり》を払い、生命維持槽の背後にそびえる歪《ゆが》んだ塔のような機械に歩み寄る。

父の最後の研究成果、雲除去システム。ちょうど目の高さの位置に立体映像ディスプレイが浮かび、現在の『雲』の状況を映し出す。遮光性気体の濃度《のうど》や雲の厚みといったデータの下には、サクラがここに来てから追加した『雲内部のネットワークを利用した通信回線』の状況。

ノイズレベルは極めて高い。地上とのリアルタイム通信は不可能。

眠っている間に地上からのメッセージの受信が一件。

「……そうか、セラが」

シティ・モスクワでの作戦中に発生した、少女の裏切り行為《こうい》。報告書の端まで目を通し、指で弾《はじ》いて削除《さくじょ》する。

急ごう、という呟き。

足下に転がる小さな部品を拾い集め、庭園の外れへと歩き出す。

大きな楡《にれ》の木の下で立ち止まり、コートの裏から取り出した小さな素子を地面に置く。光使いの能力を応用して作成した空間圧縮素子が振動《しんどう》と共に光を放つと、目の前に出現するのは卵のようなベッドのような形状の培養槽。光沢《こうたく》のある外装の側面を開き、複雑に絡《から》まり合った内部の配線を引き出して先ほど集めた部品を接続する。

これと同じものが、衛星内の倉庫にあと十二基。

アフリカ海の拠点からかき集められるだけかき集めて、シティ連合の総攻撃の際に密かに運び出した。

ディーも、セラも、他の賢人会議の同胞《どうほう》も、誰一人として気づいてはいない。秘密裏《ひみつり》にこれだけ大がかりな工作を行うのは組織の指導者という立場をもってしても困難を極めた。培養槽本体の他にも、動力となる演算機関に羊水の生成装置。この衛星内に残されているであろう器材をあてにするという手もあったが、何かが不足したとしても地上に取りに戻る術は無い。空間圧縮素子も用意できる数には限りがあった。最終的な装置の構造図を脳内に描き、素子が生成する圧縮空間の内部容量を何度も計算し、ケーブル一本、ねじ一つに至るまで見落としの無いように、慎重《しんちょう》に慎重を重ねて準備を進めた。

絶対に、誰にも悟られないように。

ただ一人、この最果ての地に至る道を選んだ。

「少し、寒いな」

人工の風に揺られて、木々の梢《こずえ》がかすかにざわめく。

空には、沈まない太陽。

淡い光に照らされた庭園は美しく、孤独《こどく》で、どこかもの悲しい。

世界に生きている者が、自分ただ一人になってしまったような錯覚《さっかく》。

北極で暮らしていた頃の母も、こんな気持ちで父の訪れを待っていたのだろうか。

「……いきなり現れて、驚かせてくれても良いのだぞ、真昼《まひる》」

呟く声は風に流され、花園《はなぞの》のざわめきに溶けて消える。

有機コードをＩ－ブレインに接続し、作業を再開する。

どんな結末を迎《むか》えるにせよ、残された時間は長くは無い。

第七章　終末の戦場　～Sky scraper～

輸送用フライヤーの後部ドアが、音も無く開かれた。

不安げな様子で顔を突《つ》き出《だ》す老人に、ソフィーは右手を掲《かか》げて敬礼の姿勢を取った。

「おお、嬢《じょう》ちゃんか」

呟《つぶや》いた老人の顔に笑《え》みらしきものが浮《う》かぶ。兵士に促《うなが》されて降り立つ老人に続いて、別な老人の一団が次々に姿を現す。

「元気にしとったか？」

「長いこと顔見せんから心配しとったよ。ちゃんと食べとるか？」

口々に挨拶《あいさつ》する老人達に会釈《えしゃく》する。シティ・ロンドン第二十階層、軍用ポートの広大な空間。市街地へと通じるバイパス道からは、最初の物と同型の大型フライヤーが等間隔《とうかんかく》に列を成して近づく。

積荷《つみに》は全て、目の前にいるのと同じ老人達。

かつて北極衛星の転送システムに隠《かく》れ住み、今はシステムの起動キーとしてロンドンに保護されているあの人々だ。

「中佐、艦《かん》の準備が整いました」

背後から声を投げる兵士に、振《ふ》り返《かえ》って了解《りょうかい》の旨《むね》を伝える。ぎこちなく敬礼する兵士の顔に、隠しようもない恐怖《きょうふ》の色を認める。

ポートの管制塔《かんせいとう》へと走り去る兵士の背中をぼんやりと見送る。

近づく老人達の足音に我に返り、

「ああ、すまない」どうにか笑顔《えがお》を作って「これから皆《みな》さんを輸送艦にご案内する。はぐれないようについてきて欲しい」

「輸送艦、とな……？」老人達は顔を見合わせ「なあ嬢ちゃん。いったいぜんたい、何がどうなっとるんじゃ。わしら、どこかに連れて行かれるんかいのう？」

それは、と口ごもり、腰《こし》に佩《は》いた騎士剣《きしけん》の柄《つか》に無意識に手を置く。これから始まる作戦はシティの最高機密。実を言うと、ソフィー自身も全貌《ぜんぼう》を知らされてはいないのだ。

「それは……後で説明する」一つ咳払《せきばら》いし「ともかくこっちに。ささやかだが食事も用意している」

と。

ポートの奥に向き直り、一歩踏《ふ》み出《だ》す。

「嬢ちゃん？」老人の一人が怪訝《けげん》そうな声を上げ「その……どうしたんじゃ、そいつは」

ああ、とすぐに言葉の意味を理解し、うなじに手を伸《の》ばす。埋《う》め込まれた黒い素子を指でなぞると、それだけで周囲の兵士達に緊張《きんちょう》が走るのがわかる。

いつでもI—ブレインを停止できるように付けられた、遠隔《えんかく》操作型のノイズメイカー。

ロンドン自治軍の司令部では、研究員が自分のどんな些末《さまつ》な動きも見逃《みのが》さないよう、今この瞬間《しゅんかん》も目を光らせているはずだ。

「自治軍の魔《ま》法士《ほうし》も多くが賢人会議《けんじんかいぎ》に寝返《ねがえ》ってしまったからな」老人達に背を向けたまま苦《く》笑《しょう》し「残っているのは私を含《ふく》めてほんの数人、私もいつか裏切るのではないかと疑われている。

……仕方の無いことだ」

そんな危険を冒《おか》して自分を戦場に投入するのは、これから始まるのが文字通り人類の存亡をかけた作戦だからだろうと、ソフィーは推測している。自分はこれから老人達と共に輸送艦に乗り込み、北極衛星の転送システムが眠《ねむ》るあの地下施設《しせつ》に向かう。そこで待機している研究員と合流し、老人達は以前に転送システムに施《ほどこ》されたロック——システムを起動するための承《しょう》認《にん》者の一覧から、リ・ファンメイともう一人、賢人会議の光使い、セレスティ・E・クラインの名前を削除《さくじょ》する処理を行う。

全てが完了《かんりょう》したら老人達はシステムのロックを解除し、自由になったシステムをベルリン自治軍に引《ひ》き渡《わた》す。

その後で何が行われるのか、ソフィーは知らされていない。

　ただ、引き続き転送システムを防衛し、近づく賢人会議の戦力があればこれを排除《はいじょ》せよ、との命令を受けているのみだ。

「心配は要《い》らない。これは司令部からの信号を受信しない限りただの飾《かざ》りだからな。私は戦えるし、皆さんのことも必ず守る。……ここで詳《くわ》しい話をするわけにはいかないが、どうか安心して欲しい」

「いや……わしらのことはええんじゃがの」

　老人達の足音が止まる。

　ややあって振り返るソフィーに、老人達はひどく悲しそうな顔で、

「なあ、嬢ちゃん。……わしらが言うのもおかしな話かもしれんが、嬢ちゃんはなんでこんなところにおるんじゃ。賢人会議というたか、あっちにいけば嬢ちゃんの仲間もようさんおるじゃろ。シティなんぞさっさと」

「そこまで」

　老人の言葉を鋭《するど》く遮《さえぎ》り、それとわかるように周囲に視線を巡《めぐ》らせる。自分の行動や会話は全て司令部に監視《かんし》されている。下手な発言は老人達に不利益に働くおそれがある。

　意図が伝わったのだろう。老人が慌《あわ》てた様子で言葉を飲み込む。

「感謝する」ソフィーは薄《うす》く笑い「だが、私のことなら心配は要らない。……本当に、私はちゃんと戦えている」

アフリカ海と南極での戦いから戻《もど》ったとき、シティ・ロンドンにメリルの姿は無かった。ペンウッド教室の面々が反逆罪に問われて逃亡《とうぼう》したことも、ファンメイとエドがいつの間にかロンドンの戦場から消えていたことも、全て帰投した二日後に行われた査問の席で知った。

裏切られた、という気持ちはない。

ただ、寂《さび》しさのようなものが、いつまでたっても消えない。

……ずるいではないか。

メリルは上司や仲間達と共に、ロンドンの利害を超《こ》えて人類と魔法士の争いを仲裁《ちゅうさい》するという大事業に取り組んでいたのだという。そんな面白《おもしろ》い話を、メリルは自分に隠していた。もちろん、自分が嘘《うそ》を吐《つ》くのが下手だから、というのが理由だろう。自分に秘密が隠し通せるはずが無い、と友人が判断したのだとしたら、その判断は極《きわ》めて的確だったと言わざるを得ないだろう。

けれど、それでも。

……私の助けは要らなかったか？

そんな言葉が、胸に貼《は》り付《つ》いて離《はな》れない。

だから、ソフィーは戦場に立っている。

「賢人会議が勝てば、人類はいずれ一人残らず滅《ほろ》ぼされる。私の友人も、皆さんもだ。それは困るからな」

賢人会議は南極での戦いに勝利し、衛星に隠されていた雲除去システムを手に入れた。現在の世界はおそらくメリルやペンウッド博士の想定を大きく逸《そ》れ、魔法士の圧倒的《あっとうてき》な勝利という結末に向かっている。

自分はその流れに抗《あらが》い、シティに住む人々を助ける。メリルの手が届かない場所で、メリルに助けられない人たちを助ける。

そうして、いつか再会したときに言ってやるのだ。

どうだ、私はすごいだろう、と。

「恨《うら》みはないのかい？」横から顔を突き出した老婆《ろうば》がしわの深く刻まれた眉間《みけん》をいっそうしわだらけにして「あんたの他の仲間みたいに、シティなんかなくなっちまえとは思わないのかい？」

「難しいな」ソフィーは首をかしげて少し考え「私は他の魔法士のように深くものを考えるのは苦手だからな。もちろん人とは違《ちが》うように生まれて辛《つら》いこともあったが、一方で楽しいこともあったし面白いものも見た。魔法士だろうと人間だろうと、生きているというのはそういうことでは無いのか？」

それに、と剣の柄に指を触《ふ》れる。シティのために戦う騎士、友人を守る剣。そうあれと生み出され、そうあれと戦って、今日まで多くの敵を斬《き》り多くの味方を救ってきた。

誇《ほこ》りと呼べるほど大それたものではないかも知れない。

賢人会議に下った同胞《どうほう》が聞けば思考停止と哀《あわ》れむかも知れない。

それでも――

「生まれてからずっと、これでやってきた」

変異銀《ミスリル》の柄をわずかに引《ひ》き抜《ぬ》き、また戻す。

金属が触《ふ》れ合《あ》う、高く澄《す》んだ音。

「それを、無かったことにはできないんだ」

＊

『――北極方面部隊より入電。ロック解除に成功。北極衛星とのシステムリンクを確立しました』

闇《やみ》に包まれた円形のホールに、オペレーターの声が響《ひび》いた。

ケイトは手元に浮かぶ立体映像の報告書から顔を上げ、周囲に視線を巡らせた。

モスクワ自治軍所属二五〇メートル級情報艦『スヴェート3』艦内《かんない》、作戦室。マザーシステムの停止に備えてシティの軍事区画から指揮機能を部分的に移行された直径百メートルの空間には無数の座席が同心円状に整然と並び、数百人のオペレーターが各国の軍から絶え間なくもたらされる情報と格闘《かくとう》を続けている。

立体映像ディスプレイの燐光《りんこう》に照らされた薄闇《うすやみ》の空間の中央には、白塗《しろぬ》りの巨大《きょだい》な円卓《えんたく》。

ケイトを含めて八名のモスクワ軍作戦将校が座る席のさらに隣《となり》には立体映像で描《えが》かれた他のシティの司令部の面々が連なり、円卓を取り囲んで仮想の合同作戦本部を形成している。

この艦を含めたモスクワ自治軍の全ての飛行艦艇《かんてい》と空中戦車、軍用フライヤーは無線によって後方のシティ・モスクワに接続され、そこから他の五つのシティ、さらにはその周囲に展開している各国の自治軍全部隊を一つの巨大なネットワークに取り込んでいる。

シティとシティの間をつないでいるのは、先日の会議でも利用された、百年前のシティ体制発足《ほっそく》以前に敷設《ふせつ》された極秘《ごくひ》の回線。これを利用することでシティ連合軍は賢人会議の魔法士達に傍受《ぼうじゅ》されること無く通信を行い、緊密《きんみつ》な連携《れんけい》を保った作戦行動を行う手はずとなっている。

とはいえ、この秘匿《ひとく》回線を隠しておけるのも今だけのこと。作戦が始まれば回線の存在はすぐに敵側に露見《ろけん》し、成否に関わらず破壊《はかい》されてしまうことは避《さ》けようが無い。

全ての自治軍を統合してこれほど広域に緻密《ちみつ》な作戦行動が可能となる機会は、二度と無い。

その意味においても、これはやり直しの利かない、捨て身の作戦であると言えた。

『モスクワ自治軍、行動を開始』

『シンガポール自治軍、行動を開始』

ノイズ混じりの映像の向こう、吹雪《ふぶき》の雪原を無数の機影《きえい》が雲霞《うんか》のごとく覆《おお》い尽《つ》くす。六つのシティを飛び立った各国の空軍全戦力——数十隻《せき》の飛行艦艇と数千の空中戦車、数万の軍用フライヤーから成る大編隊はそれぞれの母国を中心に巨大な円形の陣《じん》を敷《し》き、地表の全方位に向けてあらゆる種類のアクティブセンサーを照射する。

作戦の第一段階、『賢人会議の拠点《きょてん》発見を目的とする広域哨戒《しょうかい》、に見せかけた欺瞞《ぎまん》行動』

模式図で描かれた世界地図の上、それぞれの軍のシンボルカラーに塗《ぬ》り分けられた六つの円が少しずつその直径を拡大させていく。

身にまとうカーキ色の軍服に視線を落とし、胸元《むなもと》に縫《ぬ》い付《つ》けられた徽章《きしょう》に指を這《は》わせる。中将の階級と作戦本部の顧問《こもん》の役職を表す金色の飾り。強炭素繊維《せんい》が織り込まれた布地の感触《かんしょく》は固く、それでいてどこか懐《なつ》かしく、十三年前の戦いの日々を否応《いやおう》なく思い出させる。

あの時も、この姿で、この場所に座っていた。

多くの敵が死に、多くの味方が死に、得られた物など何一つ無く、世界はただ滅びに向かって転がり落ち続けた。

「トルスタヤ少将、いや、今は中将か」

ふいに隣席《りんせき》から声。

顔を上げるケイトの前で、同じく中将の階級章を付けた男が敬礼し、

「このような状況《じょうきょう》ではあるが、再び貴官と共に戦えることを嬉《うれ》しく思う」

居並ぶ作戦本部の将校達が次々に右手を掲げて敬礼する。敬礼と微笑《びしょう》でそれに応え、手元の報告書に視線を戻す。

　分かっている。これまでの経緯《けいい》がどうであれ、軍服をまとってこの椅子《いす》に座ったからには私情を挟《はさ》むつもりは無い。人類の持てる戦力を残らず投入し、六つのシティと二億人の命を賭《か》け札にした危険な作戦。その確実な成功のために、あらゆる不要な思考を自分の中から消し去らなければならない。

　それでも、少しだけ考える。

　戦場を去ったあの日から、今日までたどってきた道のことを考える。

　十三年。軍を捨て、多くの仲間と部下を捨て、安寧《あんねい》な日々を願ったこの手には何が残っただろう。戦災孤児《こじ》となったかつての戦友の娘《むすめ》を引き取って自分の娘にし、娘の将来のために教会のシスターになって孤児院の管理を引き受けた。優《やさ》しかった娘は多くの子供に慕《した》われたが、一人の少年を救うために命を落とした。息子《むすこ》のような存在となったその少年はやがて英雄《えいゆう》と呼ばれるようになり、多くの兵士を救った。少年が呼び込んだ不思議な縁《えん》はやがて「世界再生機構」という形を為《な》し、人類と魔法士の未来のために動き始めた。

　けれど、娘と、少年と、子供達の思い出が詰《つ》まった孤児院は戦禍《せんか》に砕《くだ》かれて失われた。幾《いく》つかの不幸な偶然《ぐうぜん》と民衆の悪意に端《たん》を発した炎《ほのお》は世界を呑《の》み込み、人類と魔法士は互《たが》いを滅ぼし尽《つ》くすまで終わらない戦争の道を突《つ》き進《すす》んでいる。

　なにもかもが、失われていく。

　それを押しとどめるには、この手はあまりにも小さい。

『──総員、傾注《けいちゅう》』

頭上のスピーカーから声。我に返って顔を上げる目の前でノイズ混じりの光が集積し、六つの人型を形作る。

円卓のちょうど反対側。六つ並んだ空席に出現する、六つのシティの最高指導者たち。各国の将校と周囲のオペレーターが立ち上がって最敬礼し、ケイトもそれに倣《なら》う。

中央に座る軍服姿の初老の男──モスクワ自治軍最高司令官セルゲイ・ミハイロヴィチ・ヤゾフ元帥《げんすい》が各国の将校に略礼を返し、他の五つのシティの代表がそれに倣うように順に右手を掲げる。

一番右端《みぎはし》に浮かぶ女性、ニューデリーのルジュナ・ジュレ主席執政官《しっせいかん》と視線が交差する。端正《たんせい》なその顔に一瞬《いっしゅん》だけ疲《つか》れたような微笑が浮かび、すぐに消え去る。

『みなさん、どうぞお座りください』左から二つ目の席に座る金髪《きんぱつ》の女性、ロンドンのサリー首相《しゅしょう》が優雅《ゆうが》な手つきでその場の全員を制し『このような状況です。演説の類いは抜《ぬ》きにしましょう。──まずは私《わたくし》から』

レースの白手袋《てぶくろ》に包まれた首相の手のひらの上に、立体映像で描かれた小さな杖《つえ》が出現する。杖は円卓の上を滑《すべ》るように移動し、中央で静止する。次いでニューデリー、マサチューセッツ、モスクワ、シンガポール、最後にベルリン。六つの自治軍の指揮権を表す杖が円卓の中央に集まり、一本の細い杖に姿を変える。

単なる形式的な手続きではない。

これから作戦終了《しゅうりょう》までの数時間の間、各国の軍の間に存在するはずのあらゆるセキュリティは取《と》り払《はら》われ、一つの巨大な軍隊として戦略システムの上で統合されることになる。

全軍の指揮権を預かるのはモスクワのセルゲイ・ミハイロヴィチ・ヤゾフ元帥、補佐役は次いで軍歴の長いシンガポールのリン・リー首相が務める。飛行艦艇三百五十二、空中戦車六万、軍用フライヤー二十八万、兵員総数百二十万。十三年前の大戦における複数のシティ間の決戦に匹敵《ひってき》する大戦力が、北半球のほぼ全域を戦場とした作戦行動を開始する。

『さすがに、少しばかり緊張しますね』マサチューセッツのウェイン上院議長が自国の将校達に穏《おだ》やかな視線を巡らせ『では始めましょう、と言いたいところですが……』

言葉が途《と》切《ぎ》れる。

学者然とした風情《ふぜい》を漂《ただよ》わせるマサチューセッツの最高権力者は隣席の老人に困惑《こんわく》したような視線を向け、

『ホルガー首相、やはりお気持ちは変わりませんか』

各国の指導者はマザーシステムの停止によって機能のほとんどを失うシティを離れ、それぞれの軍の飛行艦艇内に居城を移している。軍の指揮権を統合したとはいっても作戦の中でそれぞれのシティ独自の判断が必要な場面は当然予想されるし、また、作戦の中でシティ間の通信網《もう》が破壊されれば各自治軍は個別に行動することになる。この判断は当然のことだ。

が、ただ一人。

ベルリン自治政府首相、ホルガー・ハルトマン。車椅子《くるまいす》に座った矮軀《わいく》のその老人だけは、シティの中、それも今回の作戦において最も危険が予想されるマザーシステム内部の臨時司令室からこの場に参加している。

『事がマザーシステムに絡《から》むことなればの』老人はくぐもった笑い声をあげ『仮に不測の事態があれば、誰《だれ》かが決断を下さねばならぬ。じゃが、マザーシステムに関するあらゆる決定には国家元首の承認が必要となるのがシティ・ベルリンの法。なれば、儂《わし》がここにとどまるのが道理であろう？』

ですが、と言いかけたウエイン上院議長が息を吐いて口をつぐむ。他国の代表者達も次々に諦《あきら》めの態度を示す。

『では、始めようか』モスクワのセルゲイ元帥が円卓に浮かぶ仮想の指揮杖を摑《つか》み『トルスタヤ中将、全軍に通達を』

巌《いわお》のようなその言葉に、十三年前のあの日と同じように敬礼で応える。目の前の通信画面に手をのばし、広域通信用の回線を開く。

勝利しても、何かが得られる保証は無い。

だが、敗北すれば確実に全てが失われる。

……今は、ただ、為すべき事を。

闇の向こうに、遠い日の娘の顔が浮かぶ。

ケイトは目を閉じ、一度だけ深く息を吸い込んだ。

＊

作戦の開始を告げる声が、頭上の闇の向こうで聞こえた。

錬《れん》は座り込んだまま顔を上げ、また視線を落として手の中のサバイバルナイフをぼんやりと眺《なが》めた。

『──確認《かくにん》いたしますが、本作戦の要諦《ようてい》は徹底的《てっていてき》な陽動と遅滞《ちたい》にあります』

膝《ひざ》の近くに浮かぶ通信画面から穏やかな女性の声が流れる。シスター・ケイト、いやケイト・トルスタヤ中将。今回の作戦の参謀《さんぼう》長を務めるその女性は修道服の代わりにモスクワ自治軍の軍服に身を包み、全世界の全ての将兵に語りかけている。

『マザーコアが暴走状態になればシティの防衛機能は使えない。故《ゆえ》に籠城《ろうじょう》は有効な選択肢《せんたくし》となり得ません。いかに賢人会議の目をシティから逸らし、「敵拠点をあぶり出すための大規模な哨戒作戦」と誤認《ごにん》させるか。これが計画の第一段階となります』

シティ・ベルリン第二十階層、マザーシステム中枢《ちゅうすう》。闇の中に浮かぶ作業通路には幾つもの計器と作業端末《たんまつ》が並び、様々な形状のディスプレイが不規則な明滅《めいめつ》を繰《く》り返《かえ》している。数分前までは研究員が目の前を慌ただしく行《い》き交《か》い、最後の調整を施していた。その作業も既《すで》に完了し、全員が隔壁《かくへき》の向こうに消えた。

人気が絶えた、闇の中。

あるのは、遠くに浮かぶシティ・ベルリンのマザーコアと、背後の生命維持槽《いじそう》に浮かぶ少女と、自分。ただそれだけ。

『ですが、マザーコアが本格的な暴走状態に入り南極衛星へのアクセス経路が確立されればこちらの意図はすぐに敵に露見する。そこからが計画の第二段階。ベルリンを除く五つのシティに配置された部隊は付近の敵に対して徹底的な消耗《しょうもう》戦を仕掛《しか》け、敵のベルリンへの集結を阻《そ》害《がい》します』

どうしてこの人はこんな格好でこんな話をしているのだろう、と通信画面を見下ろして思う。シスター・ケイトがかつてモスクワの軍人だったことは知っている。優秀《ゆうしゅう》な指揮官だったということも。それが軍に復帰する。何があったのか、世界再生機構はどうなったのか、何より、共にいるはずの月夜《つきよ》は無事なのか――

ディスプレイを消去し、目を閉じる。

考えることにも、苦しむことにも、もう疲れてしまった。

『ご承知の通り、今回の作戦においてベルリンのマザーコアと他の五つのシティのコアは主動力と補助装置の関係にあります。仮に五つのシティの幾つかを失ったとしても計画の続行は可能ですが、ベルリンが陥落《かんらく》すればその瞬間に我々の敗北は決定する。そこで五つのシティを囮《おとり》に使う……と言いたいところですが、魔法士相手にそのような偽装《ぎそう》は無意味でしょう。南極衛星に対する攻撃《こうげき》を開始した瞬間から敵の攻撃目標はベルリンに定まり、全ての戦力がヨーロッパを目指して移動を開始する。その前提で、我々は状況を適切に判断せねばなりません』

自分が何をやっているのか分からない。シンガポールの地下で真昼《まひる》の亡骸《なきがら》を見たあの日から、時計の針は一秒も進んでいない気がする。フィアを人質《ひとじち》に取られ、シティに命じられるまま南極衛星でサクラと戦い、破れ、地上に叩《たた》き落《お》とされ、そうしてまた流され続けて、気がつけばこの場所に座っている。

少女は、シティと人類を救うために自らを投げ出し、

自分は、そんな少女の命がけの戦いを手助けしなければならない。

ホルガー・ハルトマン。ベルリンの最高指導者である老人によると、自分はこの作戦における最終防衛線なのだという。マザーコアが収められたこの球形の区画を死守し、作戦終了までフィアとマザーコアを守《まも》り抜《ぬ》く最後の砦《とりで》。

だが、たとえ全てが上手《うま》く行ったとしても少女が無事でいられる保証などどこにも無い。

六つのシティのマザーコア全てを演算装置として束ね、雲を抜けて大気制御《せいぎょ》衛星まで回線をつなぐ。それがどれほど途方《とほう》も無《な》い作業か、想像しただけで気が狂《くる》いそうになる。

どうしてこんなことになってしまったのだろう。自分はただ幸せでいて欲しかっただけだ。

兄と、姉と、愛する少女と、あの町で共に暮らす人々と、旅で出会った仲間と、自分と手をつないでくれたたくさんの優しい人と、その全てに笑って欲しかっただけだ。

だが兄は死に、少女もまた自分の目の前で死地に立たされようとしている。

自分にはどうすることも出来ない。

世界を覆《おお》う巨大な渦《うず》に絡め取られて、気がつけば自分の意思では指一本動かせなくなってしまっている。

——考えなければいけません。その間違《まちが》いはいつか——

膝の間に顔を埋《うず》め、両手で頭を抱《かか》えて耳をふさぐ。聞きたくない。もううんざりだ。いったい自分にどうしろと言うのか。確かに自分は今日まで、明確な道を定めずに走り続けてきた。人類のために賢人会議を敵とすることを拒絶《きょぜつ》し、魔法士のためにシティを敵とすることも否定し、ままならないこの世界を当てもなくさまよい続けてきた。だが、それはそんなに悪いことなのか。悪いことだから罰《ばつ》を受けるのか。兄が死んだのも少女が苦しんでいるのも、全て自分のせいだとでも言うのか。

——疲れた。

悩《なや》むことにも、迷うことにも、もう疲れてしまった。

『……錬さん』

背後から少女の声。振り返ることも顔を上げることも出来ないまま、生命維持槽に背中を預ける。

心の声は、聞こえない。

マザーコアとの接続のために特殊《とくしゅ》な調整を施されている今、少女の能力で互いの心をのぞき見ることは出来ない。

「……なに？」

『怒《おこ》ってますか？』

ずいぶん前に、同じ言葉を聞いた。ニューデリーで、少女が誰かをマザーコアにする手助けをすると決めた時のこと。あの時、自分は少女にごめんと言った。自分は自分を取り巻く世界と向き合わなければならないと。シティが魔法士の犠牲《ぎせい》によって成り立つ現実を直視しなければならないと。

だけど、今は。

「心配しないで……。フィアは僕が守るから」少女に背を向けたまま、どうにか言葉を絞《しぼ》り出《だ》す。「絶対に誰にも近づけさせないし、邪魔《じゃま》もさせない。だから早く終わらせよう。終わらせて、それで、こんなことはこれで最後にしよう」

そうだ、と心を無理やり奮い立たせる。今はただ、この子の事だけを考えよう。この子が人類のために戦うと決めたのなら、その手助けをしよう。

そうして、全てが上手くいって、この子がかつての悲しい出来事を、たくさんの人を犠牲にして生き残った自分を許せるようになったら。

その時は今度こそ、この子が静かに幸せに暮らせるように、そのためだけに戦おう。

人類と魔法士の行く末。世界の命運。そんなものはきっと最初から、自分の小さな手につかめる物では無かったのだ。それをつかめるくらい大きな手を持っていたのは兄の真昼で、その大きな、温かい、優しい手は永遠に失われてしまったのだ。

『錬さん……あの……私……』

「大丈夫《だいじょうぶ》、きっと上手くいく。上手くいったらここから逃《に》げて、家に帰ろうよ。弥生《やよい》さんも、町のみんなもきっと喜ぶよ。それで、月姉も呼んで、また前みたいに暮らそう」

『聞いてください、私は……』

「真昼兄のお墓を作って、お葬式《そうしき》もやって……それが終わったら、なにか楽しいことをしようよ。フィアはなにがしたい？　なんでも言ってよ。僕に出来ることなら」

『錬——！』

思いがけなく強い声。

反射的に振り返り、息を呑《の》む。

円筒《えんとう》ガラスの内側に両手を押し当てる、少女の姿。

それを目にした瞬間、呼吸することを忘れる。

「……あ……」

フィアは綺麗《きれい》だった。

本当に、見たこともないくらい綺麗だった。

金糸をすいたような長い髪《かみ》が、淡《あわ》い光に照らされて煌《きら》めいていた。大きなエメラルドグリーンの瞳《ひとみ》はいつもと同じように優しく、けれどもいつもより少しだけはっきりと、ガラス筒《つつ》の向こうにうずくまる少年を見下ろしていた。たおやかに唇《くちびる》を引き結んだその表情は思いがけなく強く、かすかに紅潮した白磁の頬《ほお》は神々《こうごう》しさすら感じさせた。

白い貫頭衣《かんとうい》を薄桃色《うすももいろ》の羊水に揺《ゆ》らめかせるその姿は、幼い頃《ころ》に物語で見た天使のようで。

ほんの数秒、何もかも忘れて、錬は見とれた。

『――私は逃げません』

強い声。

それが目の前の少女のものだということに気づくのに、しばらく時間がかかる。

『自分で決めたんです。たくさんの人たちのために、自分に出来ることをするって』フィアは両手を胸の前で組み合わせ『あのおじいさん……ハルトマンさんは「嫌《いや》なら逃げてもいい」って言ったんです。出ようと思えばここからいつでも出られるんです。だから、私は大丈夫です。少し怖《こわ》いけど、でも私はここで頑張《がんば》れます』

声が途切れる。

呆然《ぼうぜん》と見上げる錬の前、少女はふいに表情を崩《くず》し、泣き出しそうな顔で、

『だから泣かないで。そんな苦しそうな顔、しないでください』

「……え……？」

言われて初めて気づく。両手をこわごわと目の前に広げ、目頭《めがしら》と頬を指で何度かなぞる。

冷たく濡《ぬ》れた感触が幾筋も頬を伝い落ちて、
ようやく、自分が泣いていることを理解する。

喉《のど》の奥から漏《も》れる嗚咽《おえつ》を抑えることが出来ず、作業通路の冷たい床《ゆか》にうずくまる。真昼が死んだあの日から流れることのなかった涙《なみだ》が、堰《せき》を切ったように溢《あふ》れて闇の中に次々に跳《は》ねる。

分からない。自分がどうして泣いているのか、どうすればこの涙を止められるのか分からない。

世界は大きくて、大きすぎて、残酷《ざんこく》で、その中で自分はとても小さくて、無力で、目の前の一人の少女のために本当は何をしてあげれば良いのかどんなに考えても何一つ分かってあげることができない。

『――錬は、なにがやりたいですか？』

不意に、少女の声。

驚《おどろ》いて顔を上げる錬に、フィアはガラス筒の向こうで優しく微笑《ほほえ》み、

『私も錬の言う通り、あの町に帰りたいです。みんなで静かに楽しく暮らして、おかあさんに新しい料理も習いたいです。でも、きっとそうはならない。この作戦が終わっても時間は少し

前に戻るだけで、戦争は続くし世界はいつか滅びます』

淡い光の中にたゆたう、天使のような少女の姿。

『その時、錬はどうしますか？　どこに行って、なにがしたいですか？　錬は、この世界にどうなって欲しいですか？』

僕は、という声にならない呟き。

少女は生命維持槽の中で闇の向こうの空を見上げ、

『私はきっと、あの衛星まで行って帰ってきます。必ず、錬の所に帰ってきます。だから、それまでに考えておいてください。それで、その答を私にも教えてください』

無意識に伸ばした手が、ガラス越《ご》しに少女の手のひらに触れる。

無限のような、静寂《せいじやく》。

フィアはガラスから体を遠ざけ、触れ合った手を愛おしむように胸に抱《だ》きしめた。

『約束ですよ』

＊

異様な一日の始まりだった。

その朝、全てのシティに住む全ての市民は、公営放送の回線から流れる不快な重低音による目覚めを余儀《よぎ》なくされた。

明け方四時。何事かと訝《いぶか》しむ市民に、回線の向こうの声はこれがシティの外に変化を悟《さと》られぬよう構成された特殊な周波数のサイレンであること、現時刻をもって世界に残された六つのシティ全てが戒厳《かいげん》令下に入ったことを告げた。

夜間照明の闇を這う無数の淡い光。それが市街地全域に展開された兵士が手にする誘導灯《ゆうどうとう》だと人々が理解するのに、長い時間はかからなかった。完全武装の兵士達は放送の指示に従って家の外に出た市民の群れを輸送用フライヤーに乗せ、第一階層のさらに下へと運んでいった。

百年前にシティが生み出された際に、地球外からの隕石《いんせき》の落下といった想定外の大規模災害に対処するために建築計画に組み込まれた広大な地下シェルター。市民の中にはかつての大戦時にこの空間で暮らした経験を持つ者も多く、無機質な白塗りの避難《ひなん》所が薄闇の中に隙間《すきま》無く立ち並ぶ様は否応なく人々の不安をかき立てた。強化カーボンとコンクリートで組まれた避難所の中にはシティ周辺の町からかき集められた避難民がすでに押し込まれていて、暗く淀《よど》んだ彼らの視線に市民の多くはすくんだように足を止めた。

敵の攻撃目標という意味においてもマザーコアの暴走という意味においても最も危険度の高い第二十階層から市民を可能な限り遠ざけるのは、シティの為政者《いせいしゃ》に許された最大限の配慮《はいりょ》だった。二億の人類を一時的にせよシティの外に隔離《かくり》し、安全を確保する手段は無い。彼らには三日分の最低限の食料と水、そして防寒着が支給された。質問は許されなかったが、兵士達は人々に親切に接し、その表情は心なしか高揚《こうよう》しているように見えた。全ての市民と避難民が所定の区域に収まると、人々の前に立体映像の画面が現れた。

映し出される各シティの指導者の姿に、市民の間にどよめきが走った。

薄闇の中、不安そうに見上げる無数の視線を前に、彼らの指導者は語り始めた。

六つのシティの自治軍は手を取り合い、今日、賢人会議に対して大規模な反攻《はんこう》作戦を行う。計画は入念に準備された完全なものだが、実行にあたってシティの全ての機能を一時停止させる必要がある。と言っても、そう長い時間では無い。明日の朝までにはあらゆる問題は解決され、我々は数週間前までの日常を取《と》り戻《もど》すだろう――

そう告げる指導者の言葉に、人々はただうなずくしかなかった。

全ての住民が退去し、閑散《かんさん》とした市街地には、無数のフライヤーの駆動《くどう》音と兵士達の足音だけが残された。陸軍の多くはマザーシステムとそれを中心とした階層の全域、さらに外部からの突入口《とつにゅう》となりうる各階層のポートと階層間バイパス道に展開された。残る部隊は空軍と共にシティ・ベルリン周辺の防衛の任についたが、賢人会議側に動きを悟られないために彼らには作戦開始直前まで世界の各地で広域索敵《さくてき》を行い、『賢人会議の拠点を発見するためのローラー作戦』を偽装する任務が与《あた》えられていた。

立体映像ディスプレイの向こうに広がる鉛色《なまりいろ》の空。兵士達はその向こうにいつ現れるかも知れない魔法士の姿に絶えず目を光らせた。アフリカ海と南極の戦いで多くを失った軍が兵士に与えた装備は十分とはいえず、兵士の方も前回の戦闘《せんとう》で受けた傷が完治していない者がかなりの割合でいた。彼らの役目は向かってくる魔法士を撃退《げきたい》することではなく盾《たて》となって作戦完《かん》遂《すい》までの時間を稼《かせ》ぐことであり、計画の中で彼らの生死が一切考慮《いっさいこうりょ》されていないことは明らかだった。

ある者はシェルターに避難している家族を思い、妻と娘にしたためた遺書を自室のデータベースに収めた。

ある者はアフリカ海の戦いで炎に呑まれた戦友を思い、形見の認識《にんしき》票と秘蔵の酒を酌《く》み交《か》わした。

説明を与えられないままシェルターに押し込められた市民や避難民と異なり、兵士達には今回の作戦の詳細《しょうさい》——つまり、マザーシステムを人為《じんい》的に暴走させるという計画が知らされていた。意外なことに、いずれの自治軍でも目立った混乱は見られなかった。話の途方《とほう》もなさが現実感を鈍《にぶ》らせた、というのももちろん理由の一つではあっただろうが、それ以上に兵士達の覚悟《かくご》という部分が大きかった。南極大陸での絶望的な戦いとそこで目《ま》の当《あ》たりにした賢人会議の脅威《きょうい》が生き残った兵士達に与えた衝撃《しょうげき》はそれほどのものだった。

このままいけば人類は滅びる。確実に滅びる。ここで戦い勝利しなければ、I—ブレインを持たない自分たちは本当に根絶やしにされる——その認識は、兵士達を戦場に立たせるのに十分なものだった。本当に上手くいくのかと、たとえ内心で考えたとしても口に出す者は一人もいなかった。どうか成功して欲しい。たとえ先の見えない世界であっても、少なくとも市民が戦火にさらされることの無かった日常を取り戻して欲しいと、兵士は祈《いの》るような気持ちで短機関銃《じゅう》を握《にぎ》りしめた。

――西暦《せいれき》二一九九年十月二十七日午前十二時、作戦開始。

市街地を照らしていた昼間照明の光が絶え、獣《けもの》の唸《うな》りに似た鳴動が全てのシティを包み始めた。

*

無数の金属が軋《きし》むような異様な音が、頭上の遠いところで聞こえた。

弥生は床に座り込んだまま膝を抱え、目を閉じて唇を噛《か》んだ。

「大丈夫か？　弥生」

隣に座る白人の大男――ヴィドが問う。大丈夫と呟き、男に顔を向けて笑ってみせる。

「ならいいけどよ……」男はため息交じりに頭をかき「とにかく、薬だけはいつでも飲めるように準備しとけよ」

シティ・モスクワの地下。兵士の指示で押し込まれたシェルターは白い壁《かべ》と低い天井《てんじょう》に囲まれた円形の空間で、何百人かが自分達と同じように床に座ってうつむいている。地下階層に入ってこの場所に連れてこられるまでの間に、ここと同じ構造のシェルターを数限りなく見た。おそらくだが、モスクワに住むほとんど全ての人間が自分達と同じようにこの地下に収容されているのではないかと思う。

　何が起こっているのかは、分からない。

　ただ、案内の兵士の様子から、何か途方も無いことが始まろうとしているのだけは分かる。

「しかし俺達も運がねえな。軍に捕《つか》まってシティに連れてこられたと思ったら、まさかこんなことになるとは」

　ヴィドの言葉に、本当ね、とうなずく。

　あの日からたったの十日しか経《た》っていないことが、今でも信じられない。

　弥生達が暮らしていたアジア地方の小さな町は突如《とつじょ》として現れた軍の襲撃《しゅうげき》を受け、錬とフィアは連れ去られた。残された弥生達は数日後に保護の名目で住民丸ごと軍の輸送艦に収容され、そのままこのモスクワへと送られた。

　全ての人類の殲滅《せんめつ》を謳《うた》う賢人会議から人類を守るためにシティの自治軍は世界中に点在する「シティに属さない町」から住民をかき集めて保護しており、自分達もそうして連れてこられたのだと後になってから知った。モスクワの各階層の外周付近に位置する広大な緑地は残らず整備されて仮設の住居が敷《し》き詰《つ》められており、弥生もヴィドもそんな家の一つで暮らすことになった。

だが、そのわずか一週間後にまたしても状況は激変。

まだ夜も明けない時間に叩《たた》き起《お》こされた自分達は兵士の指示で存在することさえ知らなかった地下階層行きのバイパス道を抜け、今、こうしてこのシェルターにいる。

「……フィアと錬ちゃんは、大丈夫かな」

ぽつりと呟き、天井を見上げる。

非常照明のわずかな明かりに照らされた闇の向こう、シティの第一階層が存在する方向からは、重苦しい異音が絶え間なく響いている。

「大丈夫だ」ヴィドは弥生の手を強く摑み「賢人会議に味方してるわけでもねえあいつらを軍が連れて行ったたってことは、利用価値があるってことだ。なら殺されやしねえ。必ずどこかで無事でいるはずだ」

「そう……ね。そうよね」

根拠《こんきょ》など無いはずの男の言葉にうなずく。無意識に両手を胸の前で組み合わせ、目を閉じる。

……誰か、誰でも良《い》いから、あの子達を守って……

少女と少年の姿を心の中に思《おも》い描《えが》く。かつて娘を失い、世界に何の希望も見いだせなかった自分の心をあの二人がどれほど慰《なぐさ》めてくれたか、自分はまだ二人に伝えたことが無い。真昼は町を旅立って、二度と帰らなかった。同じようにあの子達のどちらか片方でも失われてしまったら、自分は今度こそ立ち上がることが出来ないかも知れない。

……だから、どうか……


頭上の音が激しさを増す。周囲の人々が悲鳴を上げる。

断続的に明滅する非常照明の明かり。

弥生は組んだ両手に額を押し当て、必死に祈り続けた。

＊

自治軍の動きがおかしい、というのが隻眼《せきがん》の騎士、グウェン・ウォンの第一声だった。

自己領域による重力制御で降り立ったイギリス北部の雪原。ディーは頭上から飛来する荷電《かでん》粒子《りゅうし》の雨をかいくぐり、男と背中合わせの格好で両の騎士剣を構えた。

「おかしいって、どういうことですか？」

絶え間ない爆音《ばくおん》が一面に轟《とどろ》き、噴《ふ》き上《あ》がった雪煙《ゆきけむり》が冷気と熱に曝《さら》されて絶え間なく結晶《けっしょう》化と再蒸発を繰り返す。見渡《みわた》す限りの空を覆うのは飛行艦艇と空中戦車の大艦隊《かんたい》。荷電粒子砲《ほう》と電磁射出砲の砲口《ほうこう》を地上に向け、熱と衝撃の豪雨《ごうう》を叩《たた》きつける。

「先ほどニューデリー方面の部隊から報告があった」グウェンは片刃《かたは》の騎士剣で飛来する高速弾体《だんたい》を一薙《な》ぎに払《はら》い「自治軍の艦隊と接敵し、これと交戦したのだが、どうも敵軍の動きが『的確過ぎる』らしい」

攻撃は世界の各地で何の前触《まえぶ》れも無く始まった。六つのシティ全ての自治軍による大規模な同時作戦。数十個師団——人類が保有する航空戦力のほぼ全てであろう数百の飛行艦艇と数万の空中戦車、数十万の軍用フライヤーの大艦隊はシティ周辺の空を円形に埋《う》め尽《つ》くし、砲撃《ほうげき》を繰り返しながらその半径を少しずつ広げ始めた。

敵が地下に対して執拗《しつよう》に探査を繰り返していることと傍受した幾つかの通信の内容から、作戦の目的が世界各地に点在する賢人会議の拠点を発見、破壊することなのは明白だと思われた。折悪く雲内部の回線状態は不調で、南極衛星のサクラとは連絡《れんらく》が取れない。敵の布陣《ふじん》から見て、地下に隠れてやり過ごすことは不可能。ディーは他の前線指揮官たちと連絡を取り合い、こちらから打って出ることに決めた。

目的は戦力を分散した敵を各個撃破《げきは》してシティの戦力を削《そ》ぐこと。

現在、賢人会議の全メンバーのおよそ半数が攻撃のために各地の拠点から出撃《しゅつげき》。残りの半数は万が一に備えて、シティからより遠く、発見されにくい位置にある別な拠点への撤退《てったい》準備を進めている。

「的確すぎる、って?」

「こちらの被弾《ひだん》率が想定より遙《はる》かに高い」グウェンは五十倍加速で地を蹴《け》って側方に跳躍《ちょうやく》、釣瓶《つるべ》打《う》ちに雪原に突《つ》き立《た》つ荷電粒子の槍《やり》を寸前で回避《かいひ》し「まるで、敵側がこちらの戦力配置や戦術レベルの動きをあらかじめ知っていたかのようだ、とのことだ」

「動きをシミュレートされてる……」ディーも同時に地を蹴ってその動きに追随《ついずい》し「それでこの大規模攻勢《こうせい》、ってことですか？」

あり得ない話では無い。賢人会議に属する魔法士の大半は元々シティの自治軍に所属していた軍人だ。各シティがその当時の資料を出し合ってデータベースを構築し、持てる計算資源の全てを投入したなら、彼らの動きを計算し尽くすことは困難ではあっても不可能では無い。

「時間が経てば経つほど戦力差が自分たちの不利に傾《かたむ》いていくのはシティ側も承知のはずだからな」グウェンは片刃の騎士剣を肩《かた》に担《かつ》ぐように構え「わずかでも優位が確保できるうちに行動を起こすというのは妥当《だとう》な判断だ」

周囲に幾つもの爆発《ばくはつ》が巻き起こり、機能を失った軍用フライヤーが次々に地表に突《つ》き刺《さ》さる。防爆《ぼうばく》仕様の外套《がいとう》を羽織った十数人の炎使いが砲撃の隙間を縫《ぬ》って頭上を飛《と》び交《か》い、巨大な空気結晶の槍を敵陣《てきじん》の中央に突き立て金属の融点《ゆうてん》を超える高熱を絶え間なく叩きつける。

だが、敵は止まらない。

空を埋め尽くして津波《つなみ》のように迫《せま》る戦列。その圧力に抗《こう》しきれず、仲間達は少しずつ後退していく。

「戦況《せんきょう》の見直しが必要ですね。ここはどのくらい持ちこたえられますか――？」

言葉と同時に自己領域を展開、瞬時《しゅんじ》に数十メートルの距離《きょり》を飛翔《ひしょう》して空中の炎使いをかばう位置に出現する。眼前に迫る複数の高速弾体を情報解体で打《う》ち払《はら》い、右手の騎士剣『陰《いん》』を足場に再度跳躍。手近な空中戦車三台の演算機関に次々に剣を突き立て、身を翻《ひるがえ》して雪原に着地する。

「五分だな。それ以上の戦闘も可能ではあるが、こちらに無用の損耗《そんもう》が出る」同様に二台の空中戦車を屠《ほふ》ったグウェンが自己領域と共に背後に出現し「こうなると第一級《カテゴリーA》のメンバーの大半が回復待ちなのは痛い。戦力の浪費《ろうひ》を避けるためにも、拠点の放棄《ほうき》はやむを得ん」

アフリカ海と南極での戦いで賢人会議が被《こうむ》った損耗は小さな物では無い。魔法士達の多くは未《いま》だに本格的な戦闘に耐《た》える状態ではないし、ディー自身も脳内の蓄積疲労《ちくせきひろう》がまだ六十パーセント程度にしか回復していない。

それは戦闘の激しさだけに起因する物では無い。

精密機械であるI―ブレインの調整に必要なシステムの不足――その問題が、賢人会議の内部では徐々《じょじょ》に顕在《けんざい》化しつつある。

元々、シティに所属していた多くの魔法士はそれぞれの研究機関で専門のスタッフによる最高レベルのメンテナンスを受けていた。在野の魔法士は過酷《かこく》な戦闘状況に身を置く機会が少なく、そこまで高水準の環境《かんきょう》を必要としなかった。賢人会議に集った後は、全ての魔法士の調整役を真昼が請《う》け負《お》った。青年の知識と技術はシティの研究者を軽く上回る物で、魔法士達は何の不自由もなく自身の能力を十全に発揮することが出来ていた。

その真昼が死に、アフリカ海の本拠地《ほんきょち》をも失ったことで、体制に不備が生じた。

機材の不足、システムの不足、なにより、真昼が個人の知識として保有していたI―ブレインの構造に関する膨大《ぼうだい》なノウハウの喪失《そうしつ》――それらの要素が、魔法士各人のI―ブレインの疲労回復速度低下という明確な数値をもって組織全体の戦力へと跳《は》ね返《かえ》りつつある。

「では、撤退行動は予定通りに」

「ああ」グウェンは炎使いたちに手の動きで計画変更《へんこう》のサインを送り「そもそも、敵のこの動きは単なる無謀《むぼう》だ。いかに動きをシミュレートしようとも、総合的に見た戦力の損耗は向こうの方が遥かに大きい。余計な負傷者を出さなければ、状況は我々に有利だ」

頭上を飛び交っていた炎使いの一団が次々に周囲に着地する。「グウェンさん、これで全員だよ！」という甲高《かんだか》い声。この場で唯一《ゆいいつ》の第一級の炎使いである少女が、空気結晶の盾を張《は》り巡《めぐ》らせ熱量攻撃をまき散らしながら、仲間を伴《ともな》って後方に退いていく。

「グウェンさん、先に！」

言うと同時に地を蹴り、自己領域を展開して飛翔する。途中《とちゅう》で五台の空中戦車に剣を突き立て、雪中迷彩《めいさい》色の装甲《そうこう》を足場にさらに高高度に跳躍。戦列の上空を飛ぶ五百メートル級飛行艦艇の巨大な装甲の上端《じょうたん》に取り付き情報解体を発動。自由落下に任せて飛行艦艇の装甲を飴《あめ》細工のように切《き》り裂《さ》くと、眼下の地表で後退中の炎使いの少女がその亀裂《きれつ》に超《ちょう》高温の熱塊《ねっかい》を叩きつける。

連鎖《れんさ》的に発生する幾つもの小爆発。

巨大な船体が大きく右に傾き、そのまま戦列を離れて後方に退いていく。

自己領域を再度展開し、味方に追いつく形で数百メートル離れた雪原に着陸。待ち構えていたように地面が大きく左右に割れ、地中に隠れていた人形使いの少年が中型の輸送フライヤーと共に姿を現す。先日の小規模な戦闘の際にロンドン自治軍から鹵獲《ろかく》した一台。現状の賢人会議においては貴重な長距離《ちようきより》移動手段だ。

「——みんな乗って！　早く！」

炎使いの一団とグウェン、ディーが機内に乗り込み、最後に人形使いの少年が操縦席に座る。

少年がハンドルを握ると周囲の地面が陥没《かんぼつ》。フライヤーは人形使いのゴーストハックによって地中に穿《うが》たれたトンネルの中を滑るように飛び始める。少年はさらに有機コードを自分のうなじに押し当て反対側の端子《たんし》を正面のコンソールに接続。I－ブレインのサポートを受けた演算機関が出力を増し、本来の最高速度を大きく超《こ》えて機体が加速する。

「モスクワ方面とベルリン方面から連絡あったよ」少年は機体の正面を見つめたまま立体映像の通信画面を肩越しに投《な》げ渡《わた》し「あっちも一度戦線を下げるって」

受け取った画面の中に出撃部隊の一覧を発見する。周囲に気づかれないようにファイルを開き、メンバーにセラの名が無いのを確認して安堵《あんど》の息を吐く。

少女は今頃《いまごろ》ベルリンに近い拠点で撤退の準備を行っている。少女の戦力を考えればこの状況では真っ先に出撃メンバーに選ばれるはずだが、以前から少女を生活面の責任者として後方支《し》援《えん》に回すよう手を打っておいたのが功を奏した。

「ミーシャ、大丈夫か？　その怪我《けが》……」

「だいじょうぶ……けっこう痛いけど、応急処置はしたから」

目の前に座った炎使いの青年が、隣の少女を気遣《きづか》う。少女の腕《うで》は半ばであらぬ方向に折れ曲がり、固定のために巻かれた包帯からは血がにじみ出している。

無意識に顔を伏《ふ》せ、その態度が不審《ふしん》に思われるのでは無いかと不安に駆《か》られてすぐに顔を上げる。

目の前の二人から視線を逸らし、心の中で深く息を吐《は》き出《だ》す。

……裏切り者、だね……

セラが持つ光使いの能力はシティの通常戦力相手にこそ真価を発揮する物であり、I－ブレインの疲労度も第一級《カテゴリーA》のメンバーの中では最も小さい。仮に少女が出撃メンバーに参加し、この場に居たなら、戦況はこちらに圧倒的に有利なものとなり味方が負傷することもなかっただろう。

分かっている。

これが組織と仲間に対する重大な背信行為《こうい》だということはもちろん分かっている。

発覚すればただでは済まない。個人として責任を問われることはもちろん、自分とセラが賢人会議の最古参のメンバーである事を考えれば、最悪、組織全体の瓦解《がかい》へとつながる危険性すらある。

だが、そのリスクを差し引いたとしても、セラを戦場に立たせることは出来ない。

少女がこれ以上人を殺さない戦いを続ければ組織の中での立場は確実に悪化していくし、何より少女の心が保たない。

自分に出来ることはただ一つ。あの子を可能な限り戦いから遠ざけ、その間に少しでも早くこの戦争を終わらせることだけ。それをセラがどう感じるかについては考えないようにする。

自分一人が安全な場所にいる間に多くの人が傷つき、死に、最後に人類全てが滅び去って自分が安全に暮らせる世界が訪《おとず》れたとして、あの子がそれを嘆《なげ》き、悲しむに違いないことも今は全て無視する。

自分も、他の誰も、神さまでは無い。

選び取ることが出来る道は常に一つしか無く、もはや立ち止まる術も無い。

「……あれ?」

ふいに操縦席から声。人形使いの少年がハンドルから手を放し、怪訝そうに計器の表示をのぞき込む。

「どうした?」

「あ、グウェンさんごめん」少年は隻眼の騎士を振り返り「演算機関の調子がおかしいっていうか……動いてるんだけど、なんか数値が大きすぎるっていうか……」

要領を得ない説明にグウェンが眉《まゆ》をひそめ、操縦席に身を乗り出す。

瞬間――

（高密度情報制御を感知。観測限界を超過《ちょうか》。計測不能）

これまで見たことも無い警告メッセージが、脳内を駆《か》け巡《めぐ》る。

耳鳴りに似たひどい違和感《いわかん》が三半規管を貫《つらぬ》く。その場の全員がほとんど同時に悲鳴を上げ、両耳を押さえて座席の上にうずくまる。

「浮上《ふじょう》しろ！　急げ！」というグウェンの声。

人形使いの少年が呻《うめ》き声を上げながら、かろうじてうなずく。

窓の外に見えるトンネルの形状が変化し、機体が上に移動する。周囲に偏光迷彩《へんこう》を展開し、上空高くへ。現在地点はヨーロッパの西端《せいたん》、旧スペイン地方。ロンドンから千五百キロの距離を隔《へだ》てたこの場所からでは、地球の曲率の関係である程度高度を取らなければ状況を視認《しにん》することが出来ない。

グウェンがドアに取り付き、一気に引き開けてフライヤーの上に飛び乗る。

ディーも遅《おく》れて機外に飛び出し、数名の炎使いが後に続く。

静寂に包まれたヨーロッパ地方の雪原。敵の艦隊は空のずっと遠く。

そのさらに向こうにそびえる巨大なドーム――シティ・ロンドンの姿が歪《ゆが》んだような気がして、ディーは目を見開く。

半球型のドームが震《ふる》えたような錯覚《さっかく》。いや、錯覚では無い。I―ブレインによって脳内に描《えが》き出《だ》された視界のはるか先、シティの白い外殻《がいかく》が生物の体表のように細かに波打ち、脈動を繰り返す。

ディーは息を呑み、闇の向こうに目をこらし、

そして、それを見た。

*

突然《とつぜん》全身を襲《おそ》った衝撃に、サクラは手にした携帯《けいたい》端末を取り落とした。

（致命的障害《Fatal Error》：例外処理・『情報量限界を突破《とっぱ》』）

見たこともないエラーが脳内を埋め尽くし、あり得ない量のデータが記憶《きおく》領域を塗《ぬ》り潰《つぶ》す。

I―ブレインが焼き切れる寸前で首から有機コードを引き抜き、平衡《へいこう》感覚を失ってその場に倒《たお》れ伏す。

こみ上げてくる嘔吐《おうと》感を必死におさえ、力の入らない腕を支えに身を起こす。

淡い陽光に照らされた南極衛星内部の花園《はなぞの》。透明《とうめい》なプラスチックの天蓋《てんがい》に覆われたドームには甲高い警告音が鳴《な》り響《ひび》き、雲除去システムの中枢である機械の塔《とう》を取り囲むように無数の立体映像ディスプレイが出現と消滅《しょうめつ》を絶え間なく繰り返している。

……いったい、何が。

ディスプレイの幾つかを消滅する前に摑んで強引《ごういん》に手元に引き寄せ、画面を流れ去る膨大なログに視線を走らせる。無数の数値と文字の羅列《られつ》が示すエラー。その正体を理解した瞬間、血の気が引く。

馬鹿な、という呟き。

半透明のタッチパネルを叩いて衛星のシステムを操作。衛星を取り囲むように情報の海の中にありったけの防壁《ぼうへき》を展開し、意を決して有機コードを再びうなじに押し込む。

ノイズにまみれた雲内部の論理回路を逆に辿《たど》り、意識の先端《せんたん》を地上へ。

脳内に渦巻《うずま》く膨大なエラーメッセージを全て無視し、I－ブレインの仮想視界にシティ・ベルリンの姿を描き出す事に成功する。

闇と吹雪に覆われ不規則に停止と再起動を繰り返す視界の中、直径二十キロの半球型の建造物が液状に波打って歪む。その姿が粘土《ねんど》細工のように屹立《きつりつ》し、天まで届く巨大な人型を成していく。

おそらくは情報の乱れにさらされて、自治軍の艦隊が暴風に舞《ま》う木の葉のように激しく揺《ゆ》れ動《うご》く。空中戦車が互いに接触《せっしょく》し、推力を失って次々に地表に落ちていく。

シティが――シティであったはずの物体が、天に向かってゆっくりと身を起こす。

その姿は以前に記録映像で見た、神戸《こうべ》の最期《さいご》の姿に似ている。

人間の出来損《できそこ》ないのような歪《いびつ》な人型は、腕にあたるのであろう器官をぎこちない動作で頭上に伸ばす。仮想視界に光が爆《は》ぜる。物理的な実体を伴わない、情報の海の中だけに存在する光。あり得ないほどの密度の情報で編まれたその光がシティ・ベルリンを丸ごと呑み、地上と天をまっすぐに繋《つな》ぐ柱を形成する。

ゆっくりと伸ばされた指先が、空を覆う雲に触れる。

ほとんど物理的な力を伴った衝撃。

衛星の周囲に展開した数万層の防壁が、一つ、また一つと崩壊《ほうかい》を始める。

*

異変は全てのシティで同時に始まった。

午後十二時七分。全てのシティはすさまじい情報の爆発と共に、人型への変容を開始した。

六つのシティから生じた人型はそれぞれ細部では異なっていたが、全体としては共通した形状を持っていた。シティを構成するドームの天頂から突き出すように出現した、シティの七割ほどの大きさの男性とも女性ともつかない巨大な上半身。唯一、ベルリンから出現したものだけが背中に一対《つい》の翼《つばさ》のような器官を有していて、それが六つの存在の中でも一つだけ特異な立ち位置にあることを示していた。

六つの人型はそれぞれ右腕《みぎうで》を天に向かって掲げ、人差し指の先端で頭上を覆う雲に触れた。指が触れた一点を中心に発生した情報は瞬時に雲の内部に回路を形成し、ベルリンを中心にして全ての人型をつなぎ合わせた。

回路は無数に枝分かれしながらありとあらゆる方向に広がり続け、ほとんど同時に北極点と南極点、雲の上に浮かぶ二つの衛星の周囲にまで到達《とうたつ》する。

仮に遙か上空、宇宙空間に情報を可視化する観測機器があったなら、その姿は地球を丸ごと包み込む巨大な投網《とあみ》のように映っただろう。

変容の影響《えいきょう》は、もちろんそれぞれのシティの内部にも及《およ》んでいた。マザーコアが存在する第二十階層はおそらくコア自身の保護機能によって損壊《そんかい》を免《まぬが》れていたが、影響が特に顕著《けんちょ》な第十五から第十九階層ではいずれのシティでも多くの建物が倒壊《とうかい》し、ライフラインが寸断されていた。

作戦が成功しシティが元の姿を取り戻しても、崩壊した区画は使えない。修復作業を行うだけの体力は人類には無く、その場所に人が住むことは二度と無い。

流体状に変質したチタン合金の構造材が、集合住家を押しつぶす。

昨日まで誰かが暮らしていた部屋が、誰かが食事を共にしていたテーブルが、瓦礫《がれき》に呑まれて消えていく。

市民と避難民を収容した地下のシェルターでは影響は小さい物だったが、それでも巨大な構造物の変容に伴う轟音《ごうおん》を止めることは出来なかった。簡易照明のわずかな明かりの中、断続的に響くすさまじい金属音は人々の不安をかき立て、大人達は泣《な》き叫《さけ》ぶ子供を必死に抱きしめた。

シティの上部が完全に人の上半身へと置《お》き換《か》わり、雲内部の回路が完成すると、周囲に渦巻いていた情報の奔流《ほんりゅう》は急速に勢いを弱めていった。情報制御を阻害されて身動きがとれずにいた自治軍の兵士と賢人会議の魔法士はほとんど同時に行動を再開した。

闇の荒野《こうや》を満たす無数の荷電粒子の光と、金属の破砕《はさい》音。

噴き上がった膨大な量の水蒸気が瞬時に再凍結《とうけつ》し、ダイアモンドダストとなって極寒《ごっかん》の戦場に降り注いだ。

＊

シティという卵《たまご》の殻《から》を突《つ》き破《やぶ》るようにして顕現《けんげん》した巨大な人型が、天に向かって指を突き立てた。

その光景をI―ブレインの仮想視界の先に見つめ、ディーは背筋に冷たい何かが走るのを感じた。

「何だ、何が起こっている」

グウェンの呟き。

それに応えるように、全員の前に唐突《とうとつ》に通信画面が出現する。

『──聞こえるか……こちら南極衛星……緊急《きんきゅう》……全員に通信を……』

ノイズにまみれた画面の向こうに映る、長い黒髪《くろかみ》の少女の姿。

サクラは衛星内の通路と思《おぼ》しき空間を必死の形相で走りながら、

『……敵の攻撃……マザーコアを暴走……南極衛星にハッキングを……やられた……まさかこんな強引な……』

甲高い警告音にかき消されるように、映像が消失する。

変わって別な戦場の様子が画面に出現し、

『こちらベルリン方面部隊！　緊急のため、友軍全部隊に一般《いっぱん》回線で通信しています！』

ディスプレイの向こう、騎士の少女は青ざめた顔で背後のシティを──シティであったはずの人型を指さし、

『シティ・ベルリンは異常な規模の情報制御によって人型に変貌《へんぼう》。おそらく、マザーコアの暴走による物と思われます。各地の報告から他のシティでも同様の現象が発生。情報制御はベルリンを中心として全てのシティをリンクで接続する形で実行され、その結果……結果──』

言葉が途切れる。

少女はかつてシティであった巨人《きょじん》を絶望的な表情で見上げ、

『ベルリンと南極衛星との間に雲の防壁を透過《とうか》して回線が成立！　衛星が情報の側からの攻撃

を受けています――！』

「これが敵の狙《ねら》いか」グウェンは水平線の彼方《かなた》にそびえる光の柱を険しい顔で睨《にら》み「全てのマザーコアの同時暴走による南極衛星へのハッキング。自治軍の無謀な攻撃は起動までの時間を稼ぐための陽動というわけだ」

そんな、という誰かの声。ディーも同じ気持ちで呆然と空を見上げる。

確かに戦況はシティの側に不利だ。賢人会議との戦力差は開くばかりで、それを覆《くつがえ》す手段など無い。このまま行けば確実に人類は滅びる。それは確かだ。間違いは無い。

だが、だからといって、こんな。

こんな、自分たちの存続それ自体を危険にさらすような、捨て身の策を――

「どうしよう……」炎使いの少年の一人がディーの服の袖《そで》をつかみ「ディー、グウェンさんも、どうしよう！　ぼくたちベルリンに行けばいいの？　自治軍と戦えば良いの？　ロンドンを攻《せ》めれば良いの？　ねえ！」

視界の先で新たな動き。おそらくは情報の乱れに巻き込まれて地上に降下していた自治軍の飛行艦艇と空中戦車の大艦隊が、再び部隊の展開を開始する。シティ・ロンドンを守るのではなく、むしろベルリンに向かおうとする賢人会議をその場に押しとどめるように。白色を基調とした勇壮《ゆうそう》な戦列がロンドンとベルリンの間を塞《ふさ》ぐように防衛陣を形成する。

「――ベルリンだ」

グウェンの呟き。

男は彼方にそびえるシティ・ロンドンの人型に背を向け、輸送フライヤーの操縦席に飛び込む。

ディーは慌てて助手席に身を滑《すべ》り込ませ、他の者も次々に後部座席に着く。最後の一人が飛び込むと同時にドアが閉まり、フライヤーは全速力で飛行を開始する。

「今の通信にあわせてベルリン方面部隊から解析《かいせき》データが届いた」グウェンは有機コードをフライヤーの正面のコンソールに接続し「他のシティ方面部隊からも同様にデータが届いている。衛星に対する攻撃の中心はベルリン。情報の流れから考えて、他の五つのシティのコアは切《き》り離《はな》し可能な補助回路に過ぎない。ベルリンを落とさない限りこの攻撃は終わらん」

「で、でも！」炎使いの青年が必死の形相で割って入り「他のシティを見逃すんですか？　敵は航空戦力のほとんどをベルリンに対する防衛に回してる上に、コアが暴走したならシティ内部の防衛システムも機能しないはずです。今なら簡単に落とせる。それを！」

「その攻撃に手間取り、結果として雲除去システムが破壊されればどうなる」グウェンは操縦席のキャノピーの向こうに広がる闇空を睨んだまま「忘れるな。南極衛星は我々の計画全ての要だ。雲除去システムを失えば世界を再生する手段はなくなり、我々はいずれ滅びるしか無い。たとえ人類を滅ぼしたとしても、我々の敗北は確定する」

隻眼の騎士が片手で通信画面に触れると、画面が数百に分かれて操縦席を取り囲む。それぞ

れの画面に映し出された出撃中の全ての部隊と全ての拠点にグウェンは呼びかけ、

「全部隊に通達。最優先攻撃目標をベルリンに変更する。全ての部隊はベルリンに集結、南極衛星を攻撃している敵のシステムを停止させろ」言葉を切り、視線を一瞬だけディーに向け「各拠点で撤退準備中の部隊も全て出撃だ。回復待ちの者も、わずかでも戦闘が可能なら作戦に参加せよ！」

通信が途切れる。

片目を眼帯で隠した男は操縦席の正面を見据《みす》え、

「それで構わんな？　ディー」

「え……」とっさに言葉を失い、すぐに我に返ってうなずき「も、もちろんです！　敵が捨て身なら、こっちも相応の対処をしないと」

もっともらしい言葉を口にしつつ、頭の中で必死に計算を巡らせる。セラが後方の拠点から出撃したとして、おそらく準備には数分かかる。ベルリンに到着《とうちゃく》するのはすでに移動を開始しているこっちが先のはずで、だから少女を上手く戦場から遠ざけることは可能なはずだ。

大丈夫。問題は何も無い。

セラの能力が必要とされないくらい圧倒的に有利な戦況を自分が作れば、それで全ては解決する。だから──

「誰か、ベルリンの状況を報告できる人はいますか？」内心の動揺《どうよう》を誤魔化《ごまか》すために通信画面に向かって叫《さけ》ぶ。「最前線にいる部隊は？　突入路を検討する必要があります。出来れば映像を！」

『ベルリン付近で戦っていた部隊がそのまま交戦を継続《けいぞく》中です！』画面の一つから応答。『敵《てき》艦隊《かんたい》は続々とベルリン周辺に集結中。数が足りません！　私たちも早く！』

立体映像の表示が切《き》り替《か》わり、巨大な人型のシティ・ベルリンを背景に飛行艦艇と空中戦車の大艦隊が雲霞のように空を覆い尽くし、

——透明な正八面結晶体が、空に螺旋《らせん》を描いた。

放たれた荷電粒子の槍が飛行艦艇の装甲を貫き、無数の爆発を巻き起こした。

飛び交う数百の軍用フライヤーの間を光が舞う。十三個の結晶体が降り注ぐ高速弾体の雨を踊《おど》るようにかいくぐり、周囲の機体に光の槍を突き立てる。赤熱した装甲が次々に爆ぜて飛散する。が、その攻撃のいずれもフライヤーのパイロットに致命傷《ちめいしょう》を与えることはない。自治軍の兵士は落下する機体から脱出《だっしゅつ》し、ある者は空中で別な魔法士の攻撃に撃《う》ち落《お》とされ、ある者は地表に展開されたノイズメイカーの向こうへと逃《のが》れていく。

螺旋を描いて飛翔する結晶体の中央には、リボンで結《ゆ》わえた金髪をたなびかせる少女の姿。

セラの動きはどこかぎこちなく、周囲に浮かぶＤ３も迷走《めいそう》するように時折不可解な軌道《きどう》を描

いて少女自身にぶつかりそうになる。

地表で戦う他の魔法士が、いぶかしげにセラを見上げる。

「……なぜだ」

押し殺したような声。

驚いて視線を向けるディーの前で、グウェンは片手で口元を覆ってしばし沈黙《ちんもく》し、

「聞こえるか、誰か、誰でも良い。まだ残っていたら応答しろ」セラが配属されていたはずの拠点を呼び出し「どういうことだ。なぜセラが最前線で戦っている。彼女はそこで撤退準備に当たっているはずだ！」

画面の向こうに姿を現すのは、青ざめた顔の青年。

騎士の青年は背後の、地下拠点の資材置き場らしき場所を振り返り、

『……すいません！　こちらも、たった今状況を把握《はあく》したところで！』

言葉を切り、映像の視点を動かす。

埃《ほこり》っぽい部屋の一番奥の隅《すみ》に、十人くらいの子供達。

子供の一人は八歳ぐらいの黒髪の女の子で、ひび割れたコンクリートの床に座り込み、自分の膝に顔を埋めて身を縮こまらせている。

他の子供達は女の子を遠巻きに取り囲み、青ざめた顔を一様にうつむかせている。青年はその前に仁王立《におうだ》ちになり、握りしめた拳《こぶし》を小刻みに震わせている。

『ディー！』と、子供達の一人が弾《はじ》かれたように立ち上がり『お願い、助けてよ！　エリンは無理なんだ！　南極から帰ってきてから眠れなくて、毎日恐《こわ》い夢見て全然眠れなくて、医務室でもらった薬飲んでやっと治ったとこなんだ！』

必死の形相で女の子に駆《か》け寄《よ》り、両腕《りょううで》を広げて立ちふさがる。

その子がロランという名の第一級の炎使いだということを、ようやく認識する。

座り込んでいる女の子はエリンという名で、生まれてすぐにベルリンの研究室から助け出された第二級《カテゴリーB》の人形使いだ。

『バートさんも見逃してよ！』男の子が泣きそうな顔で青年の名を呼び『エリンがいなくても作戦は大丈夫。ちゃんと代わりはお願いしたんだ。だから――』

『そういう問題じゃないんだよ！』青年は男の子に詰《つ》め寄《よ》り、憤怒《ふんぬ》の形相で両肩《りょうかた》を摑み『いいか？　これは俺たちと人類との生き残りを賭けた戦争だ。やらなきゃやられる。俺たちが手を止めたら、向こうに死ぬまで一方的に殴《なぐ》られ続けるだけだ。それを、お前達は！』

「――出撃拒否《きょひ》」

呟くグウェンの声。

輸送フライヤーの機内の全員が息を呑む中、隻眼の騎士は通信画面をまっすぐに睨み、

「セラと入《い》れ替《か》わり、自分はその倉庫に隠れていた。そうだな？」

視界が暗くなるのを、ディーは感じる。

絶望によく似た、けれどももっとどす黒い感情が胸《むね》の奥に降り積もっていく。

『全部……おれが準備したんだ』男の子が青ざめた顔を毅然《きぜん》と上げ『エリンに相談されて、どうしても戦えない、助けて欲しい、って。……本当は代わりにおれが行こうと思ったんだ。だけど南極で無理しすぎて回復が全然追いつかなくて、どうしようもなくて、それで……』

『馬鹿なことを──』青年が歯を食いしばって深く息を吐き『いいか？　これは戦争なんだ！　俺だって別に人殺しなんか好きじゃない。みんなで仲良く手を取り合っていられればそれが一番良いだろうさ。けどな、もう始まってるんだ！　放っておいても向こうは攻めてくる。俺たちは人類の敵だ、もう魔法士は要らない、ファクトリーシステムさえあれば良いって。黙《だま》ってたらお前達もいつかは殺されるんだぞ！　それはお前達も分かって』

『でも恐いの──！』

甲高い悲鳴が、青年の言葉を遮る。

息を呑む青年の前、女の子は両手で顔を覆ってうずくまり、

『……血がね、たくさん出るの。色んなシティの軍服を着た兵隊さんたち。わたしが命令すると地面からいっぱい氷の手が出てきて、兵隊さんをつかんで……それで、腕がちぎれたり、脚《あし》がちぎれたり……みんな、わぁ、って悲鳴を上げて……それで、わたしの前に、だ……だれかの首が、ごろんって……』

耐え切れなくなったように、女の子が嗚咽を漏らす。

機内の幾人かが、沈痛《ちんつう》な表情で視線を下に向けた。

人形使いである女の子は、シティの実験室で生み出されてすぐに賢人会議によって助け出された。それ以降は本拠地であるアフリカ海の島で戦いとは無縁《むえん》の日々を過ごし、シティ連合による総攻撃の際も仲間に守られて真っ先に脱出した。たどり着いた先は南極、転送システム周辺の戦場。

そこで、女の子は初めて、魔法士として戦場に立った。

女の子は自分の能力にふさわしい、いやそれ以上の戦果を上げた。数個大隊相当の戦力を前に仲間達と防衛線を守り通し、自分が配備された地域の戦闘を勝利に導いた。

その代償《だいしょう》が、この有様《ありさま》。

男の子が泣きそうな顔で女の子の背中を何度もさすり、

『……ディー、グウェンさんも』思《おも》い詰《つ》めた表情でこっちを見上げ『エリンはもう戦えない、誰も殺せないんだ。だから、許してよ。エリンを休ませてやってよ』

『馬鹿なことを言うな！』通信画面の向こうの青年が男の子を乱暴に押しのけ『戦える者はすぐに全員出撃だ！　さっきの放送を聞いてただろ！　これはシティの連中の捨て身の作戦だ。衛星を失えばこの戦争はまた振《ふ》り出《だ》しで、サクラの身も危《あや》ういかもしれないんだぞ――！』

周囲の子供達から悲鳴。大きな手が女の子の細い腕を摑み、強引に立たせようとする。

ディーは手のひらで口を押さえて、必死に吐《は》き気《け》を押し殺す。

自分はセラを戦場から遠ざけるために、さまざまな細工を施した。少女が誰も殺さず、血を流さずに居られるように。だが、同じように目の前の子供達を助けることはしない。平和を願う多くの者達の中からセラ一人だけを選別し、セラ一人だけを安全な場所で守る。

そこに、どんな正当性がある。

目の前の女の子と、自分の大切な少女との間に、何の違いがある。

自分はいったいどこに向かおうとしているのだろう。人類を滅ぼすために迷い無く戦い、一方で人を殺したくないと願う少女を守り、そのために同胞を欺《あざむ》き、けれども同じように戦いを望まない子供は見捨てる、何もかもがバラバラで、矛盾《むじゅん》している。この戦いの先に少女の幸せが無いことを知っていて、少女が嘆くだけで決して喜びはしないことを知っていて、それでも少女のために戦い続ける以外に術を知らない。

間違っているのは、誰か。

自分か、自分以外の誰かか、あるいはこの世界そのものなのか。

「……急ぎましょう」

かろうじて、声を絞り出す。

機内の十数人の魔法士達が、なぜか怯《おび》えたように息を呑む。

「すぐにみんなと合流して戦線を再構築しないと。シティへの突入経路の策定も必要です。マザーシステム、いえマザーコアそのものを直接攻撃しないと敵の攻撃は止められないかも知れない。総力戦になります。だから」

そうだ。一刻も早くベルリンに向かい、セラと合流する。少女をシティ中枢に対する突入部隊に組み入れ、自分と共に行動させる。大丈夫、まだ間に合う。きっと何も起こらない。自分が急いでたどり着きさえすれば、だから急いで、早く、早く早く早く——！

「落ち着け、ディー」

「落ち着いている場合ですか——！」

グウェンの言葉に反射的に怒声《どせい》を返す。視界の端で、機内の仲間達がなぜか青ざめた顔で身をすくませる。

「この機体はすでに最高速度で飛行している。焦《あせ》ってもどうにもならん」

そう言って、グウェンは通信画面の音声を全て停止させる。

節くれ立った指が操縦席のタッチパネルに触れると、前席と後部座席を遮るように壁が出現。助手席のディーと男の二人だけが隔離された形になる。

「グウェンさん？　何を！」

「内密の話だ。他の者には聞かせられん」隻眼の騎士は機体の正面、透明なキャノピーの向こうに広がる空を見据えたまま「おそらくこの場で問うておくべきことだ。……ディー、君はこの戦争の落とし所をどこに設定する？」

何を言われたのか分からない。

ディーは男の顔をまじまじと見つめ、

「そ……それは、もちろん人類を全て殲滅して」

「それまで組織が保つと思うか」グウェンは片方だけの目でディーを見据え「真昼の死によって、我々はシティとの全面戦争の道を余儀なくされた。衛星の雲除去システムを手にしたことで、人類の殲滅は現実的な選択肢となった。だが我々は正しい論理に従って計算通りに動く機械では無い。あの子供達が答だ。自治軍を打《う》ち倒《たお》しシティを破壊し、自分たちに押しつけられた不遇《ふぐう》と同胞の死の恨みを晴らしたとして、その先は？　残された無抵抗《むていこう》の人類を、君は本当に殺し尽くせるか？」

音の絶えた通信画面の向こう、子供達が必死の形相で青年に取りすがる。青年は泣きそうな顔で何かを叫び、子供達を強引に引きずって倉庫を飛び出していく。

後に残された幾人かの子供が、すすり泣きながら後を追って歩き始める。

「真昼は我々にシティとの共存の道を示した。示してしまった。あの子供達はただの兵器には戻れん。『合理的な正しい選択《せんたく》』のために彼らに戦いを強《し》いるのであれば、我々はシティと何も変わらん」

「で、でも今は戦わないと！」

「無論だ。衛星の雲除去システムは我々の切り札。なんとしても守り抜かねばならん」グウェンは通信画面を見つめて息を吐き「だが、その切り札を本当に切るべきかはまた別の話だ。

……人類殲滅を目的とした戦いでは賢人会議は一枚岩にはまとまらん。そうである以上、我々は覚悟を決め、立ち止まらねばならん。そして、真昼亡《な》き今そのことをサクラに進言できるのはセラと君だけだ」

眼下に広がる雪の原野を、シティ・ルクセンブルク跡地《あとち》の残骸《ざんがい》が通り過ぎる。フライヤーはかつてフランスと呼ばれた地域を通過しドイツ地方へ。彼方の空を雲霞のように覆う自治軍の大艦隊が、急速にその姿を明確にしていく。

話は終わりだとばかりに、男が全ての通信画面を消去する。

ディーは何か言おうとして失敗し、無意識に両手を膝の上で組み合わせ、

――横殴《よこなぐ》りの衝撃。

強化プラスチックのキャノピーが粉々に砕《くだ》け散《ち》り、輸送フライヤーの全長二十メートルの機体が弾《はじ》き飛《と》ばされる。

とっさのことに反応が遅れる。ディーは両の騎士剣を抜きざまI―ブレインを戦闘起動。すでに半回転して上下反転している助手席から五十三倍加速で跳躍。砕けながら空中を漂っているキャノピーのプラスチックを剣で一薙ぎ、外に飛び出ると同時にフライヤーの機体の裏面《りめん》を疾走《しっそう》し、

（攻撃感知、危険）

脳内に警告。マザーコアの暴走による高密度の情報制御がまき散らされているせいで他の情報制御の感知が遅《おそ》い。正体の分からない攻撃を左右の騎士剣を交差させてどうにか受け流し、すぐに理解する。

腕ほどの太さの、ゴムのように滑《なめ》らかな黒い触手《しょくしゅ》。

頭上から叩きつけられたその一撃《いちげき》が、こちらの四分の一ほどの速度でゆっくりと巻《ま》き戻《もど》っていく。

その間にディーはさらに二歩の跳躍。後部座席のドアに取り付き、接合部分に剣を突き立てて情報解体。支えを失ったドアを引きはがすと、炎使い達が次々に中から飛び出す。

後方に着地音。ディーに半瞬《はんしゅん》遅れて操縦席を飛び出したグウェンが同様に反対側のドアを引きはがすと、こちらからは人形使いの少年を抱えた炎使いの少女が飛び出す。そこにさらなる警告。反射的に振《ふ》るった剣が金属質の細長い感触を複数捉《とら》え、まとめて弾《はじ》き返《かえ》す。

薄闇の中、粉砕《ふんさい》された演算機関の放つ火花が照らし出すのは、螺旋状の溝《みぞ》が刻まれた暗灰《あんかい》色《しょく》の螺子《ねじ》。

数百と降り注ぐ螺子を左右の騎士剣で片《かた》っ端《ぱし》から打ち払い、反応が遅れて最後に取り残された炎使いを抱きかかえて大きく跳躍する。

雪原に着地する背後で甲高い金属音。無数の螺子に貫かれて空中に縫い止められた輸送フライヤーの機体が軋み、捻《ねじ》れ、砕けて歪な金属と強化プラスチックの塊へと成り果てる。

螺子を構成していた岩と氷塊《ひょうかい》が融《と》け合って巨大な腕を形作る。人の身長の倍ほどもある巨大な手のひらに支えられて、小さな男の子が雪の上に静かに降り立つ。

身構える魔法士達の前に、艶《あで》やかなチャイナドレスが翻る。宙に一転して着地した少女が頭上に手を伸ばすと、人間ほどの大きさの黒い鳥がその指先にとまる。

さらにその後方から迫るのは、六つのシティの混成部隊で構成された、空中戦車の果てしない戦列。

「やるぞ」グウェンが片刃の騎士剣を肩に担ぐように構え「我々の目的はあくまでもこの場を突破してベルリンに突入することだ。撃墜《げきつい》にこだわるな。前に進むことだけを考えろ」

周囲の仲間達が一斉《いっせい》に身構える。

闇に閃《ひらめ》く荷電粒子の光。

その向こうにセラの姿を見た気がして、ディーは剣の柄を握りしめた。

＊

『――こちら南方面、モスクワ第十一艦隊！　旗艦《きかん》以下、撃沈《げきちん》多数！　全戦力の十二パーセントを喪失！　遅滞戦闘に努めつつ戦線を再構築する――！』

闇空に轟く砲火《ほうか》の音が、激しさを増した。

推力を失って次々に降下していく空中戦車の一群を仮想視界の先に視《み》つめ、クレアは唇を噛みしめた。

シティ・ベルリンから北東に三百キロ、バルト海の海中深く。HunterPigeon操縦室の補助シートに深く体を預け、脳内にベルリン周辺の戦場の全てを精密に描き出す。

うなじからのびた有機コードの先は正面の操作卓《たく》。

そこからさらに延びたもう一本のコードは、隣席のヘイズにつながっている。

マザーコア暴走の影響で情報の海がノイズまみれの状況でこれほど大規模な観測と解析を行うには、自分一人のI—ブレインだけでは演算速度が足らない。二人分の脳にHunterPigeonの演算機関、その全てを直結することでどうにか必要な速度を確保する。

操縦席にハリーの姿は無い。

いつもなら気の利《き》いたことを言って気を紛《まぎ》らわせてくれる船の中枢AIは今、そのほとんどをクレアのサポートに振《ふ》り向《む》けている。

『——クレアさん、南東方面から新たに敵が侵攻《しんこう》中です』

脳内に二重映しに表示された通信画面の向こうに、モスクワ自治軍のカーキ色の軍服をまとった女性が姿を現す。シスター・ケイト、いやケイト・トルスタヤ中将は無数の端末とオペレーターが並ぶ円形のホールの中央で百近い半透明のディスプレイを操《あやつ》りながら、

『そちらの表示領域を拡大してください。北西方面は戦況が安定しましたから、少し精度を落としても問題ありません』

了解しました、とうなずき、脳内でカメラの位置と解像度を調整する。I－ブレインが描き出した戦場全体の詳細データはHunterPigeonの船体側面に接続された海底ケーブルからシティ間の通信に利用されている秘匿回線を経由してモスクワ自治軍の飛行艦艇内の作戦司令室にいるケイトの元に、そこからさらに全ての自治軍の司令部へと伝達される。

ノイズにちらつく仮想視界の先、雲霞のごとく空を塗り潰す空中戦車の戦列の間を縫って小さな人影《ひとかげ》が飛び交う。

六つのシティのマザーコアが暴走状態に入り、本格的な防衛戦が始まってからすでに五時間以上。賢人会議の魔法士達は続々とヨーロッパに集結し、数十の小部隊に分かれて各方位からベルリンに向けて突撃《とつげき》を繰り返している。

おそらく回復中の待機戦力も残らず投入しているのだろう、すさまじい圧力で繰り返される攻撃は半径数百キロにわたって展開された十重二十重《とえはたえ》の防衛線に弾丸《だんがん》のように食い込み、戦列を食い破ろうとする。

対するシティ連合の戦術は、言うなれば「砂の壁」。

六つのシティの混成軍はベルリンを中心にした円形の防御陣形《ぼうぎょじんけい》を柔軟《じゅうなん》に変化させ、時に陣形を自ら崩壊させ再構築を繰り返しながら、賢人会議の攻撃を巧《たく》みに受け流し続ける。

ケイトの指揮は見事だ。そもそも完全に魔法士だけで構成された、それも第一級《カテゴリーA》の魔法士を百人以上擁《よう》する軍隊相手の防衛戦など人類の歴史に前例が無い。対する自治軍側の戦力は飛行艦艇三五二、空中戦車六万機、兵員総数百万人以上というこちらも常軌《じょうき》を逸《いっ》した物で、それを一つのシティの防衛に残らず投入した戦いなど十二年前の大戦時でさえもあり得なかったものだ。

その未知の戦場を束ね、統制し、望む場所へと動かし続ける。

もちろんシティ連合が構築した「賢人会議側の魔法士の行動を予測するシステム」のサポートはある。敵がベルリンを正面から攻めざるを得ない状況を構築し、そこに防衛戦力の全てを投入した作戦計画自体の成功もある。だがそれらの優位を差し引いたとしても、目の前に広がる戦場の有様は見事を通《とお》り越《こ》してほとんど芸術の域に達している。

『――クレア待って。北西方面、もう一回視界を戻して』

不意に、視界の端にケイトとは別な通信画面が出現する。暗灰色の雪中迷彩の外套を羽織《はお》り、スナイパーライフルを肩に提《さ》げた月夜の姿が、吹雪と砲火が舞う闇空を背景に映し出される。

「北西方面？　ケイトさんがそっちは安定してるって」

『なんか、変な感じがするわ』月夜は電子制御の双眼鏡《そうがんきょう》を片方の目に当てたままもう片方を横目に通信画面に向け『第三一艦隊方面、敵の当たりが弱すぎる。良くない感じよ』

『わかりました』隣の画面でケイトがうなずき『クレアさん、視界の補正を。南東方面はこちらで対処します』

うなずき、脳内の視界の焦点《しょうてん》をベルリンから北西の方向に向ける。数十秒。月夜が指摘《してき》したちょうどそのポイントで立て続けに数百の爆発が巻き起こり、賢人会議の魔法士が反転攻勢を開始する。

隣席で視界を共有するヘイズが驚いたような声を上げる。クレアも全く同じ気持ちで通信画面に一瞬だけ意識を向ける。

点と、線と、渦が見えるのだ——と月夜は言う。

クレアにはまるで理解できないし、ケイトもわからないと言っていたが、とにかくそうやって彼女は他の誰にも見つけられない戦場の『兆し《きざし》』を発見し、次に大きな動きが発生するポイントを次々に言い当てている。

月夜は自治軍の兵士と共にベルリンの第二十階層、マザーコアを守る最終防衛ラインの陸戦部隊に加わり、今は戦況を目視で観測してケイトに助言する役目を負っている。世界再生機構の存在と今回の作戦への協力体制については六つのシティの代表者の間で認識が共有されているが、末端《まったん》の兵士にまで情報を開示すれば混乱を招く。月夜の存在やクレアとヘイズがもたらす情報などは全て「ニューデリーが保有する特殊部隊」ということで説明されている。

他にはフェイ・ウィリアムズ・ウォンと一ノ瀬《いちのせ》という元神戸自治軍の女少尉《しょうい》が同じく兵士に紛れて第二十階層の防衛ラインに加わっている。ファンメイとエドは南西方面でディーを含めた賢人会議の部隊との交戦を継続中。I―ブレインの不調が続いている祐一《ゆういち》はリチャードやペンウッド教室の面々と共にルジュナが乗るニューデリー自治軍の旗艦に同乗し、戦況解析に協力している。

たった、これだけ。

目の前に広がる圧倒的な戦場に対して、世界再生機構が打てる手はこれだけしかない。

「……どうした」

「え？」

隣席のヘイズから、唐突な声。

とっさに顔を向けると、青年は困ったように眉根《まゆね》を寄せ、

「手ぇ、震えてるからよ」

言われて初めて、自分がいつの間にか青年の手を握りしめていたことに気づく。慌てて離れようとして、しかし思うように手を動かすことができず、クレアは青年と手を重ねたまま飾《かざ》り物《もの》の目をうつむかせ、

「……意味……」

「あ？」

「意味、あるのかな。こんなことやってて」仮想視界を飛び交う無数の荷電粒子の光をぼんやりと視つめたまま「これで勝ってもシティはぼろぼろ。賢人会議もぼろぼろ。雲除去システム

が無くなったからって、やっぱり仲良くしましょうなんて都合の良い話があるわけない。状況は前より悪くなって、そのままもっと悪くなって、その先は？　あたし達に出来ることなんて、本当に残ってるのかな……」

「まぁ、そりゃそうかもしれねーけどよ」ヘイズは操縦席の天井を見上げて頭をかき「だからって何もしねーで眺めてるわけにもいかねぇだろ」

「そう……よね」うつむいたまま、何度も迷い「世界が滅びるかどうかの瀬戸際《せとぎわ》だもんね。意味なんか考えてる場合じゃないわよね……」

かろうじてそう絞り出し、顔を伏せる。

と。

「……ちげーよ」

ぽつりと、青年の声。

驚いて顔を上げると、ヘイズは一つ指を鳴らし、

「世界がどうとかそういう話じゃねぇ。実際、お前が言うとおりオレ達が何やっても何も変わらねーし、ここから全部悪くなっていくばっかりかもしれねぇ」

けどよ、と青年はクレアにまっすぐ顔を向け、

「確かに意味なんか一つもねぇかもしれねーけどよ、じゃあ止めますって下向いてたって別に楽しくねーだろ、お前」

思考が止まる。

ぎこちなく顔を上げ、飾り物の目を青年に向ける。

繋いだ手は、少し固くて、温かい。

「……ヘイズ」

「どうした？」

「……もう少しだけ、手、握っててもいい？」

青年は答えない。

代わりとでも言うように、指に少しだけ力がこもる。

仮想視界の向こうに広がる戦場の中央で、立て続けに幾つもの衝撃音が生まれる。氷の槍に貫かれた十数台の空中戦車が炎を噴《ふ》きながら、最後の力を振《ふ》り絞《しぼ》るようにして眼下の炎使い目がけて突撃する。とっさに氷の盾を展開して受け止める炎使いに、空中戦車が次々に激突《げきとつ》する。連鎖的に巻き起こる爆発。I―ブレインの蓄積疲労の限界だったのだろう。黒焦《くろこ》げになって弾き飛ばされた炎使いの体が雪原の上を数十メートル転がって地表に突き刺さるフライヤーの残骸に激突する。

空に向かって伸ばされた手がすぐに地に落ち、動かなくなる。

もしかするとこの戦争が始まってから初めてかもしれない、賢人会議の魔法士の、死者。

駆け寄った魔法士達が憎悪《ぞうお》に満ちた目を空に向け、空中戦車と軍用フライヤーの戦列に躍《おど》り掛《か》かっていく。

＊

荷電粒子砲の直撃《ちょくげき》を受けた炎使いの少年が、飛行艦艇の船体もろとも雪原に叩きつけられた。

月夜は双眼鏡から両目を離し、束《つか》の間《ま》、目を閉じた。

シティ・ベルリン第二十階層、軍用ポート。管制塔からシティの外に突《つ》き出《で》た作業用の小さな足場に腰掛《こしか》け、酸素マスクを口に当てて防寒仕様の軍服の上にさらに論理回路が刻まれた外套を二重に羽織る。本来なら水平に設置されているはずの足場は周囲の構造物と共にあり得ない角度に傾斜《けいしゃ》し、月夜はその先端に引っかかるような姿勢で足を組んでいる。

眼下には、頂上から麓まで一万メートルの高低差で連なるシティの白い外壁《がいへき》。半ばでねじ曲がった落下防止用の手すりに強炭素繊維の命綱《いのちづな》を一本絡ませ、不安定な体勢のまま背後を振り返る。

本来はドーム型であるはずのシティの天頂部分は大きく形を変じて天に向かってそびえる巨大な天使の上半身を形成し、歪な腕で頭上の雲を指さしている。シティ・ベルリンの第十九階層から下に存在していた全てのポートは天使の出現に伴う外殻の変形によって機能を喪失し、第二十階層のものだけが天使の腰にあたる位置でかろうじて機能を維持している。

そしてそれらのポートもほとんどが敵の侵攻ルートを固定するためにあらかじめ物理的に破壊され、現在シティの中と外を繋いでいるのは月夜が今いる南東方面ポートただ一つとなる。

もう二度と見ることは無いだろうと思っていた、かつて神戸で見たのと同じ光景。だが記憶にある姿と比べると形成された天使はどこか歪で『シティの外壁』という本来の構造を随所《ずいしょ》に残している。暴走状態にありながらもある程度の制御がなされているためだろう、天使はこの姿ですでに五時間、形状を安定させている。

その中心、マザーシステムの中枢で戦っているはずの少女のことを考える。

途端《とたん》に胸の奥からどす黒い何かが噴《ふ》き出《だ》しそうになり、双眼鏡の向こうの戦場に意識を戻す。

「シスター。南西、第二三艦隊方面、そろそろ当たりが強くなるかも」双眼鏡を両目に押し当てたまま固形食料の欠片《かけら》を一口含み「西の七六と一〇八は少し余裕《よゆう》がありそう。他はどこもほとんど膠着《こうちゃく》だわ」

『ではそちらから増援《ぞうえん》を回しましょう。二三艦隊は一度、戦線を放棄。増援とあわせて一キロ後方に防衛線を再構築します』

ケイトの言葉にうなずき、膝の上に浮かぶ立体映像の地図に戦況を書き込む。半透明な地図の上には、クレアから送られた情報が文字通り隙間なく表示されている。

千里眼が捉える戦場全体の俯瞰《ふかん》図は限りなく完璧《かんぺき》に近く、そこに付け加えるべき情報などほ

とんど無い。

だから、月夜が探しているのはこの戦場のいわば「転換点《てんかん》」。

敵軍と自軍の衝突《しょうとつ》の中に生じるわずかな揺らぎ、新たな動きの兆候をほとんど勘《かん》だけで発見するのがここでの自分の役割だった。

戦場とは流れる水のようなものだと月夜は思う。速い流れ、遅い流れ、停滞《ていたい》した淀み、濁流《だくりゅう》。流れが集まる場所には渦が生まれ、渦は新たな流れの起点となる。

こうやって戦場の空気に直接身をさらしていると、その渦がよく見える。

南西の遠く、ベルリンから最も離れた戦場で、今もひときわ大きな渦が回転を続けている。

電子補正された双眼鏡の視界の先、大規模な爆発が立て続けに幾つも発生する。炎に包まれて地表に落下していく空中戦車の間を縫って黒い鳥を従えた龍《りゅう》使いの少女と二振りの剣を両手に構えた騎士の少年、そして片刃の剣を担いだもう一人の騎士が飛び交う。

その下の地表には、岩塊《がんかい》と氷塊の螺子を従えた男の子の姿。

無数の螺子が縦横に闇を刺《さ》し貫《つらぬ》き、賢人会議の炎使いと人形使いの一団を相手に巧みな応戦を続ける。

周囲を飛び交う空中戦車はファンメイとエドの動きをサポートし、敵の魔法士に対して荷電粒子砲の砲撃を繰り返す。

戦況は、残念ながらこちらの不利。龍使いの少女は確かに騎士に対して絶対的な優位を持っているが、なにしろ敵の魔法士が多すぎる。

ここにロンドンの特務工作艦「ウィリアム・シェイクスピア」があれば、と思わずにはいられない。エドの手足とも言うべきあの艦は現在、シティ・ロンドンの専用ドックに係留されている。世界最強の人形使いである男の子がロンドンを去ったことで正規の調整手順を実行できなくなった艦は、船体構造を維持するだけでも精一杯《せいいっぱい》の状態なのだという。

シティが互いに手を取り合うことをせず、パワーゲームに興じたツケが思わぬ形で跳ね返る。

眼下に見下ろす戦場の先、賢人会議の攻撃は刻一刻と密度を増し、シティ連合側の防衛線は少しずつ崩壊を始めている。

雪原に炎が上がる。空中戦車が、小型の飛行艦艇が、闇の中に連なって火の粉のように落下していく。ケイトの戦術指揮がいかに巧みであろうとも、そもそもこの戦闘は味方の損耗を抑《おさ》えることを前提とした戦いでは無い。全ての兵器と兵士、いや防衛対象であるシティ・ベルリンそのものですら「南極衛星の雲除去システムを破壊する」という目的のための捨て駒《ごま》に過ぎず、そうである以上損害の拡大は避けようがない。

二つに断《た》ち割《わ》られた機体から兵士が飛び出し、地表にたどり着く前に高熱に灼《や》かれて消し炭に姿を変える。

雪原に突き立つ艦艇から這《は》い出《で》た兵士の一団が、銃を構える間もなく氷塊の腕に叩き潰《つぶ》される。

だが、捨て身なのは賢人会議の側も同じ。そもそも、自分たちの切り札である雲除去システムが直接攻撃される可能性などサクラも他の誰も想像していなかったに違いない。潜伏《せんぷく》の容易な少数の集団という自分たちの利点を捨てて正面からの全面攻勢を強いられることになった魔法士達の動きは勇壮に見えてどこか統制を欠いている。自治軍の攻撃によって彼らの中に死者が出てからは、特にそれが顕著だ。

フライヤーの機体に剣を突き立てた騎士の少女が崩壊する機体を足場にさらに跳躍する。十、二十、三十機のフライヤーを瞬く間《またたくま》に残骸に変え、さらに別な目標に飛びかかろうとした瞬間にあらゆる方位から突き刺さる荷電粒子の槍。回避し損ねた一撃が少女の右足を消し飛ばし、少女は雪原に二転して雄叫《おたけ》びと共に再び空中に飛び上がる。

そんなことが、数百キロ四方の戦場の至る所で繰り返される。

流される血と噴き上がる爆煙《ばくえん》、荷電粒子によって生じたオゾンと粉砕された金属——あらゆる戦場の臭《にお》いが混ざり合い、地表から一万メートルのこの場所にまで噴き上がってくる。

『どうや？　戦況は』

耳元のスピーカーから声。手元に新たな通信画面が出現し、サングラスで両目を隠した白髪《はくはつ》の少年が顔を覗《のぞ》かせる。

「地図見りゃわかんでしょ」月夜は双眼鏡を覗《のぞ》き込んだまま「敵に突破されるにはまだ時間がかかる。よく持ちこたえてるわ」

視界をシティに一番近い戦場、戦端《せんたん》が最初に開かれた一帯に移す。飛び交う砲火の中を透明な正八面結晶体が舞い踊り、周囲に荷電粒子の光をまき散らす。セラが戦うこの戦場だけは戦闘が始まってから一度も戦線が前進も後退もしていない。光使いの能力を考えればここの防衛線が最初に破られるべきなのだが、おかげで自治軍の損害は月夜が想定するよりもいくらか小さく収まっている。

『そうか』少年は息を吐き、マザーシステムの機能喪失によって闇に包まれたベルリン第二十階層を振り返って『まあ、おれの出番があらへんねやったら、それが一番やけどな』

イルはベルリン軍事区画の中心部にモスクワを中心とした陸軍の精鋭《せいえい》部隊と共に配置されている。量子力学的制御、という少年の能力は今や賢人会議の魔法士に広く知られており、野戦で接敵しても無視されてしまえば戦力にならない。拠点防衛に配置するというケイトの判断は妥当なものだ。

『言うても、この状況で手持ちぶさたいうんは落ち着かんけどな』モスクワ自治軍の儀典《ぎてん》正装に身を包んだイルは目の前で拳を何度か握っては開き『それで……お前、大丈夫か？』

「大丈夫って、何が？」

それは、と口ごもるイル。月夜は無言で少年の背後に視線を向ける。

サーチライトに照らされる中層建築群の中、偉容《いよう》を放つ大きな卵形の施設。

マザーシステムの中心、この作戦の全ての核《かく》であるその場所に、錬とフィアは囚《とら》われている。

「大丈夫よ。……私は大丈夫」

通信画面の向こうの少年が、無言で視線を逸らす。その態度に、自分がどんな顔をしているかおおよそのところを察する。

双眼鏡越しに覗く戦場に意識を戻す。

心を動かさないように、惑《まど》わないようにと自分に言い聞かせる。

もうずっと、長い間、言い聞かせ続けている。

いつからかは思い出せない。今回の作戦を知った時からか、真昼が死んだ時からか、あるいはもっと前、真昼が最初に賢人会議を名乗ったあの日からかもしれない。戦いに必要な物は本能が教えてくれる。必要で無い物はどこかに置いていくしか無い。そうでなければ走り続けることなど出来ない。

自分と、自分の家族と自分の親しい人と、みんなが幸せならあとのことはどうでも良い、などと。

そんな心をほんの一欠片でも抱えたままでは、世界の命運をかけたこの戦いに身を投じることは出来ない。

自分は真昼やシスター・ケイトやルジュナ執政官とは違う。この世界はもうどうにもならないのだろうと心のどこかで思っている。それでもここまで戦ってきたのは自分の大切な人たちの生きる場所を守るためだ。自分に出来ることを無心にやり続けなければ、不安で立っていられないからだ。

真昼を失ったことで、その戦う理由が欠けてしまった。

だから、もしこの先、錬とフィアまでも失うことがあれば。

その時は、自分は本当に、どうなってしまうか自分でも分からない。

（……待って）

思考の焦点が戦場の一点に留まる。北西方面の最前線、ベルリンから五十キロほどの地表を賢人会議の騎士が飛翔する。絶え間ない爆風《ばくふう》に何度も弾き飛ばされ、その度に雪原に叩きつけられながら、自己領域による転移を繰り返して騎士はほとんど特攻《とっこう》に近い形で自治軍の防衛線を浸潤《しんじゅん》していく。

その後方から追随するのは、さらに三人の別な魔法士。

雪原の上に降り立つと全員で手を合わせて頭上に空中戦車の倍ほどもある巨大な氷と空気結晶の塊を形成。上空の飛行艦艇に向けて撃《う》ち放つ。

まずい、という思考。立体映像の地図に最大級の警告を書き殴り、外套をかき合わせて立ち上がる。周囲の空中戦車が氷塊に砲火を集中し、氷塊の表面から生えだした歪な三本の腕がその攻撃を打ち払う。それでも抗しきれずに次第《しだい》に体積を失っていく氷塊。直径数メートルの淡《たん》青色《せいしょく》の塊が飛行艦艇の船体表面に張り巡らされた電磁装甲に接触し、その姿が目標の飛行艦艇に命中する寸前で砕け散る。

中から飛び出すのは、焼《や》け焦《こ》げた軍服を肌《はだ》に貼り付けた、少年の姿。

艦外活動用のタラップに取り付いた少年が装甲の表面に手を押し当てると、飛行艦艇の全長二五〇メートルの船体表面全体に水面のような震えが走る。

焼け焦げた腕を抱えて落ちていく人形使いの少年を、先ほどとは別の騎士が空中で受け止める。

巨大な艦艇が滑らかな動作で回頭、主砲《しゅほう》塔を友軍の艦艇に向ける。

人形使いの少年が騎士の腕の中で一度だけ微笑み、静かに呼吸を止める。

月夜は振り返りざま、歪に変形した足場を蹴って管制塔に通じる背後のドアに飛び込む。壁のスイッチを力任せに叩くと、重厚《じゅうこう》な隔壁がドアを二重に封鎖《ふうさ》する。閉まる寸前の隔壁の向こうで小さな光。至近距離から質量弾体の直撃を受けた飛行艦艇の長大な船体が空中でくの字に折れ曲がり、ゆっくりと落下を始める。

目の前で隔壁が完全に閉ざされ、次の瞬間、その壁の向こうからすさまじい轟音が鳴り響く。

管制塔内に表示されたディスプレイの先。放たれた衝撃波《しょうげきは》にさらされた周囲の艦艇が大きく姿勢を傾かせる。

顔色を変える兵士達に構わず、後方のドアから管制塔を飛び出す。非常階段を駆け下りた先はポートの発着場。飛行艦艇を固定するための巨大なアームはシティ外殻《がいかく》の変形によって本来とは異なる角度に傾き、幾つかは互いにぶつかったまま粘土細工のように融合《ゆうごう》してしまっている。

内壁《ないへき》に沿って十五段設けられた作業用のキャットウォークには、完全武装の数千人の兵士。

炎使いの攻撃に備えて散開陣形を取った兵士達が、発着場の向こう、ポートと外界を隔てる巨大な隔壁に銃口《じゅうこう》を向ける。

背後の闇の向こうで幾つもの機械音。ポートと市街地を繋ぐバイパス道の向こうから、人の倍ほどもある強化装甲に身を包んだ兵士達が次々に進み出てくる。

非常用の発電ユニットに火が灯《とも》る。

ポートの全面を覆うように設置されたノイズメイカーが、鈍い唸りを発し始める。

隔壁の外でかすかな金属音。月夜は兵士達から離れた資材の陰に潜《ひそ》み、あらかじめそこに準備しておいた対戦車用のライフルを構える。音は少しずつ大きくなり、すぐにすさまじい轟音に変わる。兵士の一人が慌てたように酸素マスクを口元に当てる。情報防御のために隔壁に接続されていた演算装置が一つ、また一つと煙《けむり》を噴いて光を失う。

チタン合金の隔壁の中央が飴細工のように融け、すぐに砂状に崩《くず》れ落《お》ちる。

生じた穴の周囲で隔壁の縁が巨大な金属の腕に姿を変え、自分自身をこじ開け始める。

鳴り響く無数の銃声《じゅうせい》。隔壁に向かって降り注ぐ銃弾《じゅうだん》の雨に撃たれて、幾つかの人影がシティの外に吹《ふ》き飛《と》ぶ、その影《かげ》から滑り出た小さな人影が一つ、剣を構えて発着場に飛び込む。さらに一人、また一人。幾つもの悲鳴が同時に上がり、鮮血《せんけつ》が飛び散る。月夜は暗視ゴーグルを頼《たよ》りに闇の中に発砲《はつぽう》。回避に失敗した騎士が足を止め、銃弾の雨を正面から浴びて隔壁の隙間に吹き飛ぶ。

ひときわ大きな金属音。百数十メートル四方の巨大な隔壁が完全に崩壊し、闇空に向かって弾け飛ぶ。気圧差によって生じた暴風がポートの内側から外側に向かって吹《ふ》き荒《あ》れ、吸い出された数百人の兵士と幾人かの人影が空の向こうに消えていく。

それと入れ替わるように次々に降り立つ、銀糸をあしらった漆黒《しつこく》の軍服。

賢人会議の魔法士達は吹き飛ばされた仲間を省《かえり》みることなく、立ちふさがる兵士達を踏《ふ》み越《こ》えなぎ倒《たお》しながら、一人また一人とシティの中枢を目指して突き進んで行く。

＊

深く長く、淀んだ闇の果てに、仮想の視界が光で満ちた。

フィアは意識の焦点を自分の主観における「前」に合わせ、滑るように虚空《こくう》を進んでいった。

情報の海の認識には、魔法士の中でも大きな個人差があるのだという。ある者はそれを真っ暗な画面に浮かぶ文字列と認識し、ある者はそれを幾何学的《きかがくてき》な図形の集合体と認識する。

フィアにとってのそれは、光に満たされた海。

果てもなく、重さもなく、上と下の区別さえもない広大な海。その中に描かれた一本の線に沿って、まっすぐに目的地を目指す。

虹色《にじいろ》の薄衣《うすぎぬ》をまとった体は半ばで光に溶《と》けて、どこまでが自分なのか認識を曖昧《あいまい》にする。腕のような形をした光はかろうじて目の前にあるが、足がどうかは分からない。六つのシティのマザーコアを束ねて作られた眩《まばゆ》い体。その力は強く、強すぎて、少しでも気を抜けば意識を残らず塗りつぶされてしまいそうになる。

この世界に飛び込んでからいったいどれだけ時間が過ぎたか。五時間と二十七分だと脳内時計は言うが、フィアにとっては数日、数十日、いやそれ以上に感じられる。最初のうちは周りにあるのは闇だけで、重く、堅《かた》く、腕を動かすことさえ難しかった。現実世界の空を覆う「雲」の内部に渦巻くノイズの嵐《あらし》。その中をかき分け、道筋を作り出し、途中で幾つもの壁を突き破り、長い時間をかけてこの場所にまでたどり着いた。

目の前には、光の中に浮かぶ、金属質な一枚の扉《とびら》。

「南極衛星」と記されたその扉に触れると、扉は粉々に砕けて無数の光に姿を変える。

光は様々な形、様々な大きさで、細い光の糸で互いにつなぎ合わされている。最も近い光に手を伸ばすと小さな金属の扉が現れて行く手をふさぎ、それを押しのけて光に触れるとそれは弾けて衛星内の通路の監視映像に姿を変える。

一番遠い場所に、ひときわ強い光。

立方体と直方体を無数に組み合わせて作られた塔のようなその光に向かって、進んでいく。

行く道には次々に別の扉が現れ、そのどれもが指で触れると容易《たやす》く砕けて別な光に姿を変える。まっすぐに遠い場所を目指しながら、途中で目にした強い光を拾い集める。南極衛星の兵装、エネルギーの運用状況。ウィッテン博士の過去の研究、最初の魔法士アリス・リステルの最期の画像。光は様々なデータに姿を変え、フィアの前に幻《まぼろし》のように広がる。

雲の構造と、雲除去システムに関する詳細なデータ。

かき集めた光を本の形に変え、ここまでたどってきた道に向かって送り出す。

長い、長い時間をかけて、光の海の果てにたどり着く。近づいて見上げた塔は思っていたよりもずっと高く、眩く、頂上を見通すことは出来そうに無い。塔の中央に女性が眠るように埋め込まれていて、周囲の光が花の形に飾られている。

これが、雲除去システム。

行く手を阻《はば》むように現れる巨大な光の壁。フィアは手を伸ばし、その壁に指を触れようとして、

……これは？

傍《かたわ》らに、塔とは別の、小さな光。

意識の焦点をそちらに向けた瞬間、巨大な壁が目の前を遮る。

驚いて少し後ろに下がる。その壁が塔を守る壁よりもさらに高く、分厚いことに違和感を覚える。指で触れると壁は砕けるが、すぐに集まって別な壁が生まれる。触れると砕ける。砕け

ると生まれる。それを何度も繰り返す。何度も、何度も、何度も――

「それはダメだ、フィア」

頭上から、声。

周囲の光を遮って、黒い影が目の前に降り立つ。

「それは貴方《あなた》にも見せることは出来ない。今後の計画に差《さ》し障《さわ》るからな」

影は自分を覆う闇をフードのように取り払い、少女の姿を形作る。リボンで束ねた一条の長い黒髪が、光の中に飾り羽根のように揺らめく。

「サクラさん……」

小さな呟き。

少女の手の中にある闇が、投擲《とうてき》ナイフの細い刃《やいば》を形作った。

＊

セキュリティ認証《にんしょう》のかすかな電子音と共に、正面の隔壁が開かれた。

生命維持槽に背中をあずけてうずくまっていた錬は、少しためらってから顔を上げた。

車椅子の小さなモーター音が目の前まで近づいて止まる。ホルガー・ハルトマン。ベルリンの最高指導者である矮軀の老人はため息に似た吐息《といき》を一つ漏らし、

「無事に、南極衛星に到達したようだの」

老人の言葉に応えず、生命維持槽の表面に浮かぶディスプレイに視線を向ける。薄桃色の羊水に浮かぶフィアの顔を見上げ、無意識に拳を握りしめる。作戦が始まってからおよそ五時間半。少女の意識状態とアクセスの進捗《しんちょく》を示す画面には今、南極衛星内部のシステムを表す巨大なデータ構造が映し出されている。

自分にはどうすることも出来ない。

ただ、少女が無事に目覚めることを祈ることしか出来ない。

「先ほど、第二十階層の軍用ポートが突破された」

びくりと、体が震える。

こわごわと振り返ると、老人は立体映像の通信画面を手元に呼び出して独り言のように、

「今はバイパス道の防衛部隊が死力を尽くしてくれておるが、長くは保たん。賢人会議の手がここまで届くのも時間の問題であろうの」

呟く老人から視線を逸らし、広大なコアルームの闇を見上げて息を吐く。

少女の意識はこの闇を抜け、空の遙か彼方。

そこに何が待っているのかは、知るよしも無い。

「覇気《はき》が無いの。先日のように、儂に食ってかからんのか」

揶揄《やゆ》するように呟く老人に、ようやくまっすぐ向き合う。五時間以上もこんな場所に一人で

座っていれば、少しは頭も冷える。

「……ずっと」

「ぬ?」

「ずっと、考えてた。どうしてフィアはこんな作戦に協力したんだろう。どうしてあんたの言うことを聞いたんだろう、って」

「それは先日言うたであろう」老人はくぐもった笑い声を上げ「儂は卑怯《ひきょう》な老人である故、あの娘を上手く言いくるめたのだと」

淡々《たんたん》と答える老人を正面から見据え、表情だけでその言葉を否定する。

そんなことはあり得ない。

一時の気の迷いや口車で、あの子がそんな大事なことを決めるはずがない。

「それに、どうして僕の役目はここの防衛なの? 外ではみんな戦ってる。僕もそっちに出撃させればよかったのに」

自治軍にとって自分の兵器としての価値はそれなりに高いはず。仮に自分をシティ外の防衛戦に参加させることにすれば、戦況を左右するとまでは行かずともシティ側の損害は幾らか少なくなったはずだ。

「最も重要なポイントに最も強力な駒《こま》を配するのは当然であろう」老人は車椅子の上でくぐもった笑い声を上げ「それにな、お主はいわば脅《おど》されて協力を強いられた身。軍の多くの者はお主が兵士を背中から撃つやもしれぬと疑っておる。……実を言うとな、お主がこの場を守っていることは各シティの代表と司令部の一部の者しか知らぬ。公《おおやけ》にすれば混乱を生むのは必定であるからの。味方にすら存在を知らされぬ、まさに切り札というわけよ」

なるほど、と一瞬納得《なっとく》しそうになるが、すぐに頭に疑問が戻ってくる。これが普通《ふつう》の状況なら老人の言う理屈《りくつ》も分かるが、今行われているのは人類の命運をかけた捨て身の作戦だ。たとえ危険があろうと、持てる戦力は最大限に活用すべきでは無いのか。

と、老人の口元に貼り付いていた笑みが消える。

こちらの考えが伝わったのか、シティ・ベルリンの指導者は車椅子に深く背中を預け、照明が絶えて闇に包まれた天井を見上げて、

「とはいえ、それは理由の一つ。お主がここにおるのは、あの娘との約定ゆえよ」

「約定……？」

「左様、約定よ」老人は視線を天井に向けたまま「お主がこのマザーシステムの内部で、自分を守る最後の防衛線となること。それがあの娘の提示した条件であった。儂はそれを聞き入れた。無論、お主の存在があの娘の演算を安定させるのでは無いかと、そういう期待もあってのことよ」

もっともらしく聞こえる老人の説明に、しかし錬は首を傾《かし》げる。暴走したマザーコアの統合制御などという大規模な演算を実行している最中に、自分が傍《そば》にいるかどうかが少女に知覚出

来るとは思えない。それは老人にも分かっているはずだ。フィアには約束を守ると嘘を吐き、自分を戦力として最大限に活用する。それが最も合理的な選択のはずだ。

「僕には、あんたが分からない」無意識に膝の上で両手を組み「僕とフィアを捕まえて無理やり戦わせたくせに、僕には逃げたければ逃げろなんて言う。フィアにこんな危ないことをやらせておいて、フィアとの約束は守ろうとする。あんた、何がしたいの？」

「そう難しい話ではない」老人は車椅子の上に身を起こし「これはの、言うてしまえば、意趣《いしゅ》返しよ」

意趣返し？　と思わず問い返す。

老人は「左様」とうなずき、

「シティを束ねる者であるならば、民衆のためにいかなる非道な手段も用いねばならん。一方で、大人が子供に戦いを強いる世界はそれ自体間違っておる。あちらを立てればこちらが立たぬ。何を選択しても何かが失われる。……そういう戯《たわ》けた世界に対する、儂なりのささやかな意趣返しよ」

そう言って、老人は車椅子を操作して錬に少し近づき、

「そうさの……仮にじゃ。シティと賢人会議、どちらか片方だけを滅ぼすことが出来るスイッチを持っていて、それを必ず押さねばならんとしたら、お主はどちらを選ぶ」

「え……」

唐突な問いに言葉を失う。

何度も、気が遠くなるほど何度も自分の中で繰り返し、答を見つけられずにいる問い。それをこの場でこの老人に突《つ》きつけられるとは思ってても見なかった。

「それは……」

「決められぬか」

無言でうなずき、顔を伏せる。

「賢《かしこ》い答とは言えぬな」老人は息を吐き「じゃが、良い答じゃ」

何を言われたのか分からない。

顔を上げると、老人は静かな眼差《まなざ》しで錬を見下ろし、

「二者択一《にしゃたくいつ》の片方を選び、選ばれなかったものを切り捨てる。そのようなものは正しく合理的な賢者《けんじゃ》の道でも無ければ、勇気をもって痛みを踏み越える英雄の道でも無い。力及ばず最善を求めることを止めた者が歩む、敗者の道よ」

どこか遠いところで、砲撃の音。

老人はしわだらけのその顔に無表情を貼り付けたまま、

「儂はの、その敗者の道を歩むことしか出来なんだ負け犬よ」

自分は一体誰と話しているのだろうと、不思議な気持ちになる。シティ・ベルリンの指導者。市民一千万人の、人類の代表者。賢人会議の、魔法士の敵。自分とフィアを捕《と》らえ、戦いを強

いた憎《にく》むべき敵。

だが、それは本当なのか。

自分は、この老人ともっと言葉を交《か》わすべきでは無いのか。

「そろそろかの」

砲撃の音が続けて二つ。先ほどの物より幾らか強い。程《ほど》なくして老人の手元に通信画面が出現、最大級の警告を示すメッセージが真っ赤な背景に流れる。

賢人会議がバイパス道を突破し、とうとう第二十階層の市街地に突入した。

最後の防衛戦が始まる。

「この場はお主に任せる。頼《たの》んだぞ」

老人が車椅子を操作し、背を向ける。

コアルームとは逆方向の隔壁に向かって、小さな背中がゆっくりと遠ざかる。

「ま、待って！」とっさに床を蹴って立ち上がり「話は終わってないよ！　あんたにはまだ言いたいことが！」

「時間切れじゃ。心残りではあるがの」老人は片手を振り「儂にはやらねばならぬことがある。ここで見物とはいかぬのよ」

音もなく開かれる隔壁の前で、車椅子が止まる。

しわだらけの顔が一度だけ振り返り、

「死ぬでないぞ、小僧《こぞう》」思いがけなく強い眼差しが錬を見つめ「お主の道、お主の愛する者、何があっても必ず守り通せ」

矮軀の背中が、隔壁の向こうに消える。

巌のような背中だと、錬は思った。

＊

弾け飛んだバイパス道の隔壁が、軍用フライヤーの電磁装甲に弾かれて非常照明の闇に紫電《しでん》を散らした。

サングラスの隅に表示された小さなディスプレイの向こうにその光景を見つめ、イルは無意識に両手を握りしめた。

マザーコアが暴走状態に入り、本格的な戦闘が始まってから正確に六時間と七分。自治軍の全ての部隊はよく戦い、自分たちに与えられた役目を十全に果たしている。

すでにシティ連合は全戦力の三割近くを喪失し、現状のシティの生産力では再建が不可能な大型飛行艦艇を三十数隻失っている。もちろん物的な損失ばかりでは無い。作戦に参加した百二十万の将兵のうち何割がすでに命を落としたか、考えるだけでも気が遠くなる。

そして、それだけの犠牲を払っても、攻撃の全てを防ぎきることは絶対に出来ない。

作戦のいずれかの段階で軍用ポートとバイパス道の防衛線が破られ、市街地への敵の侵入《しんにゅう》を許すことは想定内。むしろ、外の防衛戦力はよく持ちこたえたと言える。

『……聞こえますか？』

襟元《えりもと》の通信素子からケイトの声。サングラスの隅のディスプレイがモスクワ自治軍の飛行艦艇内部の作戦室に切り替わる。

「聞こえてるよ。どないや？」

『侵入した魔法士は百名ほど。ほぼ想定通りの規模と構成です』軍服姿のケイトは周囲に浮かぶ数百のディスプレイを両手で操りながら『そしてこちらも想定通りですが、増援の投入は不可能です。いずれの自治軍も戦力の損耗が激しい。今は、これ以上の敵の侵入を食い止めるだけで精一杯です』

「了解。全部シミュレーション通りやな」

背後にそびえる卵形の施設、マザーシステムを見上げ、両の拳で構えを取る。と。

『——イル』ケイトがいつになく厳しい表情で『確認するまでもないことですが、あなたの役目はその場所の最後の防衛線です。友軍の護衛でも、敵戦力に対する遊撃《ゆうげき》でもない。そのことは』

「……言われんでもわかってる」

うなずき、通信を切ると同時に正面で立て続けに幾つもの爆発音。

第二十階層のちょうど中心に位置するこの場所から直線距離にして五キロ。軍用ポートに通じるバイパス道を封鎖していた隔壁が赤熱化して弾け飛び、その向こうから黒い軍服をまとった賢人会議の魔法士が次々に飛び出してくる。

同時に鳴り響く砲火の音。第二十階層中央の軍事区画と周辺の市街地のありとあらゆる場所に設置された遠隔型の指向性ノイズメイカーが稼働《かどう》し、三千台の空中戦車と五千機の軍用フライヤーが一斉に浮上する。

放たれる荷電粒子の光。

建造物に対する被害《ひがい》を完全に無視した集中砲火が魔法士達の足を止め、幾人かを地に叩きつける。

倒れた魔法士の頭上を飛《と》び越《こ》え、さらに数十名の魔法士が飛び出す。バイパス道出口の至近からさらなる砲撃を加えようとした数十台の空中戦車が巨大な強化コンクリートの腕に殴りつけられて街路に転がる。さらに追撃《ついげき》を加えようと中層建築の陰を飛び出した人形使いに、周囲のありとあらゆる方向から数千のスナイパーライフルの弾丸が放たれる。すさまじい破砕音と土煙《つちけむり》。論理回路による高速化処理を施された弾丸はそのほとんどが建築物の壁面《へきめん》から生えだした巨大な手に阻まれ、二発が人形使いの足を貫いて鮮血を飛び散らせる。

倒れ伏した人形使いに、別な騎士が駆け寄る。

街路を寸断するように設営された防御陣地《じんち》から兵士達が雄叫びと共に短機関銃を乱射し、騎士は無数の弾丸を剣で打ち払いながら少しずつ後退していく。

『被弾した機体は再起動急げ』

『各機砲撃を継続。上空を押さえろ。敵の侵攻ルートを地上に限定――』

通信音声が唐突に途切れ、北方面に展開していた軍用フライヤー数十機が同時に砲撃を停止する。無数の空気結晶の槍に滅多刺《めったざ》しに貫かれて互いに空中で衝突し、パイロットもろとも錐《きり》もみで地表に落下していく。

駆《か》け出《だ》しそうになる衝動《しょうどう》を必死に抑える。

自分の役目はマザーシステムを、作戦の要であるこの場所を守ること。

この第二十階層に集った十万の兵士――マザーシステムの盾となって死ぬことを前提に戦う彼らを助けることではないのだと、

「わかっとるわ――！　そんなもん！」

正面、街路の中央に自己領域が生み出す空間の揺らぎ。数百の防御陣地とノイズメイカーの壁を突破した騎士の青年が、直刀型の剣を翻して一直線に突《つ》っ込んでくる。量子力学的制御の能力を良く理解しているのだろう。騎士は超高速の運動でこちらの側面をすり抜《ぬ》けて後方、直径数百メートルのマザーシステムの白い外装に取り付く。

一息に突き立てた剣の切っ先が、甲高い金属音と共に止まる。

驚愕《きょうがく》の表情を浮かべる騎士に短距離《たんきょり》転移で追いつき、振り返ったその顔に掌《しょう》の一撃を叩き込む。

騎士は掌の一撃を寸前でかいくぐり、振り返りざま自己領域をまとってイルの視界から消失する。至近距離での戦いに付き合う愚《ぐ》は犯《おか》してくれない。同時に右手、別な方角からI―ブレインの警告。先ほどとは異なる騎士が自己領域を解除しつつ中層建築の屋上から落下し、その腕に抱きかかえられたもう一人別の魔法士が空中で右手を目の前に広げる。

放たれた巨大な空気結晶の塊がイルの体を透過し、背後のマザーシステムに激突する。

傷一つ無い白い外装の様子に、炎使いと思しき魔法士が何事かを呟く。

現在、マザーシステムはシティ全体のエネルギー供給に使われるべき演算速度の全てを南極衛星に対する攻撃とシステム自身の防御に振り向けている。外装の強度は情報防御という意味においてだけでなく物理的にも飛躍《ひやく》的に高まっており、これを力押しで破壊するのは魔法士にとっても容易ではない。

唯一の例外は、イルの背後に存在する三メートル四方の小さな隔壁。

マザーコアに通じる侵攻ルートであるこの扉を死守するのが、イルに与えられた役割だった。

本当は隔壁自体を外装で覆って出入り口を完全に消し去ってしまえば良いのだろうが、マザーシステムの外装はそれ自体が巨大な論理回路であり、コアを中枢とする装置の一部として機能している。システムの安定を保ったまま施設の改修を行う手段は現在のシティにはなく、この出入り口はそのままの形で残さざるを得なかった。

さらに言えば、マザーシステムの機能を安定化させるために、この場所にはノイズメイカーを配置することも出来ない。

故に、この場を守護する者は幻影《イリュージョン》No.17ただ一人。

自分が倒れれば、後はもう、マザーシステム内に配置されているというあの少年に全てを託《たく》すより他にない。

『総員、マザーシステムの防衛は幻影《イリュージョン》No.17に任せ、敵侵攻ルートの破壊に集中せよ』

『命を惜《お》しむな！　弾がある限り撃ち続けろ！　おら、撃て撃て撃て――！』

鳴り止《や》まない砲火の音。兵士達の決死の攻撃は魔法士の幾人かを撃墜し、その代償に数百、数千の命を瞬く間に溶かしていく。炎使いの熱量攻撃がチタン合金のバリケードを消し飛ばす。人形使いの『腕』に弾き飛ばされて空中戦車が中層建築の壁面に叩きつけられる。消し炭になった兵士の亡骸が操縦席の残骸から落下する。それを横殴りに消し飛ばして、荷電粒子の光が街路に叩きつけられる。

その様を視界の端に捉えつつ、ただ目の前の敵に対峙《たいじ》する。

これだけの犠牲を払っても敵の全てを押しとどめるには足りない。当然の話。マザーシステムの暴走によって電力供給を断《た》たれた現状の自治軍には防衛に利用可能な兵装が圧倒的に足りず、街のあちこちでは電力を使い果たしたノイズメイカーが次々に稼働を停止している。

バイパス道からは今も、防衛線を突破した魔法士が少しずつ侵入し続けている。イルの前にまで到達する魔法士の数は一人、また一人と増える。隔壁にはもちろん厳重なロックが施されているが、魔法士の演算速度の前にはそんなものは在って無きがごときもの。自分がほんの一瞬でも気を緩《ゆる》め、敵の接触を許せば、隔壁はその瞬間に開放されマザーシステムの内部に敵がなだれ込むことになる。

休むことなく襲い来る敵を、片っ端から退ける。蓄積疲労が脳内に積み上がる。戦闘は次第に苛《か》烈《れつ》さを増し、時間の感覚が分からなくなる。掌の一撃で、蹴りの一振りで襲い来る敵を薙《な》ぎ払《はら》う。

一体どれほどの敵を倒したか。

幾人かが退いて姿を消し、幾人かがその場に打ち倒され、そして、幾人かがそのまま動かなくなる。

『踏《ふ》ん張《ば》れ！　幻　影《イリユージヨン》No.17の所まで敵を進めさせるな！』

モスクワ自治軍を中心に構成された兵士達の士気は高い。戦闘開始から十数分、すでに相当の損害を出しているというのにその攻撃は衰《おとろ》えることなく、第二級以下の魔法士の大半は圧力に抗しきれずにバイパス道付近まで後退を余儀なくされている。

また一台、空中戦車が炎に巻かれて落ちる。

かつてイルが助けた兵士が、この恩はいつか返しますと笑ったその顔が、黒煙《こくえん》の中に消えていく。

（おれは……）

かつて言われたことがある。お前がこの先も英雄で在り続けるなら覚えておけと。お前がどうしようもない困難に直面し、自分一人では人々を守り切れないと感じたなら、彼らに犠牲を強いろと。人々がお前のために何かをしたいと願うその意思を汲《く》むこともまた英雄の責務だと。

それは、本当にこんな意味だったのだろうか。

誰よりも勇猛《ゆうもう》に戦い。

人々を鼓舞《こぶ》し、立ち上がる力を与え。

それで、その先は？

数多《あまた》の守るべき人々の死の上に勝利を摑み、英雄にふさわしい偉業《いぎょう》を成《な》し遂《と》げ、それでいったい何が残ると――

（高密度情報制御を感知）

背後にI―ブレインの警告。いつの間にか地中を掘《ほ》り進《すす》んだ人形使いの一人が、巨大なゴーストの腕に支えられて隔壁に触れる位置に出現する。駆け寄りざま蹴りの一撃をたたき込もうとした瞬間に頭上から別な警告。自己領域を解除した騎士が空中に反転し、蹴りのために透過を解除した右足目がけて剣を払う。

寸前で右足を再び透過状態に戻し、回転しつつ跳躍する反動で反対に左足を人形使い目がけ

て振り下ろす。

鈍い音。

自分より少し年上くらいの女の人形使いが、舗装《ほそう》タイルの上に四肢《しし》を投げ出して動かなくなる。

残る騎士の攻撃に備えて身構えた視界を眩い光が白く染める。断続的な衝撃音。防衛部隊の砲撃とは正反対の方向から放たれた荷電粒子の槍が数十の空中戦車の装甲を釣瓶打ちに貫き、推力を失った機体が次々に街路に落下していく。

……あれは。

見上げた第二十階層の空の彼方。

透明な正八面結晶体が、炎に炙《あぶ》られた闇に螺旋を描いた。

*

砲火と共に飛び込んだシティ・ベルリン第二十階層の戦場は、怒号《どごう》と黒煙に満たされた地獄《じごく》と化していた。

セラは炎を上げて倒壊する中層建築群の間を縫うようにして、円形の軍事区画の中心部、マザーシステムが存在するエリアを目指した。

前後左右上下、あらゆる方向から降り注ぐ銃弾と荷電粒子の雨を空間の盾で打ち払い、目に付いた空中戦車とフライヤーを数台まとめて撃ち落とす。パイロットを傷つけないように、けれども手加減をしていると悟られないように慎重《しんちょう》に威力《いりょく》を絞《しぼ》り、機体後部の演算機関だけを狙う。

焼け焦げた臭いが鼻をつき、喉の奥から嘔吐感がせり上がる。

中層建築の屋上、むき出しのダクトの陰に身を潜め、何度も浅い呼吸を繰り返す。

脳内でデータを呼び出し、自分の現在位置を確認する。それぞれのシティの内部構造とマザーシステムの位置、中枢であるコアルームに至る経路などの詳細な情報については賢人会議の全員がずっと以前から共有している。

本当は、来たるべき人類への全面攻撃のために用意されていた物。

こんな形で必要になるとは、誰も想像していなかった。

シティの暴走が始まった時、セラはベルリンの近くで自治軍の大規模偵察《ていさつ》部隊と戦っていた。もう戦えないという女の子の代わりに降り立った戦場。セラはいつもと同じように、誰も殺さないように、けれどもそのことに気づかれないように、慎重に戦いを進めた。

そこに、あの現象が起こった。

シティ・ベルリンの上半分を突き破るようにして出現した巨大な天使像。衛星が攻撃されているという連絡が入り、賢人会議の全員に対してベルリンに対する突入指示が出されたのはそれからすぐ後のことだった。

軍と一番近い位置にいたセラは、そのまま最前線での戦いに巻き込まれることになった。数え切れないほどの艦艇を撃墜し、脳に蓄積疲労と嫌悪《けんお》感を積み上げ、自分が一体どれだけ戦い続けているのかも分からなくなった頃、とうとう味方が第二十階層の軍用ポートの突破に成功した。

ポートに向かって突撃する味方と、追いすがる敵航空戦力。二つの流れに巻き込まれたセラは戦況もよく分からないままひたすらに荷電粒子の槍を放ち続け、気づけば隔壁を抜けてポートからシティ・ベルリンの内部へと侵入していた。

そうして、とうとう、こんな場所にまで来てしまった。

マザーシステムを暴走させて南極衛星を攻撃するというシティの途方も無い作戦の中心。

第二十階層の中心に位置する巨大な卵形の施設が、炎と荷電粒子に照らされた闇の向こうに淡い燐光を放つ。

こうして上空から見下ろすと、戦況がよく分かる。市街地への突入に成功した魔法士はセラも含めて現時点で百五十名ほど。そのほとんどが空中戦車とフライヤーの混成部隊による砲撃に頭を押さえられて地表での戦いを余儀なくされている。

見渡す限りのあらゆる街路は重厚なチタン合金の防壁を備えた歩兵陣地とノイズメイカーによって寸断され、建造物への損害を完全に無視した自治軍側の砲撃によって至る所で陥没している。数名の魔法士が防衛線を越えてマザーシステム前にまで到達したがそれも入り口を守る白髪の少年に退けられ、今は全ての魔法士が市街地の全域に分散して防御陣地の各個撃破に努めている。

幾人かの魔法士がセラに気づいて頭上を見上げ、援護《えんご》を求める視線を送る。

それに気づかないふりをして、上空の航空戦力に対する狙撃《そげき》に意識を集中する。

兵士を攻撃することは出来ない。この状況で地表に向けてLance《槍》を放てば、どんなに上手く狙いを外しても兵士達は死んでしまう。だが、地表の戦いを黙殺《もくさつ》し続けることも出来ない。自分に対して不信感を持つ者が賢人会議の中にいるのは知っているし、何より、このまま手をこまねいて南極衛星に対する攻撃が成功してしまったら取り返しの付かないことに……

「セラお姉ちゃん――！」

唐突に背後から声。驚いて振り返り、飛びついてきた小さな体を抱《だ》き留《と》める。

腕の中には、賢人会議の軍服をまとった女の子。

その後ろからはさらに、同じ軍服の男の子が降り立つ。

「エリンちゃん？　それに、ロランくんも」

もう戦えないとセラに助けを求めた人形使いの女の子と、友達の炎使いの男の子。自分がこんな最前線にまで迷い出ることになった原因の二人。

「あのあと、結局見つかって、出撃することになったんだ」男の子――ロランが疲《つか》れ切《き》った様子でその場に座り込み「他のやつもみんなどこかで戦ってる。おれはエリンかばってどうにか戦ってたら、なんかこんなとこまで……」

「……ごめんなさい……お姉ちゃん、ごめんなさい……わたし……」

腕の中の女の子——エリンが消え入りそうな声で呟く。

震えるその小さな背中を何度も撫《な》で、「大丈夫です」と顔を上げさせる。

「とにかく、こうなったら戦わないといけないです。早く作戦を終わらせて帰らないと」

「……え……でも、わたし……」

女の子が青ざめた顔で肩を震わせる。

「大丈夫です」セラは同じ言葉をもう一度繰り返し「パイロットさんがケガしないように、フライヤーと空中戦車の演算機関だけを狙うです。攻撃に集中するから、二人はわたしを守ってください、です」

もちろん、自分の言葉が欺瞞に過ぎないことはよく知っている。撃墜されたパイロットは別な魔法士に追撃されるかも知れないし、無事に機体から脱出できても地上の戦闘に巻き込まれるかも知れない。

それでも。

今はこの子達の心を少しでも軽くし、この場所から生きて帰してあげなければならない。

どこか安心した様子でうなずく女の子と男の子に合図を送り、飛翔。

（『Lance《槍》』A-M装填《そうてん》。照準設定）

空間曲率制御によって重力から解き放たれた体が宙を舞う。十三個のD3がバイパス道付近の空中戦車に狙いを定め、荷電粒子の槍を解き放つ。立て続けに三百を超える砲撃をまき散らし、それと同じ数だけの敵機を物言わぬ鉄塊へと変える。同時に全方位から襲い来る数千のスナイパーライフルの銃弾。隣を飛ぶ男の子が空気結晶の盾を展開し、その全てを防ぎきる。

女の子がセラの腕の中から手をのばし、盾に絡め取られた銃弾の一つに触れる。

数千の銃弾は寄り集まって一つの巨大な手となり、後方の軍用フライヤーの一団から放たれた数百の荷電粒子砲の砲撃を受け止めて四散する。

目標を逸れた砲撃の幾つかがシティの天井を構成する構造材を直撃する。天使の胴体《どうたい》の形状に変形したチタン合金の壁が崩落《ほうらく》し、巨大な柱がバイパス道付近の地表を直撃する。兵士達が回避のためにやむなく隊列を崩し、それに乗じた魔法士達が次々に市街地に流れこんでくる。

拮抗《きっこう》していた戦力のバランスが崩れ、兵士達が陣地を捨ててマザーシステムの方に後退を始める。至るところで炎と土煙が噴き上がる。市街地全域に展開されていたはずのノイズメイカーは既に半分近くが機能を失い、吹き飛ばされた兵士の亡骸がそこかしこで建築物の壁面に叩きつけられる。

女の子がそちらを見なくて済むように、腕に力を込める。

それでも何かを察したのだろう。女の子は少し顔を青ざめさせ、次の瞬間目を見開いて、

「お姉ちゃん、上！」

その言葉に我に返り、顔を上げて息を呑む。第二十階層の天井付近に集まった四台の空中戦車が、機首を直下のセラに向けて砲撃を繰り返しながら一直線に突っ込んでくる。

おそらくこちらに攻撃を悟らせないために、直前まで演算機関を停止し自由落下で突っ込んできたのだろうと脳の冷静な部分が理解する。着弾《ちゃくだん》まで二秒足らず。空間を歪めて軌道を逸らすにも、回避するにも、距離が近すぎる。

Lance《槍》で撃墜することは出来ても、落下してくる機体の質量自体を止めることは出来ない。

(防御不能、回避不能)

女の子が手をのばし、すぐ傍の中層建築の壁面に触れる。生えだした強化コンクリートの
『腕』で空中戦車を横合いから殴《なぐ》り飛《と》ばす。弾き飛ばされた十数メートルの機体が別な中層建築の側面に激突し、二十数階建ての建築物がゆっくりと折れ曲がり始める。一台、二台、三台めを打ち払った瞬間にすさまじい破砕音。周囲を飛ぶ数十機の軍用フライヤーが放った砲撃の一つが『腕』を粉砕し、女の子が悲鳴を上げる。

間に合わない。

セラはとっさに右手を目の前に掲げ、衝撃を和《やわ》らげてせめて女の子だけでも守ろうとShield《盾》を展開し——

高く澄んだ金属音。

左右に断ち割られた空中戦車の巨大な車体がセラの左右をすり抜け、第二十階層の地表に激突して轟音を響かせる。

「ディーくん――！」

男の子の声に、思わず閉じてしまっていた目を開ける。一房《ひとふさ》だけ束ねた長い銀色の髪がその目の前をたなびく。

あ、と喉の奥から声が漏れる。

ありとあらゆる感情が混ざり合ってこぼれそうになり、セラは両目を腕で強く拭《ぬぐ》って涙をこらえる。

闇に煌めく二振りの騎士剣。ディーは遠方から飛来する荷電粒子の砲撃を一息に払い、セラに一度だけ視線を投げると同時にマザーシステムが存在する方角へと跳躍する。

さらにその背後から現れた隻眼の騎士、グウェン・ウォンが同じ方角に跳躍する。二人の姿が球形の揺らぎに包まれて消失、一瞬のタイムラグを置いて第二十階層の中央、軍事区画を取り囲むように設営された防御陣地の前に出現する。

二つの人影が兵士達の頭上を次々に飛び越え、マザーシステムにまで到達する。モスクワ自治軍の儀典正装に身を包んだ白髪の少年が隔壁の前で身構える。

闇の向こうに目をこらし、息を呑む。

黒い軍服を血に染めて少年の周囲に横たわる、十を超える数の魔法士。

そのうちの幾人かは明らかに息をしていないのが、ここからでも分かる。

「お姉ちゃん……あれ……」

男の子が真っ青な顔で唇をわななかせ、セラの服の袖を掴む。セラは震える息をかろうじて呑み込み、逃げるように視線を背後に向ける。

見渡す限りの市街地を埋め尽くす、自治軍の兵士達の死屍《しし》累々《るいるい》。

黒い染《し》みのような絶望が、胸の奥を塗り潰す。

一体、この戦闘で幾人の仲間が死んだのか。

そして、幾人の敵が死んだのか。

「お姉ちゃん……？」

腕の中で女の子の声。我に返って顔を上げる。そうだ、今は考えてはいけない。どれほど苦しくても、絶望することを止めなければならない。

ディーの後を追うように、炎に灼かれた空を飛翔する。

砲火に耐えかねた建造物が、また一つ、轟音と共に倒壊を始めた。

＊

流されたおびただしい量の血が、舗装タイルをどす黒く染めていた。

兵士達の頭上を飛び越えて降り立ったマザーシステム前の広場。鬼気《きき》迫《せま》る形相で振り返るイルを前に、ディーは無意識に一歩後ずさった。

少年は口から血の塊を吐き出し、肩を上下させて荒《あら》い呼吸を繰り返す。身にまとったモスクワ自治軍の儀典正装は血まみれで、小さな裂《さ》け目《め》や焦《こ》げ痕《あと》が無数に生じている。

量子力学的制御はあらゆる攻撃と防御を透過する無敵の矛《ほこ》にして最強の盾。だがいかにI―ブレインの能力が絶対であっても、少年自身はそうではない。能力を使い続ければ脳は疲弊《ひへい》する。疲労が限界に達すればI―ブレインは本来の能力を発揮できなくなる。

おそらく、演算のわずかなラグや攻撃のために実体化する瞬間に受けた傷が数限りなく積み重なった結果なのだろう。

儀典正装の傷からのぞく少年の体は至る所でどす黒く鬱血《うつけつ》し、手足からは幾筋もの血が滴《したた》り落《お》ち続けている。

周囲には黒い軍服を血に染めた魔法士が全部で十二人転がり、その全てがすでに呼吸を止めている。第一級《カテゴリーA》の者が四人で、残りは全て第二級《カテゴリーB》。多くは騎士だが、中には炎使いと人形使いも混ざっている。

一番近くに倒れ伏す青年に歩み寄る。

苦悶《くもん》に見開かれた目をそっと閉じさせる。

……ダメだ。

本当を言うと、心のどこかで期待していた。今からでもイルを説得することは可能なのではないかと。人類と魔法士の間の亀裂がこれほど広がってしまった状況で、シティに与《くみ》し続ける道に少年の幸せがあるとは思えない。ならば、今からでも賢人会議に来ないか。反対する者があれば自分が説得するし、きっとセラも喜ぶだろうと。

だけど、もうダメだ。

これだけの数の同胞を殺した「敵」を、賢人会議は絶対に受け入れることは出来ない。

「——行くぞ」

傍らに降り立った、グウェンの呟き。

迷いを捨てろ、とでも言うようにうなずく隻眼の騎士に、ディーは視線で応える。

隻眼の騎士の体が自己領域に包まれ、視界から消失すると同時にイルの背後、隔壁に肉薄《にくはく》する位置に出現する。瞬時に身を翻したイルが流れるように掌の一撃を繰《く》り出《だ》し、同時にディーは脳内のスイッチを叩く。

(並列《へいれつ》処理を開始。『身体能力制御』発動。『自己領域』展開)

短距離転移を繰り返すことで放たれた神速の一撃がグウェンの後頭部を直撃する寸前、時間の流れを加速して十メートルの距離を跳躍し二人の戦いに追いつく。マザーシステムの高密度の情報に接触したことで自己領域が強制的に解除され、同時に四十三倍加速で翻った騎士剣『陰』の刃がイルとグウェンの間、一センチにも満たない間隙《かんげき》に滑り込む。

イルは右腕を透過状態にして剣の刃を突《つ》き抜《ぬ》け、そのままグウェンの体に量子化した指を突《つ》き入《い》れる。指先が実体化するその瞬間にグウェンが大きく右に跳躍し、同時にディーは『陰』の刃を跳《は》ね上《あ》げる。

飛び散る鮮血。騎士剣の刃の切っ先が再び消失しようとする腕の先端をかろうじて捉える。浅く切り裂かれた右手を奇妙《きみょう》な形の拳に構え、イルが裂帛《れっぱく》の気合いで地を蹴る。行く手には崩れた体勢のまま隔壁のコンソールに触れようとするグウェン。隻眼の騎士は正確に頸椎《けいつい》を狙って襲い来る蹴りの一撃を倒《たお》れ込むようにして回避し、地に手をつく反動で隔壁から遠ざかる方向に跳躍、宙に一転して体勢を立て直す。

追いすがる少年の前に割って入り、ディーは両の騎士剣を翻す。同時に目の前に迫る掌の一撃。五メートルの距離を瞬時に削《けず》り取《と》ったイルの右手が喉元目《のどもと》がけて一直線に突《つ》き込まれる。反射的に振《ふ》り上《あ》げた左手の『陽《よう》』が血まみれの儀典正装を透過する。ディーは大きく体を反らして少年の射程の外に体を逃がし、攻撃のために実体化しようとする少年の右手に向かって左右の剣を振り下ろし、

（攻撃感知。回避不能）

腹部に鈍い衝撃。

のたうつ蛇《へび》のような動きで視界の外から滑り込んだ蹴りの一撃が、ディーの腹部にめり込む。防爆仕様の軍服があり得ない形状に歪み、肋骨《ろっこつ》が軋んだ音を立てる。痛みと衝撃の全てをI－ブレインに押しつけ、構わず踏《ふ》み込んで剣を振《ふ》り抜《ぬ》く。左右の騎士剣が量子化して消失しかけていた少年の腕と足をそれぞれ捉え、舗装タイルに新たな血が飛び散る。

その負傷に構わず追撃の体勢を取るイル。ディーは後方に一歩退いて血の混じった息を吐き出し、入れ替わりに飛び出したグウェンが片刃の騎士剣を水平に薙ぎ払う。

交差する金属音と打撃《だげき》音。掌の一撃、足刀の一薙ぎがあらゆる防御を透過してあらゆる角度から二人の騎士に襲いかかる。蓄積疲労がすでに許容限界を超えているのだろう。少年の攻撃は次第に速度を失い、肉体の量子化と実体化にかかるタイムラグも少しずつ大きくなっていく。

それでも幻影《イリュージョン》No.17は止まらない。

達人の動きで放たれる神速の打撃は瞬《まばた》きする間に三十手を数え、その全てが寸分の狂いなく人体の急所を狙う。

掌の一撃を肘《ひじ》で受け止めたグウェンが苦悶に顔を歪め、後方に一歩退いて初めて動きを止める。剣を持つ右腕が力を失って垂れ下がる。隻眼の騎士は片刃の騎士剣を左手に持《も》ち替《か》え、ディーに視線で合図を送る。

仕掛けるぞ、という無言の呟き。

それに応えて、ディーは脳内でスイッチを叩く。

（『森羅』制御文法二・七一版起動《SHINRA Restraint-protocol ver.2.71 starts》。抑制機構全層解錠《Restraint entirely unlocked》。制御式『万象之剣』起動《Mode 'World Slayer' starts》）

騎士剣『陰』の柄に埋め込まれた第二の制御中枢が起動。目に映る全ての物が色彩《しきさい》を失い、白と黒の二色に塗り分けられる。影法師《かげぼうし》の視界に赤い点が二つ出現。二つの点は隔壁を背中に拳を構える少年の周囲を真紅《しんく》に塗りつぶし、最後に儀典正装の胸に吸い込まれて消失する。

（殲滅曲線描画機構最適化完了《Armagedon-process adjusting complete》。状況開始《Annihilation ready》）

両の騎士剣が跳ね上がる。剣の先端が空中に描かれた赤い線を正確になぞり、その動きに導かれて自動的に運動を開始した四肢が五十三倍加速で跳躍する。十メートル向こう、隔壁の前で身構えるイル。全ての防御をかなぐり捨てたディーの体はその前に瞬時に肉薄し、少年の体が存在する空間をあらゆる角度から微塵《みじん》に斬り刻む。

イルはその攻撃を透過によって回避し、がら空きの足に蹴りの一撃を叩《たた》き込む。I－ブレインに損傷を表す数値の列。折れた足が『森羅《しんら》』によって瞬時に修復され、走《はし》り抜《ぬ》けた刃が消失しようとする少年の足を浅く切り裂く。

全身を透過状態にして逃れようとするイルに降り注ぐ嵐のような斬撃《ざんげき》。

透過によってそのことごとくを回避し、踏み込んで反撃《はんげき》に転じようとするイルの目の前を、無数の斬撃の間隙を縫うようにして放たれた片刃の騎士剣が走り抜ける。

隻眼の騎士の卓越《たくえつ》した剣技《けんぎ》が反撃に転じようとするイルの機先を制し、少年の体を量子力学的制御による透過状態に留《とど》め続ける。永遠とも思える数分。サングラスに隠された少年の顔に次第に焦りの色が浮かび、やがて、その瞬間が訪れる。

百パーセントの透過能力を維持できなくなった少年の体に、騎士剣『陽』の刃が容赦《ようしゃ》なく食い込む。

少年は不完全な透過状態のまま、雄叫びと共に左右の掌を突き出す。

同時にディーは両の騎士剣を振り下ろし、少年の側面に回り込んだ隻眼の騎士が片刃の騎士剣を突き込む。鳴り響く金属音と打撃音。三本の騎士剣が少年の体を三方から貫き、代償に必殺の一撃を正面から受けた二人の騎士の体が吹き飛ぶ。

舗装タイルに背中から叩きつけられ、グウェンが苦悶のうめきを上げて血を吐く。実体化した体からおびただしい量の血を流し、イルがその場に両膝《りょうひざ》をついて倒れる。

ただ一人。

粉砕された肋骨を『森羅』によって瞬時に修復したディーだけが、マザーシステムに向かって走り出す。

イルは両手で体を起こそうとして失敗し、舗装タイルに頭から倒れ込む。グウェンが騎士剣を支えに立ち上がり、隔壁のコンソールに手を伸ばす。

重厚な三重の隔壁が機械のかすかな駆動音と共に開き、マザーシステムの内部へと通じる通路が露《あら》わになる。

「行け――！」

隻眼の騎士の叫び。

血にまみれた男の様子にディーは一瞬だけ反論を口にしかけ、すぐに言葉を呑み込む。

両の騎士剣を翼のように広げ、隔壁を抜けて細い通路へと飛び込む。背後で隔壁が閉ざされる小さな音があって、無数の銃撃《じゅうげき》音がそれに続く。振り返りそうになる衝動を抑《おさ》え込み、非常照明の赤に照らされた闇の通路をひた走る。

「侵入されたぞ――！」

「隔壁閉鎖《へいさ》急げ！」

複雑に枝分かれした細い通路に兵士達の叫びが木霊《こだま》する。左右に無数に連なる扉を全て無視し、マザーシステムの中心、コアルームが存在するはずの場所を目指して一直線に突き進む。

一呼吸のうちに五つの隔壁をくぐり、強化コンクリートの床に一転して起き上がる。たどり着いたのは五十メートル四方ほどの広大な空間。器材の類いが一切存在しない闇色の空間は非常照明の赤色に点々と切り取られ、マザーシステムの動作状態を示す数千の立体映像ディスプレイが高い天井に吸い込まれるようにしてどこまでも続いている。ディーが入ってきたのと反対側の壁に重厚な隔壁があって、閉鎖状態を表す立体映像のアイコンが瞬《また》いている。

あの向こうにあるのがシティ・ベルリンの、この作戦の全ての中心――コアルーム。

かすかな頭痛に額を押さえる。周囲の情報密度が高すぎて演算が安定しない。ディーは脳内に渦巻くノイズを振《ふ》り払《はら》い、隔壁に向かって一歩踏み出し、

(攻撃感知。危険)

I―ブレインが叫んだ。

無数の空気結晶の槍を従えた黒髪の少年が、見上げた視界を躍った。

＊

二振りの騎士剣を構えた少年の背中が、マザーコアへと通じる通路の奥に消えた。

その姿を闇の向こうに見下ろし、セラは中層建築の陰から飛び出した。

第二十階層の上空を飛ぶ数千の空中戦車とフライヤーから、砲撃の雨が降り注ぐ。傍らを飛ぶ男の子が空気結晶の盾を生み出し、全方位から突き刺さる荷電粒子を受け止める。が、足りない。攻撃に用いていた十三個のＤ３を全て防御に展開。歪曲《わいきょく》した空間で無数の光の槍を絡め取り、敵の方へと受け流す。

目標を大きく逸れた砲撃が第二十階層の天井を直撃する。

すでに内外から幾度《いくど》となく攻撃を受けていたのだろう。外壁を構成するチタン材と強化コンクリートの多層構造が一部分だけ崩落し、生じた隙間の向こうに巨大な天使の翼がのぞく。

「お姉ちゃん！　グウェンさんが！」

女の子――エリンの叫《さけ》び声《ごえ》に我に返る。ディーが去ったマザーシステム前の広場。隻眼の騎士がコンソールを叩き、隔壁が再び閉ざされる。体を支えていた片刃の騎士剣がバランスを失い、グウェンは舗装タイルに片膝《かたひざ》をついて荒い呼吸を繰り返す。

その前で、モスクワ自治軍の儀典正装をまとった白髪の少年が呻きを上げる。イルは腕の力だけで起き上がろうとして失敗し、舗装タイルの継《つ》ぎ目《め》に指を掛けて強引に自分の体を前に進めようともがく。

激しい地鳴りの音。周囲のあらゆる歩兵陣地から、短機関銃を構えた兵士が濁流のように飛び出す。数百の兵士が一様に目を血走らせ、イルの名を叫びながら先を争うようにしてマザーシステム目がけて、いや、そこにうずくまる賢人会議の騎士目がけて突撃する。

グウェンが騎士剣を摑んだまま転げるように地を蹴り、立ち上がると同時に走り出す。通常のせいぜい八倍速程度の、男の能力を考えればあり得ないほどゆっくりした運動。闇に翻った刃が戦闘態勢の兵士を一人、二人、三人と斬り倒し、四人目の喉元に到達する寸前でサブマシンガンの銃声が鳴り響く。

かろうじて身をかわした男の肩に、数発の銃弾が突き刺さる。

それでも身を翻して振り抜いた騎士剣が、さらに二人の兵士を斬《き》り捨《す》てる。

「グウェンさん――！」

とっさに男の名を叫び、兵士達の後を追って広場の端に降り立つ。降りたってしまってから気づく。第二十階層にいる魔法士達のほとんどは、各地の防御陣形と上空からの砲撃に阻まれていまだにこの場に近づくことが出来ずにいる。最も近い味方は五百メートル後方。彼らはシティ連合の兵士に対して攻撃を繰り返しながら、こちらに向けて必死に何事かを叫んでいる。

自分と、傍らの男の子と、腕の中の女の子。

この場で兵士達を打ち倒し、グウェンを救うことが出来る者は、本当にこの三人しかいない。

兵士達は隔壁の前に倒れ伏すイルと広場の中央で身構えるグウェンの間に割って入り、防御陣形を形成する。倒れ伏す魔法士の亡骸が兵士達に蹴られ、踏《ふ》み散らされて舗装タイルの上を何度も転がる。女の子がわけの分からない叫び声を上げてセラの腕の中から飛び降り、地に片手を押し当てる。地中から生えだした幾本もの強化コンクリートの『腕』が兵士達の前に立ちふさがり、動きを押しとどめようとする。

兵士の一人が『腕』に弾き飛ばされ、街路樹に背中からぶつかって動かなくなる。

女の子が目を見開き、ゴーストの『腕』が残らず消滅する。

兵士達が雄叫びを上げて引き金を引く。とっさに空間の盾を展開し、放たれた数千の銃弾を受け流す。男の子――ロランが空気結晶の弾丸を放ち、兵士達の手からサブマシンガンを弾き飛ばす。銃を失った兵士達が腰のナイフを抜《ぬ》き放《はな》ち、五十メートル先のグウェンに向かって正面から突撃する。

隻眼の騎士が剣を振り下ろし、先頭の兵士を一刀に斬り捨てる。二人、三人。袈裟《けさ》斬りに裂《さ》かれた兵士が血を噴き出しながらグウェンの足元に倒れ込み、胸元に貼り付いた何かのスイッチに手を伸ばす。

グウェンが目を見開き、数メートルの距離を飛び退《しさ》る。

兵士の軍服の裏から炎が膨《ふく》れあがり、轟音と衝撃をまき散らす。

吹《ふ》き付ける熱風にセラはとっさに顔を覆う。グウェンの体は爆発の寸前で自己領域の球形の揺らぎに包まれて視界から消失し、五メートル後方に出現する。その膝ががくりと折れ、男は舗装タイルに剣を突き立てて体を支える。今の回避によって体力とI－ブレインの蓄積疲労の双方《そうほう》の限界に近づいたのだろう、男はそれ以上の距離を逃れることもできないまま、震える足で立《た》ち尽《つ》くす。

追いすがる兵士の胸を、騎士剣の切っ先が貫く。

兵士はそれを避けることもせず、鬼気迫る形相でグウェンにしがみつく。

さらに五人の兵士が、別々の方向から男に取り付く。唯一の武器であるナイフさえもかなぐり捨てて、斬れとばかりに両腕を広げて、兵士達は戦場で最も恐《おそ》ろしい存在である隻眼の騎士に正面から摑みかかる。

翻った騎士剣の刃が一人の兵士の肩に食い込み、動かなくなる。

時間が止まったような錯覚。

噴き上がる血しぶきの中、兵士達の手がそれぞれの胸元にのびるのが見える。

ダメだ、とセラは思う。この位置からでは兵士自身の体やグウェンが遮蔽《しゃへい》となってしまい、胸のスイッチやそれに触れようとする手を狙撃することが出来ない。

間に合わない。

いや違う。今、この瞬間なら、まだ間に合う。

兵士達がスイッチを押すより早く、その命を奪《うば》ってしまえば良い。D3の周囲に収束した荷電粒子の光を解き放ち、兵士の脳がスイッチを押せという命令を発するより早く頭を消し飛ばしてしまえば良い。グウェンを巻き込まないように出力を絞り、狙いは正確に定めて。自分の攻撃は光速に限りなく近い速度で目標に着弾する。

今なら間に合う。

自分がただ一つ、I—ブレインに命令しさえすれば、それで、

(……セラ……)

ディーの笑顔が、唐突に目の前に浮かぶ。マサチューセッツで出会ってから今日まで、二人で歩いてきた遠い道のりが次々に脳裏《のうり》に浮かんでは消える。人を殺すことを誰よりも恐れながら、自分を守るためにその道を選んだ少年。そんな少年の帰る場所となるために、誰も殺さない道を選んだ自分。少年はその道を守るために何度も傷つき、倒れ、打ちのめされ、その姿を見ていることしか出来ない自分は苦しくて、本当に苦しくて、いっそ何もかも捨てて少年と共

に煉獄《れんごく》を歩むことが出来たらどんなに良いだろうと――

長く果てしない、一瞬の迷い。

それが、全てを決する。

兵士達の手が次々に胸元のスイッチに触れる。カーキ色の軍服の内側から炎が噴き上がり、爆発と衝撃がグウェンを包み込もうとする。最後の力を振り絞るように、隻眼の騎士が剣の柄を強く掴む。血まみれの黒い軍服に包まれた体が一瞬だけ球形の揺らぎに包まれ、すぐに少しだけ違う場所に再出現する。

兵士達からの距離は、わずか一メートル足らず。

なんとか爆発の衝撃を逃れようとあがく男を炎が容赦なく包み込み、

――すさまじい衝撃。

隻眼の騎士の体が、四散した兵士達の亡骸と共に宙を舞った。

＊

無数の立体映像ディスプレイが放つ白い燐光が、非常照明の赤と混ざり合って闇を照らした。

シティ・ベルリン、マザーシステム内部、コアルーム前の広大なホール。錬は「空間曲率制御《アインシュタイン》」で自身の落下速度を限界まで加速、周囲に数百の弾丸を従えて眼下の少年へと突撃した。

白一色の軍服をまとった騎士の少年――ディーが闇の向こうで地を蹴る。その頭上目がけて半透明の弾丸を次々に射出し、同時に脳内で「空間曲率制御《アインシュタイン》」を終了して「分子運動制御《マクスウェル》」を二つ並列起動。落下によって初速を与えられた弾丸を片方のデーモンでさらに加速しつつ、もう片方のデーモンでその弾丸に熱量を叩き込む。

跳ね上がった二振りの騎士剣が降り注ぐ弾丸をことごとく払いのけ、同時に熱量を得て気化した弾丸が膨れあがる。続けざまに起こる小爆発。衝撃波がチタン合金の内壁を震わせ、周囲に浮かぶ無数の立体映像ディスプレイが消失と再表示を繰り返す。

「錬くん！」

ディーが叫ぶと同時に自己領域を展開。重力制御を併用《へいよう》した跳躍で爆発の範囲《はんい》を抜《ぬ》け出《だ》して上空、落下を続ける錬の背後に出現する。だがその動きは読みの内。背中に生成した空気結晶の盾が三十五倍加速で振り下ろされた騎士剣の刃を受け止め、甲高い金属音を響かせる。

（ノイズ増大。演算速度低下）

視界の端に二重映しにエラー表示。マザーシステムの暴走の影響でこの場所にはすさまじい密度の情報ノイズが満ちている。おそらく演算が安定しないのだろう。少年の運動速度は錬が知る本来の値《あたい》の八割程度に低下している。

が、残念ながら本来の能力を発揮できないのはこちらも同じ。

脳内でデーモンの起動と終了を繰り返す度《たび》に、すさまじい負荷《ふか》にI－ブレインが悲鳴を上げる。

（「マクスウェル」並列解除。短期未来予測デーモン「ラプラス」起動）

重力に引かれて落下を続けながら、空気結晶の盾を銃弾に変えて背後の少年目がけて撃ち出す。着弾より一瞬早く少年の体がＩ－ブレインの仮想視界から消失し、銃弾が虚《むな》しく空を撃《う》ち抜《ぬ》く。「短期未来予測《ラプラス》」が示す少年の出現位置に先回りして空気結晶の槍を展開。コンマ数秒遅れてホールの天井に上下反転の姿勢で少年が着地し、同時に撃ち出した槍が後方から少年の心臓を狙う。

少年の姿が再び半透明な球形の揺らぎに包まれ、消失する。

壁、天井、再び壁と足音を響かせ、少年は錬が着地すると同時にホールの床、三十メートル離れた位置に出現する。

「待ってください錬くん！」

少年の叫び。

マザーシステムの暴走、自分がコアルームを守る最後の砦として立ちはだかる事実――それらを総合して状況を理解したのだろう。ディーは苦痛を堪《こら》えるような表情で錬の背後の隔壁を示し、

「どうしてこんなことになったかは分かりませんが、どうして君がここにいるのかはわかります！　その向こうにフィアさんがいるんですね？」剣を持つ両手を大きく広げ、諭《さと》すように

「こんなことは君にとっても本意じゃないはずです。今からでも賢人会議に！」

腰の鞘《さや》からサバイバルナイフを抜き放ち、刃鳴りの音で少年の言葉を遮る。逆手に握ったナイフを胸の前に構え、上体を低くして突撃の姿勢を取る。

少年が一瞬だけ口元を辛そうに歪める。その姿にかすかな罪悪感を覚える。少年には知る由《よし》も無い。フィアがシティに強制されたのではなく自らの意思でこの作戦を行っていることも、自分がそんな少女を守るためにやはり自らの意思でこの場にいることも。

互いにもう少し言葉を交わせば、あるいはわかり合えるのかも知れない。

だが、その余地も、時間も、ここには残されていない。

少年がこの隔壁の向こうに進もうというのなら、止めなければならない。

(高密度情報制御を感知)

二振りの騎士剣を非常照明の闇に煌めかせ、少年が疾走を開始する。三十五倍加速で地を蹴った体が半透明な球形の揺らぎに包まれて視界から消失。一瞬の間を置いて錬の遙か後方、コアルームに通じる隔壁の前に出現する。

それを追うことはせず、無防備な背中に数百の空気結晶の弾丸を撃ち放つ。

少年が両の騎士剣を隔壁に突き立て、剣は甲高い金属音と共に虚しく跳ね返る。

その結果を半ば予測していたのだろう。少年は瞬時に身を翻して背後から飛来する銃弾をかわすと同時に自己領域を展開、右手の壁に向けて疾走する。錬はブラフのために最初の二発の銃弾だけを爆発させてからすぐにI―ブレインの動作を変更。「世界面変換《サイバーグ》」による自己領域を周囲に展開し、少年の進路を塞ぐように疾走する。

　コアルームに通じる隔壁を含めたマザーシステム内の構造材は全て、暴走による情報量の爆発によって信じがたいレベルの強度を獲得《かくとく》している。物理的な破壊はもちろん、騎士の情報解体や人形使いのゴーストハックによる分解も不可能。コアルームに侵入するには隔壁を制御しているシステムにアクセスし、正規の解錠手段を乗っ取るしかない。

　隔壁を制御しているのはセキュリティのためにシティのあらゆるシステムから切り離された独立系。アクセス用の端末はこの部屋に浮かぶ無数の立体映像ディスプレイの一つに隠されている。もちろん少年が時間をかけて探せば発見は容易だが、その時間は自分が絶対に与えない。

(境界面に矛盾発生。自己領域消失)

　瞬時に十メートルの距離を駆けて少年と接触。半透明な揺らぎを突き破るようにして数本の空気結晶の槍を突き出す。が、その動きを読んでいたのだろう少年はすでに攻撃態勢。淡青色な槍の穂先《ほさき》があっけなく騎士剣に弾かれ、返す刀で振り下ろされた刃が回避に失敗した右手を浅く切り裂く。

　痛覚を残らずI―ブレインに押しつけ、目の前に空気結晶の盾を展開する。盾は流れるように襲い来る数十の斬撃をことごとく受け止め、少年が身を引くと同時に数百の弾丸に姿を変える。少年は自分に向かって射出されようとする弾丸を蹴りつけ後方に跳躍。さらに壁を蹴って上へと逃れつつ、襲い来る弾丸を不安定な姿勢のまま次々に剣で弾き飛ばす。

無数の弾丸が周囲に浮かぶ立体映像ディスプレイを突き通《とお》し、闇の中に淡い燐光を散らす。

振り抜いた騎士剣の刃が数メートル四方のディスプレイを両断し、ディスプレイはすぐに元の形を取り戻す。

映し出されるのは、南極衛星に対する攻撃の状況を表す無数のデータとアイコンの模式図。

シティ連合側のシステムはすでに雲除去システムの構造の大部分を解析完了、全体の八割近くを支配下に置いている。

隔壁の向こうで戦っている少女の顔が脳裏をよぎる。

途端に正体不明の感情が胸の奥から溢れだし、錬は必死に自分を抑え込む。

……僕は……

戦いの前に少女は言った。あなたはこの世界にどうなって欲しいのか。その答を探し、それを自分にも教えて欲しいと。いくら考えてもそんな物は見つからない。いや、本当はある。フィアが泣かない世界。真昼が死なない世界。全ての人類と全ての魔法士が手を取り合い、戦争が起こらず、誰も傷つかず、いつか人々が青空を取り戻す世界。だがそれはどこにも無い、何をやっても手に入らない。だからそれは少女が求める答では無い、ただの妄想《もうそう》だ。

だから、自分には、少女に返せる答が無い。

ならこの戦いの意味は。目の前の少年を打ち倒し、シティ連合を勝利に導いて、その先に何があると――

（攻撃感知、危険）

頭上から飛来する騎士剣の刃を空気結晶の盾で跳ね返し、「空間曲率制御《アインシュタイン》」を起動して空中に逃れる。追いすがるようにして跳躍したディーの周囲に半透明な球形の揺らぎが発生。瞬時に脳内でスイッチを叩き、相殺《そうさい》のために自己領域を展開しようとする錬。が、少年は寸前で自ら自己領域を解除。右手の騎士剣を空中で手放し、その剣の刃を蹴りつけると同時に左手の騎士剣を錬めがけて投げ放つ。

かつてニューデリーでの戦いで見せた、自己領域による重力制御を用いない特異な空中機動。瞬時に自己領域を解除する錬の傍をすり抜けて背後に回り込み、少年は自分が投げ放った剣を空中に掴みざま翻って斬撃を見舞《みま》う。

その攻撃をナイフで打ち払う錬の傍を再びすり抜け、少年は下方に回り込むと同時に剣を足場に再び跳躍する。前後左右上下、あらゆる角度から襲い来る超高速の斬撃。「短期未来予測《ラプラス》」の演算が追いつかない。反撃に生成した空気結晶の弾丸の照準を定めることが出来ない。

かわしきれなかった刃が手足を浅く薙ぎ、鮮血を飛び散らせる。

それを無視して、Ｉ－ブレインの処理を変更する。

（「ラプラス」予測対象を変更）

未来予測の演算対象から少年自身を削除し、少年の騎士剣、それも右手の騎士剣だけに処理を集中する。複雑な運動を続ける騎士本体と違い、攻撃ポイントから次の攻撃ポイントへ一直線に投げ放たれるだけの剣の軌道は読みやすい。

ニューデリーで一度この攻撃を見ていなければ思いつかなかっただろう対処法。

斬撃を放った少年が左手の騎士剣を足場に跳躍、右の騎士剣を錬の側面を通過する軌道に投げ放つその瞬間に、I－ブレインに命令を飛ばす。

(「チューリング」起動。ゴーストハックをスタート)

この室内で唯一ゴーストハック可能な物質である自分の服を支配、脇腹《わきばら》の辺りから小さな腕を生成する。強炭素繊維が織り込まれた腕は放たれた剣の軌道に立ちふさがり、刺し貫かれて空中にちぎれ飛ぶ。

わずかに減速する、剣。

それを意識の端に捉えつつ、錬は目の前に浮かぶ弾丸にありったけの熱量を叩き込む。

互いに回避不可能な至近距離での水蒸気爆発。驚愕に目を見開いた少年が自らが投げ放った剣に着地しようとして失敗する。爪先《つまさき》に蹴られた騎士剣が空中に回転する。バランスを失った少年は落下しつつ手を伸ばして剣の柄をどうにか掴み、自己領域を起動しようとする。

同時に、錬は目の前に真空の壁を生成。

致命傷を負わないぎりぎりのレベルまで爆発の衝撃を和らげ、残った幾つかの弾丸を足場に眼下の少年めがけて跳躍。衝撃波の威力を利用して体を吹き飛ばし、半透明な球形の揺らぎに

包まれようとする少年めがけてナイフを突き出す。

(「サイバーグ」起動)

二つの自己領域が相殺されて消失し、揺らぎの向こうから再び少年が姿を現す。同時に閃く銀光。不安定な姿勢から放たれた剣の一閃《いっせん》がナイフの切っ先を弾《はじ》き、同時にのばした錬の右手が少年の肩を強く摑む。

眼下、チタン合金の床はすでに目の前。

驚愕に目を見開いた少年が騎士剣を逆手に構え、背後に迫る床に叩きつける。

二人の体がもつれあったまま硬質《こうしつ》の床に叩きつけられる。とっさに服から複数の小さな腕を生み出し、激突の威力を吸収させる。少年の体をつかんだまま床の上を三転。仰向《あおむ》けに倒れた少年の上に馬乗りになり、ナイフを振りかぶる自分の姿に錬は唐突に気づく。

騎士剣による防御は間に合わない。

このナイフを振り下ろせば、少年は確実に死――

……錬は、この世界にどうなって欲しいですか?

目標を逸れたナイフが少年の右肩《みぎかた》に突き立ち、鮮血を飛び散らせる。少年はそれを無視して体を跳ね上げ、ナイフごと錬を弾き飛ばすと同時に側方に跳躍する。

頭上に掲げられた左手が、遅れて落下してきた左の騎士剣を受け止める。

その目に、焦りの色が浮かぶ。

少年の視線の先、広大なホールの至る所に浮かぶ立体映像ディスプレイが南極衛星のハッキングの状況を映し出す。無数のグラフとステータス表示の中、雲除去システムはすでに九割以上がシティ連合に、いや、「天使」の演算に浸食《しんしょく》されている。

駆け出そうとする少年の前に立ちふさがる。

サバイバルナイフを目の前に構え、空気結晶の弾丸を再び展開する。

……そうだ。

殺す必要は無いのだと、たった今の自分の失敗を否定する。命を奪う必要は無い。ハッキングの完了まではあとほんの少し。自分がここで時間を稼ぎ続ければそれでシティ連合の作戦は成功する。そうすればこの人ともいつか話し合う機会があるかも知れない。だから殺さなくてもいい。そんなことになればフィアもきっと悲しむから、だから。

左右の騎士剣を翼のように広げ、少年が雄叫びとともに地を蹴る。

錬は弾丸の照準を予測演算に合わせ、I－ブレインに命令を叩き込み、

（――情報ノイズ低下。演算速度正常化）

ありえない、あってはならない警告が脳内に表示された。

周囲に渦巻いていたノイズが、マザーシステムを守っていた高密度の情報が、消滅した。

＊

どうやって兵士達の攻撃を逃れたのか分からなかった。

第二十階層の外周に近い中層建築の屋上。気がつくとセラは砲撃の死角になる通信装置の陰《かげ》にいて、マザーシステムの周囲から拾い上げた魔法士達の亡骸が近くに転がっていた。

「グウェンさん――！」

男の子――ロランの叫びに我に返る。立ち上がろうとして失敗し、強化コンクリートの上を這いずるようにして近づく。

目の前には、黒い軍服を血に染めた、隻眼の騎士。

兵士達の自爆《じばく》によって吹き飛ばされた腰から下は完全に炭化し、右手の肘から先も失われている。

男の胸には幾本ものチューブが突き刺され、傍らの女の子――エリンが手にした小さな機械に接続されている。賢人会議の全員が携行《けいこう》している簡易型の生命維持装置。表面に浮かぶ小さな立体映像の表示は生命の危険を示す真っ赤に染まり、あらゆる数値が悪化し続けている。

この場ですぐに集中治療《ちりょう》を施せば、あるいは生命を繋ぐことくらいは出来るかも知れない。

だが、そんな術は無い。

男を助けることは、どうやっても出来ない。

「……ごめんなさい……です……」

コンクリートについた両手が震える。止めようとした涙が溢れて男の軍服に幾つも小さな染みを作る。

意味を成さない叫び声が喉の奥から漏れそうになる。

唇を噛んでそれを堪え、中身を失った軍服の袖を握りしめる。

「わたし……助けられたのに。グウェンさんのこと助けられたのに……それなのに……」

「……気に病《や》む必要は無い」

弱々しくかすれた、男の声。

驚いて顔を上げるセラに、隻眼の騎士はかすかにうなずき、

「……これほど大規模な作戦だ。どうあがいても犠牲は出る。……多くの仲間が死んだ。私もその一人。それだけのことだ……」

「でも、でもわたしあの時……」

それ以上は何も言えずにただ顔を伏せる。傍らの男の子と女の子が声を殺してすすり泣く。

グウェンは息を吐き、視線を頭上のずっと遠くに向け、

「……すまんが、時間が無い。……あそこまで連れて行ってくれ」

血にまみれた指が、シティの天井に生じた穴の向こう、巨大な天使の翼を指し示す。

「グウェンさん……？」

なぜ、という疑問を思いがけなく鋭い視線が遮る。迷いながらもうなずき、重力制御で男の体を浮かべて飛翔する。男の子が慌てた様子で女の子の体を抱きかかえ、後を追って跳躍する。気流操作で飛ぶ男の子の動きを重力で支え、速度を上げる。降り注ぐ荷電粒子の雨をかいくぐり、なんとかシティの外へ飛び出す。

目の前には、壁のようにそびえ立つ全長十キロほどの天使の半身。

すさまじい密度の情報に包まれたその姿は、仮想視界の中では巨大な光の柱のように見える。

「適当な場所に下ろしてくれ。……あの辺りがいい」

天使像とシティの天蓋の接合部分、比較的平坦《ひかくてきへいたん》になった場所にグウェンを横たわらせる。周囲はベルリンを取り巻く広大な戦場。砲火の音は今も絶え間なく鳴り響いているが、敵にも味方にも、天使像の根元に出現した小さな人影を見とがめる者はいない。

「有機コードを。……それで私と、君達と、この像を接続してくれ。端子を表面に接触させるだけでいい」

「グウェンさん……？　えぇっと……」

子供達が慌てた様子で有機コードをうなじに押し当てる。セラも同様にコードを接続しつつ、ようやく疑問の言葉を口にすることに成功する。

男は、ああ、と笑い、少し咳《せ》き込んで、

「マザーシステムの情報防壁は強固だ……侵入できたのがディーだけでは、おそらく内部の隔壁を突破することは出来ないだろう」

「あ……」

言われて気づき、脳内にマザーシステムの内部構造を呼び出す。ディーが突入した入り口から通路を進んだ先には、コアルームを閉《と》ざすチタン合金の隔壁。外装と同様に暴走したマザーコアによって情報が強化されているなら情報解体による突破は不可能だし、内部にも防衛戦力が配置されているはずだからハッキングも難しいだろう。

「今から……マザーシステムの情報防壁に負荷をかける」グウェンは目を閉じ「……この天使はマザーコアと南極衛星を接続する言わば剝《む》き出《だ》しの回線だ。ノイズに耐えられれば、ハッキングの経路として利用できる」

そんなことが可能なのかという疑問。

見つめるセラと子供達の前で男は一度だけ深呼吸し、

「おそらく効果は一瞬……。無意味かもしれん。だが、ディーならその一瞬で隔壁を破壊し、コアルームに到達することが出来るかもしれん」

呟いたグウェンの手が、自身の腰のポーチに伸びる。

取り出されるのは、緊急蘇生《そせい》用の強心剤《きょうしんざい》のアンプル。

男はそれを十数本まとめて握りしめ、ためらうことなく自分の首に突き立てる。

「グウェンさん——!」

驚きのあまり叫び声を上げ、アンプルを払いのける。

が、すでに手遅《ておく》れ。

男の首に血管が浮《う》き出《で》る。子供達が泣きそうな顔で焼け焦げた軍服を摑む。心臓があり得ない速さで鼓動《こどう》を始める。腕の切断面から血が噴き出す。

「気付けだ。脳への酸素供給を一時的に増大させる」男は咳き込んだ拍子《ひょうし》に喉から血の塊を吐き出し「絶対に真似《まね》をするなよ? 確実に死んでしまうからな」

膨大なデータが脳内を流れる感触。

仮想視界を覆うノイズの向こうに、ベルリンのマザーシステムの存在を確かに感じる。

「難しく考える必要は無い……要は高性能な外部演算装置が接続されたと思えば良い。その演算速度でマザーシステムの防壁に攻撃を仕掛け、機能を一時的に麻痺《まひ》させる。……簡単だろう?」

あふれてくる涙を何度も拭い、言われた通りに制御を試みる。が、上手く行かない。マザーシステムを取り巻くノイズが防壁のように作用して、回線を接続することが出来ない。

男の命が少しずつ失われていく。

自分のせいだ。

あのとき自分がためらわなければ、こんな事には——

「さっきの事なら気にするな」

唐突な声。

驚いて顔を上げると、グウェンはまた少し血を吐き、

「まあ正直に言うと援護が欲しかったが……それもやむを得ない。……敵を殺さないこと。それが君の戦いなのだろう？」

息を呑む。

涙を拭うことも忘れて見下ろすセラの前で、グウェンは口元に笑みの形を作り、

「大人だからな……見ていればそれくらいは分かる」

男の左手がゆっくりと持ち上がる。

慌てて支えるセラの両手を男は弱々しく握りしめ、

「決して手放すな。それは、これからの賢人会議に……世界に必要なものだ」

「どうして……」

その先を言葉にすることが出来ない。どうして自分の裏切りを許すのか。どうして応援《おうえん》するような言葉を口にするのか。様々な感情が混ざり合い、涙となって零《こぼ》れ落《お》ちる。

鳴り止まない砲火の音。

グウェンは闇の向こうに天使像の巨大な翼を見上げ、

「……ずっと昔、大戦の頃の話だ。私はＩ－ブレインを持たないただの人間で、軍人だった」

呟いてまた少し咳き込み、血を吐き出す。

しゃべらないで——喉まで出かかったその言葉を呑み込む。

男は、もう助からない。

ならば、自分は聞かなければならない。

「私にはちょうど君くらいの娘がいた。妻には早くに先立たれ、娘が唯一の心の支えだった。……あの日、娘が魔法士部隊の攻撃に巻き込まれて死ぬまでは」

血にまみれた男の手を強く握る。

グウェンはもはやセラの顔が見えていない様子で、独り言のように、

「私は娘の復讐《ふくしゅう》のために志願し、魔法士となった。数年後、私は娘の敵《かたき》を見つけ出した。……実験室で生まれ、逆らえば処分される運命の、娘と同じくらいの子供達。……私は、彼らを一人残らず殺した」

ノイズの向こうにおぼろげに見えていたマザーシステムの輪郭《りんかく》が、次第に明確な形を為していく。

膨大な演算速度を利用して、天使像からシティの内部へと通信経路を確立する。

「復讐を果たしても心は晴れなかった。何のために、誰と戦えば良いのか、もはや私には分からなくなっていた。祖国を捨て……帰る場所を失い……ただその日の糧《かて》を得るための暮らしを十年続けて……最後にたどり着いたのが賢人会議だ」

男の心臓の鼓動が爆発的に速まる。胸に繋がれていた生命維持装置のチューブが弾け飛ぶ。

限界が近い。

男の手を握ったまま、脳内の演算に意識を集中する。

「……ただ、答が欲しかった。娘を本当に殺したのは何だったのか。あの子が死なない世界はどうすれば得られたのか。私にはとうとう分からなかったが……あるいは君なら見つけられるかも知れん。だから」

限界まで引《ひ》き絞《しぼ》った意識の先端が、とうとうマザーシステムの姿をはっきりと捉える。

……頼むぞ、という男の呟き。

セラは唇を強く引き結び。

脳内で最後のスイッチを叩いた。

＊

無数の情報によって編まれた光の海を、黒い閃光《せんこう》が貫いた。

フィアは剣の切っ先のように迫る閃光を右手の一振りで払い、虹色の光で構成された体を仮想視界にたゆたわせた。

無造作に掲げた左手から虹色の糸が幾本も伸び、幾何学模様《きかがくもよう》で構成された周囲の構造体を同じ色に塗り潰していく。見渡す限りの光の海には向きも大きさも外観もランダムな扉が数限りなく浮かび、そのほとんどがすでに開け放たれている。

南極衛星の内部に存在する雲除去システム。

最初の魔法士「アリス・リステル」を核とした巨大な情報構造の全容をフィアのI―ブレインはすでに把握し、その大部分をすでに支配下に置きつつある。

仮想視界の認識の中で「上」にあたる方向から警告。イメージで構成された長い黒髪を飾り羽根のように翻し、黒い光で全身を覆ったサクラが雄叫びと共に突っ込んでくる。少女の右手にあたる部分が形を変えて黒い刃を形成する。おそらくはネットワーク上の攻撃プログラムなのであろうその武器を、フィアは片手で受け止める。

サクラは返す刀で左手を掲げ、周囲に格子《こうし》状の黒い檻《おり》を生み出す。瞬時に縮小して全方位から自分を絡め取ろうとする檻を、フィアは手のひらの一払いで消し飛ばす。サクラが闇をナイフのような形に変えて次々に投げ放ち、フィアは体にまとった虹色のヴェールでそれを受けとめる。

頭に、痛みに似た激しい感触。

体を構成する情報体が攻撃に反応して力を増し、フィアの存在を塗り潰そうとする。

それを堪えて手を伸ばし、サクラの右腕に指先で触れる。少女はそれをかわしてはるか彼方に退くが、フィアはすぐにその目の前に追いつく。この世界で距離や運動能力に意味は無い。

あるのはただ純粋《じゅんすい》な演算速度だけ。そうである限り、誰も自分に勝つことは出来ない。

逃れようとする少女を手のひらだけで押さえ、その場に組《く》み伏《ふ》せる。

サクラは呻き声をあげ、情報で編まれた体を激しくよじる。

それを無視して意識を主観上の正面に向ける。

正面にはアリス・リステルのデータが埋め込まれた巨大な光の塔、この世界の中心である雲除去システムの中枢がそびえ立つ。フィアが手を伸ばすと塔からは無数の光の刃が降り注ぐが、刃はフィアの体を構成する虹《にじ》に触れるとことごとく四散して光の海へと溶けて消える。

そのまま塔に触れようとした手が止まる。

傍らにはもう一つの、先ほどサクラが守ろうとした、小さな光。

この光がそれほど、雲除去システムよりも重要な情報なら、システムを破壊する前に確認しておくべきでは無いかと思い直す。

足下《あしもと》の少女が制止の声を上げる。それを無視して手を伸ばし、現れる壁を今度こそ粉々に粉砕する。

光が弾けて、データに姿を変える。

『再生シナリオ』と書かれた、長い文書。

その正体を認識した瞬間、思考が止まる。

「サクラさん……？」震える声で足下の少女の名を呼ぶ。「あの、これ……」

少女は答えない。

押し黙ったまま、ただ視線を逸らす。

長い沈黙。体を構成する光がさらに強度を増す。限界が近い。フィアは迷い、何度も迷い、とうとう決意して光の塔に向かって手を伸ばし、

——その手が、根元から砕けた。

あり得ない量のエラーメッセージが、思考を埋め尽くした。

＊

全ては一瞬のことだった。

脳内のエラーメッセージの意味をようやく理解した錬が指先をわずかに動かすのと、ディーの姿が視界からかき消えるのは同時だった。

とっさに「世界面変換《サイバーグ》」を起動し自己領域を展開。加速された時間の中で、同じく自己領域を纏《まと》って疾走する少年の姿を視認する。その行く手に割り込もうと全力で地を蹴る。だが間に合わない。光速のせいぜい五割程度の速度しか持たない錬の傍を容易くすり抜け、ディーはホールの奥の隔壁に到達する。

二振りの騎士剣が隔壁に突き立つ。

情報防御を失った隔壁が、砂のように崩れ落ちる。

奥に広がるのは球形の広大な空間。一直線に伸びる作業通路の中央で、小さな生命維持槽が淡い燐光を放つ。

羊水に浮かぶ少女は目を閉じたまま動かない。

フィアの意識はいまだ、遥か遠くの南極衛星に旅立ってしまっている。

コアルームに飛び込もうとするディーに寸前で追いつく。触れ合って消滅する自己領域の境界面を突き破って騎士剣の刃が走る。非常照明に煌めく銀光。防御のために生成した空気結晶の盾を蹴りつけ、少年の背中が作業通路の闇を疾走する。分子運動制御《マクスウェル》の弾丸では止められない。脳内で「仮想精神体制御《チューリング》」を起動。ノイズの消滅によって制御可能になった通路の構造材にゴーストを送り込み、少年の行く手に巨大な『腕』を生成し、

（ノイズ増大。演算速度低下）

脳内にエラーメッセージ。

マザーシステムを取り巻く情報防壁が機能を回復し、ゴーストを消し飛ばされた『腕』が瞬時に元の床に巻き戻る。

そんな、という思考。少年がノイズに演算を乱された様子で体勢を崩し、そのままの姿勢で作業通路を駆ける。一瞬遅れて「運動係数制御《ラグランジュ》」と「空間曲率制御《アインシュタイン》」を展開。ノイズの負荷に

悲鳴を上げる脳を無視して五倍加速で地を蹴り、重力による加速を併用して必死に追いすがる。五メートル先には少女が眠るガラス筒と、突きの姿勢のまま突撃する少年。あと少し。間に合う。錬はサバイバルナイフを構え、ディーの背中に一直線に突き出し、

その背中が、寸前で立ち止まる。

全力の加速で叩きつけたナイフが軍服を、皮膚《ひふ》を、肉を突き通し、少年の背中に根元まで食い込む。

予想外の事態に一瞬思考が止まる。瞬間、I―ブレインの警告。少年はナイフを突き立てられたまま身を捻《ひね》って体をかわし、自分の加速度に振《ふ》り回《まわ》される格好になった錬はナイフを手放して作業通路を転がる。

ディーの姿はすでに作業通路を飛び出して闇の向こう。

自らの剣を足場に跳躍を繰り返して数メートルの距離を飛び去った少年は背中に刺《さ》さったナイフを無造作に引き抜き、目の前に放り投げて一息に剣を振り抜く。

甲高い金属音。サバイバルナイフが形を失い、砂のように崩れてコアルームの闇に流れ落ちる。

少年の背中から流れ出ていた血が、映像を巻き戻すように傷口に吸い込まれる。傷口は確かに開いたままなのに血が流れ出す様子も少年が苦痛を感じている様子も無い。『森羅』による身体《からだ》の修復効果。そう理解した瞬間、自己領域に包まれた白い軍服が視界からかき消える。

光速の八割程度の速度で空間を渡《わた》った少年は頭上、数十メートル先。

球形のコアルームの中央に浮かぶ生命維持槽の中で、シティ・ベルリンのマザーコアが曖昧な笑みを浮かべる。

やめろ、という声にならない叫び。脳が焼き切れそうになるのを堪えて「空間曲率制御《アインシュタイン》」を全力起動。「運動係数制御《ラグランジュ》」を併用して作業通路を飛び出す。だが間に合わない。ディーの姿は遙《はる》か遠《とお》く。翼のように翻った二振りの騎士剣が闇を裂いて走り――

必死に伸ばした手が、空を切った。

放たれた数十の斬撃が、マザーコアに接続された無数のケーブルのことごとくを寸断した。

＊

情報の海を満たしていた眩い光が、弾けた。

脳を駆け巡るすさまじい痛みに、フィアは目を見開いて絶叫《ぜっきょう》した。

仮想視界に映るあらゆる物が光を放つ。衛星のデータ構造を表すイメージが真っ白な光に端から塗り潰されていく。体を構成する虹色のヴェールが色彩を失う。手足であると認識していた部位が光に溶けて同化していく。

それらの全てを、痛みとして知覚する。

手であるはずの場所で何度も虚空をかき、自分でも理解不可能な叫び声を上げ続ける。

痛い。痛くてたまらない。これまで経験したことの無い、たぶん人間が知っているどんな痛みとも違う痛み。巨大すぎる情報に存在を上書きされ、強制的に同化されていく痛み。演算が出来ない。情報を制御できない。痛い。何も考えることが出来ない。痛い。痛い。気が狂いそうなほど、いや、自分がもう狂っているのかも分からないほど、どうしようもなく痛い。

（……誰……か……）

助けて、という思考。

それが、光に塗り潰された世界に一筋の道を作る。

いつも自分を助けてくれた、優しくて温かい手。触れ合った指の感触。それが、体の端に手の形を再構築する。そうだ。戦うと決めたのは自分。遠い日の記憶と向き合い、あの人の隣にまっすぐ立つために、ここに来ると決めたのは自分。だから成し遂げるのだ。この衛星に眠る恐ろしいシステムを破壊し、戦争を止め、世界の滅びをほんの少しでも押しとどめるのだ。

そうして、今度こそ胸を張って帰るのだ。

自分を待っている、優しいあの人の所に。

光に溶けて統制を失ってしまった情報を必死に拾い集め、形を再構築する。立方体、円柱、球、様々な構造物は集めた端から光に溶けて手から零れ落ちてしまう。それでも拾い集める。崩れた体の先端をなんとか手の形に保ち、接触した場所に片っ端から秩序《ちつじょ》だった構造を修復し、その手が、砕ける。

光に呑まれた体が、半ばまで消失する。

「しっかりしろ——！」

闇色の光を全身にまとった少女が、崩れかかったフィアの体を抱き留める。少女は闇で壁を形成して周囲を覆い、押し寄せてくる光の奔流を寸前で押しとどめる。

「ベルリンのコアが停止したことで本来コアが受け持っていた情報が全て貴方に流れ込んでいる！　すぐに接続を切れ！　このままでは——！」

少女の言うことがフィアには分からない。ただ少女の必死な、今にも泣き出しそうな顔が仮想視界に焼き付く。

この人は何をやっているのだろう。

こんな遠い場所にたった一人で。

敵にも味方にも誰にも心を隠して、ずっと戦い続けて。

好きだった人はもうどこにもいなくて。

寂しくないだろうか。

辛くはないのだろうか。

「いいか、意識をしっかり保て！　一時的にI—ブレインをシャットダウンしろ！　脳が焼き切れる前に早く——！」

少女の言葉を、もはや言葉として知覚できない。
激しい痛み。壁となっていた闇が次第に光に浸食されていく。
膨大な情報が思考を塗り潰す。
自分が消えていく。
涙が出そうになる。
帰りたい。
もう一度あの人に触れたい。
触れて欲しい。
ぬくもりを。
優しい言葉を。
笑顔を。
いつまでも。
永遠に……
「やむを得ん——！」
少女の叫び。
黒い光をまとった手が仮想の視界を遮り、細い指がそっと瞼《まぶた》を撫で、そして。

＊

空を覆う雲の天蓋を、光が走り抜けた。

南極を起点に生まれた光は五つのシティと北極を経由して地球のあらゆる場所を巡り、最後にシティ・ベルリン、巨大な天使像の指先へと収束した。

第二十階層の中心、マザーシステムの直径数百メートルの白い外装が文字通り脈動する。生物の断末魔《だんまつま》のように蠢《うごめ》き、身をよじり、のたうち、悲鳴に似た甲高い金属音を断続的に発し、かつてシティ・ベルリンの中心であったはずの物体は体を丸めた胎児《たいじ》に似た歪な形状に変形して動きを止める。

激しい鳴動。全長十キロあまりの天使像が崩落を始める。表面を覆う強化コンクリートとチタン合金の外装がはがれ落ち、自らの根元、シティの巨大なドームへと次々に落下していく。腕が、顔が、体が、翼が形を失う。すさまじい量の構造材がシティの外殻に雪崩《なだれ》を打って突き刺さる。

この世の終わりのような、轟音。

シティ・ベルリンが、一千万人の市民の命を支える人類の最後の砦であったはずのその建造物の天井が、崩落する。

数百階建ての高層建築と同じ規模の鋼材とコンクリートの塊がシティの外殻を突き破ってそのまま第二十階層の地表へ、それを貫通《かんつう》して第十九階層の天井へと落下する。無数の金属の軋む音が重なり合って異様な唸りとなり、直径二十キロの半球型のドーム全体が少しずつ、少しずつ形状を歪ませていく。

ドームの中程《なかほど》、第十階層付近で、数百メートル四方にわたって外殻が砕ける。

複雑な内部構造を持つ厚さ百メートル以上の外殻がそのままの大きさの瓦礫に姿を変え、ドームの表面を滑《すべ》り落《お》ちて眼下の雪原に叩きつけられる。

すさまじい衝撃が地を震わせる。凍《こお》り付《つ》いた大地が一瞬で砕け散り、その下に隠れていた土《ど》壌《じょう》もろとも数キロの高さにまで噴き上がる。

シティ連合と賢人会議、いまだにベルリンの周囲で戦闘を続けていた両軍が動きを止める。

戦場に集った全ての者が、一様に天使像の頂点、雲に向かって突き立つ指の先端を見上げる。

末端から崩落するかと見えた指が、その姿の名残《なごり》を残したまま、周囲の物質をかき集めるようにして新たな形状を獲得していく。

砕いた鉱石のように先端を鋭く尖《とが》らせ、まっすぐに天を突き刺す巨大な尖塔《せんとう》。

骨のような、槍のような、全長十キロ以上の真っ白なその構造物が、砕けた天使像を殻《から》のように脱《ぬ》ぎ捨《す》てて吹雪の空に顕現する。

かつて指先であった尖塔の先端が再び雲に接触する。瞬間、接点を中心にして爆発的な量のノイズが膨れあがる。状況を確認しようと近づいていた賢人会議の炎使いが演算を阻害されて落下し、シティの外殻に叩きつけられる寸前で別な騎士に抱き留められる。同様に付近を飛んでいた飛行艦艇が演算機関の推力を失い、遙か眼下の雪原へと降下していく。

ノイズの影響範囲が、塔を中心にゆっくりと広がっていく。

それに押されるように、両陣営《じんえい》の部隊がベルリンから後退を始める。

その間にもシティの崩壊は続く。天使像は尖塔に取り込まれた部分と取り込まれず瓦礫として落下した部分に分かれて半ば以上形を失い、根元にあたる場所ではシティのドームの天頂部分が塔に取り込まれ始める。

崩壊が加速する。

シティ内に突入していた魔法士達と防衛部隊のフライヤーや空中戦車が天井に生じた穴から次々に飛び出し、ノイズの効果範囲から逃れようと飛び去っていく。

第二十階層の地表が陥没する。マザーシステムだけを取り残すようにして、中心から放射状に、砂を崩すように。システムの周辺を取り囲んでいた数千人の兵士が崩落に巻き込まれ、叫び声と共に落下していく。地表に生じた巨大な穴からは直下の第十九階層やさらにその下の街並みが露出《ろしゅつ》し、倒壊した建造物が瓦礫となって絶え間なく落下を続ける。崩壊はさらに下の階層、その下の階層へと連鎖し、やがて最下部に位置する第一階層の姿が露わになる。

市街地の各地に口を開けた、地下シェルターのゲート。

そこから溢《あふ》れ出《で》た三千万の市民と避難民は、絶望的な表情で逃《に》げ惑《まど》い、助けを求めて泣き叫ぶ。

崩壊の影響は地下にも及ぶ。隕石の直撃に耐えうるよう設計されたシェルターであろうとも、シティを構成する構造材自体の変形に対して無事では居られない。広大な地下区画の至る所で床が、天井が、柱がのたうつ龍のように波打ち、カーボンとコンクリートの無骨な避難所を押し潰していく。

ありとあらゆる場所で悲鳴と絶叫が上がる。

人々の断末魔の叫びを呑み込んで、長さ数百メートルの鋼材が唸り声のような軋みをあげる。

全ての街路を埋め尽くし、出口を求めて群衆は突き進む。互いに先を争い、邪魔な者を蹴り飛ばしながら、人々は一心不乱にポートを目指す。足をもつれさせて転んだ老人が後ろから来る者に踏みつけられて動かなくなる。そんな人々の頭上に倒壊した建造物が、上の階層から落下した瓦礫が容赦なく降り注ぐ。

第一階層の各地で生じる悲鳴と轟音。

数千、数万の命が、瞬きする間もなく消える。

ポートにたどり着いた人々を兵士達が迎《むか》える。ケイト・トルスタヤ中将の指揮の元、兵士達はいつ崩壊するかも分からないシティに飛び込み、近隣《きんりん》に停泊《ていはく》した飛行艦艇や輸送用フライヤーに人々を迎《むか》え入《い》れていく。

だが、民衆の全てを救うことは出来ない。

積載量《せきさい》の限界まで人を詰《つ》め込んだ飛行艦艇は、取り残された民衆に背を向けて戦場を飛び去っていく。

一際《ひときわ》大きな崩落の音。とうとう人としての姿を完全に失った天使像の背から、巨大な翼が脱《だつ》落《らく》する。翼はかろうじて半球型を維持していたシティの外殻に突き刺さり、そのまま内側へと倒れ込む。

シティの上部三分の一ほどが、完全に形を失う。

膨大な量の土砂《どしゃ》と構造材が地表に生じた穴から下の階層に流れ込み、重量に耐えきれなくなった地表が連鎖的に崩壊を始める。

＊

意識を失っていたのはほんの一瞬だった。

錬は目を見開き、コアルームの闇を真っ逆さまに落下している自分の姿を唐突に認識した。とっさに空中に身を捻り、空気結晶の盾を足場に体を支える。「空間曲率制御《アインシュタイン》」を併用して跳躍を繰り返し、頭上の作業通路に飛び移る。

荒い息を吐き、顔を上げる。

途端に、自分が置かれた状況を認識する。

ディーがマザーコアのケーブルを切断した瞬間、フィアが眠る生命維持槽を中心にあり得ない密度のノイズが噴き上がった。予想していなかったその影響を至近距離で受けた自分はIーブレインを塗り潰されて一瞬意識を失い、作業通路から転落した。

慌てて身構えるが、すでに周囲に少年の姿は無い。

あとには、機能を失って光を無くしたマザーコアと、いまだに淡い燐光を放ち続けるもう一つの生命維持槽だけが残されている。

……僕は……

喉の奥から叫び声が漏れそうになり、とっさに手のひらで口元を覆う。作業通路に座り込んだまま、なんとか呼吸を整えようとして失敗する。

心の中に絶望が溢れる。

止められなかった。

果たすべき役目を、果たすことが出来なかった。

もちろん、想定外の理由はあった。あの瞬間に隔壁の情報防壁が機能を失うことは予想できなかったし、同じように自分が攻撃を仕掛けるタイミングで防壁が復活したのも不幸だった。

この拠点防衛の状況において自分とディーの相性《あいしょう》は悪く、隔壁を突破されてしまえば攻撃の阻《そ》止《し》は難しかった。

だけど、それでも止めなければならなかった。

世界のために、何より少女のために、この作戦は必ず成功させなければならなかった。

「……そうだ、フィア……」

ようやく思考の焦点が定まり、作業通路の上でどうにか立ち上がる。ふらつく足で生命維持槽に歩み寄り、側面の緊急開放スイッチを押す。

ゆっくりと開かれるガラス筒の中から、薄桃色の羊水と共に少女が流れ出す。

細いその体を抱き留め、床に横たえて傍らに膝をつく。

「フィア、大丈夫？　しっかりして。ねぇ、フィア」

何度も頬を撫で、呼びかけ、肩を揺さぶる。

少女は応えない。エメラルドグリーンの瞳は閉ざされたまま、どうやっても何の反応も示さない。

思考が真っ黒に塗り潰されていくのを感じる。

息はある。確かにある。心臓も正しく動いている。

なのに、最悪の想像が止められない。

「起きてよ……ねぇ、起きてよフィア、起きて……！」

どこかで激しい崩落の音。その正体を考える余裕も無く、動かない少女を抱き上《あ》げてともかく駆け出す。コアルームを飛び出し、広いホールを抜けて通路へ。おそらくマザーコアの暴走状態を制御できなくなった影響なのだろう、一直線だったはずの通路は歪にねじ曲がり、途中で完全に塞がれて通れなくなってしまっている。

ともかく外に脱出しなければと考え、手近な扉を開き、

「……あ……」

目の前には凄惨《せいさん》な光景。

作戦室として利用されていたはずの広い室内はマザーシステムの変形によって布を絞るように歪み、天井や床、壁などおよそありとあらゆる角度からコンクリートと鋼材の柱が幾本も突き出している。

部屋の至る所にベルリン自治軍の軍服姿の士官と白衣の研究員の亡骸が散乱し、多くが柱や倒れた機器に潰されて原形を留めていない。幾人かは最期にわずかな時間を与えられた様子で、這いずって死から逃れようとした痕跡《こんせき》が歪曲した床に真っ赤な手のひらの形で残されている。

そんな作戦室の一番奥。

矮躯の老人は柱に潰された車椅子のすぐ傍で、一心にタッチパネルを叩き続ける。

右足があり得ない角度に折れ曲がって、足首から先が無くなっている。額からは幾筋もの血が滴り落ち、床に小さな水たまりを作っている。まともに立っていることが出来ないのだろう、老人は壁に埋め込まれた小さな端末にすがりついて体を支え、うわごとのように言葉を吐き出し続ける。

「このデータがあれば人類はまだ戦える。希望の火は消さぬ。必ず、必ずじゃ。この世界に人の生きる可能性を残して見せようぞ……」

無意識に踏み出した足が、小さな瓦礫に触れて乾《かわ》いた音を立てる。

老人の落ちくぼんだ目が、ゆっくりと錬を振り返る。

「……生きておったか、小僧」呟き、腕の中のフィアに視線を向けて「娘は……やはり無事ではすまなんだか」

すまぬの、と呟く老人に、虚《きょ》を衝かれる。

ありとあらゆる罵倒《ばとう》の言葉が瞬時に胸の奥に膨れあがり、その全てが形を為す前に崩《くず》れ去《さ》る。

「何……してるの？」

「データを転送しておる」シティ・ベルリンの最高指導者である老人は端末に視線を戻し「雲除去システムの破壊には失敗したが、その娘が持ち帰ったシステムの構造データには途方も無い価値がある。……儂の思う通りであるなら、これが人類の新たな切り札となってくれよう」

節くれ立った老人の指がすさまじい速度でタッチパネルを叩く。その指に血が滴《したた》り、端末の操作卓に次々に赤い染みを残す。

「あんた、その怪我……」

「この回線は……マサチューセッツ、ウェイン議長か。都合が良い。あの男ならば、上手く使うてくれよう」

わからない言葉を呟き続ける老人に近寄ろうとした瞬間、頭上で轟音。

波打って原型を留めない天井が崩落し、チタン合金の建材と共に複数の人影が飛び降りてくる。

賢人会議の黒い軍服をまとった人影は部屋の隅、老人からも錬からも離れた位置に降り立つ。全部で六人。一番近くにいる騎士の青年が剣を鞘に収めてこちらに向き直り、

「天樹《あまぎ》錬君、ですね？」敵意が無いことを示すように両手を広げ「ディーから話は聞いています。……事ここに至っては、もはやシティに与する意味も無いでしょう。どうか我々と共に。賢人会議はあなた方を歓迎《かんげい》——」

言いかけた言葉が止まる。

ようやく老人の姿に気づいた様子で魔法士達が目を見開き、

「ホルガー……ハルトマン？」

「ベルリンの首相！　なんでこんなところに！」

色めき立つ魔法士達を横目に、老人は、騒《さわ》がしいの、と小さく呟く。

突然出現した敵を気にとめる様子もなく、血まみれの指がタッチパネルを叩き続ける。

「貴様！　今すぐ手を止めろ！」

虚を衝かれた様子で一瞬動きを止めていた魔法士の一人が我に返って叫ぶ。騎士の青年が剣を抜きざま地を蹴り、室内に林立する無数の瓦礫をすり抜けて瞬時に老人の背後に到達する。

危ない、という思考。

とっさに生成した空気結晶の弾丸を騎士の横顔に照準し、そんな自分の行動に驚愕する。

……僕は、何を……

あの老人は敵だ。自分とフィアを危険な計画に巻き込み、戦うことを強いた敵だ。どうしてフィアは目を覚まさない。どうしてこの子がこんな目にあわなければならない。全てあの老人が仕組んだ事だ。だから、だけど、僕は——

放たれた数十の弾丸が瓦礫の間隙を縫い、数十メートル先の騎士をまっすぐに襲う。

驚いた様子で振り返った騎士が、剣を縦横に払って全ての弾丸を撃ち落とす。

続けざまに次の攻撃を放とうとした目の前を強化コンクリートの『腕』が遮る。人形使いらしき少女が何事かを呟き、手のひらを突き出す動作をする。とっさに放った空気結晶の槍が巨大な腕に受け止められる。間に合わない。騎士の青年は銀灰色《ぎんかいしょく》の騎士剣を振り上げ、老人の無防備な背中に一息に振り下ろし、

——澄んだ、高い音。

虚空に出現した淡青色な空気結晶の盾が、老人の首に触れる寸前で剣の刃を受け止める。

魔法士達が目を見開く。錬は息を呑み、矮軀の老人を凝視《ぎょうし》する。自分が生み出した盾では

ない。この距離では分子運動制御《マクスウェル》による盾の生成は届かない。もちろん賢人会議の魔法士達の仕業ではあり得ないし、周囲に他の魔法士の姿もない。

ならば。

「……西暦二一八三年三月十六日、フリードリッヒ・ガウス記念研究所で最初の魔法士が誕生した。自然発生した魔法士アリス・リステルではない、I―ブレイン埋め込み手術によって人工的に作られた、シティの公式記録にうたわれる『世界で最初の炎使い』じゃ」

老人の声。

驚いた様子で後方に退く騎士の青年を振り返ることもせず、老人は端末の画面を見つめたまま、

「世界初という希少価値はともかく、その男のI―ブレインは魔法士としてはせいぜい第三級《カテゴリーC》程度の能力しかもっておらなんだ。機密保持のために名を伏せられたその男は、ウィッテン博士の論文にはただ『被験者《ひけんしゃ》一号』とのみ記載《きさい》された」

タッチパネルを叩く音が室内に静かに響く。

老人の背後に浮かぶ空気結晶の盾が、虚空に溶けて消える。

「その男は、当時すでにベルリン自治軍でそれなりの重責を担《にな》い、将来はしかるべき地位に上《のぼ》り詰《つ》めるものと見なされておった。意外かの？　じゃが、ノイズメイカーなどまだどこにも存在せず、I―ブレインという物が具体的にどれほどの戦力を持つかも定《さだ》かでは無かった時代。

裏切りや暴走の危険を避けるため、最初の魔法士には相応の高潔さとシティへの忠誠が求められた」

矮軀の背中が大きくなったような錯覚。

老人はタッチパネルに背中を預けるようにして振り返り、

「魔法士にして中枢指揮官という特異な立場で大戦に参加した男は多くの功績をあげ、ベルリンの存続を維持することに成功した。男のＩ－ブレインは男をよく守ったが、戦後間もなく、フリーズアウトの発作《ほっさ》が男を襲った。……男のＩ－ブレインが性能の低い初期型であったことが幸いしたか、あるいは災《わざわ》いしたか、フリーズアウトの症状《しょうじょう》は他の多くの魔法士とは違う形で発現した。急速な老化と、それに伴う身体機能の低下。脳細胞《さいぼう》の壊死《えし》による神経伝達物質の異常分泌《ぶんぴつ》が原因であろうというのが医者の見立てであったが、ともかく、男は死を免れた代償に二目と見られぬ姿となった」

震える手が、傍らの壁に立てかけられた杖を掴む。

老人は杖を支えに騎士に向かって半歩足を引きずり、

「幸い、と言うべきか、政府の中には男の手腕《しゅわん》を高く評価する者が残っておった。多くの人的資源を失ったシティ・ベルリンには、たとえ魔法士であっても有能な誰かが必要じゃった。男は戦後の混乱を利用して過去の経歴を作《つく》り替《か》え、シティ・ベルリンの議員に、やがては最高指導者になった。残念ながらベルリンには魔法士を為政者として迎え入れる土壌はなく、男にマザーコアとしての適性がなかったこともあって男の能力の存在は秘密となった。……まあ、暴漢から身を守るために幾度かは世話にもなったがの」

そんな馬鹿な、という声が誰からともなく漏れる。

老人はそんな魔法士達をゆるりと眺め、唇の端をつり上げた。

「先達に敬意を払え小僧ども。儂こそが『始まりの魔法士』。炎使い、ホルガー・ハルトマンなるぞ」


……時間が止まるのを、錬は感じた。

その場の全員が、息をすることも忘れて血まみれの老人を見つめた。

魔法士の一人が何かを言いかけてやめる。他の者たちも視線を動かすことすら出来ず、ただ互いの動向をうかがう。瓦礫の欠片が頭上から落ちて足下の床に小さな音を立てる。天井に生じた穴からのぞく第二十階層の空を、シティ連合の軍用フライヤーが全速力で飛び去る。

「……だ……」

ようやく、本当にようやく、人形使いの少女が言葉を発する。

止まっていた時間が動き出す。

「だ、騙《だま》されちゃダメよみんな!」少女は仲間を振り返って両手を広げ「こいつが後天性の魔法士だなんてあり得ない！　こいつがI－ブレインの埋め込み手術を受けたっていうのが十年前だか二十年前だか知らないけど、その頃こいつはもう六十だか七十だかの老いぼれのはずよ！　手術が成功するわけが……！」

「随分《ずいぶん》な言われようよの」ホルガーはくぐもった笑い声を上げ「フリーズアウトの発作による老化と話したばかりであろう。こう見えても齢《よわい》五十六。モスクワのセルゲイ元帥より二つばかり年下よ」

少女が言葉を失い、呆然と老人を見つめる。

入れ替わるように、騎士の青年が構えたままの剣の切っ先を下げ、

「なぜです……」呟き、自分の言葉に押されるように一歩踏み出し「あなたが本当に魔法士だというのなら、なぜシティの代表者として同じ魔法士を虐《しいた》げる立場に立つのです！　指揮官という地位にあったあなたにとって、魔法士に対する人々の恐怖や排斥《はいせき》は無縁な物であったと？実験室で生み出され死んでいく子供達は無関係なものであったと？」

「そのような都合の良い話があるはずが無かろう」ホルガーは息を吐き「人の心とは正直な物。いかに戦功を讃《たた》え、労をねぎらおうとも、彼らが次第に儂を人間では無く兵器と見なしていくことにはすぐに気づいた。友人であった者の多くは離れていった。戦争が激しさを増してからは、その流れは加速した」

遠いなにかを見上げるように、老人は視線を上に向け、

「多くの魔法士を率い、その多くを失った。大戦中のことであったから手術を受けた後天性の

魔法士が大半であったが、実験室で生み出された先天性の者も中にはいた。ただの人間であれば親の庇護《ひご》の元で学校にでも通っているはずの、年端《としは》も行かぬ子供達。同じ魔法士というよしみで儂を慕ってくれた。……一人残らず覚えておる。皆、良い子であった」

「なら……それならなぜ！」

「そうせねば立ちゆかぬからよ」ひどく静かな声が青年の問いに答え「いかに奇跡《きせき》を願ったところで、この世界は誰かを犠牲にせねば立ちゆかぬように出来ておる。摂理《せつり》は曲げられぬ。そして犠牲になる者は少ないに越したことは無い。故に、儂らはマザーコアという形で幾らかの『人間』を犠牲にする選択をした。それは、紛れもなく儂の、儂らの罪であろうの」

「……人間……？」

うわごとのように呟く青年。

老人の落ちくぼんだ目がそんな青年をまっすぐに見据え、

「左様。儂は、人間を、犠牲にした」しわがれ、くぐもった声がにわかにすさまじい覇気を帯び「魔法士と人類は別の生物種と？　勝手なことをぬかすな小僧ども。儂は一度たりとも『人間以外の物』になった覚えなど無い。儂は人間。お主らも人間。そして彼らも人間。彼らと儂らの間には何の区別も無い。その上で儂は、多くを助けるために少数の人間を犠牲にした。……人間が人間の意思と決定において生きるために他の人間を贄《にえ》とした。その罪、その屈辱《くつじょく》を、生物間の生存競争などにすげ替《か》えるでないわ――！」

誰もが動けなかった。杖にすがりつき、立っていることすらおぼつかない矮軀の老人に気圧《けお》されて、その場の全員が動くことを忘れた。

甲高いアラームの音。

老人の背後、壁に埋め込まれた端末の画面に、数行の短いメッセージが表示される。

しまった、という誰かの呟き。騎士の青年が剣を振りかぶり、それより一瞬早くタッチパネルの上に出現した小さな空気結晶がキーを叩く。マサチューセッツ自治軍の旗艦に向けてデータの転送が完了したことを表す窓がディスプレイに出現、すぐに全ての表示がかき消える。

水平に薙ぎ払われた剣の刃を、空気結晶の盾が弾く。

小さな盾では衝撃を受け止めることはかなわず、老人は盾ごと吹き飛ばされて瓦礫の柱に叩きつけられる。

さらに剣をかざして躍り掛かる青年。

老人の枯《か》れ枝《えだ》のような指が、まっすぐにその額を指し示す。

青年が一瞬だけ動きを止め、剣を防御の姿勢に構える。老人の口元に笑みが浮かぶ。大気が収束する。巨大な空気結晶の槍が、青年の目の前では無く老人の背後、錬と賢人会議の魔法士達を隔てる位置に出現する。

数本の槍が、ひび割れた床に突き立つ。

それがとどめの一撃になったように、部屋全体が激しく鳴動する。

視界に映るあらゆる物が崩壊する。天井が、壁が、床が瞬時に無数の瓦礫に姿を変える。崩壊の連鎖はマザーシステムの外装にまで到達し、外の様子が視界の遙か先に飛び込む。

そこにあるべき第二十階層の地表は、すでに存在しない。

無数の建築物と途方も無い重量の土壌を支えていたはずの頑強《がんきょう》な構造体はすでに形を失い、至る所に空いた巨大な穴からは下の、同じく崩壊寸前の第十九階層の地表がのぞいている。

マザーシステムの外装が完全に崩壊し、支えを失った部屋の構成物が一つ残らず落下を始める。

「逃げよ、小僧！」

老人の声。

ホルガー・ハルトマン。ベルリンの指導者であった老人は瓦礫の上に倒れ伏したまま血まみれの顔を上げ、

「娘を連れてこの場を離れ、己《おのれ》の道を探せ！　何も選べぬというならば、何も選ばぬ道を見出《みいだ》してみせよ！　全てを救うような都合の良い答を、奇跡を為してみせよ！」

血混じりの声で叫ぶ老人に、騎士の青年が飛びつく。翻った銀灰色の刃が闇に煌めく。踏み出そうとした足下の床が完全に砕ける。重力制御で飛び出そうとした目の前を無数の瓦礫が遮り、フィアの体を必死に抱きしめて守る。

遠ざかっていく闇の向こうで、老人が薄く笑う。

――飛び散る鮮血。

力を失った老人の体が、ぼろくずのように瓦礫から滑り落ちた。

＊

かろうじて原型を留めていた民間用のポート区画が、とうとう崩壊した。

重力に引かれてゆっくりと下の階層に滑落《かつらく》していく巨大な構造物を見下ろし、セラはとっさにI―ブレインに命令を送った。

空間曲率制御が重さ数万トンの瓦礫を歪んだ空間に絡め取り、落下速度を和らげる。すさまじい負荷に脳が悲鳴を上げる。立ち上る土煙。チタン合金と強化コンクリートによって構成された全長数百メートルの構造物は市街地の外周にまだ残っている幾つかの高層建築に激突し、半ばまで食い込んだところでようやく動きを止める。

だが、生じた運動エネルギーの全てを防ぐことは出来ない。

激突の衝撃で砕けた高層建築の壁が、無数の瓦礫となって弾け飛ぶ。

大小様々な瓦礫が向かう先には巨大な穴が口を開け、幾つもの階層を突き抜けた穴の底にはベルリンの最下層、第一階層が広がっている。放物線を描いた瓦礫は重力に引かれて千数百メートル下方に落下し、無人の街路を次々に押しつぶす。

様子をうかがっていた幾人かの市民が悲鳴を上げ、シェルターの入り口らしき隔壁の奥に駆《か》け戻《もど》る。

眼下にその光景を見下ろし、唇を噛む。

崩落したポート区画の後を追い、重力制御で第四階層の地表に降り立つ。かつて数十万の市民が暮らす街が存在していたはずの場所にはもはやその痕跡すら無く、人工の大地には直径数キロの巨大な穴が幾つも生じて今も拡大を続けている。無数の建造物や地表を構成していた巨大な構造材の残骸はその穴から下の第一階層へと落下し、ひび割れた地表にうずたかく積み上がっている。

無数の金属と強化コンクリートが砕ける軋んだ音があらゆる場所から絶え間なく響く。

この世の終わり、という言葉が頭に浮かぶ。

膝が震えて立っていられなくなり、傍らにかろうじて残った街灯の残骸に手をついて体を支える。

「……お姉ちゃん」

背後から不安そうな声。遅れて第四階層に降りたった二人の子供——エリンとロランが駆け寄って労《いたわ》るように背中に触れる。大丈夫です、とうなずき、顔を上げる。崩落したポート区画を支えるために展開していた十三個のＤ３を周囲に呼《よ》び戻《もど》し、頭上から降り注ぐ無数の小さな瓦礫を受け止める。

見上げた視界を覆うのは、鉛色の雲の天蓋。

シティを形成していた直径二十キロの巨大なドームはもはや完全に構造を失い、地表に近い幾つかの階層を除いたほとんどの部分はわずかな骨組みを残して消失している。

消え去った階層を構成していた物質は一部が地表に落下し、残りは重力を無視して空に向かって吸い上げられていく。無数の瓦礫が向かう先には先端を雲に突き立てた巨大な尖塔。砕けた天使像の中から出現した塔はシティを構成していたあらゆる物を取り込み、映像記録を逆回しにするように空から地上へと今も成長を続けている。

(ノイズを検知。演算速度低下)

塔が発する情報ノイズは雲との接点を中心に空間を球形に満たし、塔の成長と共に範囲を拡大している。まるで空を覆う雲がそのまま降りてきたようなすさまじい密度のノイズがあらゆる情報制御を阻害し、シティ連合の航空機と賢人会議の魔法士の双方に対して戦闘の継続を不可能にしている。

シティの砕けた外殻の向こうに広がる戦場に、すでに両軍の姿は無い。

賢人会議の魔法士達は先を争うようにしてシティを離脱《りだつ》し、自治軍の兵士達も後を追うようにして姿を消した。

敵側の一般回線に偽装して暗号で届いた撤退の指示は、もちろんセラも受け取っていた。崩壊を始めたシティを次々に飛び去っていく魔法士達の姿を、セラは子供達と共に天使像の傍で見送った。グウェンの亡骸だけでも届けるべきでは無いかと、少し考えてやめた。シティとの戦争の殉教者《じゅんきょうしゃ》として丁重《ていちょう》に葬《ほうむ》られることを、男が望まない気がした。

ディーの姿はベルリンの崩壊が始まってすぐの頃に見かけた。歪に変形していくマザーシステムを飛び出した少年は第二十階層の空を飛び回り、必死に誰かの姿を探しているようだった。自分は瓦礫の陰に隠れたまま、肩を落としたまま空の彼方に消える少年の背中をただ見つめた。

少年と共に帰る気にはどうしてもなれず、子供達もそれを望まなかった。

それから二時間以上、こうしてシティの中を当てもなく彷徨《さまよ》い、崩壊を続ける街をただ見送っている。

シティ連合の兵士達は賢人会議の魔法士が姿を消した後もしばらくシティに留まり、第一階層で人々の救出を行っていた。おそらくシティの地下全体が有事の際のシェルターになっていて、ベルリンの市民や近隣から保護された避難民はマザーコアが暴走している間その場所に押し込められていたのだろう。兵士達は街路にあふれ出た人々を飛行艦艇や輸送フライヤーに乗せ、次々にベルリンの外へと運び去っていった。シティの崩落に巻き込まれて命を落とした者も少なからずいたが、少なくとも何百万人かは助け出されたはずだ。

が、少し前に最後の飛行艦艇が飛び立ってからは後続の部隊がやってくる気配が無い。

地下にはまだ人が残っている様子だが、彼らを助ける者はどうして来ないのだろう。

（質量物体を検知）

不意にI―ブレインの警告。崩れかかったシティの外殻の縁、剝き出しになった骨組みの間を縫うようにして、自治軍の輸送フライヤーが一台降下してくる。全長二十数メートルの機体は空中で不規則な減速と姿勢制御を繰り返しながら、結局は重力に逆らえず第二階層の地表に垂直に落下する。

その周囲を慌てふためいた様子で飛び交う、賢人会議の軍服をまとった複数の小さな人影。慌てて重力制御を起動し、残骸と化したシティの空を飛翔する。

I―ブレインによって補正された視界の中、人影の正体はすぐに判明する。セラと同じ拠点で暮らしていた子供達が全部で十五人。彼らは空気結晶の盾を壁のように展開し、あるいは周囲の瓦礫からゴーストの腕を生み出して、落下を続けるフライヤーを必死に支えようとしている。

とっさに四つのD3をフライヤーの周囲に展開。空間曲率を書き換《か》え、フライヤーにかかる重力を打ち消す。子供達が驚いた様子で振り返る。フライヤーと共にゆっくりと降下し、まだかろうじて残っている広場の端に機体を横たえる。

機体後部のハッチが軋んだ音を立てて開き、ぼろぼろの軍服をまとった兵士達が次々に転がり出てくる。数十名の兵士はいずれも体中に包帯や応急手当用のパッチを貼り付け、成り行きについていけない様子で地面にうずくまっている。

「――セラお姉ちゃん！」

頭上から声。

飛びついてきた女の子の小さな体をセラはとっさに抱きとめる。

「よかった……お姉ちゃん生きてた……よかった……」

「え？　えぇっと、みんなどうして……」

「姉ちゃんを探してたんだよ」どうしてここに残っているのか、という意味の問いに別な男の子が答え「マザーシステムが止まったと思ったらシティがなんか壊《こわ》れ始めて、最初は他の人と一緒《いっしょ》に逃げようとしたんだけど、セラ姉ちゃんが出てこないってこいつが言い出して」

男の子の視線が別な子供を示し、

「それで戻ってきたらちょうどこのフライヤーを見つけて、どうしようかって思ったんだけど……」

「そ、そんなことより！」また別な女の子がセラの両手を掴み「お姉ちゃん、早く帰らないと！　このままだと魔法が使えなくなって逃げられなくなるよ！」

頭上の塔を見上げて慌てた様子で両手を振る。塔の成長と共にノイズの領域は拡大を続け、すでに頭上一キロ、第六階層が存在していた付近までが呑み込まれている。塔がどこまで大きくなるのかは不明だが、このままいけばいずれベルリンの全てがノイズの影響下《えいきょうか》に入る。そうなれば脱出は不可能。それどころか、軍服に埋め込まれた体温維持用の論理回路が効果を失えば待っているのは凍死《とうし》の運命だ。

早く行こう、と言うように腕を引っ張る女の子。

セラはその顔を見下ろし、首を横に振る。

「わたしは……帰れないです」

女の子が動きを止める。その顔が泣きそうに歪み、腕を掴んでいた手が離れる。

「……じゃあ、本当なんだ」小さな声に涙の色が混ざり「……お姉ちゃんが、みんなを裏切った……って」

息を吐き、視線を他の子供達に向ける。

男の子の一人が何度も迷ってから顔を上げ、

「シティの中から出てきた人たちが言ってたんだ。……セラ姉ちゃんが裏切って、グウェンさんを見殺しにした、って」

「そう……ですか」

呟き、鉛色の空を見上げる。

諦めのような、寂しさのような、空虚《くうきょ》な感情が胸の中に広がるのを感じる。

破局は決定的なものとなった。グウェンが兵士の自爆に巻き込まれたあの瞬間、第二十階層には百人以上の魔法士がいた。一部始終を目撃《もくげき》した者も多くいただろう。以前から自分に向けられていた疑念、自分が兵士達を殺さないように戦っているのではないかという疑いを否定する方法が今度こそ無くなった。

いや、本当はそれすらも言い訳に過ぎない。

自分は、もう、賢人会議の一員としてシティと戦い続けることはできない。

本当はとうの昔に気づいていた。人類の殲滅を決定した今の組織に自分の居場所は無いのだと。戦いを望まない者の存在は仲間達にとって毒でしかないのだと。それでも自分は賢人会議の一員であり続けた。自分のために殺人者の道を歩み続けるディーを、あの優しい人を一人で捨て置くことなど出来なかった。

それでも、もうダメだ。

人を殺さないという自分の戦いを貫《つらぬ》き通《とお》すために、あの人の帰る場所であり続けるために、自分はあの人の傍を離れなければならない。

……ごめんなさい、です……

まっすぐに顔を上げる。

あふれそうになった涙を、腕で強く拭って振り払う。

「わたしは帰らないです。どこに行けばいいかは分からないけど、賢人会議じゃないどこかに行って、戦う以外に出来ることを探します」

言葉を切る。

子供達を順に見回し、一番近くにいる女の子の頭を撫で、

「だから、えぇっと、良ければみんなも……」

本当はこんなことを言うべきではないのかもしれない。自分がこれから歩むのは昨日までの仲間を敵にする道。共に行こうなどと軽々しく口にするべきではないのかも知れない。だけど、この子達を置いて自分一人の道を行くことは出来ない。戦いを望まず、賢人会議に戻っても居場所など無いこの子達を、自分がどこかに連れて行かなければならない。

長い、長い沈黙。

男の子の一人が意を決した様子で歩み寄り、

「……おれ、姉ちゃんと一緒に行く」

他の子供達が次々にうなずく。女の子がセラの腕を両手で摑み、身を寄せる。

「本当に、大変ですよ？」少し身をかがめ、子供達の顔を一人一人覗き込み「みんなの所にはもう帰れないし、I－ブレインを持ってない人に敵じゃ無いって分かってもらえるかどうかも分からないです。今日食べるごはんも、明日食べるごはんも、何も無いかもしれないですよ？」

子供達が一斉に、先ほどよりも強くうなずく。

行くべき道は決まった。

セラはうなずき返し、改めて輸送用フライヤーと負傷兵達に向き直り、

「大丈夫ですか？　動けるですか？」

「あ、ああ……」壮年《そうねん》の兵士は戸惑《とまど》った様子で顔を上げ、フライヤーの後部コンテナを振り返

り「私はいい。それより、彼を……」

彼？　と視線を向けるセラの前で幾つもの足音が響く。包帯を体のあちこちに巻き付けた兵士が六人、白髪の少年を乗せた担架《たんか》を担いで薄暗《うすぐら》いコンテナの奥から進み出る。

兵士達を先導するのは、モスクワ自治軍の軍服をまとった東洋人の女性。

セラに向かって少し笑い、敵意が無いことを示すように肩に提げたスナイパーライフルを投げてよこす。

「月夜さん……？」

ライフルを慌てて受け止め、どうすればいいか分からなくなってとりあえず頭の上に浮かべる。

「久しぶり。いつ以来かしらね」月夜は兵士達に担架を地面に置くよう指示し「とにかくお礼言っとくわ。どうにか動くフライヤー見つけてここまで降りてきたのはいいけど、演算機関止まりそうでヤバかったから」

「え？　えぇっと……」

思わぬ成り行きに戸惑い、担架に横たわる少年――イルに視線を向ける。

「マザーシステムの防衛部隊に合流しようとしたんだけど、間に合わなくてね」月夜も同じ方向を見下ろし、独り言のように「なんだかわかんないけど地面は穴だらけで、とにかく端っこに引っかかってたこいつ助けて。身動き取れないから隠れてたんだけど上の階層はどんどん崩れていくし演算機関は動かなくなるしで、どうにもなんないから一か八か、途中で会ったこの人達とフライヤーで降りてきたってわけ」

なるほど、とうなずきかけて気づく。

グウェンを連れて天使像に向かう途中で最後に見た、戦場の光景。

マザーシステム前の広場には、イルを守ろうと駆けつけた兵士が数千人はいたはずだ。

「月夜さん、あそこにいた人達は」

「助けられなかったわ」月夜は少年の傍に片膝をつき、胸に貼り付けられた小さな生命維持装置の表示を確認し「マザーシステムの周りは最初に崩壊したし、私一人じゃどうにも、ね」

そんな、と息を呑む。

もしかしたら、自分がグウェンを助けたあの行為が彼らの死の引き金を引いたのでは無いかという疑念。

「あんたのせいじゃないわよ。何やったか知らないけど」その先を考えるより早く月夜が立ち上がり「暴走状態でしかもクラスターを形成してるマザーコアをいきなり止めたらどうなるかなんて誰にも分からないし、そもそもこんな無茶な作戦を考えたのはシティの連中なんだから」

余計な物を背負《せお》い込むのはやめなさい、という言葉に、どうにかうなずく。

周囲の子供達が、心配そうに腕や服の裾《すそ》を引っ張る。

「それより、錬とフィアを見なかった？」月夜はサイドポーチから小さなアンプルを数本取り出して生命維持装置に押し込み「マザーシステムの中にいたはずなんだけど見当たらなくてね。第二十階層はもう跡形《あとかた》も残ってないし、どうにかして脱出したとは思うんだけど」

「え……？」

言われて思い出す。ディーがマザーシステムから飛び出した直後、少年に指示を受けた魔法士が何人か入れ替わるようにシステムの中に突入していった。あれはもしかして二人を助けに行ったのだろうか。

そのことを告げると、月夜は舌打ちして唇を噛み、

「ってことは賢人会議に連れてかれた可能性もあるわけか……」立ち上がって膝の土埃《つちぼこり》を払い、両手で自分の頬を叩いて「仕方ない。今は目先のことよ」

「目先のこと？」

「ここからどう動くか、って話よ」月夜は目覚める気配の無いイルを見下ろし「こいつを助けにモスクワ自治軍あたりが来るんじゃないかと思ってたけど全然そんな気配も無いし、動こうにもこっちはケガ人がほとんどだし。あんた達は何かあてはあんの？　賢人会議に帰る気は無いみたいだけど……」

言いかけた月夜の顔から不意に表情が消える。瞬時に走った右手が傍らの兵士の腰から短銃《たんじゅう》を抜《ぬ》き取《と》り、後《うし》ろ手《で》に背後、瓦礫の陰に向ける。

I―ブレインの知覚の中で、驚いたように動きを止める人間一人分の質量。

とっさに身構えるセラの視線の先、倒壊した建築物の向こうから、月夜より幾らか年上の同じく東洋人の女性が姿を現す。

「落ち着いてください。敵ではありません」無防備なのを示すように両手を頭上に掲げ「こうして直接会うのは初めてでしたね。天樹《あまぎ》月夜さん。それに、セレスティ・E・クライン」

頭の中で記憶の線がつながる。

シンガポールで自分たちの前に立ちふさがった、元神戸自治軍の少尉。

真昼を誘拐《ゆうかい》し、その死と世界の崩壊の引き金を引いた工作員の一人。

「え……どうして……」

「一ノ瀬日向《ひなた》。今は世界再生機構の一員として活動しています」どうしてここにいるのか、という意味の言葉に少尉が応え「おおよその状況は理解しました。負傷者の保護に感謝します」

右手で敬礼する少尉を、月夜がゆっくりと振り返る。

手にした小銃《しょうじゅう》の銃口が、女の額を正確に照準する。

「月夜さん――？」

驚いて声を上げるセラの前で、少尉は落ち着いた様子で月夜に向き直る。一言も言葉を発せず、逃げる素振《そぶ》りも見せず、神戸自治軍の軍服に身を包んだ女は敬礼の姿勢のまま自分に向けられた銃口をまっすぐに見つめる。

数秒。

月夜は深く息を吐いて銃口を下げ、

「それで、あんたは？　防衛部隊に加わってるってのは聞いてたけど、なんでこんな所に残ってるのよ」

少尉は敬礼を止めてセラと月夜に歩み寄り、あれを、と第四階層の地表に空いた巨大な穴を示す。

直径二十キロの街の八割以上を呑み込む巨大な穴の底には、ベルリンの最下部、第一階層の街。

かろうじて残った幾つかの建物には地下シェルターの入り口らしき扉が開かれ、自治軍の兵士達がさかんに出入りを繰り返している。

「彼らはベルリン自治軍の兵士です。司令部の撤退命令を無視してこの街に残り、市民の保護にあたっています」

「市民の保護？　撤退命令？」月夜はかすかに眉をひそめ「よくわかんないわね。シティがこの有様じゃ、地下シェルターの市民はみんな他のシティが引き取るしかないはずよ。どのくらい死んだかは知らないけど、まだ生きてる人が残ってるのに撤退なんか出来るわけ……」

「シティ連合の飛行艦艇は全て、すでにベルリン周辺から撤退しました」

静かな声が、月夜の言葉を遮る。

は？　と目を丸くする月夜の前で少尉は深く息を吐き、

「地下に避難していた三千万の人々のうち、生き残ったのは六百万人ほど。各国の自治軍が全力で救助にあたりましたが、彼らの輸送手段では全ての人々をこの場所から脱出させることは不可能でした。……地下のシェルターには、市民と近隣の避難民がまだ五万人以上取り残されています」

「待ちなさいよ！　撤退って、そんなはず無いでしょ！」月夜は腕を振って少尉の言葉を否定し、担架の上で眠り続けるイルを指さして「ここにはまだこいつが残ってるのよ？　なら他のシティが全部退いてもモスクワ自治軍が逃げるはずがない。司令部が勝手に決めても、現場の兵士は従わないわ！」

「撤退命令に対しては、多くの兵士から頑強な抵抗《ていこう》があったと聞いています。ケイトさんも手を尽くして、司令部に再考を求めたと」少尉は首を左右に振り「ですがどうにもなりません。あの塔から発するノイズが航空機の活動を阻害しているのはもちろんですが、根本的に自治軍側の戦力の損耗が大きすぎました。救出部隊を再編する余力はいずれのシティにもありません。すでに救出した市民をそれぞれのシティに護送するだけでも、能力の限界を大きく超えている状態です」

少尉の視線がはるか頭上、雲に向かって中空からそびえる尖塔を捉える。

巨大な瓦礫の塔の最下部はすでにセラがいる階層の一つ上、第五階層の上部にまで到達し、高密度のノイズに対する注意を促すI－ブレインの声は大きくなり続けている。

「ノイズがどこまで拡大するかは不明ですが、少なくともこのシティ・ベルリン全体が影響範囲に入ることになると司令部は予想しています。そうなればあらゆる輸送手段とエネルギー供給手段が喪失する。……五万の人間が凍死する前に、誰かが彼らをここから脱出させる必要があります」

不意にかすかな通信音。少尉の前に小さな立体映像ディスプレイが出現し、第一階層らしき廃墟《はいきょ》の様子が映し出される。

モスクワ自治軍の軍服姿で画面を覗き込むのは、元シンガポール自治政府全権大使、『魔法士殺し』フェイ・ウィリアムズ・ウォン。

なぜこの人がここに、と驚くセラの前で通信画面の向こうの男は背後に山積みになった自治軍のフライヤーを示し、

『……多少なりとも無事な機体をかき集めた。まともな速度での飛行は不可能だが負傷者の足代わりにはなる。演算機関を利用すれば気温の維持装置として徒歩移動のサポートにも利用可能なはずだ』

「こちらは天樹月夜さんと幻　影《イリュージョン》No.17を発見しました。それとセレスティ・E・クライン他、賢人会議の魔法士が複数名……いえ、交戦中ではありません。経緯は不明ですが、彼女らは組織から離脱したようです」

『……ほう』

後ほど説明を、と呟く男の後ろを見覚えのあるチャイナドレスが通り過ぎる。三つ編みに結わえた長い黒髪を翻して駆ける少女の隣で金髪の男の子が地面から無数の螺子を生み出し、瓦礫に埋まったシェルターの入り口を掘《ほ》り起《お》こす。

少女が素手《すで》で隔壁をこじ開け、中から血だらけの老人を引きずり出す。煤《すす》けて汚《よご》れた顔を一度だけ泣きそうに歪め、両目を腕で拭って口元を強く引き結び、少女は老人を肩に担いで走り出す。

少尉が画面の向こうの男に敬礼してディスプレイを消去し、兵士達に向き直る。月夜が輸送フライヤーの後部に駆け寄り、メンテナンス用のハッチを引き開けて何かの作業を始める。まともに動ける幾人かの兵士が立ち上がり、少尉の前で整列する。周囲にうずくまる他の兵士達を含めた全員が、神戸自治軍の生き残りを名乗る女に敬礼して指揮下に入ることを宣言する。

少尉は兵士達に二つ三つ短い指示を送り、セラと子供達を見下ろして、

「試算ではノイズが第一階層に到達するまでおよそ二時間。その前に脱出の準備を進めなければなりません。移動手段、当面の食料、医薬品、何もかもが足りない。ですが、ここに残された人々を見捨てることは出来ません」

頭上の遠くで、骨組みだけになったシティの柱がまた一つ崩落する。

少尉はセラの目の前に片膝をつき、手を差し出して、

「可能なら協力を。今は一人でも多くの助けが必要です」

＊

流氷がぶつかりあう軋んだ音が、遠くで聞こえた。

ヨーロッパ西端、旧ポルトガル地方の海岸。鹵獲した自治軍のフライヤーでベルリンを逃れて降り立ったディーの元に、その知らせは届いていた。

「セラが……？」

「はい」目の前に立つ炎使いの青年が青ざめた顔でうなずき「第二十階層にいた多くの者が目撃しています。セラちゃんがシティ連合の兵士に対する攻撃を放棄し……その、グウェンさんを見殺しにしたと……」

震えながら告げる青年の言葉に、周囲の魔法士達が顔を見合わせて騒ぎ始める。馬鹿な、あり得ない、何かの間違いでは無いのか、どうやら事実らしい、そういえば噂《うわさ》を聞いたことがある、子供達が出撃拒否を、彼女の父親は通常人のはず、なら本当に、サクラに報告は、いったいどうすれば――

それらの言葉の全てが遠い物に聞こえる。

全身のありとあらゆる力が抜け落《ぬお》ち、フライヤーの機体に手をついてかろうじて体を支える。

「それで……セラは？」

「……不明です」体の至る所に包帯を巻かれた青年はうつむいたまま声を絞り出し「ただ、ベルリンの状況を観測していた者が、自治軍の兵士と共に行動している我々の軍服姿の子供を見たという未確認《みかくにん》の情報が……」

青年がその先の言葉を飲み込み、大きく一歩後ずさる。他の魔法士達も話をやめ、青ざめた顔で距離を取る。

それで、自分がどんな顔をしているのかがわかる。

鞘に収めた右の騎士剣『陰』の柄を無意識に握りしめる。

……ぼくは……

分かっていた。いつかこんな日が来るのではないかと、心のどこかで感じていた。戦いを望まないあの子と、戦いの道を突き進んで行く組織。その乖離《かいり》は時が経つにつれてどうにもならないほど大きくなり、あの子はとっくの昔に自分の居場所をなくしていた。

それでも、守れると思った。

自分の剣であの子を戦いから遠ざけ、あの子のいないところで戦いを終わらせ、あの子が笑える世界を作れると思っていた。

もしかするとセラが裏切ったというのは勘違《かんちが》いなのかもしれない。あの子が戦場で見せたほんの少しのためらいや不幸な偶然が幾つも重なって、グウェンの死という結果を招いてしまったのかも知れない。だが、そうだったとしても何も変わらない。あの子が戦場に立てばいつかこんなことが起きる。自分がどれだけあの子を戦場から遠ざけようとしても、あの子の魔法士としての能力がそれを許さない。そのことを自分は知っていて、今日まで知らないふりをし続けてきた。

本当にあの子を守りたいのなら、戦わない道を探さなければならなかった。

あの子のために振るったこの剣が、あの子の帰る道を断《た》ち切《き》ってしまった。

「ディー……」周囲の魔法士の一人、騎士の少女が意を決した様子で前に進み出て「こんな時にすみません。でも、今後の方針を決めなければ」

「そうです」もう一人、別な人形使いの青年が声を上げ「シティ連合の作戦は阻止できましたが、代償に一九五人の仲間が命を落としました。あの『塔』が発するノイズのせいで南極衛星のサクラとは連絡が取れない。ここからどう戦力を立て直し、どうやって人類を攻撃するか、プランを再構築する必要があります」

幾人かの魔法士が賛同するようにうなずく。その姿を意識の端に、視線を上に向ける。

鉛色の雲の天蓋から、灰色の雪が降る。

フライヤーのわずかな照明に切り取られた闇の中、舞い落ちる雪は一粒《つぶ》、また一粒と頬を濡らしていく。

「……まず負傷者と戦死者の確認を。動けない人は可能な限り近い拠点に。……多少なりとも余力のある人はすぐに攻撃部隊を再編してください。移動手段も多ければ多いほど良い」

攻撃部隊、という言葉にその場の全員が顔を見合わせる。そんな仲間達にまっすぐ向き直り、ディーは右手の『陰』を鞘から引き抜いて自分の頭の後ろに回す。

一房だけ伸ばした長い髪を左手で掴み、剣を一息に振り抜く。

切り落とされた髪の束が、風に吹《ふ》かれて海の彼方へと消える。

「今回の作戦でぼくたちは大きな痛手を被りましたが、人類の側に与えた損害も小さなものではありません。敵はベルリン市民の生き残りと負傷兵を抱えて身動きが取れない状態のはず。……I―ブレインの疲労を計算に入れても、今ならもう一つ、どこかのシティを陥落させることが可能なはずです」

仲間達が驚いた様子で目を見開く。そんな仲間達に背を向け、ディーは目の前に広がる大西洋、果てしなく広がる灰色の水面を見つめる。

今さら戻る道は無い。戦いを止めるなどという選択肢は残されてはいない。

ならば、やるべきことは一つしか無い。

自分は、前に進み続けなければならない。

……たとえあの子が望まないとしても、ぼくは……

剣になろう。迷いも無く、恐れも無い、ただ目の前の敵を斬《き》り伏《ふ》せるために鍛造《たんぞう》された純粋で飾りの無い一振りの剣になろう。その剣であの子の妨《さまた》げとなる敵をことごとく斬り倒し、あの子を悲しませる全てを残らず踏み均《なら》して、この地獄のような世界からあの子の未来を削《けず》り出してみせよう。

そうして、あの子が生きる場所を作ることができたら、この剣と共にあの子の世界から消えよう。

ぼくはそうやって生き、そうやって戦い、そうやって死のう。

「ここから近いのはロンドンとモスクワですが、帰投する自治軍の艦隊に先行して攻撃を仕掛けるのは難しいでしょう。……狙うならもう少し遠い場所が良い。ぼくにとっても皆さんにとっても遺恨《いこん》のある場所です。死んでいった人達にも、きっと手向《たむ》けになるでしょう」

両の騎士剣を抜き放ち、虚空を水平に薙ぐ。

空中に両断される雪の結晶。

ディーは魔法士達を振り返り、静かに告げた。

「これより、賢人会議は全軍をもってシティ・マサチューセッツを破壊します」

第八章　英雄の条件　～Sword master～

荒《あ》れ狂《くる》う吹雪《ふぶき》が視界を閉ざした。

闇《やみ》は頭上から重く、深くのしかかり、絶望に沈《しず》んだ心を塗《ぬ》り潰《つぶ》していくかのようだった。

凍《こお》り付《つ》いた雪を踏《ふ》みしめる無数の足音。長さ一キロ以上にわたって連なる人の群れが立てる音は一様に頼《たよ》りなく、乱雑で、ひどく弱々しい。年も背格好もばらばらの群衆は薄汚《うすよご》れた防寒具の裾《すそ》をかき合わせ、足を引きずるようにして一歩、また一歩と雪原に足跡《あしあと》を刻んでいく。

廃墟《はいきょ》と化したシティ・ベルリンを発《た》って四時間と少し。

行き場を無くした五万の人々を引き連れて、あての無い行軍は片時も休むこと無く続いている。

百人を一つの単位とし、周囲の気温調整と物資輸送、それに歩行が困難な者の移動手段を兼《か》ねたフライヤーを一台割り当てる。その小集団が全部で五百。統制のために一つの集団につき一人の代表者を選出し、十の集団をまとめたものを一つの独立行動単位として護衛のための兵士を配置する。

数少ない魔法士《まほうし》は集団全体の状況監視《じょうきょうかんし》と問題解決にあたる。中でも熱量の操作が可能な炎《ほのお》使いは貴重だ。周囲の気温は昼間の最も暖かい時間でもマイナス四十度、夜間の今はすでにマイナス七十度を下回っている。ベルリン跡地《あとち》からかき集めたフライヤーはいずれも被弾《ひだん》して廃《はい》棄《き》された機体であり、演算機関の出力が限られる。

重力制御《せいぎょ》で低速移動しつつ周囲の広範囲《こうはんい》の気温を制御するという現在の運用を続けるだけでも、いつ停止してもおかしくない。

全ての演算機関が失われれば、あとは炎使いの熱量操作による気温の維持《いじ》だけが頼《たの》みの綱《つな》となる。

人々の表情は一様に暗く、踏《ふ》み出《だ》す足には力が無い。五万人の集団の半数を構成するベルリン市民にシティ外での活動経験が無いのはもちろんだが、残る半数、周辺地域で暮らしていた者たちにしたところでまともな装備も無しに徒歩で吹雪の中を移動したことがある者などほとんどいない。ましてこの異様な状況。何一つ理解できないまま住む場所を追われ、自分達を守るはずだった街は無残な瓦礫《がれき》へと姿を変え、頼みの綱であるはずの自治軍は彼方《かなた》へと飛び去り、もはやどこへ行けばいいのか、本当に助かる術があるのかすら定《さだ》かではない。

あらゆる現実が楔《くさび》となって人々の足を地に打ち付け、歩みを止めようとする。

だが、立ち止まることは出来ない。

シティ・ベルリンの残骸《ざんがい》を呑《の》み込んで出現した巨大《きょだい》な塔《とう》。そこから広がるノイズは今も拡大を続け、行軍を続ける人々の背後に少しずつ迫《せま》っている。

足を止めればノイズに呑《の》まれる。呑まれれば演算機関も魔法士の魔法も使えなくなり、ここにいる全ての人間がマイナス七十度の大気に直接さらされることになる。だから、どんなに過《か》酷《こく》であろうとも歩き続けるしかない。背後に迫った死から逃《のが》れるために、前に進み続けるより他に道は無い。

五万の人々を引き連れて、吹雪の行軍は続く。足をもつれさせた老人が雪の上に転がり、周囲の者の手でフライヤーの中に運び込まれる。疲《つか》れたと泣く子供を母親が抱《だ》きかかえ、重さに耐《た》えかねて膝《ひざ》をつく。そんなことが至る所で起こる。人々の表情に疲《ひ》労《ろう》が積み上がっていく。

……吹《ふ》き荒《あ》れる風の音。

無数の足音と悲《ひ》嘆《たん》の吐《と》息《いき》を呑み込んで、雪は絶え間なく降り続く。


凍《こお》った雪に半ばまで埋《う》まったコンテナを、重力制御で引きずり出した。

二メートル立方ほどのコンテナは携《けい》帯《たい》照明の薄《うす》明かりの中でゆっくりと回転し、かすかな地《じ》響《ひび》きと共に雪原の上に着地した。

「モスクワ自治軍の糧《りょう》食《しょく》だな」

駆《か》け寄《よ》ったフェイが表面に貼《は》り付《つ》けられた金属プレートの雪を払《はら》う。

軍服の上に簡易な防寒着を着込んだ男は巨大な扉《とびら》の表面の手すりを摑《つか》み、軽く力を込《こ》めて左

右に引き開け、

「輸送艦《かん》が市民の収容スペースを確保するために投棄《とうき》したものだ。かき集めれば当座の飢《う》えはしのげる」

今後も発見次第《しだい》報告するように、という男の言葉にセラはうなずく。コンテナの周囲に浮《う》かべていたD3を呼《よ》び戻《もど》し、足下《あしもと》の大きな袋《ふくろ》に押し込んで全ての接続を切る。

休息の必要を訴《うった》える幾《いく》つものエラーメッセージが、脳内に浮《う》かび上《あ》がる。

十三個のD3を収めた袋を両手でどうにか持ち上げ、重さにバランスを崩《くず》して雪の上に尻餅《しりもち》をついてしまう。

「大丈夫《だいじょうぶ》？」

いきなり目の前に手を突《つ》き出《だ》され、驚《おどろ》いて顔を上げる。長い黒髪《くろかみ》を三つ編みに束ねた少女、ファンメイが「あ、ごめん」と少し困った顔をし、くるりと身を翻《ひるがえ》してセラの前に座り込む。

金糸で龍《りゅう》の刺繍《ししゅう》が施《ほどこ》された艶《あで》やかなチャイナドレスが、非常灯の淡《あわ》い光にたなびく。

ファンメイは雪に両手をついてセラの顔を覗《のぞ》き込むように身を乗り出し、

「疲れた？　立てないならおんぶする？」

心配そうに問う少女に、大丈夫です、と視線を逸《そ》らす。少女は「そっか」とうなずき、隣《となり》に並んで座る。

そうして、互《たが》いに無言で、吹雪の向こうを見つめる。

非常照明のわずかな明かりに切り取られた闇の中、頼りなく飛ぶ壊《こわ》れかけのフライヤーに先導されて、人の群れはどこまでも絶えること無く連なっている。

左右にいくら目をこらしても、隊列の始まりも終わりも見通すことは出来ない。五万人の難民。言葉にすると簡単なその集団は今、セラの目には動き続ける巨大な壁《かべ》に見える。

胸《むね》の奥に得体の知れない不安が生まれる。

それが何なのか自覚するより早く、隣のファンメイが「そーだよね」と呟《つぶや》き、

「こんなにたくさんの人、本当に助けられるか心配だよね」

「え……」

泥《どろ》のように淀《よど》んでいた不安が急に具体的な形を成す。驚いて振《ふ》り返《かえ》ると、ファンメイは人々を真《ま》っ直《す》ぐに見つめたまま強くうなずき、

「でも大丈夫。きっと、なんとかなるから」まっすぐにセラに向き直り、頭をぽんぽんと撫《な》でて「だから、わたしもがんばるから、セラちゃんもがんばろ?」

南極での戦いで最後に会った後、ファンメイがどうやってここまで来たのかについては道すがら教えてもらった。少女を含《ふく》めた色々な人が人類と魔法士の最終戦争を止めるために「世界再生機構」の名で活動を続けていることも初めて知った。その活動に祐一《ゆういち》やクレアが加わっていることを知った時には驚いた。最終的にその活動がばれてロンドンに居られなくなり、今はニューデリーの近くの町を拠点《きよてん》に活動しているのだと語るファンメイの姿はどこか誇《ほこ》らしそう

で、セラはどうしてだか羨《うらや》ましいという気持ちが湧《わ》き上《あ》がるのを感じた。

暴走したマザーコアを制御していたのがフィアだということも教えてもらった。

シティ連合の作戦が失敗し、ベルリンのマザーシステムは破壊《はかい》され、中にいたはずのフィアは護衛役だった天樹錬《あまぎれん》と共に今も行方《ゆくえ》知れずなのだという。

「フィアちゃんもね、そのうちひょこっと帰ってくると思うの」そんなセラの考えを知ってか知らずか、ファンメイはベルリンが存在した方角に視線を向け「だから、その時にフィアちゃんがあんまり落ち込まないように、ここにいる人たちだけでも守らなきゃ」

吹雪の空を見上げたまま、はにかむように笑う。

その笑顔《えがお》に、少しだけ心が軽くなる。

この人はまだ何も、一つも諦《あきら》めてはいないのだ。

「……そうだ。すぐにこちらに一台回すよう。負傷者？　構わん。休息ポイントまでは保つ」

そんな二人から少し離《はな》れた場所で、フェイが通信素子に短い指示を送る。ほどなく一台のフライヤーが隊列を離れ、ゆっくりと移動してコンテナの前で停止する。金髪《きんぱつ》の男の子、エドが屋根の上から飛び降り、他に二人の魔法士の子供がその後に続く。三人の人形使いはコンテナの表面から金属の螺子《ねじ》と小さな腕《うで》を生み出し、食料のパックを次々にフライヤーの空の荷台に運び込む。

座り込んだまま空中を飛《と》び交《か》う小さなパックの列を眺《なが》め、ふと気づく。

このフライヤーは確か、負傷して歩けない人を何十人か運んでいたはずだ。

「フェイさん、ここに乗ってた人は……」

「降りていただいた」フェイは積み上げられていくパックを無表情に見つめたまま「応急手当は済んでいる。しばらくは自力で歩行が可能なはずだ」

とっさに隣のファンメイと顔を見合わせ、振り返る。

荒れ狂う吹雪の中、五万の群衆は疲《つか》れ切《き》った様子で歩き続けている。足を引きずるようにして歩く負傷者が幾人か目に留まる。隊列から遅《おく》れそうになった者を傍《かたわ》らの別な者が励《はげ》まし、なんとか前に進ませようとする。それでも動けなくなった者が雪の上に座り込み、駆け寄った兵士が両側から肩《かた》を支える。

包帯から滲《にじ》んだ血が数滴《てき》、灰色の雪の上に痕《あと》を残す。

「わ、わたしが運ぶです！」立ち上がりざまフェイに駆け寄り「あと二時間くらい歩いたら、一度止まって食事を取るって言ってたですよね？　なら、そこまでわたしがこのコンテナごと運べば！」

「そーよ！」後を追ってきたファンメイも憤然《ふんぜん》と拳《こぶし》を振《ふ》り上《あ》げ「ケガした人歩かせるなんて無理なの！　わたしも手伝うからぁ！」

「だめよ」

振り返った先、吹雪の向こうから月夜《つきよ》が姿を現す。モスクワ自治軍の軍服姿の女は防寒用の

コートに積もった雪を手で払い、Ｄ３の入った袋を片手で持ち上げて、

「それはだめ。あんた達二人とも蓄積《ちくせき》疲労やばいの忘れたの？　Ｉ―ブレインのメンテナンスはいちおう私がやるけど、ここにはまともな機材も無いんだから。あんた達も他の子達も、力はできるだけ温存しないと」

そう言って頭を撫でる女の言葉に唇《くちびる》を噛《か》む。

月夜は白い息を吐《は》いて顔を上げ、通信素子をフェイに投《な》げ渡《わた》し、

「どうにか繋《つな》がったわ。執政官《しっせいかん》専用の秘匿《ひとく》回線。こっちの状況はざっと説明してある」

フェイがうなずき、小さな黒い素子を受け取って自分の手首に貼り付ける。すぐに全員の目の前に大きな立体映像ディスプレイが出現する。

「ニューデリー自治軍の旗艦《きかん》と直通回線開いたのよ」視線で問うセラに月夜は何でも無いことのように答え「ルジュナさんとお互いの情報交換《こうかん》しないといけないし、もしかすると輸送艦の一つくらい借りる……のはちょっと難しいかもしれないけどね」

なるほど、とうなずくセラの前で通信画面が飛行艦艇《かんてい》の艦内《かんない》らしき映像を映し出す。

執政官専用らしく軍艦《ぐんかん》にしては豪奢《ごうしゃ》な椅子《いす》に腰掛《こしか》け、軍服姿の妙齢《みょうれい》の女性が安心したように微笑《ほほえ》み、

『みなさまご無事で何よりです。……おおよその状況は先ほど月夜さんから。難民の保護に感謝しますフェイ議員。それに』

柔和《にゅうわ》な視線が、まっすぐにセラに向けられる。

ルジュナは椅子から立ち上がり、通信画面越《ご》しに深々と頭を下げ、

『この状況でよく協力してくれました、セレスティ・E・クライン、それに他の魔法士の方々も。シティ・ニューデリーの、いえ、人類の代表者の一人として心よりお礼申し上げます』

「え？　えぇっと……」

「『議員』はおやめいただきたいと先日も申し上げたはずだが」戸惑《とまど》うセラにフェイが割って入り「社交辞令は抜《ぬ》きにしよう。事態は切迫《せっぱく》している。一刻も早く情報を整理する必要がある」

『おっしゃる通りですね』ルジュナは顔を上げ、椅子に座り直して手元の小さなディスプレイを取り上げ『まずこちらの状況をお知らせします。我がニューデリー艦隊《かんたい》の現在位置はモスクワから南に千キロ。本国まではまだ四千キロ近い距離《きょり》があります。帰還《きかん》予定は二十二時間後。艦自体の損傷に加えて規定を遙《はる》かに上回る量の積荷を積んだことで、本来の巡《じゅんこう》航速度が維持できない状態です』

立体映像の小さな地図の上に、各国の艦隊の現在位置と予定の進路が表示される。

『ベルリンに比較的《ひかくてき》近いロンドンとモスクワはつい先ほど先遣《せんけん》部隊が本国に到着《とうちゃく》、シティ内への難民の収容を開始したようです。……と言っても、各国の政府から直接報告があったわけではありません。ベルリン崩壊《ほうかい》の影響《えいきょう》で国家間の通信網《もう》に混乱が生じていますから、あくまでも

我が軍が遠隔《えんかく》の観測によって得たデータから推定した結果です』

地図から飛び出すように幾つかの粗《あら》い映像が出現し、シティのポートに吸い込まれていくロンドンとモスクワの輸送艦の姿が映し出される。

『残る二国、シンガポールとマサチューセッツは我が国《くに》と同様に全ての部隊がいまだ帰還の途《と》上《じよう》。本国への到着には丸一日以上を要する見込みです』

「軍の損害状況は？」

『……概算《がいさん》ですが、シティ連合全体で航空戦力の四割を喪失《そうしつ》。死者は五十万人以上の見通しです』フェイの問いにルジュナは一瞬《いっしゅんい》言い淀《よど》み『対して賢人会議《けんじんかいぎ》側の損害は死者一九五名。その中に第一級《カテゴリーA》の魔法士四十八名が含まれることが確認《かくにん》されています。……痛み分け、とは到底《とうてい》言えませんが』

セラはとっさに視線を伏《ふ》せる。あの戦場でそれほど多くの人が命を落とした。その責任の一《いっ》端《たん》を自分が担《にな》っているのだと思うと、心臓が締《し》め付《つ》けられる思いがする。

と、手のひらに温かい感触《かんしょく》。

見上げるセラの手をそっと握《にぎ》り、ファンメイが大丈夫、とでも言うようにうなずく。

「半数以上が残ったことを喜ぶべきなのだろうな」フェイは無表情のまま小さく一つ息を吐き「それで、難民受け入れの見通しは」

『明るい、とは言えません。残念ですが』ルジュナは首を左右に振《ふ》り『我々がベルリンから救出した難民は概算で六百万人。五つの自治軍が均等に保護しましたから、一国当たりの受け持ちは百二十万人です。我がニューデリーを含めた全てのシティは今回の作戦に先立ってシティ周辺の住民を受け入れ、すでにインフラの限界を大きく超《こ》えた数の人口を保持しています。そこにさらにこれだけの数を受け入れるとなると……』

通信画面の隅《すみ》に映し出されるのは、ニューデリーの食糧《しょくりょう》生産と消費の予測を示す絶望的な数字。

「やはり、難民を含めた全人口を支えるには生産力が足りないか」フェイは小さなグラフを見上げて眉根《まゆね》をわずかに寄せ「不足分を備蓄《びちく》品の供出によって補うとして、倉庫が空になるまで半年。その後の展望は？」

『他の生活物資の生産に用いているプラントを、食糧に転用せざるを得ません』ルジュナが深く息を吐き『本国にはすでに生産計画の全面的な見直しを指示しました。同時に、市民に対するあらゆる食糧、物資の配給制限を強化するようにと。市民感情の悪化と治安レベルの低下が予想されますが、選択《せんたく》の余地はありません。……実を言うと、今回の作戦で我がニューデリーのマザーコアも動作にいささかの不調を来《きた》しました。技術部門からはエネルギー供給機能の低下を懸念《けねん》する声が上がっています』

そう告げる女性の口元が一瞬だけ痛みを堪《こら》えるように引き結ばれるのにセラは気づく。現在のニューデリーのマザーコアはルジュナの兄、アニル・ジュレ。セラにとっても無関係とは言えない人だ。亡骸《なきがら》とはいえ、その人に多大な負担を掛《か》ける今回の作戦をルジュナがどんな気持ちで受け入れたか、想像すると胸が苦しくなる。

と。

『……失礼。例の「塔」に関する最新の情報をお持ちしました』

不意に突き出された男の手がルジュナの前に立体映像の資料を差し出す。白衣を着流した壮《そう》年《ねん》の男の姿がディスプレイの端《はし》に映り込む。

確か、ロンドンのリチャード・ペンウッド博士。

そう考えるセラの背後で「あーっ！」と少女の声が上がり、

「先生大丈夫――？　そっちは撃墜《げきつい》とかされなかった？」

『不吉《ふきつ》なことを言うな』通信画面の前に割り込む少女、ファンメイの姿にリチャードは苦笑《くしょう》し
『これはニューデリー全軍の総指揮艦だ。そう簡単には落ちん』

そう言って男はルジュナに向き直り、自分が差し出した資料を視線で示して、

『これに関する情報共有が必要ですな。……私から説明しても？』

お願いします、とルジュナが通信画面の正面をリチャードの方に切《き》り替《か》える。

男はうなずき、画面の周囲に幾つもの小さなディスプレイを展開し、

『シティ・ベルリン跡地の直上に出現した例の「塔」だが、二時間前に最下部が地表に到達《とうたつ》した。同時に周辺のノイズの形状が変化。塔の頂天と雲の接点を中心とした球形の領域から、現

在は塔を中心軸《じく》とした円柱形へと姿を変えている。情報ノイズの影響範囲《はんい》はその後も拡大を継《けい》続《ぞく》。同時にノイズ自体の密度が少しずつ低下していることからいずれは拡大が停止すると予想されるが、それがいつになるかは残念ながら不明だ』

「良《い》い情報、と考えるべきなのだろうな。少なくとも無限に逃亡《とうぼう》を続けなければならないわけでは無いらしい」フェイが片手でファンメイを押しのけてディスプレイの正面に立ち「だが、あれは一体何だ。なぜ崩壊したベルリンの残骸からあんな物が発生した」

『不明、としか申し上げられませんな。現時点では』リチャードは顔をしかめ『そもそも、マザーコアの暴走に伴《ともな》ってベルリンという建造物を構成するあらゆる物質はコアの情報制御の支配下に入っていた。そのコアが別のコアとクラスターを形成し、「雲」の情報構造と接続され、さらにその接続を強制的に破壊されたのです。あの程度の異変で済んだのはむしろ幸運と言えるかもしれません』

「ありがたいことだな」フェイは無表情のまま嘆息《たんそく》し「ともあれ、まずは目の前の問題だ。私の記録データに異常が無ければ我々の現在地点はシティ・ベルリンの中心から東に二十・六八キロのはずだが、相違《そうい》ないか」

『間違《まちが》いなく。こちらの観測とも一致《いっち》します』リチャードは半透明《とうめい》の資料の一つを目の高さまで持ち上げ『現時点でのノイズの影響範囲は塔を中心に半径十二キロ。最も端の部分がそこから西に八キロ強の位置にあります。ノイズ領域は一時間におよそ一・二キロの速度で今も拡大を継続、七時間後にはそこまで到達する公算ですな』

「とにかく、休み休みでも歩き続けるしかないってことね」月夜が苦虫をかみ潰《つぶ》しきった顔を横から突き出し「いちおう聞くけど、救援《きゅうえん》のあては？」

リチャードは、残念だが、と首を振り、

『ニューデリーに余剰《よじょう》の戦力は無い。他のシティも同様だろう。現在抱《かか》えている難民を全て本国に収容し、部隊を再編した後となると、どれほど急いでもあと三日は』

「そうよね」月夜が難しい顔で腕組《うでぐ》みし「でもって、その頃《ころ》には賢人会議も次の動きに出てるはずよ。シティ連合が通信に使ってた秘匿回線も掘《ほ》り起《お》こされて破壊されるでしょうし、シティから救援に輸送艦なんか飛ばしたら間違いなく狙《ねら》い撃《う》ちにされるわ。……けど、今ならベルリンのノイズが隠《かく》れ蓑《みの》になってくれる。今のうちに、どこのシティからも距離があって、賢人会議に知られてない隠《かく》れ場所《ばしょ》に移動できれば」

「そんな都合の良い場所がどこにある」フェイは無表情の中にわずかな苛立《いらだ》ちを浮かべ「ここには五万の人間がいる。いずれかの廃棄された施設《しせつ》を使うにしても、これだけの数を収容するとなれば相当な規模だ。生活物資を確保するには生産施設やエネルギーインフラ、何より環《かん》境《きょう》維持のために高水準の演算機関が稼《か》働《どう》状態で残されていなければならない。そんな都合の良い場所が」

「あるわ」

示す。

言葉を遮《さえぎ》る月夜の声。

なに？　と眉《まゆ》をわずかに動かすフェイの前で、月夜は立体映像で表示された地図上の一点を示す。

「ここよ。……地下の研究施設の入り口がある」

現在地点から東におよそ八百キロ。大戦前には広くロシア地方と呼ばれていた一帯の西の端。

「ベルリンとモスクワのほぼ中間か」フェイは地図を全員の目の前に拡大し「遠いが、少人数に分けてフライヤーで輸送すればたどり着けなくも無い。敵の目はシティ周辺に集中するはずだからな」

「それにヘイズとクレア、あの HunterPigeon って船も呼べばなんとかなるはずよ。ベルリンから出てるノイズが落ち着くまではとにかく歩くしかないけど」

『しかし、その場所に何がある？』通信画面の向こうでリチャードが口元に手を当て『そんな場所に研究施設があったという話は聞いたことがない。五万人を収容可能となれば相当な規模のはずだが』

「そりゃそうよ」月夜はうなずき、なぜだかため息を吐いて「父さん……天樹《あまぎ》健三《けんぞう》の秘密の研究所だもの」

なに、とリチャードが目を見開く。

男はしばし口ごもり、余計な考えを追い出すように首を振って、

『最後にその施設の状況を確認したのは？』

「……八年前よ」月夜はどうしてだか少し言い淀み「さすがは父さんが作った施設でね、埃《ほこり》はかぶってたけど動作状態は完璧《かんぺき》だった。誰《だれ》かに荒《あ》らされてなければ今でも使えるはずよ」

八年前、という言葉に引っかかりを覚える。真昼《まひる》が生きていた頃に一度だけ聞かせてもらった。真昼と月夜の弟であるあの錬という少年。真昼が彼を拾ったというのが確か八年前ではなかったか。

そんなことを考えるセラの前で通信画面にルジュナが横から顔を突き出し、

『現状の確認が必要ですね。……ヘイズさんとクレアさんに連絡《れんらく》します。お二方には賢人会議の行方を探査していただいていますが、今はそちらが優先でしょう。それと、自治軍からも人員を。なんとかフライヤーを一台そちらに回せるよう手配します』

『私が向かいましょう。機材が不足しているなら技術者は多い方が良い』リチャードが手元の端末《たんまつ》を操作して人員リストらしき資料を呼び出し『うちの部下を何人かと、出来れば陸戦部隊の工兵をお借りできれば』

「方針は決まりってことでいいのね？」月夜が一つ手を叩《たた》き「なら、そっちはルジュナさんに任せて私たちは歩くわよ。今日生き残らなきゃ明日も何も無いわけだし」

「その通りだな」フェイがうなずき、ルジュナに向き直って「では、我々は引き続き難民の護送を継続する。今後も適宜《てきぎ》、情報の共有を――」

甲高《かんだか》いアラーム音が男の言葉を遮る。通信画面に割り込むようにして小さなディスプレイが出現し、一ノ瀬《いちのせ》少尉《しょうい》がかすかに青ざめた顔で敬礼する。

『失礼を。緊急《きんきゅう》事態です』

「何事か」

フェイが無表情に応答する。セラも含めて、その場のディスプレイを覗き込む。

画面の向こうから聞こえる複数の怒声《どせい》。

少尉は肩越しにそちらを振り返り、息を吐いて、

『脱走《だっそう》者が出ました』


「……第六グループ、三十二班に属していた家族五名です」

駆《か》けつけたセラ達を迎《むか》えた一ノ瀬少尉の顔は、通信画面で見たものよりさらに青ざめていた。

一キロにわたる隊列の最後尾《さいこうび》。足を止めてうずくまる百名近い難民の前で、少尉はフェイに立体映像の資料を示した。

「ベルリンからの脱出《だっしゅつ》の際に母親が負傷。応急手当を行いましたが容体が思わしくなく、他の負傷者と共にフライヤーで輸送していました」

「それがフライヤーを奪《うば》って脱走を？」

フェイの問いに少尉はうなずき、

「食糧輸送に使っていた別な機体が演算機関の不具合で機能停止。代替手段《だいたいしゅだん》として問題のフライヤーを利用することになり、負傷者にはいったん機体を降りてもらうことになったのですが」

淡々《たんたん》と説明する少尉の後ろをベルリン自治軍の兵士が忙《いそが》しく行き来し、難民を立ち上がらせて別なグループへと誘導《ゆうどう》していく。フライヤーを失ったことで気温維持の恩恵《おんけい》を受けられなくなった者は数名ずつに分割《ぶんかつ》して他のグループに振《ふ》り分《わ》けなければならない。それが終わるまでの間は全体の進行を止めざるを得ない。

「積み込み作業の隙《すき》に機体を奪われた、ってわけね」月夜が腕組みして「行く先の見当は？」

「目撃《もくげき》した者の話では北西に向かったようです。それと、事件の少し前に問題の家族が『ロンドンなら治療《ちりょう》が可能ではないか』と話しているのを聞いた者が」

「わかりやすいことしてくれるわね」月夜は束ねた長い髪《かみ》を苛立つように左右に揺《ゆ》らし「持って行かれたのは積み込み途中《とちゅう》だった食料、八千食分か」

「愚《おろ》かなことだ」フェイは立体映像の資料を無表情に見下ろし、奪われたフライヤーのデータを指で弾《はじ》いて「この機体の演算機関ではおそらく百キロも進めまい。エラーを無視して高速飛行したならなおのことだ。演算機関が機能停止すればあとはわずかな固形燃料と非常用のバッテリーが二つ。早晩、吹雪の中で立ち往生し、一人残らず凍死《とうし》することになるだろう」

「え……？」セラは息を呑み「それじゃ早く助けに行かないとです！　飛んでいった方向が分

かるなら、みんなで手分けして探せば！」

言《い》い募《つの》るセラを、月夜とフェイ、それに一ノ瀬少尉は無言で見下ろす。

数秒。

三人は同時に顔を上げ、同時に息を吐いて、

「見捨てましょう」

「適切な判断だ」

うなずき合う月夜とフェイに、少尉も「やむを得ませんね」と同意を示し、

「あれは残った機体の中ではかなりマシな部類でした。いささか惜《お》しくはあります」

「だがそのために人員を投入するわけにもいかない。諦めざるを得まい」

「うかつだったわね。こーいう展開になるにしても、明日くらいだと思ってたんだけど」

難しい顔で言い合いながら、兵士達の方に歩き出す三人。

「ちょ、ちょっと待ってってばぁ！」セラが声を上げるより早く、一緒《いっしょ》についてきていたファンメイが大人達の行く手に立ちふさがり「なんでそんな簡単に諦めるの？　せっかくベルリンで助けてここまで一緒に来たのに！　今から追いかければ間に合うかも――」

「自ら死を望み、すすんで命を捨てる者に差《さ》し伸《の》べる手は持ち合わせていない」

刃《やいば》のような声。

言葉に詰《つ》まるファンメイをフェイは無表情に見下ろし、

「そもそも、我々には余剰のリソースなど無い。フライヤーを捜索《そうさく》に出せば演算機関による気温調整が隊列全体に届かなくなる。そうなれば残ったフライヤーの移動を全て停止させ、出力を気温調整だけに振《ふ》り向《む》けて捜索隊の帰還を待つほかなくなる。それで捜索隊が戻《もど》らなければ？　ノイズに呑まれて全員で凍死か？　今がどれほど危機的な状況か、まだ理解出来ないのか李芳美《リ・ファンメイ》」

「言っとくけど、あんたが自分で探しに行くってのも無しよ」月夜も少し怖《こわ》い顔で振り返り「もちろんセラもエドも、他の子達も全員よ。あんた達のI－ブレインが途中で止まって遭難《そうなん》って事になっても誰も探しに行けない、本当にどうしようもなくなるんだからね？」

ファンメイが泣きそうな顔で一歩後ずさり、うつむいて黙《だま》り込む。頭に飛び乗った黒い子猫《こねこ》が威嚇《いかく》するように背中の毛と尻尾《しっぽ》を逆立てる。

エドが駆け寄って、少女の手を両腕《りょううで》で抱きかかえる。

そんな二人に何か言葉をかけようとして、上手《うま》い言葉が見つからず、セラはため息を吐いて背後を振り返る。

フライヤーに取り付けられた非常灯の明かりが闇を円形に切り取り、そこに人間の生存圏《けん》があることをかろうじて主張している。淡い光の領域を一歩踏《ふ》み越《こ》えた先では吹雪が舞《ま》い踊《おど》り、灰色の壁となってどこまでも視界を遮っている。演算機関が気温と共にわずかに気流を操作しているおかげで吹雪がこの場所まで流れ込んでくることは無いが、時折迷《まよ》い込んだ雪の粒《つぶ》が一つ、二つと防寒着に貼り付く。

いくら目をこらしても、闇の先を見通すことは出来ない。

人の存在を許さない死の世界。

もう一度ため息。セラは心の中に渦巻《うずま》くもやもやを吐《は》き出《だ》そうとして失敗し、うつむいたまま自分の防寒靴《ぐつ》の爪先《つまさき》を見つめ、

「……ぁ……」

エドの小さな声。

見上げた視界の先、闇の中を、光の点が縦横に躍《おど》る。

ファンメイが「なにあれ」と呟き、すぐに周囲の難民も騒《さわ》ぎ始める。ざわめく人々の間を縫《ぬ》って、月夜とフェイが駆《か》け戻《もど》ってくる。

「フライヤー？　自力で帰ってきたっての？」

「それにしては様子がおかしい。そもそもあんな速度で飛行できるはずが……」

そんなことを言い合う二人の前で、光の点は見る見る近づいてくる。一つに見えた光の輪郭《りんかく》が次第に明確になり、機首のライトらしき二つの光がはっきりと視認《しにん》できるようになる。

周囲の難民達が慌《あわ》てて立ち上がり、逃れようと走り出す。

その頭上を高速で通過した光の点、いや、フライヤーの機体が鋭角《えいかく》な弧《こ》を描《えが》いて雪原に接《せっ》触《しょく》し、何度かスピンしてセラ達の前を少し通り過ぎた場所で停止する。

「すまない！　驚かせてしまったことについては謝罪する！」

機体表面に幾つもの爆発痕《ばくはつ》が穿《うが》たれたフライヤー――脱走者が持ち去ったというまさにその機体の操縦席から、すらりとした人影《ひとかげ》が降り立つ。

白と黒のツートンカラーの軍服を纏《まと》い、腰《こし》に騎士剣《きしけん》を佩《は》いた少女が、敵意が無いことを示すように両手を頭上に掲《かか》げ、

「ロンドン自治軍特務部、ソフィー・ガーランド中佐だ！　遭難者を救助した。ここの責任者はいるか！」

「ソフィー……さん？」ファンメイがぽかんと口を開け「え……なんで？　なんでソフィーさんここにいるの？」

その言葉にようやく頭の中で記憶《きおく》の線がつながる。ロンドンに在籍《ざいせき》している、今では数少ないシティ側の騎士。直接の面識は無いが、戦場では何度か目にしたことがある。

「李芳美！　それにエドワード・ザインか！」少女は驚いた様子で目を見開き、すぐに口元をほころばせて「まさかこんな場所で貴官らに会えるとは！　元気そうで何よ……」

何より、と言いかけた少女の視線がようやくセラを捉《とら》える。途端《とたん》に少女が飛び退《の》いて身構え、剣を鞘《さや》から半ばまで引《ひ》き抜《ぬ》き、

「セレスティ・E・クライン――？　賢人会議の光使いがなぜここに！」

「え？　ち、違《ちが》うです！　わたしは……」

とっさに今の状況を説明しようとして、何をどう説明すれば良いのか分からなくなり両手を頭上に掲げる。

と。

「彼女は我々の協力者だ」フェイが一歩前に進み出て少女を手で制し「元シンガポール自治政府議員、フェイ・ウィリアムズ・ウォンだ。その機体をどこで？」

「フェイ？　……シンガポールの事件で行方不明になった、あのフェイ議員か？」少女は怪訝《けげん》そうに眉をひそめ、ともかく剣を鞘に収めて「ここから北西に四十キロほど離れた場所で遭難者を乗せたまま雪に埋もれているのを発見した。演算機関はすでに停止寸前だったが、私のＩ－ブレインを補助回路に使ってどうにかここまで飛ばすことが出来た。……機体に不備が出たら済まない。やはり慣れないことをするものでは無いな」

ソフィーが機体後部のドアを引き開けると、青ざめた顔の家族がおそるおそるという体で進み出てくる。父親らしき男が少女に深く頭を下げ、居心地《いごこち》が悪そうに周囲を見回す。

一ノ瀬少尉が駆け寄り、ついて来るように促《うなが》す。

ソフィーは肩を落として歩み去る家族を複雑な表情で見送り、

「こちらの状況については彼らに聞かせてもらった。……私が言うべきことでは無いかもしれないが、あまり責めないでやって欲しい」

「考慮《こうりょ》しよう」フェイは感情のこもらない声で答え「しかし、貴官はなぜそんな場所に？　ロンドン自治軍はすでにベルリンから撤退《てったい》したはずだが」

「そうなのだがな」ソフィーは肩をすくめ「どうやら、私はとうとうロンドンに見捨てられたらしい」

しばしの沈黙《ちんもく》。

「え？」

ファンメイが驚いた様子でエドと顔を見合わせる。とっさに駆け寄ろうとする少女をソフィーは「大丈夫だ」と制し、

「私は北極衛星の転送システムである任務を行った後、防衛部隊として戦闘《せんとう》に参加していた。ベルリンの崩壊後は負傷兵の救助にあたっていたのだが、運悪く通信素子が故障してしまってな。気がついた時には部隊の撤収《てっしゅう》から取り残され、あとはまあ、この通りだ」

そんな、とファンメイが泣きそうな顔をする。無表情なフェイの隣で、月夜が舌打ちして空を見上げる。

「大丈夫だと言っただろう」ソフィーは苦笑し、フライヤーを振り返って「もちろん緊急の状況だったし、私なら自力で追いつけるという目算だったのかも知れない。……実を言うと私も本気で後を追えば合流は不可能ではなかったのだが、ベルリンから脱出する途中で彼らを見つけてしまってな」

機体後部の収容スペースを指さすソフィーにその場の全員が顔を見合わせる。

さっきの家族以外にもまだ乗客がいるのだろうか——そう考えるセラの前で、不意に、フライヤーの中からかすかな物音が響《ひび》く。

「起きたか」ソフィーがドアに首を突《つ》っ込んで中を覗き込み「大丈夫か？　無理をして歩かない方が良い。ゆっくり、ゆっくりだ」

誰かが歩く切れ切れな足音が、少しずつドアに近づく。

「その子は私が預かろう。……必要ない？　そうか。あなたにとって、何よりも大切な人なのだな」

ソフィーがドアの向こうの誰かにうなずき、道をあける。

ゆっくりと雪原に降り立つ、黒髪の少年。

「……錬？」月夜が息を呑み、転げるようにして駆《か》け出《だ》す。「錬——！」

答える声は、無い。

傷だらけの少年は逃《に》げるように視線を伏せ、駆け寄る姉の前にただ黙《だま》って立つ。

少年が胸の前に掲げた両腕の上には、簡素な白い貫頭衣《かんとうい》をまとった少女が横たわっている。

金糸のような髪を風になびかせ、エメラルドグリーンの瞳《ひとみ》を閉じたまま、少女は少年の腕の中で力なく手足を投げ出している。

まろみを帯びた胸が規則正しく上下し、少女が呼吸していることを示す。

死んではいない。ただ、眠《ねむ》っているだけ。

だというのに、少年は一言も言葉を発さず、その場の誰とも目を合わせようとしない。

「……錬……」異様な気配を察したのか、月夜は少年を前にしばし口ごもり「その……大丈夫？」

答は無い。

月夜はうつむいたままの少年を見下ろしてさらに何度か言いよどみ、意を決したように両手を握りしめて、

「フィアは、どうしたの？」

「……ったんだ」

返るのは、聞き取れないくらい小さな呟き。

え？　と問い返す月夜の前で、少年はやはりうつむいたまま、消え入りそうな声で、

「……眠ってるだけだと、思ったんだ。それで連れて逃げて、でも全然起きないから怖くなって……」抱きかかえた少女の顔に視線を向け、すぐにその視線を逸らして「それで……有機コードでI－ブレインつないでみたんだ。直接呼んだら、起きるかもって思って」

「それで……どうなったの？」

「……無いんだ」

意味が分からない答。

「ま、待ってください、です！」セラは思わず少年の傍《そば》に駆け寄り「無いって……無いってど

ういうことですか！」

長い、長い沈黙。

少年は、うつむいたまま少女の顔を覗き込み、

「頭の中に、何も無いんだ」あらゆる感情が抜《ぬ》け落《お》ちた、乾《かわ》いた灰のような声で「I―ブレインにも、脳の普《ふ》通《つう》の場所にも、いくら探しても『フィア』のデータが、どこにもいないんだ……」

……そんな……

とっさに両手で口を覆《おお》い、漏《も》れそうになった悲鳴を必死に抑え込む。ファンメイが放心した様子でその場に崩《くず》れ落《お》ち、雪の上に両手をついて何事かを呟く。

月夜がぎこちなく手をのばし、少女の金色の髪に触《ふ》れる。

見開いた瞳に涙《なみだ》が盛り上がり、一滴、また一滴と少女の顔を濡《ぬ》らす。

「フィアはね、がんばったんだ」少年は静かな目で少女を見つめたまま「この戦争を止めるんだって。たくさんの人達のために自分に出来ることをするんだって。あの衛星に行って、やるべきことをやって、必ず帰ってくるからって」

ようやく、本当にようやく、少年が顔を上げる。

あらゆる感情を失った抜《ぬ》け殻《がら》のような顔で、少年が力なく笑い、

「月姉……僕、何も出来なかった……誰も守れなかったよ……」

月夜が泣きながら両腕をのばし、少年と少女を抱きしめる。

少年は身じろぎ一つしない。

凍《こご》えた風が、少女の金色の髪を揺らした。

＊

——淡い光に照らされた木立の中を、歩いている。

いつかも思い出せない記憶の中、どことも知れない道をただ真っ直ぐに進んでいる。

柔《やわ》らかな風が身に纏った黒いロングコートの裾を揺らす。陽光のまぶしさに目を細め、暑さを感じないことを少し不思議に思う。小鳥のさえずりと、木々のざわめき。ほのかに漂《ただよ》う春の草いきれの中に、金木犀《きんもくせい》がかすかに香る。

どこか遠いところで、誰かの歌声。

その声に導かれるように、木漏《こも》れ日《び》の中を歩き続ける。

手にも、背中にも、騎士剣の姿は無い。が、それを訝《いぶか》しく思うことは無い。踏みしめる足に感触は無く、周囲の景色は時折陽炎《かげろう》のように揺らめいて形を変える。何もかもが曖昧《あいまい》な世界の中で、ただ、歌声だけが鮮《あざ》やかに響く。

夢破れて故郷に帰り着いた一人の男が、かつての恋人《こいびと》と再会する歌。

たとえ全てを失っても、世界に望みが持てなくても、愛する人が傍にいれば世界は美しいと繰《く》り返《かえ》す、遠い日の流行歌。

……お帰りなさい。

ふいに、誰かの声。見渡《みわた》す限りに連なっていた木立が姿を消し、代わりに出現した広い川が小道を遮る。

透明な水をたたえた穏《おだ》やかな清流。

その向こう岸で、彼女が車椅子《くるまいす》から立ち上がる。

……元気だった？　祐一。

長い黒髪を風になびかせ、彼女が花が咲《さ》くように笑う。歩き出すその手に騎士剣の姿は無い。そんなことはあり得ない。彼女の不自由な足は生まれついての物。剣による身体能力の制御が無ければ立ち上がることすら敵《かな》わず、それは最期《さいご》まで変わらなかった。

だが、不思議に思うことは無い。

今はそういう時で、ここはそういう場所なのだから。

……どうしたの？

川縁《かわべり》で立ち止まり、彼女が笑顔のまま首を傾《かし》げる。いや、と笑って首を振り、清流に足を踏《ふ》み入《い》れる。水しぶきが光を散らす。冷たさも、温かさも、濡れたという感触すら足には感じない。ただゆっくりと歩を進め、彼女の前にたどり着く。

振り返り、先ほどまで自分が立っていた川の対岸に目をこらす。

小道の中央に突《つ》き立《た》つのは、真紅《しんく》の騎士剣。

淡い陽光に照らされて、柄《つか》に象眼された結晶《けっしょう》体が煌《きら》めく。

その姿が風と共にかき消えて、あとにはただ真っ白な空間が広がる。

自分の中から何かが失われた感触。

……じゃあ、行こっか。

彼女が微笑み、手をさしのべる。

世界を満たす、淡い光。

その眩《まぶ》しさに目を細め、そっと彼女の手を——


演算機関の生み出すかすかな振動《しんどう》が、助手席のシートを揺らした。

祐一は薄闇《うすやみ》の中に目を開き、フライヤーの操作パネルが放つほのかな明かりを見つめた。

「すまない。少し眠っていた」

「なに、気にするには及《およ》ばんよ」

操縦席のリチャードが正面を見つめたまま言葉を返す。珍《めずら》しく白衣を脱《ぬ》いで屋外活動用の防寒着を着込んだ男は、自動操縦に設定したフライヤーのコンソールを叩いて立体映像の地図を呼び出し、

「現在位置はニューデリー自治軍の本隊から北西に千五百キロ。間もなく、向こうの指定したポイントだ」

目覚めるには丁度良い頃合いだ、と呟く男にうなずき、操縦室に視線を巡《めぐ》らせる。賢人会議の目を逃れるために低速巡航で地表すれすれを飛ぶ機内は驚くほど静かで、無数のディスプレイが放つ光と合わさってどこか夢の続きを思わせる。

遠い日に歩いたどこかの森の中で、今は亡《な》き恋人と再会する夢。

まともに夢らしい夢を見たのは、たぶん、南極での戦いで倒《たお》れたあの日から初めてのことだった。

戦術スタッフという名目でリチャードと共にニューデリー自治軍の旗艦に乗り込んだ祐一は、結局、ほとんどの時間を医務室のベッドの上で過ごしたままベルリンでの戦いを終えた。絶え間なく襲《おそ》い来る頭痛と意識の断絶。自分がいつ眠ったのか、いつ目覚めたのかも分からず、現実と幻《まぼろし》の境目さえも曖昧な時間がどれほど過ぎたのかも思い出せなくなった頃、祐一は唐突《とうとつ》にシティ連合の敗北を知らされた。

人類の命運を賭《か》けた作戦は失敗し、シティ・ベルリンは崩壊、二千数百万の命が失われた。

その知らせを届けたリチャードは祐一に驚く暇《ひま》を与《あた》えず、すぐに出発することを告げた。

ニューデリーへの帰途《きと》にある艦隊の現在位置から北西に千五百キロ。そこには月夜やフェイがベルリンから助け出した難民が五万人、まともな移動手段も持たないまま取り残されているのだという。

　軍が救援に割《さ》くことができる戦力は小型の輸送用フライヤーが一台と人員数名。

　その貴重な席の一つに座るよう、リチャードは祐一に要請《ようせい》したのだった。

「だが、良いのか」窓外を流れ去る闇を見つめたまま、ここまで口にすることが出来なかった疑問をようやく口にする。「歯がゆいが、今の俺はただの病人だ。ついて来たところでおそらく何の役にも立たない。この状況では人間一人分の輸送力も貴重だろう。別の誰かを連れてくるか、機材の一つも運ぶべきではないのか？」

　座席の後方、小さな扉を振り返る。中央に取り付けられた小さなのぞき窓の向こう、機体後部の収容スペースでは、リチャードの部下三人とニューデリー自治軍の技官二人が様々な機器の調整のために忙しく動き回っている。動力と気温調整を兼ねた演算機関に、簡易型の生産プラントや医療《いりょう》キットが複数。いずれも、これから向かう先にいる難民にとっては生命線と言うべき物だ。

　扉の脇《わき》、ちょうど機内照明の陰《かげ》になった場所に、真紅の騎士剣。

　もはや振るうことも、鞘から抜くことさえも出来ない剣をなぜ持ってきてしまったのか、一時間前の自分を疎《うと》ましく思う。

「……こんな状況だから、だよ」

　少しの間があって、リチャードが答える。

男は操縦席の正面を見つめたまま胸ポケットからタバコを取り出し、火をつけるでも無くただ指先で何度か回し、

「説明した通り、向こうはひどい状況だ。作戦は失敗。フィア君は意識不明のまま。幻影《イリュージョン》No.17は全身の怪我で起き上がるどころかいまだに生死も危《あや》うい。手当をしている月夜殿《どの》の心労も相当な物だろう。セレスティ嬢《じょう》は賢人会議を離脱《りだつ》したと聞くが、その選択に至るには並ならぬ葛藤《かっとう》があったはずだ」

機体が少しずつ速度を落とし、舞い落ちる雪の姿が露《あら》わになっていく。

リチャードはタバコを指先に挟《はさ》んだままタッチパネルを叩いて機体を着陸モードに設定し、

「皆《みな》、祐一殿には縁《えん》のある者たちだ。今のうちに、彼らに語るべきことがあるのではないかね？」

「……そうだな」

窓外の闇が密度を増したような錯覚《さっかく》。

窓に映る自分の顔を、ただぼんやりと見つめる。

余命三ヶ月。だが、もちろんそれは「あと三ヶ月は自由に動ける」という意味では無い。フリーズアウトの症状《しょうじょう》はまず意識の障害という形で現れる。今はまだ思考能力を保つことはできているが、頭痛と意識の断絶はすでに深刻なレベルに達しているから症状としては末期に近い。間もなく大脳新皮質に深刻な障害が現れる。そうなれば、話すことも、考えることも、目の

前にいるのが誰なのかを理解することさえも出来なくなる。

生物としての死の遙か手前で、まず「人としての死」が訪《おとず》れる。そうなってからでは遅《おそ》い。世界がこの有様《ありさま》では、自分がまともな自我《じが》を保てている間に彼らと再び会える保証はない。

その前に何か言葉を遺《のこ》しておけということ。

つまりは「死ぬ準備をしておけ」ということ。

「感謝する、リチャード博士。ルジュナ執政官にも礼を」

「やめてくれ」

ため息交じりの声が、言葉を遮る。

男は火のついていないタバコを灰皿で押し潰し、祐一に背を向けるように窓の向こうを見下ろして、

「これでも医者の端くれだからな。救えない患者《かんじゃ》に礼を言われるのは堪える」

機体がゆっくりと降下し、眼下の雪原が次第に明確な形を帯びていく。細かな点のように見える無数の群衆と、少し大きな点に見える数台のフライヤー。そこから少し離れた場所で、着陸地点を示すように誰かが大きく両手を振る。

長い黒髪を無造作に束ねた、モスクワ自治軍の軍服姿の女。

フライヤーがかすかな衝撃《しょうげき》と共に雪原に着陸し、操縦室のドアが開く。

座席の背もたれを手で摑み、萎《な》えた足で雪原に降り立つ。駆け寄った女が目の前で立ち止ま

り、まっすぐに顔を見上げる。

「久しぶりだな、月夜」

女は答えない。

その目に見る間に涙が盛り上がり、雫《しずく》が頰《ほお》を伝い落ちる。

が、それも一瞬のこと。月夜は腕で両目を強く拭《ぬぐ》い、「久しぶりね」と手を差し出す。その手を摑み、握手《あくしゅ》を交《か》わす。いったいいつ以来だろうかという疑問。握った手は記憶にある通りに細くて、けれども記憶にあるよりいくらか大きい。

「定刻通りだな。協力に感謝する」

月夜の後ろから声。歩み寄ったフェイが右手を掲げて敬礼する。握手を解いて敬礼を返す祐一に会釈《えしゃく》し、男はフライヤーの後部に向かう。

部下に指示していたリチャードが振り返り、男と言葉を交わす。

「こっちよ」

月夜の声。

祐一はうなずき、闇色の空を見上げた。

簡易照明の小さな明かりが、金属剝《む》き出《だ》しの低い天井《てんじょう》を照らした。

輸送フライヤーの収容スペースに医療機器を並べただけの簡素な病室。祐一は冷たい床《ゆか》の上に腰を下ろし、マットレスに横たわる白髪《はくはつ》の少年――イルを見下ろした。

少年の全身に巻かれた包帯には至る所に血が滲《にじ》み、今も少しずつ浸《し》みだし続けている。剣による斬《き》り傷、刺《さ》し傷《きず》、無数の打撲《だぼく》と骨折。傷だらけの少年は胸に簡易型の生命維持装置を貼り付けられたまま、時折苦しげに呻《うめ》き声を上げている。

マットレスの反対側に座った月夜が濡れた布で少年の額の汗《あせ》を拭い、

「生命維持槽《そう》は持って来れた？」

「ああ。博士が簡易型の物を幾つか用意したはずだ」

月夜は、助かるわ、と呟き、水を張ったプラスチック容器で布をゆすいで固く絞《しぼ》り、

「こんな安物じゃ埒《らち》があかなくて。……こいつめちゃくちゃなのよ。もともと怪我も治りきってないのに出撃《しゅつげき》して、I―ブレインの疲労限界とっくに超《こ》えてるのに無理やり戦い続けて」

細い手が少年の顔をもう一度丁寧《ていねい》に拭う。そんな月夜の横顔をしばらく見つめ、祐一はふと周囲に視線を巡らせる。広い収容スペースには他にも幾つものマットレスが並べられ、負傷した難民がそこかしこに寝《ね》かされている。全員が少年ほどではないにせよ重傷で、包帯を体のあちこちに巻き付けられたまま身動きできずにいる。

が、そこにフィアの姿は無い。

「別なフライヤーの中よ。あの子の状態は、ちょっと特別だから」意図を察したらしい月夜がイルを見下ろしたまま「そっちには錬がついてる。……っていうか、ずっと離れなくてね。あ

の子も疲労が限界なのに、I―ブレインの調整も受けないし何も食べないどころか水も飲まなくて」

そうか、と呟き、イルに視線を戻す。

しばしの沈黙。

月夜が何度かためらうように口を開きかけ、とうとう意を決した様子で、

「余命三ヶ月って、本当?」

驚いて顔を上げる。

「祐一が来るって聞いて、フェイ議員が教えてくれたわ」月夜は逃げるように視線を伏せ「子供達には内緒《ないしょ》にしてる。今のあの子達じゃ、とても受け止められないから」

「すまないな」

「……謝んないでよ、ばか」月夜は一瞬だけ泣きそうに顔を歪《ゆが》め「もうダメなの? ほんとに、もう何やってもダメなの?」

少しためらい、うなずく。

「そっか」月夜はうつむいたまま息を吐き「なんでかな……十年前に雪姉さんがいなくなって、真昼がいなくなって、今度は祐一がいなくなって……なんでみんな、勝手にどんどんいなくなって――」

唐突に言葉が途《と》切《ぎ》れ、月夜が目を見開く。マットレスの上のイルが何度も苦しげに身をよじ

り、激しく咳《せ》き込むと同時に目を開ける。包帯が巻かれた体が勢いよく跳《は》ね起《お》き、すぐにまた仰《あお》向《む》けに倒れる。

「ここ……は？」少年は見下ろす二人の顔をぼんやりと見上げ「月夜……それに、祐一さん……？　なんであんたが……確か、病気やいうて……」

「落ち着きなさい」月夜は少年から隠《かく》すように涙を拭い「ここは輸送用フライヤーの中、ベルリンから東に二十五キロの地点。大怪我で倒れてるあんたを私が拾って、ここまで連れてきたのよ」

シティ連合の作戦の失敗と今に至るまでの経緯《けいい》をかいつまんで説明する月夜。

「負け……た……？」イルはうわごとのように呟き「ほんなら、あの人らは。おれと一緒にマザーシステムを守ってたあの人らは」

「……私が行った時には、マザーシステムの周りの地表は完全に崩壊して、大きな穴になってた」月夜は心を落ち着けるように深く息を吐き「あんた以外に生きてる人は誰もいなかった。逃げた人もいたかもしれないけど、たぶん、ほとんどは」

言い終わるより早く、イルの体が跳ね起きる。

血まみれの体で駆け出そうとする少年を、月夜が体当たりするようにして受け止める。

「落ち着けって言ってるでしょ！」細い手が少年の両肩《りょうかた》をマットレスの上に押さえつけ「もう戦いは終わったの！　シティ連合は負けて、ベルリンは無くなった。やり直しは出来ないの！　外には逃《に》げ遅《おく》れて取り残された人が五万人いる。あんたは今、その人達を守らなきゃいけないのよ！」

月夜の瞳から零《こぼ》れた涙が、イルの胸に一つ、また一つと跳《は》ねる。

少年は押さえつけられたまま呆然《ぼうぜん》とフライヤーの天井を見上げ、

「……なにが……」血を吐くように声を絞《しぼ》り出《だ》し「なにが……なにが英雄《えいゆう》や！　なにが最後の防衛線や！　あんだけの人が死んで、戦いにも負けて、せやのにおれは……おれ一人がのうのうと生き延びて――！」

獣《けもの》のような叫《さけ》びを上げて、少年が仰向けのまま拳を床に叩きつける。

祐一はとっさにその腕を摑む。

「な……」少年は驚いた様子で一瞬動きを止め「は、放してください！　おれは！」

「月夜。彼を崩落《ほうらく》したマザーシステムと同じ階層で見つけたと言ったな」祐一は少年の腕をつかんだまま「システム周辺の地表は完全に崩壊していたと。その時の状況を説明しろ」

「せ、説明って……マザーシステムからかなり離れた場所に一人で倒れてたわ。地表に出来た穴の端っこの、ほんとに崩れるぎりぎりのところで」そう言って、月夜はふと首を傾げ「でも変ね。セラは最後に見た時には、あんたはマザーシステムのすぐ近くに倒れてたって」

おそるおそるというふうに、少年の肩を押さえる手が離れる。

「おかしいとは思わないか」祐一は少年の背中を支えて体を起こし「第二十階層の崩壊はマザ

ーシステムを中心に発生した。君は身動きが出来ない状態で崩壊の中心にいた。それなのに、なぜ他の兵士が全滅《ぜんめつ》して君だけが助かった？」

「そら……」呟いた少年の目が驚愕《きょうがく》に見開かれ「そんな……まさか……」

「俺の予想はこうだ」祐一はうなずき「崩壊が始まり敗戦を悟《さと》った兵士達は、自分がおそらく助からないことを悟った。もちろん、全員が逃げれば何人かは生き延びられるかもしれない。だが、彼らは自分たちが助かることではなく、全員で協力して君一人を生かすことを選んだ。……方法はわからない。が、その状況で彼らが出来ることには限りがある。ほとんどが負傷兵だったのならなおさらだ。例えば、君の体を担《かつ》いで走り、少し先にいる仲間に投げ渡す程度が精一杯《せいいっぱい》だったはずだ」

祐一は想像する。激しく鳴動し、崩壊を始めるマザーシステム前の広場で、兵士の一人が少年の体を担《かつ》ぎ上《あ》げる。周囲の兵士が駆け寄りそれを助ける。地表を構成していた構造物が砂山のように崩れ、遙か下の第十九階層へと落下を始める。崩落の音が背後に迫る。少しずつ傾《かたむ》いていく不安定な地表の上で、自身も大怪我を負い歩くこともままならないはずの兵士達が少年の体を担いだまま少しでも地盤《じばん》の安定していそうな方へ、長く耐えられそうな方向へと走る。

崩壊がとうとう足下に到達し、地表がゆっくりと落下していく。

足場が完全に失われる寸前、兵士達は最後の力を振《ふ》り絞《しぼ》り、少し先にいる仲間に少年の体を投げ渡す。

そんなことを幾度《いくど》も繰り返し、少年の体はマザーシステムから離れた場所へと運ばれる。最後の兵士達が落下していく瓦礫の上で力を振り絞り、少年の体を頭上へ、崩壊を免《まぬが》れた地表の端へと投げ上げる。

無事に目的の場所に到達した少年に敬礼を送り、兵士達が轟音《ごうおん》と共に虚空《こくう》に飲まれる。

「敗戦と崩壊の中、多くの兵士が命を捨てて君一人を生かした。……状況から考えて、おそらく間違いはないだろう」

返ってくる言葉は無い。

イルは青ざめた顔で呆然と目を見開き、両手を目の前で開いては閉じる動作を何度も繰り返し、

「……なんで……」ようやく、本当にようやくという風に声を絞り出し「なんで……そんな……」

「君が英雄だからだ」祐一は少年の背中を支えていた手を放し「そこにいた兵士の中には、君がかつて助けた者も多くいただろう。彼らは君に恩義を感じ、それを返そうとした。君を救うことが自分が助かることよりも良い未来に繋がると信じた」

「おれはそんなことのために助けたんやない——！」イルは再び拳で床を叩き「おれはただ助けられる人を助けるように、人に出来へんことが出来る自分を誇れるように……あいつが言う通りにかっこよく生きられるようにって……それでみんなが喜んで、それだけで良かったのに

……」

　言葉が途切れる。

　少年は泣いているような、笑っているような、疲れ切った顔でうつむいたまま、

「それだけじゃあかんのですか？　おれは……そんな物まで背負わないかんのですか……？」

「言っただろう。英雄であるということは、呪《のろ》いだと」祐一は少年の手を取り「君はその道を選び、すでに多くの物を背負った。……辛《つら》ければその重荷を下ろせばいい。立ち止まってうずくまり休めばいい。だが、そうやって進むことをやめた君を、君は許せるか？」

「……え？」

　こわごわと顔を上げる少年。

　その瞳に今までと異なる色合いの光が混ざるのを祐一は確かに見る。

「おそらく、君は立ち止まることは出来ないだろう。君はそういう人間で、目の前に助けを求める手があれば、ためらいなく手を差し伸べてしまうだろう。君はそういう人間だから英雄と呼ばれるようになった。……君は君であることからは逃げられない。ならばせめて胸を張れ。これから先、どれほどの人が君に祈《いの》りを託《たく》し、そのために命を投げ出すことがあったとしても、君はその重荷を背負ったまま人々の前に立ち続けろ」

　イルは答えない。

　ただ、何かを考えるように、じっと自分の手のひらを見つめる。

不意に甲高い警告音。少年の胸に貼り付けられた生命維持装置の表面に数値の低下を表すメッセージが浮かび上がる。月夜が両腕を伸《の》ばして少年の体を抱きしめ、マットレスの上にそっと横たわらせる。

水に浸《ひた》した布が額の汗を拭う。

少年は何も言わずに、静かに目を閉じた。


フィアが眠っているというフライヤーの前にたどり着くと、リチャードが部下に何かの指示を出しているところだった。

男は歩み寄る祐一に気づくと、疲れた様子で軽く手を上げた。

「状況は？」

「……ともかく、生命維持槽の設定は終わった」祐一の問いに男はポケットから取りだした携帯端末を二、三度叩き「と言っても、我々は結局中に入れてもらえずじまいだ。装置の運び込みも機器の設定や接続も、錬君が一人で行った」

見るかね？　と機内の様子を映した半透明のディスプレイが差し出される。

薄暗《うすぐら》い収容スペースの中央には、卵型の簡易的な生命維持槽。

立体映像のステータス表示に照らされて薄桃色《うすももいろ》の羊水に浮かぶ少女の姿が、カメラ越しに見て取れる。

　ガラス容器の傍らには黒髪の少年が一人、容器に背中を預けてうずくまっている。両腕で抱えた膝に顔を埋めたまま。少年は身じろぎ一つせず、息をすることさえ忘れたようにただ頭上からのしかかる闇の重さに押し潰されそうになっている。

「容体は？」

「思わしくない」ディスプレイを返して問うと、リチャードは首を左右に振り「と言うより何が起こっているのかまるで見当がつかん。肉体はもちろんだが、実のところ脳にも神経細胞《さいぼう》にもそれ自体には何の損傷も無い。なんと言えばいいのか……全てが正常に機能したまま、ただ中のデータだけが発見できない状態だ」

「発見できない？」

　どういうことかと視線でリチャードに問う。

「私にも分からんよ」リチャードはポケットからタバコを取り出し、火をつけようとして失敗し「南極衛星に接続されたあとフィア君に何が起こったか、ベルリンが消失した今となっては正確なデータを入手する術は無い。もっと大がかりに精密検査を行えば何らかのヒントは得られるかも知れんが、今の状況ではたとえニューデリーに連れ帰っても手の施しようが無いだろうな」

「そのことを、錬は？」

「説明はした。……聞いておったかは分からんがね」男は火のついていないタバコを指先に挟んだまま闇色の空を仰《あお》ぎ「フィア君はもちろんだが、錬君の方も問題だ。肉体のダメージやI－ブレインの疲労はもちろんだが、何より精神状態がひどい。見ての通りのありさまで、誰が何を言っても反応が無いし、中に入ろうとすれば抵抗《ていこう》する。……いちおうあの状態でも周辺地域の気温調整は行ってくれているが、それだけでこのフライヤーを貸し切りにすることにフェイ殿が同意したのだからよほどのことだ」

そうか、と呟き、視線を上に向ける。輸送用フライヤーの屋根にはチャイナドレスの少女と金髪の男の子が並んで座っている。ファンメイとエド。少女は泣きはらした顔でうつむき、男の子は慰《なぐさ》めるようにそんな少女の背中を撫でている。

二人が錬とフィアの友人であったことを思い出す。

やるせない気持ちで、フライヤーの扉を見つめる。

その向こうにいる少年にどんな言葉を掛ければ良いのか分からない。イルに対するのとは違う。あの英雄は傷が癒《い》えれば再び立ち上がって戦うことが出来るが、少年が守ろうとした少女はもう二度と目覚めないかも知れない。

……俺は……

遠い日、恋人がマザーコアとして多くの人を守るために命を捧《ささ》げた時のことを思い出す。

あの絶望の中から、自分はどうやって立ち上がったのだったか。

いくら考えても思い出せないまま、ともかく少年の名を呼ぼうと口を開きかけ、

「祐一さん……？」

背後から声。

振り返った先で、金髪をポニーテールに結《ゆ》わえた少女が驚いたように立ちすくむ。

後ろについてきていた賢人会議の軍服の子供達が立ち止まって不思議そうに少女を見上げる。

さらにその後ろから追いついた白と黒のツートンカラーの軍服の騎士が何かを察した様子でうなずき、子供達を促して離れた場所へと歩いて行く。

「あれは……」

「ソフィーさん。ロンドン自治軍の騎士だけど、今は味方です」

独り言のような問いにそう答え、セラは祐一に向き直ってすぐに視線を逸らし、

「えっと……元気だった、ですか？」呟き、慌てた様子で首を左右に振り「じゃなくて！　えぇっと、祐一さんが病気だっていうのは聞いたですけど、だから……」

「大丈夫だ、今のところはな」一度だけフライヤーを振り返ってから少女に向き直り「久しぶりだな、セラ。元気そうで何よりだ」

「は、はい、です」セラはうなずき、やはり視線を逸らしたまま「えぇっと、祐一さん、わたしがここにいるのは……」

「聞いている。……賢人会議と袂《たもと》を分かったそうだな」

少女はびくりと身をすくませ、ややあって小さくうなずく。

祐一は少し言葉に迷い、

「理由は……やはりお前が敵を殺さないことか」

「はい、です」少女は視線をうつむかせ「賢人会議とシティの全面戦争が始まった頃から、戦闘で手加減してるんじゃないかってみんなに疑われるようになって。ディーくんはそれに気がついてかばってくれたけど、でもだんだん誤魔化《ごまか》せなくなってきて」

「それで、ベルリンでの戦いか」

「……戦いがひどいことになって、敵も味方もたくさん死んで。わたしの目の前で仲間の人が爆発に巻き込まれて。……わたし、近くにいて。助けられる場所にいて。でも助けるためにはたくさんの人を殺さないといけなくて、それで……」

仲間を見殺しにする姿を、他の仲間に見られた。

それが、少女が組織を去ることになった理由なのかとようやく納得《なっとく》する。

「でも、これで良かったんです」少女はようやく祐一に真っ直ぐ顔を向け「祐一さんに言われたからじゃないです。自分で決めたんです。誰も殺さないために、ディーくんの帰る場所になるために、そのために今はみんなと違う道を行こうって。賢人会議にはわたしの他にも、戦いたくないって言ってる子がまだたくさんいます。その子達を助けるためにも、わたしはここでがんばらないとです」

少女の瞳に迷いの色は見当たらない。そのことに心の中で安堵《あんど》する。

自分がかつて少女に告げた「決して人を殺すな」という言葉が間違っていたとは思わない。思わないが、あの言葉が少女と少年の運命をねじ曲げてしまったのではないかと、ずっと気がかりだった。

「……そうか」

お前の母親に安心して報告できる、という言葉を寸前で呑み込む。

目の前の男が死の淵《ふち》にあることを少女はまだ知らない。

そのことはもう少し、皆が当面の危機を脱《だっ》するまで、知るべきではない。

「祐一さん？」

何かの気配を察したのか、セラが首を傾げる。

祐一は何でもない、と言う風に首を振り、改めてフライヤーに向き直り、

――ポケットの携帯端末から甲高い警告音。

驚くセラの前で端末を取り出し、通信画面を開く。

巨大なディスプレイが目の前に出現し、ルジュナの姿が大写しになる。ニューデリーの指導者である女は疲れ切った様子で、なぜか目元の涙を拭う。

音を聞きつけたソフィーが駆け戻ってくる。近くで作業していたフェイとリチャードと月夜がその後に続き、ファンメイとエドが驚いた様子でフライヤーの屋根から飛び降りる。

『……みなさん、緊急事態です』

その場の全員が見つめる前、ルジュナは深く息を吐いて目を閉じ。

覚悟《かくご》を決めたように、その言葉を口にした。

『マサチューセッツが陥落《かんらく》しました』

＊

鳴《な》り響《ひび》いた砲火《ほうか》の音が、剝き出しの配管が絡《から》み合《あ》う金属の空を激しく震《ふる》わせた。

飛び交う無数の空中戦車は半透明な空気結晶の槍《やり》に刺《さ》し貫《つらぬ》かれ、シティの地表へと羽虫のように落下していった。

マサチューセッツ第十階層、通称《つうしょう》『管理階層』。エネルギー不足のために第十一階層から第二十階層までの区画を廃棄したこの街における事実上の最上層。ポートからなだれ込んだ百人の魔法士は残された防衛戦力を瞬《また》く間《ま》に殲滅《せんめつ》し、階層の中心部へと殺到《さっとう》した。

ベルリンにおける戦闘の終結から六時間、敗戦の報告はシティに残された防衛部隊にも届いていた。わずか二個師団、数隻《せき》の飛行艦艇と二千の空中戦車、二万の兵員からなる防衛部隊はうちひしがれながらも地下シェルターに収容された人々を市街地に戻す作業を始めていた。

そこに、賢人会議の攻撃《こうげき》が始まった。

組織の中で戦闘が可能な全戦力——およそ千人の魔法士による総攻撃を防ぐ術は、マサチューセッツには無かった。

兵士達はそれでも勇敢《ゆうかん》に戦った。魔法士達がベルリンの戦いで疲弊《ひへい》していることも助けになり、シティ周辺の防衛部隊は攻撃の第一波を受け止めることに成功した。

だが、それが彼らの為《な》し得た全て。

さらなる攻撃によって最大の戦力である飛行艦艇が残らず撃墜され、防衛線が突破《とっぱ》されるのに長い時間はかからなかった。

魔法士達の中でも余力のある百人ほどの精鋭《せいえい》部隊が、軍用ポートから第十階層へと突入《とつにゅう》した。先陣《せんじん》を切るのは二振りの騎士剣を翻す白衣の騎士。ミラーシェードで両目を隠した少年が駆《か》け抜《ぬ》けた後には、切り刻まれた無数の兵士の亡骸とおびただしい量の血だまりだけが残された。

兵士達の必死の抵抗を紙のように切り裂《き》《さ》き、魔法士達は第十階層の中心部へとたどり着いた。

直径五百メートルの巨大な卵形の、「コア・センター」と呼ばれるシティ・マサチューセッツの中枢《ちゅうすう》。少年が白い表面に剣を突き立て、外殻《がいかく》を扉の形に切り取る。

血まみれの兵士が銃《じゅう》を乱射しながら背後に駆け寄り、無数の空気結晶の弾丸《だんがん》に撃《う》ち抜《ぬ》かれる。

魔法士達が、雪崩《なだれ》を打って扉の中に突入していく。

強化カーボンの粗い床面が、靴越しにざらついた感触を伝えた。

ディーは無言で歩を進め、広い円形のドームの中央で立ち止まった。

緑色のライトに照らされた室内には巨大な円筒《えんとう》ガラスの生命維持槽が無数に林立し、色とりどりのケーブルで互いに接続されている。それぞれのガラス筒《つつ》の内部は薄桃色の羊水に満たされ、歳《とし》も人種も性別もまちまちの子供達が電極に繋がれて浮かんでいる。

ウィザーズ・ブレイン・ファクトリー。大量生産された魔法士の脳を並列《へいれつ》接続することでマザーコアの機能を代替する、現在のマサチューセッツの中枢。

遠い日、自分がまだシティの魔法士であった頃、よくここに逃《に》げ込んでいたことを思い出す。そんな日々から自分を連れ出してくれた小さな少女と。その母親と、かつてこのシティで過ごした時間の記憶が一瞬だけ脳裏《のうり》に浮かぶ。

「これが……ファクトリーシステム」

遅れてドームに入ってきた仲間達が、青ざめた顔で周囲を見回す。幾人かがそれぞれの近くにある生命維持槽に駆け寄り、表面を手で叩いて中の子供に呼びかける。

「この子達に、自我はありません」ディーは振り返る仲間達に首を振り「発生段階で規格外のI―ブレインを保有していると認められなかった子供は、成長の初期でマザーコアとして処置されます。……ここから助け出しても、歩くことも、話すことも出来ません」

仲間達が生命維持槽から手を放し、沈痛《ちんつう》な表情でうつむく。分かっている。彼らもここがどういう場所かはよく知っている。目の前で眠る子供達を助けることは出来ないのだと、この場の全員が頭では理解している。

それでも、呼びかけずにはいられなかった。

「始めましょう。……ぼく達に出来るのは、終わらせてあげることだけです」

両の騎士剣を左右に広げ、大きく一つ息を吐く。かつて自分の脳に存在していたこの場所でのＩ－ブレインの使用を禁止するプロテクトはとうの昔に真昼の手で解除されている。

ふと思う。

あの頃、もしその制約が自分に無かったら、自分はどうしていたのだろうかと。

（Ｉ－ブレイン、戦闘起動）

振り下ろした右手の剣が生命維持槽を繋ぐケーブルを両断し、返す刀で振《ふ》り払《はら》った左手の剣がガラス筒を断《た》ち割《わ》る。砕《くだ》けるガラスと、流れ出す羊水。支えを失った子供の体がガラス筒の底に倒れ伏し、動かなくなる。

小さなその姿を見下ろし、一瞬だけ目を閉じる。

周囲に鳴り響く無数の破砕音《はさい》。

数百のガラス筒が同時に砕けて、ライトの緑光の中に降り注ぐ。

「完了《かんりょう》しました」仲間の一人が駆け寄り「ファクトリーシステム、及び全てのコアの機能停止を確認。……ディー、これからどうしますか？」

ドームの外周の壁が一瞬だけ鳴動し、静寂《せいじゃく》が訪れる。電力供給を断《た》たれた室内の照明が消え去り、闇が世界を包む。

「掃討《そうとう》戦に移行します」振り返り、残骸と化したガラス筒の間を縫って歩き出し「このシティに残された市民と近隣《きんりん》の住民合わせて三千万人、一人残らず殲滅します。敵の残存戦力は少なく、マサチューセッツ自治軍の本隊が帰還するにも他のシティに残る防衛戦力が応援《おうえん》に駆けつけるにもまだ時間がかかる。十分に可能なはずです」

「いいの……ですか？」隣を歩く炎使いの青年が一瞬だけ言い淀み「いいえ、もちろんそういう計画です。異論はありません。ですが……」

青年の言わんとするところを察する。立ち止まり、頭上の闇を見上げる。

この街は、かつてセラが暮らした街。

あの子がまだ自分が魔法士であることも知らなかった頃、ただの人間として生きていた場所だ。

見知った人もたくさんいるだろう。お世話になった人、助けてくれた人もいたはずだ。昔の話を詳《くわ》しく聞いたことはないけど、友達と呼べる人だっていたかも知れない。

そういう人達を一人残らず殺し尽《つ》くす。

その道を、自分は行かなければならない。

「急ぎましょう。敵の防衛部隊も、そろそろ状況を理解しているはずです」

一度だけ目を閉じ、青年に背を向けて駆け出し——

瞬間《しゅんかん》、闇に閉ざされたドームに照明が灯《とも》る。

立体映像のステータス表示が周囲の壁に沿って幾つか展開される。「補助システム起動」と書かれた画面にその場の全員が目を見開く。

『……えー、聞こえますでしょうか？』

頭上から、覚えのない男の声。

思わず仲間と顔を見合わせるディーの前に、通信画面が前触《まえぶ》れも無く出現する。

シティでも高い地位にいる者の居室と思われる整った内装の部屋。革《かわ》張りの椅子に腰掛けて、学者然としたスーツ姿の男が微笑み、

『多くの方々には初めまして。そして、久しぶりですね、二重《デュアル》No.33』

記憶の線が繋がる。

目の前の男が誰であるかを、ディーはようやく思い出す。

『私はウェイン・リンドバーグ上院議長。シティ・マサチューセッツの指導者であり統治者です。……けれど君たちにはこう言った方が良いでしょうね。ファクトリーシステムの生みの親、と』

魔法士達がどよめく。その場の全員が周囲の、砕けた生命維持槽に取り残されたマザーコアの亡骸を見回し、通信画面の向こうの男に怒《いか》りの目を向ける。

『私の作品を破壊した君たちは、おそらく下の階層にいる民衆を殲滅しようと考えているのでしょう。けれど、そうはいかない。マザーシステムの不調を補うために我がマサチューセッツ

がファクトリーシステムを建造したのは五年以上も前のこと。その間に我々が上の階層の再建を目指してファクトリーシステムの予備を建造していたとしても、何の不思議もないとは思いませんか？』

通信画面の隣にもう一つ別なディスプレイが出現し、この場所から千メートル頭上、第二十階層の中心を示す。数人の魔法士が足下に転がるケーブルを拾って有機コード経由でI－ブレインに接続し、通信の出所が確かにその場所であることをディーに告げる。

そんな様子を画面越しに眺め、男が笑う。

シティ・マサチューセッツの指導者である男は胸の前で二度、三度と両手を叩き、

『さあ急いでください。君たちの憎《にく》むべき敵がここにいますよ』

＊

ノイズ混じりの通信画面の向こうからは、絶え間ない銃声《じゅうせい》が響いていた。

ニューデリー自治軍旗艦、執政官執務室《しつむ》。淡々と語るシティ・マサチューセッツの指導者の言葉にルジュナは息を呑んだ。

「では、議長は囮《おとり》としてその場に残られたと？」

『まあ、そういうことです』学者然としたスーツ姿の男、ウェイン・リンドバーグ上院議長は

笑い『艦隊に先行して一足先に帰還したのですが、おかげでこうやって賢人会議の攻撃に介《かい》入《にゅう》することが出来た。無理はしてみるものです』

『笑い事ではあるまい、ウェイン議長』シンガポールのリン・リー首相《しゅしょう》が別な通信画面の向こうで深い息を吐き『そもそもまだ敗北が決まったわけではない。そこにファクトリーシステムの予備があるなら、無人防衛システムによる時間稼《じかんかせ》ぎくらいは可能なのでは無いか？』

『おっしゃる通りです』ウェイン議長は一つ手を叩き『ここに本当にシステムの予備があれば、まだ手の打ちようがありました。まったく残念なことです』

『待て。では予備システムというのは』

『そんな物を建造するだけの余剰の生産能力があれば苦労はしませんよ』モスクワのセルゲイ元帥《げんすい》の言葉に男は笑い『ここにあるのはシティ外の風力を利用した発電システムの試作機と、あとは非常用の蓄電《ちくでん》設備だけ。それも賢人会議に予備システムの存在を信じさせるための偽装《ぎそう》に使ってしまいましたから、残りはほとんどありません』

通信画面の隅に映る別なカメラ映像の向こうで、銃を構えた兵士が一人、また一人と倒れていく。おそらく上院議長直属の護衛部隊。男がマサチューセッツに帰還する際に連れてきた精鋭部隊ではあるのだろうが、百人の魔法士を相手取るには数が少なすぎる。

『魔法士達もそろそろ全てが自分達を市民から遠ざけるための偽装だと気づいたはずなのですが……「ファクトリーシステムの生みの親」の首というのは彼らにとってよほど重要な物なの

ですね。この場から去る様子は無く、脱出手段も全て潰されてしまった。後は死を待つばかりです』

『何を弱気なことを』ロンドンのサリー首相がまなじりをつり上げ『すでに我が国とモスクワから救援部隊が向かっています。敵はベルリンでの戦いで疲弊した強行軍。増援《ぞうえん》がたどり着きさえすれば立て直しは可能です』

『残念ながら間に合いません。市民の保護はお願いしたいところですが、私の命がつきるまでは。……いやはや、悪い時に戻ったものです』ウェイン議長は苦笑し、半透明なタッチパネルを両手で操作して『ですが、その甲斐《かい》はありました。——勝てますよ、人類は』

ルジュナの目の前に幾つかのディスプレイが浮かぶ。通信画面の向こう、他の指導者達の前にも同じ物が出現する。

『これは……南極衛星に対する攻撃のデータか？』とリン・リー。

『ベルリンでの戦いの直後に、ホルガー首相から届きました』ウェイン議長はうなずき『シティが崩壊寸前の状況では通信回線を開くだけでも難しかったはず。おそらくシティ連合の公用回線にはアクセスできず、かろうじて接続できたのが私宛《あて》の秘匿回線だったのでしょう』

『では、ウェイン議長が艦隊に先行してマサチューセッツに戻られたのは、そのデータの解析《かいせき》のために？』

『ここにある資料と機材がどうしても必要だったものですから』サリー首相の問いに答えてウ

ェイン議長はさらにタッチパネルを操作し『ベルリンの試みは失敗しましたが、決して無駄《むだ》ではありませんでした。このデータを解析システムに通すことで我々は「雲」と南極衛星内に存在する「雲除去システム」の構造の詳細《しょうさい》を得た。恐《おそ》ろしく巨大で複雑な、およそ人の手に余る構造ですが、それでも付けいる隙はある。その鍵《かぎ》になるのがあの「塔」です』

別の小さなディスプレイがルジュナの前に出現し、ベルリン跡地の様子を映し出す。

吹雪の中、シティの構造物を飲みこんで出現した巨大な塔は地上から空を覆う雲の天蓋《てんがい》までを一直線に貫《つらぬ》いている。

『これがいかなる理由で発生したのかは私にも分かりません。マザーコアの機能による物なのか、雲の内部の論理回路が影響したのか、あるいは別の理由か、それは想像することしか出来ない。ですが、この塔の機能は分かりました。——これは、雲の一部です』

理解できない。

それは他のシティの指導者も同様のようで、その場の全員が視線でウェイン議長に問う。

『この「塔」は単なる瓦礫の塊《かたまり》であり、もちろん内部に動力も演算装置も持ちません』男はタッチパネルを叩いてルジュナには理解できない幾つかのデータを展開し『にもかかわらず「塔」は自身で情報制御演算を行い、周囲に「雲」と同質のノイズを展開している。……まだ仮説の段階ですが、「塔」が接続されたことで雲内部の論理回路に変化が生じ、その結果として「雲」と「塔」は情報のレベルで一体化していると考えられます』

ようやく、理解が追いついてくる。

ルジュナは目の前のデータとウェイン議長の顔を何度も見比べ、

「……つまり、この塔は雲に対するアクセス端末として機能するということでしょうか。この塔を押さえれば、我々はマザーコアの暴走に頼らずとも雲の論理回路に、その先にある南極衛星にアクセスできると？」

『まさしく』男はうなずき『と言っても、衛星の機能を全て掌握《しょうあく》し、雲除去システムを破壊するには残念ながら回線速度が圧倒的《あっとうてき》に足りません。我々に可能なのはせいぜいシステムが持つ機能の一部を流用することだけ。……ですが、逆転の一手にはそれで十分です』

目の前に映し出される無数のデータ。

それを読み進めるうちに、ルジュナは血の気が引くのを感じる。

『これは……』セルゲイ元帥が息を呑み『間違いは無いのか。本当に、こんなことが可能であると？』

『確実です。その試算のためにここまで来ました』ウェイン議長はデータの重要箇所《かしょ》に幾つかマーカーを表示し『賢人会議が示した雲除去システムの機能。I－ブレインを持たない通常人を巻き添《まぞ》えに雲の存在情報を破壊するというその仕組みを利用し、我々に都合の良いように処理を改ざんします』

数秒。

ウェイン議長は束《つか》の間目《ま》を閉じ、深く息を吐いて、

『情報の流れを一部反転させ、雲を除去すると同時にI―ブレインを持たない通常人では無く、I―ブレインを持つ魔法士を残らず消滅《しょうめつ》させる。――賢人会議が我々に対して行おうとしていることを、逆に我々が彼らに仕掛《しか》けるのです』

各国の指導者が一様に資料を見上げ、それぞれの表情で黙り込む。

男はそんな一同にさらに幾つかのデータを示し、

『賢人会議が雲除去システムを起動するために人類の数を減らす必要があるのと同様に、我々のシステムにも制約があります。敵が行おうとしているのは「魔法士二千人のI―ブレインのリンクによるクラスターの構築」ですが、我々はそれに代わるシステムを「塔」を中心に構築する必要がある。さらに、稼働したシステムを「魔法士のI―ブレインが生み出すノイズ」から保護するために、地球上の魔法士の数を一定以下まで減らす必要があります』

淡々と提示されるデータを、ルジュナは呆然と見つめる。

雲を除去するために通常人の数を減らし、最終的に雲もろとも全ての通常人を消し去る。

雲を除去するために魔法士の数を減らし、最終的に雲もろとも全ての魔法士を消し去る。

本当に、何もかもが鏡映しで、等しく残酷《ざんこく》だ。

『……よく、知らせてくれた』セルゲイ元帥が深いため息と共に口を開き『礼を言う。貴殿《きでん》の過去を思えば、この資料を開示するには葛藤があっただろう』

リン・リーとサリー首相が同じように息を吐く。が、ルジュナには話が見えない。高名な研究者にしてファクトリーシステムの開発者。マサチューセッツの指導者について、それ以上の深い話は知らない。

『ルジュナ執政官はご存じ無かったな』と、リン・リーが通信画面越しに視線を投げ『ウェイン議長の奥方《おくがた》は魔法士――六年前、ファクトリーシステムが完成するまで稼働していた、マサチューセッツのマザーコアだ』

息を呑む。

視線を向けるルジュナにウェイン議長は『古い話です』と苦笑し、

『妻は大戦を生き抜《いぬ》いた軍人で、戦後は自ら志願してマザーコアになりました。私は情報制御理論の研究者として魔法士開発の責任者を務めましたが、妻のことを思うとどうしても非人道的な実験には賛同できなくて……軍の皆様《みなさま》には煙《けむ》たがられたものです』

遠い場所を見上げるように、男は視線を上に向け、

『おかげで、ファクトリーシステムの実用化に際して内部からの反発はほとんどありませんでした。「あのウェイン・リンドバーグがそのような苦渋《くじゅう》の決断をせざるを得ないのだ。マサチューセッツの現状はそれほど危機的なのだ」――研究部の方々にそう理解いただけたのは幸運な、あるいは不幸なことでした』

その功績によって男は上院議会の長に推薦《すいせん》され、マサチューセッツの指導者となった。

　ファクトリーで日々生み出される数多《あまた》の魔法士――罪無き子供達の血で塗り込められた議長の椅子に、男はどんな気持ちで座り続けたのだろう。

『ですが、それも今日で終わりです。……ファクトリーシステムによって生み出された騎士が巡り巡って悪《あ》しきシステムを滅《ほろ》ぼす。絵物語の結末のようですね』

『やはり、貴殿は生き残るべきだ。ウェイン議長』セルゲイ元帥が椅子から立ち上がり『貴殿の知見と技術は、今後の計画に欠かすことの出来ぬものだ。それに、貴殿が健在であればここで一度退いてもいつかマサチューセッツの再建が叶うやも知れん。今からでもその場を逃れ、シティ外に脱出する方策を……』

『客観的に見て不可能です。ありがたいお言葉ですが』ウェイン議長は椅子に深く背中を預け『それに、実を言うと少し心の重荷が取れた気分です。……皆様には叱《しか》られるかも知れませんが、背負う物がこうも増えると、命を落とすにも相応の理由が必要でして』

　そう言って笑う男の顔は晴れやかで、恐怖《きょうふ》を微塵《みじん》も感じさせない。

　唐突にルジュナは理解する。

　この男にとって、死は救いなのだ。

　ファクトリーシステムなどという化け物を生みだし、多くの魔法士を虐《しいた》げた罪――それにふさわしい罰《ばつ》が与えられる日を、男はずっと待ち続けていたのだ。

「あなたは正しいことをした、と私は考えます。ウェイン議長」居住まいを正し、男の顔をまっすぐに見つめる。「道義や道徳の問題ではありません。シティの為政者《いせいしゃ》として、人々を守る義務を負う者としての正義です。あなたはその正義に殉《じゅん》じた。恥《は》じる必要などありません。ですから——！」

『ありがたいお言葉です、ルジュナ・ジュレ主席執政官。あなたにそう言われると、少しだけ、自分が本当に正しいことをしたのだという勘違《かんちが》いをしてみたくなる』

返るのは、静かな言葉。

男の背後、ドアの向こうから幾つもの銃声と足音が迫る。

『では、一足お先に失礼します。心残りではありますが、人類の未来をお願いします』

深く一礼した男の背後で、激しい音と共にドアが開け放たれる。

二振りの剣を構えた騎士の少年が、「魔法士の敵」に向かって身構える。

『ようこそ、二重《デュアル》No.33』

通信画面の向こう、ウェイン議長が微笑む。

マサチューセッツの指導者であった男は神速で駆け寄る少年を振り返り、

『君が、私の「死」だ』

——舞《ま》い散《ち》る鮮血《せんけつ》。

切り落とされた男の首が、少年の足下に転がって動きを止めた。

ディスプレイの向こうに映し出されたマサチューセッツの街を闇が包んだ。

兵士達の亡骸を踏み越えて階層間バイパス道へと消えていく魔法士達の姿を、セラは呆然と見つめた。

＊

『これが五分前、ウェイン議長の死の直後に送られてきた最後の映像です』ルジュナは沈痛な面持《おもも》ちで胸の前に両手を組み『その後、あらゆる通信が途絶《とぜつ》。ファクトリーシステムが停止したことでエネルギー供給を断たれ、予備の電力も使い果たしたものと思われます』

「ま、待って。ちょっと待って！」ファンメイが青ざめた顔で叫び「え？　マサチューセッツのマザーシステムが壊れて、防衛部隊もほとんどいなくて、じゃああそこに住んでる人達は？　どうするの？　誰が助けるの――？」

少女の言葉にようやく頭が現実を受け入れる。

同時に、シティで暮らしていた頃の記憶が脳裏に浮かぶ。

母がまだ生きていた頃、一緒に過ごした第一階層の街。小さい頃一緒に遊んだ子供達、洗濯《せんたく》の仕方を教えてくれた近所のおばさん、食糧を安く分けてくれた市場の青年……そんな人々の顔を次々に思い出す。

膝が震えて、その場に座り込みそうになる。

それを必死に堪えて、通信画面をまっすぐに見つめる。

『予定通りなら、ロンドンの増援部隊が現地に到着している頃です』ルジュナは視線をうつむかせ『モスクワからも部隊がすでに出発。私も先ほど本国に防衛部隊の半数を派遣《はけん》するよう指示しました。ですが間に合うか、仮に間に合ったとして、三千万の人々を守り切れるかは……』

「わたしが行くです！」とっさに叫び、周囲の大人達を振り返って「祐一さんが乗ってきたフライヤーがあるです！　あれをI－ブレインの補助で加速すればきっと――」

「そ、そっか！」ファンメイが目を丸くして駆け寄り「そうよ！　セラちゃんだけじゃなく、わたしもエドもソフィーさんもみんなで行けば」

「だから、ダメだって言ってるでしょうが――！」

すさまじい勢いで月夜が叫ぶ。とっさに動きを止めるセラとファンメイに大股《おおまた》で近寄り、女は苦痛を堪えるような顔で二人を見下ろして、

「あんた達も他の子も、戦闘に耐えられる状態じゃない！　行っても何の役にも立たないし、下手したら死ぬかも知れない。――ソフィー中佐！　あんたもよ！」

「な……」集団を抜《ぬ》け出《だ》して一人歩き出そうとしていた少女が驚いた様子で立ち止まり「だ、だがこの中では私が一番マシな状態のはずだ。なら私が……」

「ふざけたこと言ってんじゃないの！」月夜はソフィーに駆け寄って両肩を摑み「どんな無茶な戦い方したか知らないけど、あんたの蓄積疲労が一番やばいのよ？　自分でわからないの？」

「で、でも、じゃあどうするの？」ファンメイが泣きそうな顔で周囲を見回し「あそこで今からたくさん人が死ぬかも知れないのに、わたし達どうしたらいいの？　何か、何か出来ることが！」

「……無いわ」

返るのは冷徹《れいてつ》な答。

言葉を失うファンメイの前で月夜は拳を握りしめ、

「出来ることなんか何もない。私達はここにいる人達を守らないといけなくて、それだけで精一杯なの！　……どんなに伸ばしても届かない手は届かないし、世界中の人を残らず救えるわけでもない。苦しくても、歯がゆくても、今はここでただ黙って見てることしか出来ないのよ！」

ファンメイは助けを求めるように他の大人達に視線を向けるが、リチャードとフェイは静かに首を左右に振る。祐一は何かを言おうと口を開きかけるが、すぐに諦めた様子で目を閉じる。

そんな、という少女の呟き。

エドが隣に近寄り、少女の手を自分の手で強く摑む。

『……ロンドン自治軍がマサチューセッツに到着したようです』通信画面のルジュナがわずかに顔を上げ『現地の映像が来ました。皆さんにも回します』

映し出されるのは、シティの巨大な外殻と、果てしなく広がる雪原。

白と灰色に塗り込められたその世界が、瞬時《しゅんじ》に無数の赤色に染まる。

飛び散る血しぶきと寸断された肉片《にくへん》。数百の兵士の体を瞬《まばた》きする間も与えずに切り刻み、銀《ぎん》髪《ぱつ》の少年は狂《くる》ったように戦場を駆《か》け巡《めぐ》る。左右の騎士剣を縦横に薙《な》ぎ払《はら》い、ロンドン自治軍の戦列を文字通り轢《ひ》き潰しながら、少年は兵士達の後方、為《な》す術《すべ》無く逃《に》げ惑《まど》う市民の傍へと少しずつ近づいていく。

周囲では他の魔法士達が自治軍の別な部隊を相手にゴーストの腕を叩きつけ、空気結晶の槍を降り注がせている。が、どの場所を見ても少年の周囲ほど苛《か》烈《れつ》な戦場は無い。無数の銃弾《じゅうだん》を全身に浴び、それを物ともせず死を振りまく少年。白一色であるはずの軍服は今や敵と自分、双方《そうほう》の血でどす黒い赤に染まり、溢《あふ》れて裾から滴《したた》り落《お》ちている。

悪鬼《あっき》の如《ごと》き形相で雄叫《おたけ》びを上げ、兵士達に飛びかかる少年。

「あ……」

それを、セラは為す術なく見上げる。

足が震えて立っていられなくなり、崩れるようにその場に両膝《りょうひざ》をつく。震えはすぐに全身に伝わり、両手を雪の上についてて体を支える。視線は通信画面を見上げたまま、ただじっと、少年の姿を目で追い続ける。

こんな物は見たくない。

見たくないのに、どうやっても目を閉じることが出来ない。

視界が霞《かす》んでぼやけて、濡れた感触が幾つも頬を伝い落ちる。零れた水滴《すいてき》が雪の上に落ちて、ようやく自分が泣いていることを理解する。

わけの分からない叫びがほとばしる。

自分の叫《さけ》び声《ごえ》を自分で止めることが出来ず、喉《のど》が焼き切れそうになる。

「見るな――――！」

不意に、誰かの腕に正面から抱きしめられる。

大きな体が視界を遮り、ようやくそれが祐一のものだと気づく。

「祐一……さん」名前を呼んだ瞬間、あらゆる感情が噴《ふ》き出《だ》す。「祐一さん……わたし、うそついたです……大丈夫だと思ったけど……大丈夫じゃ、なかったです」

「セラ……」

「わたし、祐一さんとの約束、ちゃんと守ったです。誰も殺さないように。ディーくんが人でいられるように、ディーくんの帰る場所になれるようにって……わたし、がんばったです。本当に、すごくがんばったです」

言葉が次々にあふれて、止められなくなる。こんなことを言ってはいけない、我慢《がまん》しなければばならないと思うのに、どうしても自分で自分を抑《おさ》えられない。

自分で決めたことなのに。覚悟を決めて、自分で選んだ道のはずなのに。

あの人の傍を離れるのがこんなに苦しいなんて、知らなかった。

「でも、苦しいです。苦しくて、痛くて、辛くて、ディーくんの傍にいたくて、でも傍にはいられなくて……ディーくんはずっと苦しんでて、あんな風になってしまったのを悲しんでて、それでもわたしのために戦ってくれて、なのに、それなのにわたし……」

両手で顔を覆い、必死に涙を止めようとする。それでもあふれ出た涙が両腕を伝って流れ落ちる。喉の奥からは絞り出すような泣き声。どうして自分が泣いているのか、誰のために、何のために泣いているのか、もう分からない。

「ごめんなさい。ディーくん、ごめんなさい……です……」

「そうか……」

呟く男の声。

体を抱きしめてくれていた両腕が、不意に離れる。

驚いて見上げた先、祐一が雪原の向こうに走り出す。黒いロングコートが風にたなびく。のしかかるような闇の中、男の背中が少しずつ先へ、男が乗ってきたフライヤーのある方向へ遠ざかっていく。

「祐一殿？」振り返ったリチャードがすぐに目を見開き「待て！　早まるな――！」

男が青ざめた顔で駆けだし、何かに気づいた様子の月夜がさらにその後を追う。だが間に合わない。祐一の体がフライヤーの操縦席に飛び込み、機体がすぐさま浮上《ふじょう》する。

流線型の黒い機体が加速する。

演算機関の本来の性能限界を超え、さらに高速に。すさまじい速度で飛び去る機体は、すぐにI―ブレインによって補正された視界でも捉えられなくなる。

「やめてくれ祐一殿！　頼む、頼む――！」

必死の形相で叫ぶリチャード。

男は力尽《ちからつ》きたように雪の上に膝をつき、闇の彼方を呆然と見上げる。

「……彼のI―ブレインはフリーズアウトの発作《ほっさ》を起こしている」

状況について行けず視線を彷徨《さまよ》わせるセラに、フェイが淡々と呟く。

え？　と顔を上げると、フェイは無表情の中にわずかに苦悩《くのう》らしき物を滲ませ、

「すでに末期症状だ。安静に過ごして余命三ヶ月。騎士剣を抜けば確実に死ぬ」

とっさに言葉の意味が理解できない。呆然とするセラの背後でフライヤーの扉の開閉音。ようやく顔をのぞかせた黒髪の少年が、今の言葉を聞いた様子で目を見開く。

通信画面の向こうで無数の銃声と金属音。

遙か彼方、マサチューセッツの空を、血風が舞った。

剣と共に振《ふ》り抜《ぬ》いた右手に、生硬《なまかた》い感触が跳《は》ね返《かえ》った。

噴《ふ》き上《あ》がった鮮血が、目に映る全てを黒一色に染めた。

*

(殲滅曲線描画機構再最適化完了《Armagedon-process re-adjusting complete》)

白と黒の二色に塗《ぬ》り分けられた世界を斬り裂《さ》いて、二筋の赤い線が走る。立《た》ち塞《ふさ》がる数百の兵士の体を縦横になぞり、赤い線の先端《せんたん》は視界の先へと飛び去っていく。

熱に浮かされた足が地を蹴《け》る。

すでに幾つもの銃弾に穿たれ、血まみれになった足にまともな感覚は無く、ただ騎士剣『森《しん》羅《ら》』の機能によって補われた一つのパーツとなって体を前へと進ませる。あらゆる物が現実感を失い、自分が夢の中で踊っているような錯覚に囚《とら》われる。どす黒く、赤い、血色の悪夢。その中を幽鬼《ゆうき》のように飛び交い、立ち塞がる敵を次々に物言わぬ亡骸へと変えていく。

いったいどれほどの傷をこの身に受け、どれほどの命を奪ったか。

もう、思い出すことは出来ない。

赤い線の先端が目の前で途切れ、灰色の平原の中心で立ち止まる。目の前には、悲鳴を上げる無数の群衆。兵士達の姿は背後の彼方。抵抗する術を持たない、ただ逃げ惑うことしか出来ない人々しか、ここには残されていない。

左右の剣を、翼《つばさ》のように掲げる。

数千、数万の群衆をなぞって、赤い線が二筋、瞬きする間に視界を覆《おお》い尽《つ》くす。

これから自分がしようとしていることを思い、胸の中が空っぽになっていくのを感じる。自分はどうしてここにいて、どうしてこの人達を殺さなければならないのか。もちろんあの子のためだ。あの子が生きる世界を作るためだ。そのために自分は道を選び、走り続けた。後悔《こうかい》はしない。引き返すことも、振り返ることもしない。

それでも、と少しだけ思う。

どこかで立ち止まる場所は無かったのかと。

ここでは無いどこかに繋がる分かれ道は、どこかに無かったのかと。

(殲滅開始《Annihilation ready》)

坂道に小石を転がすように、地を蹴った体が前に進み始める。振り上げた二振りの剣の切っ先が、赤い線を正確になぞって走る。正面、百メートル先。逃げ遅れて倒れた少女が恐怖に引きつった顔で振り返る。

赤い線が描く軌跡《きせき》は、その子の首を水平に断《た》ち切《き》る位置。

白と黒で描かれた吹雪の雪原の向こう、あの子と同じくらい小さな体が少しずつ近づき、

(――高密度情報制御を感知)

Ｉ―ブレインの警告。

走りながら見上げた先、頭上から飛来する黒い流線型の物体が視界を覆う。

ニューデリー自治軍のフライヤーの形をしたその物体は、ディーからも群衆からも離れた地表に高速で叩きつけられる。機体が崩壊する寸前で操縦席から人影が飛び出し、宙に弧を描いてディーの目の前に降り立つ。

視界を塗り潰していた赤い線が消失し、とっさに足を止める。

灰色の雪原の中心で、黒いロングコートが風になびく。

「祐一……さん？」身構えたまま、男の名を呼ぶ。「何を、やってるんですか？」

一ヶ月前のことを思い出す。南極衛星を巡る戦いの中、男は自分の目の前で倒れた。自分はとどめを刺《さ》そうとする仲間を止め、男をあの赤髪の空賊《くうぞく》に引《ひ》き渡《わた》した。

男の身に起こった異変の正体を自分は知っている。同じ物を、一度見たことがある。

あれは、間違いなく、フリーズアウトの発作だったはずだ。

「セラの頼みだ」男は静かに答え、鞘に収まったままの騎士剣を目の前に掲げ「お前の姿を見ていられないと、お前に謝りたいと。そのために、俺はここに来た」

呼吸が止まる。

剣の切っ先が、わずかに下に逸れる。

「……会ったんですか？　セラに」

「世界再生機構と共に、ベルリンの難民を保護している」祐一は視線をまっすぐに向けたまま深く息を吐き「俺は確かにお前に言った。罪も痛みも全て背負って生きろと。……だが、これは間違いだ。お前はセラの手を放してはいけない。あいつが傍にいる限り、お前は人を殺す自分を許さず迷い続けることが出来る。だが、それを失ったお前はもはや人ではいられない。ただの兵器、ただの殺戮《さつりく》者だ」

男の右手が真紅の騎士剣の柄を摑み、

「引き返せ。そしてもう一度セラと話せ。……逃げるな。諦めるな。あいつの幸せ、あいつが本当に望む世界を、最後まで考え続けろ」

「今さらです、祐一さん」首を左右に振り、剣を構え直す。「この世界にはもう選択の余地なんか無い。魔法士が滅びるか、人類が滅びるか、道は二つに一つしか無いんです。……あの子はそれでもいいって言うかもしれない。誰かを押しのけて自分の居場所を作るくらいなら自分がいなくなった方がいいって言うかもしれない。でもぼくは嫌《いや》なんです！　ぼくは、あの子に最後まで生きていて欲しいんです！」

視界が再び白と黒の二色に分かれる。二筋の赤い線が、目の前の男の体を無数の螺旋で塗り潰す。

「ぼくは止まれない。最後まで、この世界にあの子の居場所を作るまで、止まってはいけないんです――！」

踏み出す足が雪原に小さな穴を穿つ。

飛び散った雪煙《ゆきけむり》が、モノクロの世界に淡いもやを散らす。

瞬時に十メートルの距離を切り取り、右の騎士剣『陰《いん》』を振り下ろす。男が鞘に収まったままの剣を振り上げ、その一撃《いちげき》を受け止める。身を捻《ひね》ると同時に左の騎士剣『陽《よう》』を水平に薙《な》ぐ。男が剣の鞘を左手で掴み、右手を一挙動に振り抜く。

真紅の刀身が、白と黒の世界を斬り裂く。

抜《ぬ》き放《はな》たれた騎士剣『紅蓮《ぐれん》』の長大な刀身が、『陽』の刃を打ち下ろす。衝撃を支えきれず体がバランスを失う。崩れた体勢のまま右手の剣を振り上げ、真紅の刀身がその一撃を受け止める。裂帛《れっぱく》の気合いと共に振り抜かれる長大な騎士剣。体が大きく後方に吹《ふ》き飛《と》ばされ、ディーは雪の上に一転して立ち上がると同時に身構える。

視界を舞い落ちる、無数の雪の結晶。

ディーは両の騎士剣を翼のように広げ、雄叫びと共に地を蹴った。

＊

剣を鞘から引き抜いた瞬間、視界が闇に染まった。

祐一はとうに感覚を失った腕を勘《かん》だけで振り抜き、少年の体を弾《はじ》き飛《と》ばした。

フライヤーの演算機関をI―ブレインによって加速する――ただそれだけのことで、死にかけた脳は限界を迎えようとしていた。まともに機体を制御することも敵わず、かろうじて人がいない場所に機体を向け、最後の瞬間に脱出できたのはほとんど奇跡《きせき》と言えた。

脳内にはおびただしい数のエラーメッセージと、機能の低下を訴えるステータス表示。それを全て振り払い、叫びと共に空になった鞘を投げ捨てた。

少年はすぐさま体勢を立て直し、飛びかかりざま両の騎士剣を振り下ろす。反応しようとした瞬間、脳内を駆け巡る衝撃。バランスを崩しそうになる足を必死に押しとどめ、真紅の騎士剣を全力で跳《は》ね上《あ》げる。

上段からの一撃を受け流す。

意識が欠ける。

流れるように『紅蓮』を反転、相手の喉元《のどもと》めがけて一撃を放つ。

意識が欠ける。

受け止められた剣の切っ先を翻し、踏《ふ》み込みざま刀身を水平に薙ぐ。

意識が欠ける。

地を這《は》うようにして攻撃をかわすと同時に突《つ》き込まれる少年の刃を身を捻ってかわす。

意識が欠ける。

右足を踏み込む。意識が欠ける。剣を振り下ろす。意識が欠ける。剣を引《ひ》き戻《もど》す。意識が欠ける。地を蹴って跳躍《ちょうやく》する。意識が欠ける。攻撃動作を一つ行う度《たび》、肉体の運動を一秒加速する度、自分が誰で、何のためにここにいるのかが分からなくなる。

欠ける、欠ける、欠けていく。

自分が自分であった残滓《ざんし》が、自分を自分たらしめていた本質が、跡形《あとかた》も残さず消えていく。剣を振りかざした少年の顔が泣きそうに歪む。少年にも分かっているのだろう。目の前に立つ男が到底戦える状態に無いことが。それでも少年は止まれない。自分の愛する少女が生き残る世界を作るために、少年は目の前の敵を打《う》ち倒《たお》さなければならない。

やはり間違っていたのかもしれない、という言葉が頭に浮かぶ。

少年に自分の騎士剣『森羅』を託したこと、少年に戦う術を与えたこと。全てが間違っていたのかも知れないと、そんな考えが脳裏をよぎる。

ならばどうすれば良かったのかは分からない。欠けた意識では考えることも、思い出すことも出来ない。だが少なくともこれは、これだけは少年と少女が望んだ道行きの果てでは無いだろう。愛し合う二人が互いの手を取り、笑い合う。その道を否定し、袂を分かった先で、たとえ誰が生き残ったとしてもそこに幸福などあろうはずが無い。

少女の手を放してしまった少年の戦いは、間違っている。

伝えなければならない。

言葉では届かないのなら、この剣で語らなければならない。

だが。

(I—ブレイン機能低下。「身体能力制御」強制終了《しゅうりょう》)

体が突然《とつぜん》速度を失い、踏み込んだ足が地面を捉え損《そこ》ねる。雪の上に頭から無様に転がり、かろうじて起き上がった目の前に少年の右手の騎士剣が迫る。ほとんど奇跡に近い動きで『紅蓮』の刀身を目の前に振り上げ、その一撃を受け止める。衝撃に体が後方に吹き飛ぶ。さらにもう一撃。頭上から振り下ろされた左手の騎士剣が真紅の刀身を打《う》ち据《す》え、すさまじい力で地面に押しつける。

抗《あらが》いきれなかった体が、剣と共に足下の雪原に叩きつけられる。

衝撃。

脳内に残っていた意識の最後の一欠片《かけら》が、跡形も無く砕けた。


そうして、気づけば光の中にいた。

少し前に見た夢の続き。川を渡《わた》りきった先の、どこまでも続く広い草原。彼女はやはりそこにいて、倒れ伏す自分を困ったように見下ろしていた。

……おつかれさま、って言うのかな、こういうとき。

首を傾げる彼女に答えず、光に満たされた地面に手をついて起き上がろうとする。だが敵わない。力を失った手足は徒《いたずら》に空を切るばかりで、体を支えることも這《は》い進《すす》むことさえも出来ない。

と、右手に温かい感触。

彼女がいつの間にか傍らに座り込み、節くれ立った傷だらけの手にそっと自分の細い手を重ねる。

……もう、いいんじゃないかな。

もう一方の手をこちらの背中に回し、彼女は力を失った体を抱きしめるようにして引き起こす。いつかしたように自分の膝に頭を乗せ、細い手が子供をあやすように何度も髪を撫で、

……祐一は頑張《がんば》ったよ。自分に出来ることは全部やって、出来ないことまでやった。たくさんの人を助けて、世界に希望を残そうとして、私がやりたかった、やりたくても出来なかったことまで全部やってくれた。

だからもういいんじゃないかな、と彼女が笑う。

それに、首を振って応える。

感覚を失った左手を地面に突《つ》き、体を立ち上がらせようとする。

……あの子達はね、きっと、ああなるしか無かったの。

彼女は遠い場所を見つめるように光に満たされた空を見上げ、

……世界はそういう風に出来てて、あの子達もああいう風に出来てて、だから他に道は無かったの。二人の道は分かれて、もう二度と元には戻らない。それで、この話はお仕舞《しま》いなの。

そうだな、と呟いて応える。きっと彼女の言う通りなのだろう。彼女を失った時と同じだ。世界はいつだって残酷で、選択の余地など無くて、誰かの嘆《なげ》きや悲しみなど顧《かえり》みもしないのだろう。

少年は、少女のために罪を背負うことを選んだ。

少女は、少年のために罪を背負わないことを選んだ。

その瞬間から、この結末は決まっていたのだろう。

……それでも戦わなきゃいけないの？

そうだ。

……レノアの、あの子の母親のため？

違う、と首を左右に振る。誰のためでも、何かのためでも無い。自分のためだ。マサチューセッツの街で出会った少年と少女の未来を、幸せを、他の誰でも無い自分が祈ったからだ。

俺は。

お前を失い、戦う意味を見失い、結局何も手に入れられなかった俺は、最後にあの二人が笑う未来を見てみたい。

……でも、立ち上がって、もう一度戦ったら、祐一は絶対に死んじゃうよ？

知っている。

だがそれは大した問題では無い。ここで立ち上がらなくても、戦うことを止めても、そう遠くない日に自分は必ず死ぬ。だから、死ぬことに大した意味は無い。人が生きるとは、ただこの心臓が鼓動《こどう》し、ただこの手足が運動する状態を言うのではない。

もし自分が今生きて、この先も生き続けるのだとしたら。

それは、後に続く者に何かを残した時だ。

「――だから、俺は行くよ、雪」

胸の上に冷たい感触。いつの間にか現れた真紅の騎士剣が、世界を満たす光を跳ね返して煌めく。手を伸ばし、柄を握る。周囲の光が密度を増し、あらゆる物が彼方へと遠ざかっていく。

……もう、しょうがないなあ、祐一は。

彼女は笑い、剣を握る手に自分の手を重ねた。

……じゃあ、少しだけ、私の力を貸してあげる。

ゆっくりと、目を開ける。

一呼吸。凍えた空気を肺に取り込み、吐き出す。

指先に感じる変異銀《ミスリル》の感触を確かめる。右腕《みぎうで》に力を込め、体を少しだけ起こす。次に左腕《ひだりうで》、右足、左足。踏みしめた足が雪原を強く捉え、体が真っ直ぐに立ち上がる。

行く手には、目を見開く少年。

その前で真紅の騎士剣の刃を蹴りつけ、目の前に跳ね上げる。

少年が雄叫びと共に左右の騎士剣を構える。地を蹴った体が瞬きする間すら許さず眼前に迫る。喉元目がけて走る右の剣。それを虚《うつ》ろな視界の端に捉え、I－ブレインに命令を送る。

力を失った体が、螺旋を描く。

視線は正面から側面、少年に背を向ける位置へ。型も無く、構えも無く、全身の回転運動と共にただ振り抜いた剣が襲い来る一撃を受け止め、高々と頭上へ跳ね上げる。

少年は一瞬虚《きょ》を衝かれた様子で体勢を崩し、踏みとどまって左の剣を水平に払う。少年に背を向けた姿勢のまま、『紅蓮』の柄から手を放すと同時に左足の踵《かかと》で真紅の刃の先端を蹴り上げる。足と接触した一点を中心にI－ブレインと騎士剣の接続が回復し、回転した長大な刀身が騎士剣『陽』の一撃を受け流す。

全身をさらに反転、視界の中心に少年を捉え、伸ばした手で『紅蓮』を掴む。左手は柄、右手は刀身の中程《なかほど》。掲げた刀身が正面から振り下ろされる一撃を一瞬だけ受け止め、右手の指先を軸に勢いに任せて回転する。

右手のひらが真紅の刃の表面をなぞり、剣の行く先を制御する。

真紅の切っ先が少年を捉えた瞬間、柄を持つ左手を突き出す。

掌底《しょうてい》を繰《く》り出《だ》す要領で、手のひらで柄を押し込むように。『紅蓮』の刀身を半ば投げ出す形で少年の眼前に突き込み、同時に地を蹴った体が剣の後を追って疾走《しっそう》する。

少年が身を捻りつつ両の騎士剣を十字に交差させ、その一撃を寸前で受け流す。同時に剣に追いついた体が跳躍。真紅の刀身を足場に少年の頭上高くに飛び上がると同時に、回転する剣の柄を両手で摑む。

甲高い金属音。

自由落下に任せて振り下ろした刃をかろうじて受け止め、少年が愕然《がくぜん》とした様子で目の前の男を見る。

(運動係数を改変。神経系の情報を切断。全身体機能をI—ブレインの制御下に移行)

直立不動の姿勢のまま、腕だけで剣を跳ね上げる。筋肉を限界まで脱力《だつりょく》させ、瞬時に限界まで収縮させる。弾丸のように体が跳ね飛ぶ。少年が剣を構え、その一撃を受け流す。姿勢を崩した足が後方に一歩退き、体勢を立て直し、左手の騎士剣『陽』が水平に走る。その三手の間に祐一の体はすでに少年の攻撃範囲の外。剣を空中に取り残したまま地を這う姿勢からさらに体を反転、後方に倒立《とうりつ》すると同時に跳ね上げた右足で『紅蓮』の柄を絡《から》め取り、接触した足を通してI—ブレインと騎士剣の接続を回復する。

一転して立ち上がりざま下方から斬り上げの一撃を見舞《みま》う。

型も無く、構えも無く、ただ全身の筋力と運動量と回転エネルギーを一点に集約した神速の斬撃《ざんげき》が少年の体を大きく後方に弾き飛ばす。

過負荷《かふか》に耐えきれなかった筋組織が、次々に断裂《だんれつ》する。

その不要な情報を演算速度で押し潰し、弾丸のように跳躍する。

──この『腕』が、腕では無く、I─ブレインと騎士剣とを物理的かつ情報的に連接するための単なる一つの部品であることを考える。

──この『脚《あし》』が、脚では無く、I─ブレインと騎士剣とを目標地点まで目標速度で移動させるための単なる一つの部品であることを考える。


削《そ》ぎ落とす。あらゆる剣術《けんじゅつ》の術理を、あらゆる人間の運動原理を削ぎ落とす。削ぎ落として積み上げる。この剣を一ナノ秒でも速く動かすための論理を、この剣を一ナノメートルでも正確に動作させるための論理を積み上げる。

この肉体が、体という人間を構成する部品では無いことを考える。

この騎士剣が、剣という人間のための武器では無いことを考える。

駆ける、跳ねる、翔《と》ぶ。あらゆる位置、あらゆる角度から攻撃を繰り出し、あらゆる攻撃を人体には有り得ない挙動で回避《かいひ》する。

遠い日、記憶の彼方に見た、最強騎士と呼ばれた彼女の戦い。

通常の感覚を全て失い、人の軛《くびき》から解き放たれた体が、『紅蓮の魔女《まじょ》』の動きを模倣《もほう》する。

少年の姿が半透明の揺らぎに包まれ、視界から消失すると同時に背後に出現する。踏み込んだ姿勢の体を取り残して、右腕だけが背後に走る。振り下ろされる『陽』の一撃を真紅の刀身が受け止める。同時に全身が跳躍。柄を握る手のひらを軸にするように、黒いロングコートを翻した体が少年の頭上に飛び上がる。

斬撃。

飛来する真紅の刃に抗《こう》しきれず、少年の体が後方に吹き飛んだ。

……それは、およそ現実の物とは思えない、戯画《ぎが》から抜け落ちたような戦いだった。

この場に集《つど》う数多の魔法士、幾多《いくた》の戦場を駆け抜けてきた強者が誰一人《だれひとり》として見たことの無い、あらゆる剣術の理《ことわり》を逸脱《いつだつ》した運動だった。

二振りの騎士剣を翻した少年が、雄叫びと共に黒衣の男に打ちかかる。疲労を感じさせない超《ちょう》高速の運動で男の眼前に出現した少年が続けざまに数十手の斬撃を見舞う。男の体が機械じみた動作で躍動《やくどう》し、その攻撃のことごとくをかわし、受け流し、打ち払《はら》う。

剣術はおろか、人の運動そのものを逸脱した動き。

その姿は精密な機械のようで、流麗《りゅうれい》で、異様で、たとえようも無く美しかった。

そもそも、騎士剣が『剣』という通常の武器の形状をしているのは、表面に刻まれる論理回路の構造上の都合とそれを装備する騎士の生理的違和感《いわかん》の軽減のために他ならない。本当は騎士剣を『剣』として扱《あつか》う必要など無い。身体能力制御を発動するには剣のどこか一点が騎士の肉体に接していればよく、情報解体を発動するには剣のどこか一点が対象物に接触していれば良い。

同様に、本当は騎士の肉体を『肉体』として扱う必要も無い。人間本来の感覚を全て遮断《しゃだん》して肉体を騎士剣に付随《ふずい》する単なる物体として扱い、I―ブレインの制御によって動かせば騎士にとって最適な運動が得られる。

そんなことは誰でも知っている。

だが、それを本当に実践《じっせん》出来る者など、いない。

人の肉体はどこまでも人の物。魔法士であろうとその制約から逃れることは出来ない。生まれ落ちた瞬間に授《さず》かった全身の神経系、成長と共に備わった身体の感覚。人という生物は本来、それを完全に捨てることが出来ないように設計されている。

目の前の男は今、どのような状態で戦っているのか。

賢人会議の魔法士達は、慄然《りつぜん》とした思いで二人の戦いを見つめる。

幾人かがようやく我に返り、黒衣の男への攻撃を試みる。魔法士達は本来の目標である自治軍の兵士とマサチューセッツ市民を捨て置いて二人の騎士を遠巻きに取り囲み、なんとか戦いに介入しようと手にした剣や空気結晶の弾丸を構える。

が、動く者は一人もいない。

この場に集う百人近い魔法士、その全員が、黒衣の男の動きにいかなる隙も見出《みいだ》すことが出来ない。

続けざまに走る無数の斬撃。上下左右、あらゆる位置、あらゆる角度から放たれた『紅蓮』の刃が雪崩を打って少年に襲いかかる。少年の騎士剣『陰』と『陽』が神速で宙を走り、そのことごとくをかろうじて打ち払う。翻った銀色の刀身がついに男の腕を捉え、鍛《きた》え抜かれた体に刃が深くめり込む。

飛び散った鮮血が、暗灰色《あんかいしょく》の雪原に真紅の吹雪を散らす。

その吹雪を裂いて、『紅蓮』の刀身が走る。

連なる無数の金属音。嵐《あらし》のような斬撃は止《や》むことを知らず、少年の体は圧力に屈《くっ》するように一歩、また一歩と後退する。頭上から襲い来る長大な真紅の刀身。その一撃を右手の剣で受け流し、少年は半ば転げるようにして左手の剣を突き出す。

闇を走《はし》り抜《ぬ》けた銀色の刀身が、男の胸に深々と食い込む。

男の腕が機械じみた正確さで跳ね上がり、自身を貫く刃を素手《すで》で強く摑む。

少年が目を見開き、剣から左手を放す。

残った右手の剣だけを目の前に構え、血まみれの軍服に包まれた体が後方に跳躍する。

男が剣に貫かれたまま、長大な刀身を水平に掲げて地を蹴る。獣のような咆吼《ほうこう》。漆黒《しっこく》のロングコートが死神の翼のごとく翻り、半透明な球形の揺らぎに包まれた男の体が瞬時に少年の目の前に到達する。

闇を貫いて走り抜ける、真紅の刃。

少年は右手の騎士剣を防御《ぼうぎょ》に構え、瞬時に目を見開いて何事かを叫び、

——透《す》き通《とお》るような音が、一度だけ響いた。

真紅の切っ先は騎士剣『陰』の柄に突き立ち、象眼された深緑色の結晶体——『森羅』の制御中枢を粉々に打《う》ち砕《くだ》いていた。

＊

ようやくマサチューセッツにたどり着いた時には、吹雪は完全に止んでいた。

HunterPigeon の機体が着陸するのももどかしく、錬はハッチから雪原の上に飛び降りた。

ルジュナから聞いたロンドン自治軍の報告にあった通り、賢人会議はすでに撤退したらしく周囲に魔法士の姿は見られなかった。雪原では生き残った兵士達が難民達を飛行艦艇に収容し、あるいはシティの中に戻そうとしていた。周囲から聞こえる声によると、電力を失った第一階層に演算機関を設置して気温を制御し、仮設の避難所《ひなん》として利用するつもりらしい。そんな人々の間を縫って足を進め、錬はようやくその場所にたどり着いた。

雪原の少し先に立つのは、黒いロングコートをまとった男の姿。

両手に構えた真紅の騎士剣を足下の雪に突き立て、男はこちらに背を向けて真っ直ぐに前を見つめているようだった。

自分の心配が杞憂《きゆう》に終わったことに、安堵する。

当然だ。この男は世界最強の騎士。いかなる逆境にあろうと、簡単に死ぬはずがないのだ。

「やっぱり祐一はすごいね」

言葉と共に歩み寄り、男の背中を見上げる。大きな、強い背中だと改めて思う。

「軍の損害はけっこう大きかったみたいだけど、市民は誰も死んでない。祐一の勝ちだよ」

返ってくる言葉は無い。

不思議に思い、男の正面に回り込む。

「祐一……」

言葉が途切れる。男は少しうつむいたまま、剣に支えられるようにして目を閉じている。

その表情は信じられないほど穏やかで。

口元にはかすかな笑《え》みが浮かんでいる。

伸ばしかけた手が、止まる。

ようやく、本当にようやく、錬は理解する。

あ、という小さな声。それが自分の喉から生まれたものだということに、少し遅れて気づく。

言葉にならない声があふれ出す。男の姿が不意にぼやけ、涙の形になって零《こぼ》れ落《お》ちる。

後ろから駆け寄ってきたヘイズが立ち止まって呻くような声を上げる。それを振り返ること
も出来ないまま、ただ呆然と、男の亡骸を見上げる。

再び降り始めた雪が、一つ、また一つと舞い落ちる。
真紅の刀身に降り積もる、白い結晶。
それが、男の墓標だった。

幕間　終わる世界　～ Wheel of fortune ～

巨大《きょだい》な金属の隔壁《かくへき》に隠《かく》されたその空間は、カビと、埃《ほこり》と、電子機器の放つかすかなオゾンの臭《にお》いに満たされていた。

錬《れん》は金属むき出しの壁《かべ》に背中を預け、冷たい床《ゆか》に座り込んだまま、目の前に立《た》ち尽《つ》くす人々の姿をぼんやりと眺《なが》めた。

シティ・ベルリン跡地《あとち》から東におよそ八百キロ。ベルリンとモスクワの中間。分厚い氷と高度な情報制御《せいぎょ》による隠蔽《いんぺい》処理に隠された地中深くに、確かにその施設《しせつ》はあった。天樹《あまぎ》健三《けんぞう》博士——真昼《まひる》と月夜《つきよ》の父親であり、自分の生みの親でもあるその人物が大戦中に使っていたという研究施設は住む者がいなくなって長い年月を経た今でも健在であり、五万人の難民を収容するのに十分な広さと、エネルギー供給用の演算機関を備えていた。

今いる場所は施設のエントランスにあたる広大なホールで、奥の隔壁が地上の出入り口につながっている。ホールからは幾《いく》つもの通路が数キロ四方に渡《わた》ってアリの巣のように広がっており、細部の詳細《しょうさい》な構造は月夜にもよく分かっていないのだと言う。

周囲では、施設にたどり着いたばかりの無数の難民が所在なげにホールの高い天井《てんじょう》を見上げている。その間をペンウッド教室の研究員やベルリンの兵士が行き交《いか》い、人々を施設の奥、仮に設けられた居住スペースへと誘導《ゆうどう》していく。これでようやく二万人、難民全体の四割といったところ。低速巡航《じゅんこう》のステルスモードに設定したHunterPigeonでピストン輸送を行い、これだけの人々を運ぶのにすでに丸二日を要している。

マサチューセッツからここまでのことは、正直よく覚えていない。

祐一《ゆういち》の亡骸《なきがら》を前に泣《な》き崩《くず》れ、意識を失い、ヘイズに助けられたような記憶《きおく》があって気がついたらこの施設に運ばれていた。

『後のことは任せて、あんたはとにかく休みなさい』

そう言って錬を残し、月夜はHunterPigeonに乗り込んで吹雪《ふぶき》の向こうに去って行った。まだベルリンの近くに残されている難民三万人。その人々を全てこの施設に運ぶまで休む暇《ひま》など無いのだという。ヘイズは今も艦《かん》を操縦し、クレアはサポート役として同乗している。ファンメイやエド、他の魔法士《まほうし》達は皆《みな》、月夜と共に難民の救助に当たっている。フェイとリチャードはこの施設の奥で、内部調査と今後の生活のための補修作業を行っている。

うずくまっているのは、自分だけ。

そのことを後ろめたく思うべきなのかどうかさえ、今の自分には、分からない。

マサチューセッツに残された市民はニューデリーとモスクワ、それにシンガポールの自治軍が保護したとヘイズが話していたような気がする。完全に崩壊《ほうかい》したベルリンと違《ちが》い、マサチューセッツはマザーシステムを失っただけでまだ施設自体は残っている。そのエネルギー供給ラインに他のシティから移設した演算機関を接続し、一部の生産プラントを稼働《かどう》させることでかろうじて市民の食糧《しょくりょう》と生命維持《いじ》に必要な気温を維持する。

だが、それが限界。

新たに生じた三千万の難民を受け入れる余地はいずれのシティにも無く、マサチューセッツに十分な防衛戦力を配置する余力も失われたファクトリーシステムの代わりを建造する術も無く、状況《じょうきょう》が好転する可能性は限りなくゼロに近いのだという。

祐一の亡骸を運んでくることは出来なかった。

男の遺体はマサチューセッツ第一階層の小さな公園に埋葬《まいそう》され、騎士剣《きしけん》だけを持ち帰ってきたとヘイズが言っていたような気がする。

施設の奥、ホールから幾つも伸《の》びる通路の一つに視線を向ける。研究区画に指定されたその通路の先に、フィアが眠《ねむ》る生命維持槽《そう》はひっそりと収容されている。

少女は目を覚まさない。

その事を思うだけで、絶望が体の全てを塗《ぬ》りつぶしていく気がする。

祐一はもういない。真昼もいない。あの子も、このまま二度と目を覚まさないのかも知れない。自分には何も、どうすることも出来ない。伸ばした手は届かない。祈《いの》りはどこにも通じない。願いは何も、一つも叶《かな》わない。

奇跡《きせき》を為《な》せ、と老人は言った。

そんなこと、出来るはずが無い。

弱い自分には、無力な自分には、結局、誰一人《だれひとり》として助けることなど出来はしない。

膝《ひざ》の間に顔を埋《うず》め、目を閉じる。

このまま、世界が止まってしまえばいい。

そうして、何もかもが幻《まぼろし》になって、夢になって、消えて無くなって、最後に目が覚めて何もかもが元通りになってくれたらどんなに良《い》いだろうと——

（…………）

消えかかっていた意識が不意に揺《ゆ》り動《うご》かされ、驚《おどろ》いて目を開ける。おそるおそる顔を上げ、息を殺して周囲を見回す。

誰《だれ》かの声が聞こえた、というより頭の中に何かが直《じか》に接触《せっしょく》したような感触《かんしょく》。

壁に背中を預けたまま、体を引きずるようにして立ち上がる。

ゆっくりと歩き出した足が、人々の間を縫《ぬ》って前に進む。理解出来ない衝動《しょうどう》に導かれるまま、ホールを抜《ぬ》けて通路の一つに入り込む。埃と瓦礫《がれき》が散乱した、おそらくまだ調査の手が入っていない通路。考えるより早く体が動き、複雑に枝分かれした道を迷い無く進んでいく。

自分が、この場所を知っているような錯覚《さっかく》。

思考に枷《かせ》がはまったようで、それを不思議に思うことが出来ない。

どれほど歩き続けたのか、細い通路の突《つ》き当《あ》たりで足がようやく止まる。目の前には重厚《じゅうこう》な隔壁。表面に浮《う》かぶ立体映像の標識には『験体《けんたい》一号――基本にして最終形』と記されている。

錯覚が、確信に変わる。

自分は、きっと、この場所を知っている。

（…………）

頭の中に再び奇妙《きみょう》な違和感《いわかん》。何かが自分の脳内に、情報構造に直に接触した感触。深呼吸を一つ、意を決して隔壁に指先を触《ふ》れ、

（――おはよう）

今度こそ、確実に声。

聞いたことの無い、けれども聞き覚えのある男の声が、脳内で囁《ささや》いた。

（I―ブレインの起動を確認《かくにん》した。――来たまえ、私の最高傑作《けっさく》。君の役目を教えよう）

＊

地下の拠点《きょてん》に運び込まれたディーは、ひどい状態だった。

体に打ち込まれた百発以上の銃弾《じゅうだん》に、数十カ所の骨折。『森羅《しんら》』による保護を失ったことで

浮《う》き上《あ》がったあらゆる負傷が少年の体を苛《さいな》み、死の淵《ふち》へと追い込んでいた。

応急手当を受けた少年の体はすぐに無数のチューブに接続され、生命維持槽に送り込まれた。少年の体力を考えれば全ての弾丸《だんがん》を一度に摘出《てきしゅつ》するのは不可能に近い。ある程度体力を戻《もど》しつつ、数回に分けて手術を行う必要があった。

魔法士達の表情は、一様に暗い。

ベルリンでの戦いにはかろうじて勝利したものの損害は甚大《じんだい》であり、加えてディーの敗北と、セラをはじめとした一部の同胞《どうほう》の離脱《りだつ》が彼らの士気の低下に拍車《はくしゃ》をかけていた。

「……これから、どうなるのかな」

誰かの呟《つぶや》き。

マサチューセッツから百数十キロ離《はな》れた位置にある拠点の一つ。魔法士達はディーが浮かぶ生命維持槽を見上げ、一様に視線をうつむかせる。作戦終了《しゅうりょう》からすでに二週間。弾丸の半数以上の摘出には成功したものの、少年の容態は未《いま》だに思わしくなく、目を覚ます気配も無い。

「……南極衛星のサクラとは？」

「まだダメ。たぶん、ベルリンに出来たあの塔《とう》のせい」

「クソ——」人形使いの青年が拳《こぶし》で床を叩《たた》き「マザーコアの暴走を止めたと思ったら今度はあの塔か。仲間も随分《ずいぶん》やられちまったし、何がどうなってるんだ」

「いくら追《お》い詰《つ》められてるからって、シティの軍があんな目茶苦茶やるなんてね」炎《ほのお》使いの少年がぎこちなく顔を上げ「でもほら、悪いことばっかりじゃないよ。ベルリンだけじゃなく、マサチューセッツも潰《つぶ》せたんだし、自治軍の損害だってとんでもない規模のはずだし……」

言いかけた言葉が止まる。

少年は金属が剝き出しのホールを見回し、息を吐《は》いて、

「……ここ、ちょっと広くなったね」

その場の全員が下を向く。

賢人会議《けんじんかいぎ》の作戦は着実に前進している。南極衛星を狙《ねら》った人類側の最後の反攻《はんこう》作戦は失敗し、もはや自分達の勝利を阻《はば》む物は無い。

そのはずなのに。それで間違《まちが》いないはずなのに。

言い様の無い不安が、魔法士達の心を支配している。

「とにかく、まずはディー君の治療《ちりょう》よ」騎士の少女が手を叩き「それからサクラと通信。セラちゃんのことをどうするかもみんなちゃんと話し合わないといけないし、ぼんやりしてる暇

——」

不意に甲高《かんだか》い警告音。他の拠点の仲間からの通信を表す脳内の表示に少女が首を傾《かし》げる。魔法士達が有機コードで互《たが》いのI—ブレインを接続し、回線を開く。目の前に立体映像の通信画面が出現し、地球の裏側、ニューデリー付近の拠点にいる仲間の姿が映し出される。

『緊急事態《きんきゅうじたい》だ』騎士の男が青ざめた顔で別なディスプレイを展開し『とにかく見てくれ。シ

ティ連合の指導者四人の共同の通信だ。ありとあらゆる周波数で、地球上のありとあらゆる場所に垂れ流されてる』

顔を見合わせる魔法士達の前で、映像が形を為す。

ロンドン、モスクワ、ニューデリー、シンガポール。今や地球上に四つだけとなったシティの指導者達は立体映像で互いの肩《かた》を並べ、それぞれに手を取りあう。

一歩前に進み出るのは、モスクワの代表者、セルゲイ・ミハイロヴィチ・ヤゾフ元帥《げんすい》。

初老の男は手にした立体映像の文書を目の前に広げ、巌《いわお》のような声で人々に呼びかける。

『全てのシティ市民よ。そして、地球上に残る全ての人類よ。我々は今日、皆に重大な報告をせねばならない。……先だって行われた、全てのシティによる合同作戦。その顚末《てんまつ》についてだ』

蕩々《とうとう》と語る男の背後にベルリン跡地らしき映像が浮かぶ。地上から空までを貫《つらぬ》く塔の周囲でロンドン自治軍の兵士らしき人影《ひとかげ》が動き回り、なぜか、塔を中心に堅牢《けんろう》な防衛陣地《じんち》を構築しているのが見える。

『諸君もすでに聞《き》き及《およ》んでいることと思うが、我々の作戦は失敗した。雲除去システムはいまだ健在であり、賢人会議は我々を滅《ほろ》ぼすべく活動を続けている。……だが恐《おそ》れる必要は無い。システムの破壊《はかい》には失敗したが、その代償《だいしょう》に我々は彼の者らに対抗《たいこう》しうる武器を得た』

男が塔の映像を手で示すと、周囲に幾つものデータが表示される。

それを読み進めるうちに、魔法士達の顔から血の気が引いていく。

『この塔は世界を覆《おお》う雲、そしてその先にある南極衛星に対するアクセス端末《たんまつ》だ。これを利用することで我々は奴らと同様に雲除去システムに干渉《かんしょう》することが出来る。そして、我々の構築したシステムは雲を取り除くと共に、我々人類では無く、敵の、賢人会議の方を世界から排除《はいじょ》する。奴らが我々に対して為そうとしたことを、我々が逆に奴らに対して仕《し》掛《か》けるのだ』

魔法士達の周囲に幾つもの通信画面が浮かぶ。他の拠点にいる同胞達が、次々に回線を開いて接続してくる。幾つもの声が画面越《ご》しの会話と脳内のメッセージ、双方《そうほう》で飛《と》び交《か》う。だが、結論は出ない。このデータが紛《まぎ》れも無《な》い真実であることは分かっても、ならばどうすれば良いのか、自分達がどこに向かうべきか答えられる者はいない。

『人々よ、恐れるな』

厳のような声。

呆然《ぼうぜん》と見つめる魔法士達の前。人類の代表者である男は両腕《りょううで》を広げ、高らかに告げた。

『人類の反撃《はんげき》はこれより始まる。顔を上げろ。武器を手に立ち上がれ。この星から彼の者らを排除し、我々は世界に再び青空を取《と》り戻《もど》すのだ』

なかがき

（近況《きんきょう》）世の中のあれやこれやのせいで人と会う機会が少なくなってもボードゲームだけは順調に増殖《ぞうしょく》します。最近はゲームメーカーさんの方も心得ているのか、一人用モードを備えたボドゲも増えてきました。はいそこ、「一人でボドゲって電源ゲーやれば良いのでは？」とか言わない。あと、ミニチュアゲーム（いわゆるウォーハンマーとかのあれ）にも興味が出てきました。これも遊ぶ相手いなくても組み立てて塗《ぬ》って飾《かざ》って楽しめるらしいので素晴《すば》らしいですね。ぼっちって言うな。

九年経《た》つと小学一年生だった子が高校生になるらしいですね（挨拶《あいさつ》）。
ともあれ、みなさまお待たせしました、三枝《さえぐさ》です。
ウィザーズ・ブレインⅨ「破滅《はめつ》の星《ほし》」中巻、お届けします。

…………

うわ――――――――――――――――――――――――っっっ！！！！！（体育館の端《はし》から端くらいまでゴロゴロゴロゴロゴロ横転しながら左右に往復）。

いや、本当に。こんなにお待たせするとは思っていませんでした。上巻書いてから主にプライベートでなんやかんやあって一年経ち、二年経ったあたりで「この流れは非常にまずいぞ」と思ってはいたんですよ。しかしその後も時は虚《むな》しく過ぎゆき、気がつけばこんな有り得ない事態に至ってしまったわけで。

このまま続き出ないんじゃないかと思った？　うん、ぼくも思った。

しかしこうして本の形になった今、全ては美しい過去の思い出に……ならない。もう少し真面目に生きろ自分。

まあ、さておき。

上巻のあの終りからどう続くのかと読者のみなさまはものすごくやきもきされていたかと思いますが、こうなりました。世界はますます取り返しの付かないことになり、何人かの重要なキャラクターも退場の運びとなりました。たぶん昨今の流行からはかなり乖離《かいり》した展開ではないかと思いますが、これはこういう話なのでこのまま最後まで突《つ》き進《すす》もうと思います。あと、「物語はこいつに収束する」と明言されてるのに今回もぜんぜん良いところが無かった主人公ですが、まだ中巻なので大丈夫《だいじょうぶ》です。下巻が残ってるから！　ワンチャン！　いけるって！

ってことで、中巻なかがきはこの辺で。

次回は「ウィザーズ・ブレイン異世界編」。黒塗りのフライヤーに轢《ひ》かれて命を落とした魔《ま》法士《ほうし》達が女神《めがみ》にチート能力を授《さず》かって異世界転生して無双《むそう》を……しなくていいんだよ。お前らはチート能力授からなくても十分にずるいし無双出来るし、そもそもフライヤーに轢かれたくらいじゃ死なないんだよ。流行《はや》り物への道は遠いなあ。

まあそんなこんなで、次こそは早くみなさまにお会い出来ますよう（原稿《げんこう》はもう出来てるのでたぶん歴代最速で出るはず）。

一月某日《ぼうじつ》自宅にて。「爆発《ばくはつ》だッ！　タローマン」を聞きながら。

三枝零一《さえぐされいいち》

本作執筆中のＢＧＭ：『双極ノ悪夢』『イニシエノウタ／贖罪』『Megalith Agnus Dei』『Emiya UBW Extended』

次回予告

戦争は激化し、破滅の日が迫る。
しかし、希望の種は、
絶望の底で芽吹く。

衛星を巡って、
人類と魔法士の**激戦**は続いていた。
戦争も**新たな局面**を迎えるも、
天樹錬は大切なものを**失った衝撃**で
動けないでいた。
そんな中、ファンメイとヘイズは
人類側の**暴挙**を止めるため、
無謀な戦いへと向かう。

ウィザーズ・ブレインIX
wizard's brain
破滅の星〈下〉

5月10日発売!

◉三枝零一著作リスト

「ウィザーズ・ブレイン」（電撃文庫）
「ウィザーズ・ブレインⅡ 楽園の子供たち」（同）
「ウィザーズ・ブレインⅢ 光使いの詩」（同）
「ウィザーズ・ブレインⅣ 世界樹の街〈上〉」（同）
「ウィザーズ・ブレインⅣ 世界樹の街〈下〉」（同）
「ウィザーズ・ブレインⅤ 賢人の庭〈上〉」（同）
「ウィザーズ・ブレインⅤ 賢人の庭〈下〉」（同）
「ウィザーズ・ブレインⅥ 再会の天地〈上〉」（同）
「ウィザーズ・ブレインⅥ 再会の天地〈中〉」（同）
「ウィザーズ・ブレインⅥ 再会の天地〈下〉」（同）
「ウィザーズ・ブレインⅦ 天の回廊〈上〉」（同）
「ウィザーズ・ブレインⅦ 天の回廊〈中〉」（同）
「ウィザーズ・ブレインⅦ 天の回廊〈下〉」（同）

「ウィザーズ・ブレインⅧ　落日の都〈上〉」（同）
「ウィザーズ・ブレインⅧ　落日の都〈中〉」（同）
「ウィザーズ・ブレインⅧ　落日の都〈下〉」（同）
「ウィザーズ・ブレインⅨ　破滅の星〈上〉」（同）
「ウィザーズ・ブレインⅨ　破滅の星〈中〉」（同）

本書に対するご意見、ご感想をお寄せください。

ファンレターあて先
〒102-8177　東京都千代田区富士見2-13-3
電撃文庫編集部
「三枝零一先生」係
「純 珪一先生」係

本書は書き下ろしです。

電撃文庫

ウィザーズ・ブレインIX

破滅《はめつ》の星《ほし》〈中〉

三枝零一《さえぐされいいち》

◆◇◇

2023年4月10日　初版発行
2023年6月5日　3版発行

発行者	山下直久
発行	株式会社KADOKAWA 〒102-8177　東京都千代田区富士見2-13-3 0570-002-301（ナビダイヤル）
装丁者	荻窪裕司（META＋MANIERA）
印刷	株式会社 KADOKAWA
製本	株式会社 KADOKAWA

●お問い合わせ
https://www.kadokawa.co.jp/（「お問い合わせ」へお進みください）
※内容によっては、お答えできない場合があります。
※サポートは日本国内のみとさせていただきます。
※ Japanese text only

※定価はカバーに表示してあります。

ISBN978-4-04-914397-3　C0193　Printed in Japan

電撃文庫創刊に際して

文庫は、我が国にとどまらず、世界の書籍の流れのなかで〝小さな巨人〟としての地位を築いてきた。古今東西の名著を、廉価で手に入りやすい形で提供してきたからこそ、人は文庫を自分の師として、また青春の想い出として、語りついできたのである。

その源を、文化的にはドイツのレクラム文庫に求めるにせよ、規模の上でイギリスのペンギンブックスに求めるにせよ、いま文庫は知識人の層の多様化に従って、ますますその意義を大きくしていると言ってよい。

文庫出版の意味するものは、激動の現代のみならず将来にわたって、大きくなることはあっても、小さくなることはないだろう。

「電撃文庫」は、そのように多様化した対象に応え、歴史に耐えうる作品を収録するのはもちろん、新しい世紀を迎えるにあたって、既成の枠をこえる新鮮で強烈なアイ・オープナーたりたい。

その特異さ故に、この存在は、かつて文庫がはじめて出版世界に登場したときと、同じ戸惑いを読書人に与えるかもしれない。

しかし、〈Changing Times,Changing Publishing〉時代は変わって、出版も変わる。時を重ねるなかで、精神の糧として、心の一隅を占めるものとして、次なる文化の担い手の若者たちに確かな評価を得られると信じて、ここに「電撃文庫」を出版する。

1993年6月10日
角川歴彦